岩波現代文庫／文芸 281

われらが背きし者

ジョン・ル・カレ
上岡伸雄・上杉隼人［訳］

岩波書店

OUR KIND OF TRAITOR
by John le Carré

First published 2010 by Viking, London

This Japanese edition published 2012
by Iwanami Shoten, Publishers, Tokyo
by arrangement with David Cornwell
c/o Curtis Brown Group Limited, London
through Tuttle-Mori Agency, Inc., Tokyo

映画製作者、魔術師、そして尊敬すべき男、
サイモン・チャニング・ウィリアムズを偲んで

王子ら、此処に
背きしわざは愛すれど、背きし者は忌み嫌ふ。

——サミュエル・ダニエル

目次

［登場人物］

ペリー・メイクピース……オックスフォード大学の元個別指導教師《チューター》
ゲイル・パーキンズ……ペリーの恋人。弁護士

ディマ……ロシア人の世界的マネーローンダラー
タマラ……ディマの妻
ニキータ……ディマの兄貴分的存在
ミーシャ……ディマの愛弟子。オルガの夫。カーチャとイリーナの父
オルガ……タマラの妹。ミーシャの妻。カーチャとイリーナの母
ナターシャ……ディマの娘。ヴィクトールとアレクセイの異母姉
ワーニャ……タマラの弟
ヴィクトール……ディマとタマラの双子の息子
アレクセイ……ディマとタマラの双子の息子
カーチャ……ミーシャとオルガの娘。イリーナの姉
イリーナ……ミーシャとオルガの娘。カーチャの妹

イゴール……ディマ家の用心棒
アンブローズ……アンティグア島の世話人。現地でディマ家の面倒を見る
エルスペス……アンブローズの妻
マーク……アンティグア島のテニスクラブのプロ選手
ルーク・ウィーヴァー……イギリス諜報部員
エロイーズ……ルークの妻
ベン……ルークの息子
ヘクター・メレディス……イギリス諜報部の上級職員
エイドリアン……ヘクターの息子
イヴォンヌ……謎の女。ヘクターに命じられ、ルークと調査を行なう
オリー・デヴェルー……万能裏方仕事師。ヘクターとルークの作戦を手伝う

ビリー・ボーイ・マトロック……諜報部事務局長
プリンス……ヴォーリーのリーダー
ニキ……プリンスの手下で、ディマのボディガード兼監視役
痩せこけた哲学者
……ニキと同じく、プリンスの手下で、ディマのボディガード兼監視役
エミリオ・デル・オロ
……クレムリンの有力なフィクサーでプリンスの片腕。スイス人
オーブリー・ロングリッグ……元諜報部の大物。現下院議員で政務次官
バニー・ポパム……ロンドンに事務所を持つ弁護士。享楽家
ジャイルズ・デ・サリス……元英国海軍大佐
カール・デル・クライネ……ドイツの連邦議会議員
マックス……スイスのスキー・インストラクター

われらが背きし者

1

カリブの朝七時、アンティグア島で、ペレグリン・メイクピースという男がテニスの三セットマッチをした。彼はペリーの名前でも知られる万能アマチュア・アスリート。最近まで名門オックスフォード大学で英文学の個別指導教師《チューター》を務めていた。テニスの試合の相手は、体格がよく、背筋がすっと伸び、禿げ頭で茶色い目をしたロシア人。貫禄は十分で、歳の頃は五十代半ばの、ディマという男だ。この二人がどうしてテニスの試合をすることになったのか、イギリスの諜報員たちはすぐに綿密な調査を開始した。彼ら諜報員は、職業上、それを単なる偶然の成り行きとして処理するわけにいかなかったのだ。しかし、この試合が行なわれるまでの経緯に関して、ペリー側には何の非もなかった。

三カ月前、三十歳の誕生日が近づいたとき、ペリーの人生には大きな変化が起ころうとしていた。それは、彼も気づかないうちに、すでに一年かそれ以上前から進行していた変化だった。朝八時、ペリーはオックスフォード大学内の質素な自室で、両手で頭を抱えて座り込んでいた。その前にたっぷり一〇キロ以上走ってきたが、それで行き詰まったような感覚が和らいだわけではない。人生の三分の一はすでに過ぎ去ったが、自分はどれだけのことをしてきたのか？　ペリーはその答えを出そうと、自分の心に問いかけていたのだ。オックスフォードという、夢見心地の尖塔が立ち並ぶ町にとどまっているのは、外の世界と関わらないための口実にすぎないのではないか？

◆

なぜか？

傍から見れば、ペリーの学者としての人生はこの上ない成功例だった。中等学校の教師の息子として生まれ、公立学校で教育を受けただけにもかかわらず、ロンドン大学を優れた成績で卒業し、オックスフォードにたどり着く。そして、伝統のみならず財力もあり、さらに成果を重視する学寮で、三年間の研究職のポストを得る。ペレグリンというファーストネームは、伝統的にイギリスの上流階級の子息につけられるものだが、彼の場合はハッダーズフィールド（イングランド北部マンチェスターの北東の町）に住んでいたアーサー・ペレグリンにちなんで名づけられた。十九世紀に民衆を扇動したメソジスト教会の高位聖職者である。

学期中も、授業がないときは、ペリーはクロスカントリー競技の選手として、そして万能のスポーツマンとして、精力的に活動している。夕方、時間があるときは、地元のユースクラブで、若者たちの指導にあたる。そして休暇に入ると、登頂困難と言われる山々に果敢に挑戦し、次々に征服する。しかし、大学から正式採用の話を持ちかけられると――彼のひねくれた頭には終身刑と同じように思えてしまうのか——、いつもためらってしまう。

先学期、ペリーは作家ジョージ・オーウェルについて、「抑圧されたイギリス?」の題名で連続講義を行なったが、自分のその問いかけに自分で驚いてしまった。オーウェルはこんなことがありえると信じていただろうか? 一九三〇年代に彼に取り憑いたのと同じ、うんざりしたような声、有害な無能ぶり、そして外国の戦争や権利の主張にばかり執着するといったことが、よもや二〇〇九年において相も変わらず能天気に繰り返されるとは?

それについて、学生たちはぽかんとした表情を示すだけで、何も発言しなかった。そこでペリーが自らこの質問に答えた。いや、オーウェルは、絶対にそんなことは信じなかったであろう。だから、もしそんなことが起こるかもしれないと思っていたなら、作家は自ら街に飛び出していたはずだ。そして街のガラスを本気で何枚か割るようなこともしただろう。

✦

この問題について、ペリーは長年の恋人であるゲイルと繰り返し論じ合った。二人でゲイルの部屋のベッドに横たわっているときも、それを話題にした。前の晩、二人はゲイルのプリムローズヒル(ロンドンのリージェント公園の北側にある丘)のマンションで、誕生日の夕食を楽しんだ。これはゲイルが父親から部分的に相続した部屋だが、彼女の父はそれ以外は無一文だった。

「大学教師は嫌いだし、そんなものにはなりたくない。学問の世界はいやだし、二度と大学で教えなくていいと思うと、気持ちが楽になる」自分の肩にかかる恋人の豊かな金茶色《ゴールドブラウン》の髪に、ペリーはまくし立てた。

しかし、返ってきたのは、彼女の共感を示す甘え声だけだった。

「バイロンやキーツやワーズワースについて、出来の悪い学生に論じなければならないんだ。あいつらが何より望むのは、単位を取って、セックスして、そして金持ちになることだけ。こんなのもうお終《しま》い。飽き飽きだ。クソくらえ」

そして恋人に同意を求める。

「僕をこの国にとどめることができるものが実際あるとすれば、革命だけだね」

ゲイルは将来を嘱望される若き弁護士である。美しい容貌に恵まれ、当意即妙な受け答えができるが、時にあまりに鋭すぎて、自分自身もペリーも居心地が悪くなることがあった。このときゲイルは、あなたがいなければ、どんな革命も成立しないわ、と言って恋人を安心させた。

ペリーもゲイルも、事実上、孤児だった。ペリーの亡き両親が高潔で禁欲的なキリスト教社会主義者だとすれば、ゲイルの両親はその対極にいる人間だった。ゲイルの父は、お人好しだが演技は並み以下の役者で、早くに亡くなった。酒と、一日六十本もの煙草、そしてわがままな妻を意味なく思い続けたことで、体を壊したのだ。ゲイルの母も女優であったが、それほどお人好しではなく、まだ十三歳の娘を置いて家を飛び出した。噂では、今はコスタブラバ（スペイン北東部カタロニアの地中海沿岸地帯。保養地）で、どこかのカメラマンと倹《つま》しく暮らしているとのことだ。

✦

学問の世界から去る(これは彼の人生におけるあらゆる重大な決断と同様、いったん実行したら最後、二度と取り返しがつかないことだった)という、人生に関わる決断に対し、ペリーが最初に考えたのは、自らの原点に立ち戻ることだった。ドラとアルフレッドの一人息子ペリーは、若い頃の両親が心からやりたかった道に身を投じるのだ。両親が夢をあきらめねばならなくなった地点に立ち返り、教職の仕事を一からやり直す。

ペリーは高踏な学問の世界で出世しようとするのはやめ、純粋な教職課程に進むことにした。そしてイギリスで最も恵まれないと思われる地域の公立中学の教師として赴任するのだ。

ペリーはあらゆる教科を教え、割り当てられたどんなスポーツの指導もする。そして彼の指導を受ける子供たちは、裕福な中流階級への足がかりというより、充実した人生につながる頼みの綱を差し出してくれる人物として、この若い教師を求めることだろう。

しかし、ゲイルは、こうした見込みに対して、ペリーがおそらく驚かせようとしたほどには驚かなかった。ペリーは人生の厳しい中核部分にいようと決心していたが、妥協を受け付けないほかの部分もあり、ゲイルはそんな恋人のほぼすべての面を理解していた。

そう、二人はロンドン大学で初めて出会ったが、その頃のペリーは自分を進んで痛めつけるようなこともしていた。T・E・ロレンスを範としていた彼は、長い休暇に自転車でフランスに渡り、疲労のあまり気を失うまで自転車をこぎ続けた。

そしてペリーには、登山家という面もあった。さらには、どんな競争もゲームも——七人制ラグビーから、クリスマスに行なうゲイルの甥や姪とのプレゼント交換ゲームまで——絶対に勝つという意気込みなしでは臨まなかった。

しかし、同時にペリーには、秘密の快楽主義者という面もあった。ふと思い立って豪遊し、そのあと急いで自分の部屋に戻る。そしてこのペリーが、不景気の煽りをもろに受けたアンティグアのリゾート地の最高のテニスコートにいた。五月の早朝、プレイに影響するほど太陽が高く上がっていない時間。ロシア人のディマとペリーがネットを挟んで立っていた。ゲイルは水着を着て、つばの広い帽子をかぶり、申し訳程度に体を覆うシルクのビーチコートをまとっていた。その彼女のまわりには、生気のない目をした、その場にふさわしくない見物人たちの姿があった。数人は黒い服を着ていて、決して笑わない、一言も話さない、そこで目撃させられることになった試合に何の関心も示さない、といった誓いを集団で立てていたようにすら思えた。

◆

ゲイルが主張するには、カリブ海への旅は幸運な偶然によるものだった。ペリーが人生における大事な決定を衝動的に下す前に、すでに計画されていたのだ。始まりは最悪の十一月にさかのぼる。その月、ペリーの父が、二年前に母の命を奪ったのと同じ癌でこの世を去り、息子にささやかな財産を残してくれた。しかし、ペリーは遺産で豊かな生活を送るつもりなどなく、とはいえ、すべてを貧しい人たちに譲り渡すことには迷いもあって、どうしようかと思い悩んでいた。そんなときゲイルが気長に説得した結果、生涯一度の贅沢をすることにしたのだ。常夏の島でのテニス三昧の旅である。

そして結果的に、これ以上素晴らしい休暇の計画はありえなかった。旅行に出る頃には、もっと大きな問題に二人とも直面していたからである。

ペリーはどんな人生を歩むべきか？　そして二人は同じ人生を歩むべきか？

ゲイルは弁護士の仕事をやめて、ペリーと一緒にはるか彼方の未知の世界に飛び込んでいくべきか？　それともロンドンで輝かしい業績を追い続けるべきか？

あるいはまた、ほとんどの若い弁護士と同様に、彼女のキャリアもさほど輝かしくないと認めるべきだろうか？　したがって、そろそろ妊娠でもするべきなのだろうか？　ペリーはゲイルに、子供を作ろう、といつも求めていた。

ゲイルには、茶目っ気からであれ、自己防衛本能からであれ、大きな問題を小さな問題に置き換える習慣があったのだが、それでも疑問の余地のないことが一つあった。彼女とペリーは、別個にしろ、二人一緒にしろ、人生の岐路に立っているということ、そして、かなり深く考えなければならないということだ。そうであれば、アンティグアでの休日は、じっくり考えるための理想的な場を与えてくれるように思われた。

✦

アンティグアへの空の便の到着は遅れ、ペリーとゲイルは夜中までホテルにチェックインできなかった。アンブローズという名の、このリゾートの至るところに顔を出す世話人が、二人を宿泊施設に案内した。翌朝、二人は遅くまで寝ていて、バルコニーで朝食をとる頃には、もうテニスをするには暑くなりすぎていた。そこで二人はそれほど遊泳者がいないビーチで泳ぎ、ほとんど人がいないプールで昼食をとり、午後はけだるく愛し合ったあと、夕方六時に地元のテニスクラブに行った。その頃には十分に休息も取れて、幸せな気分となり、テニスをしたくてたまらなくなっていた。

遠くから見ると、二人の滞在するリゾート地は、砂浜に白いコテージが点在しているだけのものだった。名高いタルカムパウダーのような砂が、U字形に一・六キロほど広がる砂浜。そのU字の突端には、低木林に覆われた岩の崖が二つ突き出し、あいだに一面サンゴ礁が広がっていた。さらには蛍光色のブイも浮かんでいて、うるさい音を出すヨットを浜に近づけなくしていた。丘陵の一部を削って人目に付かないように平地が切り拓かれ、そこにこのリゾート地のテニスコートが作られていた。世界選手権クラスの試合もできるコート。細い石段が花咲く低木林のあいだを曲がりくねるように敷かれていて、それを突き進むと、テニスクラブの正面入り口にたどり着く。そこを抜けると、テニスの楽園。だからこそ、ペリーとゲイルはこの地に来ることにしたのだ。

クラブにはコートが五面とセンターコートが一面あった。公式試合用のボールは、緑色の冷蔵庫に保管されていた。銀の優勝杯もガラスのケースに展示されていて、見るとその優勝杯に、これまでの優勝者たちの名前が記されていた。マークという、ややオーバーウェイト気味のオーストラリア人プロ選手も、その一人だった。

「で、ここではどれくらいのレベルのプレイヤーをお望みですか？」マークは必要以上に丁寧な口調でそう尋ねたが、あとは何も言わず、ペリーの使い古したラケットを、分厚い白いソックスを、かなりくたびれてはいるが長持ちしそうなシューズを、そして最後にゲイルのネックラインを順に見つめた。

ペリーとゲイルは、若さあふれる時期こそ過ぎていたかもしれないが、今も生気がみなぎっていたし、とても魅力的なカップルだった。ゲイルの四肢は長く美しく、胸は小さめだが形よく突き出し、しなやかな体をしていた。イギリス人らしい白い肌に、美しい金色の髪。彼女が微笑むと、この上なく暗い生活を強いられている人たちも、たちまち明るい気持ちになれた。一方、ペリーは、ゲイルとは違うタイプのイギリス人だった。体はひょろりとしていて、長い首と喉仏が目立ち、一見ぎこちない印象を与えた。歩き方も優雅とは言えず、前のめりになって歩いているようだったし、耳も突き出していた。そのため公立学校では、「キリン」というあだ名をつけられたが、そのあだ名を口にし続けた愚か者は、最後に痛い目にあうことになった。しかし、男盛りを迎え、ペリーはどこか危うい感じではあるが、まぎれもなくある種の優美さ——彼自身は意識していなかったからこそ、いっそう魅力的だった——を身につけていた。カールのかかった茶色い髪はいつもぼさぼさで、額は広く、そばかすも目につき、大きな目に眼鏡をかけていたが、その風貌が逆にとまどう天使のような雰囲気を醸し出していた。

ゲイルは、ペリーに自慢話をさせることなく、いつものように彼をかばい、そのプロ選手の質問に、代わりに答えた。

「ペリーはクイーンズの予選に出場していて、本選でも一度プレイしています。そうよね？　それからマスターズにも出ました。それは、スキーで脚を折って六カ月運動ができなかったあとよね？」ゲイルは誇らしそうに付け加えた。

「では、マダム、失礼ながらお尋ねしますが、あなたはいかがですか？」マークという、誰にでも媚びへつらいそうなプロ選手は、「マダム」を「マダーム」と、ゲイルが適当と思う以上に強く発音した。

「わたしはこの人の足を引っ張るだけです」とゲイルは冷静に答え、これに対してペリーは「大嘘ですよ」と言った。オーストラリア人プロ選手は、歯のあいだからすっと空気を吸い込み、大きな頭を困ったなとばかりに振って、ぼろぼろの台帳を開いた。

「はい、ちょうどぴったりのペアがいらっしゃいます。ほかのお客様にはちょっと上流すぎるかもしれませんね。今のところは、ということですが。率直に申しますと、より取りみ取りというほど、たくさんのお客さまがいらっしゃるわけではありませんので。ともかく、このカップルと試合されるのがよろしいかと思います」

こうして、ペリーとゲイルの相手は、ムンバイからハネムーンで訪れているインド人夫婦に決まった。センターコートは埋まっていたが、一番コートが空いていた。すぐに、通りがかりの人たちと、ほかのコートでプレイをしていた人たちが寄ってきて、試合前のウォーミングアップを始めたペリーたちに注目した。ベースラインからのストロークは軽くリターンし合い、パッシング・ショットはどちらも追わない。ネット前でスマッシュを決めても何の反応もない。そんなふうにして、試合前のアップは淡々と進んだ。ペリーとゲイルのペアがトスに勝った。ペリーはゲイルに最初のサーブを打たせることにしたが、彼女がダブル・フォルトを二度犯し、そのゲームは落とした。一方、相手のインド人ペアも花嫁が同じようにダブル・フォルトを二回犯し、同じようにゲームを落とした。試合は動かなかった。

ペリーにサーブが回って来て、ようやく彼の実力が明らかになった。ファーストサーブは高い打点から力強く放たれ、これが入れば、返せるプレイヤーはほとんどいなかった。彼は四本連続でサーブを決めた。観客の数が増えてきた。若くてかっこいい人たちがプレイしているからだ。ボール・ボーイたちはエネルギーが高まるのを感じた。第一セットの終わり頃に、プロ選手のマークがペリーたちのプレイを観に来て、三ゲームを見届けた。それから、物思いにふけるように眉をひそめながら、クラブ内に戻った。

長い第二セットが終わり、両チーム一セットずつ取り合った。最後の第三セットはペリーとゲイル組が四対三でリード。ここでゲイルが遠慮したとしても、ペリーは本気で勝ちに行く。そのあとインド人夫婦は一ゲームも取れず、試合は終わった。

試合を観ていた者たちもコートから立ち去った。四人はコートにしばらく残り、健闘をたたえ合って、リターンマッチのことなどを話した。今晩、バーで一杯いかがですか？　ぜひとも。インド人夫婦はコートを離れ、ペリーとゲイルは予備のラケットと上着をまとめた。

するとすると、例のオーストラリア人プロ選手が、屈強な男を連れてコートに戻ってきた。男の背筋はすっと伸びて、胸は広く、頭は完全に禿げ上がっていた。男はダイヤモンドをちりばめた金《ゴールド》のロレックスの腕時計をして、グレーのスウェットをはいていた。そのズボンの締め紐は、腹の上あたりで蝶結びになっていた。

✦

なぜペリーは男の腹の上の締め紐にまず気がつき、そのあと男のほかの部分を確認することになったのか？　その理由は容易に説明がつく。そのときペリーは靴を履き替えようと、しゃがみ込んでいたのだ。くたびれてはいるが、履き心地のよいテニスシューズから、ソールに縄が編み込まれたビーチサンダルに替えようとしていたとき、名前を呼ばれた。そのため、長い首を、まさに背が高くて痩せた男性がよくするようにゆっくりと動かし、頭を上げて、男の履いている革のエスパドリーユ（縄底の軽いズック靴）を目にした。脚を開いて力強くそこに立ちはだかっていたが、見るとその靴のサイズは女性のものと変わらないように思えた。続いてペリーは、グレーのスウェットに包まれたいかついふくらはぎに注目した。そしてそこから視線を上げると、例の締め紐が目に飛び込んできた。二重の蝶結びで、落ちないようにしっかりとズボンを止めていた。

二重に縛ったその紐の上には、最高級コットンの臙脂《えんじ》のシャツに包まれた男の腹があった。

がっしりとした上体は、腹の筋肉が引き締まり、胸との境界線は確認できなかった。シャツには東欧風の襟がついていて、それを閉じると、どうやら聖職者のような襟《クレリカルカラー》（襟の後部で留める細く堅いカラー）に早変わりするようだった。しかし実際は、その襟が男の太い首を包んで閉じることはおそらくできなかったろう。

　そしてその襟の上には、何かを訴えるかのように片方に傾く顔があった。こちらを誘うかのように釣り上がった眉。感情をたたえた茶色い目。皺がほとんどない五十代と思われる男が、イルカのような微笑みをペリーに向けていた。顔に皺がないからといって、男が世慣れていないことを示すものではなかった。むしろその逆だ。アウトドアの冒険家であるペリーにすれば、それは命がけの生活を送っている男の顔だった。この顔について、ペリーはずっとあとになってゲイルにこんなふうに言った。あれは鍛え抜かれた男の顔だ。ペリー自身もそういう男になりたいが、ここまで男らしく頑張ってきたものの、まだあの域には達していないと感じざるをえない、と。

「ペリー、わたしの善き友人でお客様でもあるロシアのディマ氏をご紹介いたします」とマークは言った。気取った声に、格式ばった礼儀正しさが込められていた。「ディマ氏は、あなたが素晴らしい試合をしたとお考えです。ディマ、そうですよね？　この方はテニスには精通されていて、あなたのプレイを大変高く評価しておられます。そう言ってよろしいですよね、ディマ？」

「試合しないか？」とディマは尋ねた。その茶色い、どこか申し訳なさそうな眼差しをペリーから逸らすことはなかった。そのときペリーはすでに居心地が悪そうに立ち上がっていた。

「どうも」とペリーは答えると、少し息を切らしながら、汗ばんだ手を差し出した。ディマの手は、職人の手に肉がついたような感じだった。親指の関節のあたりに小さな星印のような刺青が彫り込まれている。「こちらはゲイル・パーキンズ、僕の共犯者です」とペリーは答えた。ここで彼は話を少しゆっくり進めたほうがいいと感じていた。

しかし、ディマが答える前に、マークが媚びるような笑い声をあげた。「共犯ですって、ペリー？」とマークは異議を唱えた。「ゲイル、この人の言っていることは確かですか？あなたたちはいい試合をしました。そいつは確かです。あのバックハンドのパッシング・ショットは神がかりでした。そうでしょ、ディマ？　あなたもそう言いましたよね。二人で事務所で一緒に見ていたんです。専用モニターで」

「マークに聞いたけど、クイーンズに出場しているそうで」とディマは言った。例のイルカが笑ったような顔はそのときもペリーに向けられていた。その声は野太く、低く、しわがれていたが、アメリカ英語のようにも聞こえた。

「ええ、二年か三年前ですが」とペリーは謙虚な答え方をし、なお時間を稼ごうとした。

「ディマは最近、スリーチムニーズの土地を手に入れたんです。そうですよね、ディマ？」とマークは言った。これを知らせることで、相手に試合を断われなくするかのような言い方だった。「この島の向こう側の一等地ですよね、ディマ？　大きな計画があるって聞きました。で、ペリーとゲイル、お二人はキャプテンクックにご滞在ですね。このリゾート地でいちばんいい宿泊地だと思いますよ」

確かに二人の滞在場所はキャプテンクックだった。

「ということは、みなさん近くに滞在されているわけです。ディマ、そうですよね？　スリーチムニーズは半島の先端にあって、お二人のホテルからは湾を隔てたところにあります。スリーチムニーズはこの島の最後の大きな未開地ですが、ディマはここを開発するわけです。違いますか、ディマ？　地元の住民を優先した株式発行の話もあって、これはとても素晴らしいお考えだと思います。今のところは、当座しのぎのキャンプ生活を満喫しておられるようですね。同じようなお考えをお持ちのお友だちやご家族の面倒も見ていらっしゃるとか。素晴らしいです。みんながあなたを尊敬していますよ。あなたほどのお金持ちがそんなことをなさるなんて、なんとご立派なことか、とみんな言っています」

「試合しないか？」

「ダブルスですか？」とペリーは訊いた。そして、ディマの強烈な視線から目を逸らし、君はいいかとばかりにゲイルの顔を覗き込んだ。

しかし、これをきっかけとばかりに、マークは一気に勝負に出た。

「ペリー、どうもありがとう。でも、ディマはダブルスはしません」とすばやく口を挟んだ。「この人はシングルしかしないんです。そうですよね？　自立した男ですから。ミスの責任はすべて自分で負いたい、と前に話してくれました。そんなに前のことではなかったですが、以来、この言葉は僕の胸に深く刻まれましたよ」

ペリーはどうしたものかと決めかねていたが、心惹かれているようでもあった。それを見て、ゲイルは助け舟を出した。

「ペリー、わたしのことなら気にしないで。シングルをしたいなら、どうぞ。わたしは構わないわよ」

「ペリー、まさか相手に不足があるって言う気じゃないですよね?」マークはそう言って、議論を有利に持ち込もうとした。「わたしが賭けをやる人間であれば、お二人のどちらに賭けるか迷いますね。これは、本当のところです」

ディマの歩き方はどこか変ではなかったか?少し左脚を引きずっていたのではないか?それとも、あのがっちりした上体を一日中支えなければならないことで、下半身に負担が来ていただけだろうか?

◆

ペリーがコートの入り口あたりを徘徊している二人の白人に初めて気づいたのも、このときだったろうか?一人は腰のうしろで軽く手を組み、もう一人は胸のあたりで腕を組んでいたか?二人ともスニーカーを履いていたか?一人は金髪で童顔、もう一人は黒髪で物憂い感じではなかったか?

気づいていたとしても、それはあくまで無意識のうちだった、とペリーは言い張るしかなかった。彼がそう言い張った相手は、ルークと名乗る男性と、イヴォンヌと名乗る女性。テニスの試合から十日後、ペリーとゲイル、ルークとイヴォンヌの四人は、ブルームズベリーの洒落たテラスハウスの地下の一室で、楕円形のダイニングテーブルを囲んでいた。

ペリーとゲイルは、プリムローズヒルにあるゲイルのマンションから、ブラックキャブに乗せられ、そこまでやって来た。車を運転していたのは、体の大きな愛想のいい男で、ベレー帽をかぶり、イヤリングをしていた。男はオリーと名乗った。二人が到着すると、ルークがドアを開けた。イヴォンヌはルークのうしろに立っていた。分厚いカーペットが敷かれ、塗り立てのペンキの匂いが残る入り口のホールで、ペリーとゲイルは二人から歓迎の握手をされ、ルークからは慇懃な謝意を受けた。そして階段を下り、改装されたこの地下室に通された。部屋にはテーブルと椅子が六脚置かれていて、簡易キッチンもあった。半月型のすり硝子の窓が通りに面した壁の上部に付いていて、誰かが頭上の歩道を通るたびに、その足影がチラチラそこに映った。

ペリーとゲイルは携帯電話を取り上げられ、公職秘密法の誓約書への署名を求められた。弁護士のゲイルは、その文書を読み上げると、たちまち怒りをあらわにした。「死んでもいやだわ」と彼女は言った。一方、ペリーはぼそっと、「まあ、いいじゃないか」とつぶやいて、さっさと署名をした。いくつかの表現を削除させ、自分が求める事項を追加記入させたのち、ゲイルもしぶしぶ署名した。その地下室の照明は、テーブルの上に吊り下げられた薄暗い電灯だけだった。煉瓦の壁からは古いポートワインの匂いが、かすかに漏れ出していた。

ルークは立ち振る舞いが上品で、顔もきれいに剃り上げた、四十代半ばの男だった。ゲイルの目には、あまりに小柄に思えた。男のスパイって、もっと大柄じゃなきゃいけないんじゃない？　ゲイルは緊張感のあまり、無理におどけて、そう自分に言い聞かせた。すっと背筋の伸びた体にスマートなグレーのスーツをまとい、やや白いものが混じる髪が耳のうしろから飛び出ている。スパイというより、上品なアマチュア騎手のようだ、と彼女は思った。

一方、イヴォンヌはゲイルよりそれほど年上ではなさそうだった。最初は取り澄ました女だとゲイルは感じたが、よく見るとインテリっぽい美しさも備えていた。特徴のないビジネススーツに身を包み、黒い髪をショートカットにして、メイクもしていないため、必要以上に年上に見えてしまうのだ。これもゲイルの勝手な判断によるものだったが、イヴォンヌは女性スパイにしてはまじめすぎると思えた。

「では、あなたたちは彼らがボディガードだとは特に思わなかったんですね？」とルークは尋ねた。その髪をきれいに整えた頭が、テーブルの反対側に座っているペリーとゲイルのあいだで、くるくると何度も向きを変えた。「二人きりになったとき、そのことについて話はしませんでしたか？　たとえば〝おや、少し変だぞ。このディマってのは、どういう人物かわからないが、しっかり護衛されているようだ〟というようなことを？」

本当にペリーとわたしはこんなふうに話しているのかしら、とゲイルは思った。知らなかったわ。

「確かにあの男たちを見ましたよ」とペリーは認めた。「でも、僕が彼らについて何か気づいたかと訊かれても、ノーとしか答えようがない。試合の相手を探している二人の男だと思ったんじゃないかな、何か考えていたとしたら」。そう言って、ペリーは眉間のあたりをその長い指でぎゅっとつかんだ。「だって、すぐにボディガードだなんて考えないでしょう？まあ、あなたのような人たちはそう考えるかもしれないけど。それは、そういう世界に暮らしているからですよね。でも、一般人は普通、そんなふうには思いませんよ」

「ゲイル、あなたはどうですか？」とルークは気遣いつつも、ずばり尋ねた。「あなたは毎日法廷に出入りしています。だから、悪の世界が栄えているさまも見ているはずです。あの男たちに、何か不審な点はありませんでしたか？」

「あの人たちに気づいたとしても、たぶんわたしに色目を使っているオヤジたちだと思って、無視しましたね」とゲイルは答えた。

しかし、この冗談は、イヴォンヌにはまったく通じなかった。どうやら彼女は典型的な優等生のようだ。「でも、ゲイル、あの晩のことをよく考えてみてください」とイヴォンヌは言った――この人、スコットランド人だろうか？　きっとそうだわ、とゲイルは思った。ゲイルは九官鳥のように人の声を聞き取ることができ、そのことを自慢にしていたのだ――「あたりをうろついている二人の痩せた男たちに本当に気づかなかったのですか？」

「あの夜、わたしたちは初めてホテルでバカンスにふさわしいひとときを過ごしたんです」ゲイルの胸に苛立ちと怒りが込み上げてきた。「ペリーがキャンドルライト・ディナーをとろうって、キャプテンズデッキのレストランを予約してくれて。星も満月も出て、カエルもにぎやかに合唱していて、そして月明かりが海の上に白い道を作ってわたしたちのテーブルまで続いていました。そんな素敵な晩に、二人で見つめ合いながら、ディマのボディガードの話なんかすると思います？　ちょっと、勘弁してよ」。ゲイルは意図したより少し無礼な言い方をしてしまったのではないかと心配した。「いいわ、手短に言えば、わたしたちは確かにディマのことを話しました。あの人は一度見たら、目に焼き付いてしまうような人ですもの。初めて会ったロシアの新興財閥《オリガルヒ》ね、なんて話していたかと思うと、試合を受けたことでペリーが自分を責めたり、あのプロ選手に電話して試合を断わりたいと言ったり。でも、わたしがペリーに、ディマのような人とダンスをしたことがあるんだけど、その人たち、すごいテクニックだったわよって言ったら、もう何も言えなくなったの。そうよね、ペリー？」

ペリーとゲイルの見解の相違は、ついこのあいだ二人が一緒に超えた大西洋と同じぐらい大きなものであったが、根掘り葉掘り訊くプロの質問者たちに胸のつかえを吐き出せることが正直ありがたく、二人はまた話し始めた。

✦

翌朝六時四十五分。マークは石段のいちばん上に立って、二人を待っていた。最高にいい白のテニスウェアを着て、冷蔵していたテニスボールの缶を二つと、紙コップのコーヒーを一つ手にしていた。

「お二人が寝坊されるのではないかと、ひどく心配しましたよ」とマークは興奮気味に言った。「僕らは朝は大丈夫です、ご心配なく。ゲイル、ご気分はいかがですか？　今日もすごくきれいだ。ペリー、お先にどうぞ。さあ。今日はいい天気ですね。ほんとにいい天気だ」

ペリーが先頭になって石段をのぼりきると、そこで通路は左に折れた。その通路沿いに進むと、前の晩にうろついていた二人の男たちに鉢合わせした。二人は革製のミリタリージャケットを着て、花で飾られたアーチ道の入り口の両側に立っていた。結婚式のヴァージンロードを思わせるその通路は、センターコートの入り口まで続いている。センターコートはそれ自体が一つの世界だ。四方をキャンバス地の幕と、六メートルにも及ぶと思われる高いハイビスカスの垣根に囲まれている。

三人が近づいてくるのに気づくと、金髪で童顔の男が半歩前に出て、陰気な笑みを浮かべながら両手を広げた。ボディチェックをする際のお決まりの仕草だった。何か変だ、とペリーは思いながら歩みを止め、ゲイルとともにその場に立ちすくんだ。ボディチェックをさせない距離を保ったものの、相手とは二メートルも離れていなかった。童顔の男はもう一歩前に出たが、ペリーは一歩下がり、ゲイルもペリーに合わせて一歩下がった。ペリーは声を荒らげて言った。「これはどういうことだ？」――事実上、マークに対しての抗議となった。というのも、例の童顔も、黒髪の相棒も、ペリーの質問が聞こえなかったようだし、そもそも理解していない様子だったからだ。

「安全のためですよ、ペリー」とマークは説明した。そしてゲイルの脇を抜けて、ペリーの耳元で念押しするように、ぼそっとつぶやいた。「いつもこうしているんです」

ペリーは立ち止まったまま、首を前に、そして脇に傾けて、マークが何を言おうとしているのか、理解しようとした。

「誰の安全？　訳がわからない。わかるかい？」とペリーはゲイルに言った。

「わからないわ」とゲイルも同意した。

「ディマの安全ですよ、ペリー。ほかにないでしょ？　ディマは大金を動かしますし、世界に名を知られています。この二人は命令に従っているだけです」

「君の命令ですか、マーク？」そう言って、ペリーは眼鏡越しに責めるような視線をマークに向けた。

「ディマの命令ですよ、僕のじゃない。ペリー、冗談言わないでください。この二人はディマの護衛です。ディマの行くところは、どこにでもついていくんです」

ペリーはふたたび金髪のボディガードに目を向けた。「君たち、英語は話せる？」とペリーは尋ねた。金髪の男は表情を変えず、その顔をさらにこわばらせただけだった。「こいつは英語を話せないようだ。聞こえもしないみたいだな」

「ペリー、お願いしますよ」とマークは嘆願した。ビール好きそうな顔色が、見る見る赤紫に変色していった。「鞄の中身をちょっと見るだけで、すぐに済みます。悪く思わないでください。先ほど申し上げたとおり、いつもやっていることです。空港の持ち物チェックと同じです」

ペリーはふたたびゲイルに尋ねた。「何かご意見は？」

「もちろん、あるわ」

ペリーは反対側に首を傾げた。「マーク、一体どういうことか、はっきりさせなければいけません」。ペリーはそう言って、教師然とした態度を取った。「僕にテニスの試合を申し込んだディマ氏は、僕に爆弾を投げつけられないか確認しようとしている。この男たちは、そう僕に言いたいのですか？」

「物騒な世の中なんですよ、ペリー。あなたはご存じないかもしれませんが、僕らはみんな知っています。そんな物騒な世界で必死に生きているんです。失礼ながら、世の中のしきたりに合わせられることをお勧めします」

「あるいは、僕がカラシニコフで彼を撃とうとしているとでも言うのですか？」とペリーは言うと、自分のテニスバッグをほんの少し上げて、武器をしまいそうな場所を指さした。すると、もう一人の男がぱっと藪から飛び出してきて、相棒の脇に立った。しかし、それでも二人の表情はまだ読み取れなかった。

「こう申し上げると失礼かもしれませんが、大げさに考え過ぎですよ、メイクピースさん」とマークは不満をあらわにした。礼儀作法を厳しくしつけられてきたようだが、さすがに我慢できなくなったようだ。「ここでもうすぐすごいテニスの試合が行なわれる。この二人は自分たちの義務を果たしている。わたしの考えでは、とても丁寧に対応しているし、プロの仕事をしていると思います。はっきり言わせていただいて、一体あなたが何を問題とお考えなのか、理解しかねます」

「なるほど、問題ね」とペリーは考え込むように言った。ゼミで学生とグループ・ディスカッションする際、そのきっかけとなる言葉を指摘するやり方だった。「では、僕が何を問題と考えているのか説明しましょう。というか、考えてみると、問題はいくつかあります。第一に、僕の許可なしに、誰も僕のテニスバッグの中身を確認することはできない。そして今回、僕は許可しない。この女性のバッグの中身も、許可なしに確認できない。同じようなルールがここでも適用されます」。ペリーはそう言って、ゲイルを指した。

「厳密に適用されます」とゲイルは同意した。

「第二の問題です。あなたの友人のディマ氏が僕に命を狙われているかもしれないとお考えなら、どうして僕にテニスの試合を申し込むのですか?」ペリーはそう言って、しばらく時間を置いて相手の答えを待ったが、歯のあいだから空気を吸い込む音以外、何も返事はなかった。ペリーは続けた。「そして第三の問題は、持ち物検査が一方的であるということ。ディマ氏のバッグを調べさせてくれと僕が頼みましたか? 頼んでいませんし、頼もうとも思いません。ディマ氏へのお詫びの言葉を伝えるついでに、このことを彼に説明してください。ゲイル、これから豪華な朝食にありつこう。お金は払ってある」

「いいわね」とゲイルはうれしそうに賛成した。「そういえば、お腹ペコペコだわ」

そういって二人はテニスコートに背を向けると、マークの哀願を無視して、いま上がって来た階段に向かって歩き出した。そのとき、テニスコートのゲートががんと開き、ディマの低い声が二人を引き止めた。

「ミスター・ペリー・メイクピース、逃げるな。おれの頭をぶっ飛ばしたいのなら、テニスラケットでしてくれ」

✦

「で、ゲイル、彼の歳の頃は？」とインテリのイヴォンヌは尋ね、目の前のメモ帳に几帳面に書き込んでいた。

「童顔の男？　せいぜい二十五ぐらいでしょうか？」とゲイルは答えた。軽率でもなければ、臆病だとも受け止められない、その中間の感じで受け答えできるよう、ここでも願っていた。

「ペリーはどうですか？　何歳くらい？」

「三十ぐらいでしょうか」

「背の高さは？」

「平均より低いですね」

身長が一八五センチ以上のあなたから見れば、みんな平均以下よ。ゲイルはそう思った。

「一七五センチくらいかしら」とゲイルは言った。

金髪が短く刈り込まれていたことについては、二人とも一致した。

「そして金のチェーンのブレスレットをしていました」と彼女は思い出し、はっとした。

「わたしのクライアントに、あんなブレスレットをしている人がいました。お金に困ると、その人はブレスレットをバラバラにして、金の環を少しずつ売りさばいて切り抜けようとしたんです」

✦

仕事の邪魔にならないように切り揃えられ、マニキュアも塗っていない爪の先で、イヴォンヌは楕円形のテーブルの向かい側から報道写真の束を滑らせる。その一枚の写真の前景に、アルマーニ風の小ぎれいなスーツを着た、たくましい六人の若者が写っている。優勝した競走馬をたたえ、カメラを意識して、シャンパングラスを高く掲げている。その背後には、ロシア語と英語で書かれた看板が確認できる。いちばん左に、胸の前で腕を組んだ若者がいる。それはあの童顔のボディガードで、坊主頭同然に金髪を刈り込んでいる。若者の三人はサングラスをかけているが、彼はかけていない。しかし、その左腕に金のブレスレットをはめている。

ペリーは少し得意げな表情を示す。ゲイルは少し気分が悪くなる。

2

なぜ自分がたくさんしゃべっているのか、ゲイルにはよくわからなかった。話し出すと、自分の声が地下室の煉瓦の壁に当たって跳ね返ってきた。自分の声に耳を傾けるのは、ゲイルがいま生業としている離婚裁判の法廷でも経験していることだ。わたしはいま義憤にかられている。わたしはいまあからさまに信じられないという声を出している。わたしはいま、自分を残して消えた母が二杯目のジントニックを飲んだ後のような声を出している。

その晩、ゲイルはそれを隠そうと最大限努力したものの、ときおり恐怖心から声が震えているのに気づいた。テーブルの向こう側で話を聞く者たちにゲイルの声の震えが認識できなくても、彼女にはできた。そして思い違いでなければ、横にいるペリーにもわかっていた。なぜなら、ペリーはときおり大した理由もなく、ゲイルのほうに頭を傾けたからだ。二人のあいだには大きな隔たりがあったが、ペリーは彼女を心配し、その顔をやさしく覗き込もうとした。さらにペリーは、ときおりゲイルの手をテーブルの下でぎゅっと握りしめることまでした。そして、話を引き継ごうとするのだが、それは自分が彼女の感情に安らぎを与えているという、間違ってはいるが許される範囲の信念に基づいていた。実際のところ、ゲイルの感情は地下に潜り、気を取り直して、チャンスがあり次第さらに激しく反撃に転じようとしていた。

✦

ペリーとゲイルがすぐにセンターコートに入らなかったのは、ゆっくり時間を取ろうと示し合わせていたためだった。例の二人のボディガードを儀仗兵《ぎじょうへい》のようにうしろに侍《はべ》らせて、彼らは花が咲き誇る小道を下りて行った。ゲイルは大きな日よけ帽の縁をつかみ、薄地のスカートの裾をひらひらはためかせた。

「確かにこれ見よがしに歩いていたわ」と彼女は打ち明けた。

「まあね」とペリーが相づちを打つと、テーブルの向こう側に座っていた二人は控えめな笑みをもらした。

テニスコートの入り口付近で足音がしたとき、ペリーは考え直したかのようだった。しかし、実際に彼がしようとしたのは、少しうしろに下がって、ゲイルを先に行かせることだった。ゲイルはレディとしての慎重な態度でそれに応じた。その態度は、ボディチェックという侮辱的行為は実行に移されていないかもしれないが、その計画がなくなってしまったわけではないということを示していた。ペリーのあとには、マークが続いた。

ディマはセンターコートで二人を迎えた。腕を大きく広げて、彼らを歓迎した。ディマは青い綿の長袖の丸首シャツを着て、裾が膝下まである黒のテニスショーツをはいていた。サンバイザーが緑色のくちばしのように頭から突き出ていて、禿げ頭が朝の陽光で光り輝いていた。あの男は頭にオイルをつけているのかもしれないと思った、とペリーは話した。ダイヤをちりばめたロレックスの腕時計をはめていたうえに、かすかに神秘的な金のチェーンが太い首を飾っていた。それもきらきら光り、気が散る原因となった。

しかし、驚いたことに、最も目を惹いたのはディマではなかった、とゲイルは話した。ディマのうしろの客席に、子供と大人が入り混じった集団が並んでいて、ゲイルの目には、そちらのほうが奇妙に思えた。

「まるで陰鬱な蠟人形が何体か並んでいるように見えました」とゲイルは強調した。「朝七時というとんでもない時間に、あの人たちがすごく着飾っていたということもあるけど、それだけじゃない。あの人たち、みんなまったく口を開かず、ひどく陰気な表情を浮かべていたんです。わたしは誰も座っていないいちばん下の列の席に腰を下ろしたんだけど、考えずにいられませんでした。一体、これは何？　これからみんなで誰かを裁こうとでもいうの？　それとも、これから教会の行進でもあるの？　一体、何？」

子供たちも互いに距離を置いているように思えた。彼らはゲイルの目を見た。確かにゲイルを見た。そして、ゲイルは子供たちが四人であることを確認した。

「二人の暗い表情をした女の子がいました。五歳から七歳ぐらいだと思うけど、黒いワンピースを着て、日よけ帽をかぶっていました。そして二人で寄り添って、大柄な黒人女性の横に座っていました。黒人女性は二人の女の子の世話係のようでした」とゲイルは言ったが、感情が先走らないように注意した。「それから亜麻色の髪をした十代の少年が二人いました。顔にそばかすが広がっていて、テニスウェアを着ていました。女の子も男の子も元気がなくて、みんなベッドから引っ張り出されて、罰としてそこに連れてこられたかのようでした」

大人たちのほうは、まったく現実離れした恰好をしていた。とんでもなく大きかったし、あまりに普通と違っていて、まるで『アダムス・ファミリー』から抜け出してきたようだった。ゲイルは続けた。それは、あの人たちの服装や七〇年代風の髪型のせいだけではない。あの暑さにもかかわらず、女性たちが真冬の服を着ていたからだけでもない。みんなふさぎこんだ顔をしていたからよ。

「どうして誰もしゃべらないの?」とゲイルはマークに小声で尋ねた。この男はあつかましくも、いつの間にかゲイルの隣に腰を下ろしていた。

マークは手のひらを上に向け、肩をすくめて答えた。「ロシア人ですから」

「でも、ロシア人はよくしゃべるわ!」

あのロシア人たちは違うんですよ、とマークは言った。彼らの多くは二、三日前に突然ここにやって来て、まだカリブの気候に慣れていないんです。

「あっちで何かあったようですよ」マークはそう言うと、湾のほうを見ながらうなずいた。「風の噂ですが、何か家族の大きな問題を抱えていて、なかなかうまくまとまらないようです。衛生面はどうしているんでしょうねえ?　水道の半分は壊れているみたいですけど」

ゲイルは二人の太った男に目をやった。一人は中折れの山高帽をかぶり、携帯で誰かと話していた。もう一人はタータンチェックのベレー帽をかぶっていて、そのてっぺんには赤い毛糸玉の飾りが付いていた。

「ディマの従弟です」とマークは言った。「あそこにいる人たちは、みんな親戚です。パームから来ました」

「パーム？」

「ロシア語でペルミです。髪のパーマのことじゃなくて、町の名です」

上のほうに、例の亜麻色の髪の少年たちがいて、まずそうにガムを噛んでいた。ディマの子供たちです、双子です、とマークは言った。確かに。もう一度よく見てみると、二人は似ていた。厚い胸板。すっと伸びた背筋。垂れ下がった、茶色い、誘いをかけるような眼差し。それがすでに物欲しそうにゲイルに向けられていた。

ゲイルはすっと静かに一息吸って吐き出した。法的論争の場であれば、相手に致命的になることを、ゲイルは言おうとしていた。建物を瞬時に瓦礫にしてしまうように、証人の信用性を一言で破壊してしまうような言葉。彼女は自身を瓦礫にしてしまうつもりなのか？　しかし、ふたたび話し出したとき、煉瓦の壁にぶつかって戻ってきた自分の声が、そのときはまったく震えていないことがわかり、安堵した。口ごもってもいなかったし、隠しごとを勘繰られることもないように思えた。

「そしてみんなから離れたところに女の子が静かに座っていました。自分はみんなと違うってことを示そうとして、離れて座っているみたいだったわ。歳は十五、六の、本当にきれいな女の子でした。真っ黒い髪が肩まで伸びていて、制服のブラウスに、紺色の膝上丈のスカートをはいていました。あの子には、ほんとに一人も身内がいないみたいでした。だから、思わずマークに、あの子は誰、と尋ねたんです。自然に言葉が出てしまいました」

まったく自然よ。ゲイルは自分の声を聞いて安心した。誰も眉一つ動かさなかった。やるじゃない、ゲイル。

「〝あの子はナターシャと言います〟とマークは教えてくれました。〝誰かに摘み取ってもらうのを待っている一輪の花〟。下品な言い方でごめんなさい。でも、マークがそう言ったのよ。〝あの娘はディマの子ですが、タマラの子ではありません。ディマはあの子がかわいくてしょうがないようです〟」

美しいナターシャ、ディマの子だが、タマラの子ではないこの娘が、朝の七時に一体何をしていたのかわかります？　お父さんのテニスの試合を観に来たはずなのに？　ゲイルはテーブルの向こうの二人にそう尋ねた。ナターシャは革張りの分厚い本を読んでいたんです。本を美徳の盾のように、膝の上にしっかり抱えて。

「でも、ほんとにはっとするぐらいきれいな娘でした」とゲイルは強調し、さりげなく付け加えた。「ほんとに、信じられないぐらいきれいだったわ」。そして今度は頭のなかで思った。ああ、これじゃあ、まるでわたしはレズみたいじゃない。無関心を装いたいだけなのに。

しかしこのときもまた、ペリーも目の前の尋問者たちも、おかしなふうに感じてはいない様子だった。

「じゃあ、ナターシャの実のお母さんじゃないタマラはどこにいるのかしら?」とゲイルはマークに強い口調で尋ね、捜すふりをして彼から少し離れようとした。

「あなたの二列上の左側に座っています。信仰心のとても篤い方です。彼女の国では、〝尼僧夫人〟として知られているそうです」

ゲイルはさりげなく首を動かし、幽霊のようなその女性を見つめた。頭のてっぺんからつま先まで、全身黒ずくめだった。髪も黒いが、白いものが混じっていて、頭の上のほうで束ねられていた。口は固く「へ」の字に閉じられ、まるで今まで笑ったことなどないように見えた。そして藤色のシフォン地のスカーフをしていた。

「その女性は、胸元に、主教ぐらいの人がつける正教徒の金《ゴールド》の八端十字架（ラテン十字架よりも横の棒が二本多い、ロシア正教の十字架）のペンダントを下げていました」とゲイルは説明した。「だから、尼僧夫人と呼ばれているんです、きっと」。そう言ってから、少し考え直した。「でも、そうよ。彼女には存在感がありました。脇役だけど、主役を食ってしまうようなところ」——俳優だった両親の面影が思い浮かぶ——「誰もがあの女性の意志の強さを感じたはずです。ペリーだって、きっと感じたと思う」

「あとになってからね」とペリーはゲイルの目を見ずに警告した。「あとでわかったことは言ってほしくないって、この人たちは思っているはずだよ」

でも、わたしに関して言えば、あとでわかったことだけでなく、最初からわかっていることも言ってはいけないのではなくて？　ゲイルはペリーにそう言い返そうかと思ったが、ナターシャの問題をうまく収めることができたことにほっとし、ペリーが何を言おうが気にしないことにした。

小柄で清く正しそうなルークが備えている何かによって、ゲイルは集中力を著しく欠いてしまっていた。この男の目をじっと見つめると、向こうも自分の目をじっと見つめ返す、そして向こうもこちらと目を合わせようとする、その態度。最初、この男は同性愛者ではないかとゲイルは疑ったが、ボタンをはずした自分のブラウスの胸元を見つめたので、そうではないと理解した。その「何か」は、負けるとわかっていても戦う男気だとゲイルは考えた。最後の最後まで戦おうとする男の心意気。最後に自分一人になってもあきらめずに戦い抜く。ペリーが現われる前の数年間にゲイルは何人もの男と寝たが、そのうちの一人か二人に対しては、相手に親切心を示したくて抱かれることにした。あなたは自分で考えているより素敵よ、とただ伝えたくて。ルークを見て、ゲイルはそんな男たちを思い出した。

◆

対照的に、ディマとの試合に備えて準備運動をしているペリーは、客席の人々をほとんど気にしなかった。ペリーはそう断言し、その大きな手を目の前のテーブルの上にどんと押し当てた。客席に客がいることはわかっていたし、そこに向かってラケットを振ってみたが、何の反応もなかったのだ。何より、ペリーはコンタクトレンズを入れ、靴紐をしばって、日焼け止めを塗るのに忙しかった。そしてマークがゲイルを困らせているのではないかと気をもみ、いかに早く勝負をつけてそこをあとにするかしか頭になかった。ペリーは対戦相手にも質問された。相手は一メートルほど離れたところに立っていた。

「あいつらのことが気になるか？」とディマはまじめな口調で尋ねた。「おれのサポーターたちのことだけど？　おれからあいつらに、帰れ、と言おうか？」

「もちろん、そんな必要はないですよ」とペリーは答えたが、まだ例の二人のボディガードの対応に憤慨していた。「あなたの友だちだろうから」

「あんた、イギリス人？」

「そうです」

「イングランド？　それともウェールズ？　スコットランド？」

「ただのイギリス人です」

目の前のベンチのうえに、ペリーはテニスバッグをどさっと置き、チャックを開けた。例のボディガードたちには、ついに中身を確認させなかった。そのバッグから、ペリーはスウエットバンドを何本か取り出し、一つは頭に、もう一つは手首に巻いた。

「あんた、牧師さん？」とディマは今度もまじめに質問した。

「どうして？　そういった人が必要なんですか？」

「じゃあ、ドクターか？　お医者さん？」

「医者でもないですね、残念ながら」

「弁護士？」

「僕はただテニスをしているだけです」

「銀行屋か？」

「いいかげんにしてください」とペリーはいらついて答えると、くたびれた日よけ帽を少しいじくりまわしてから、バッグのなかにぽんと放り込んだ。

しかし、実際ペリーはただイライラしていただけではなかった。ペリーはすでにやたら詮索されていたし、それが気に入らなかった。彼が許しさえすれば、あのプロ選手にも詮索され、あのボディガード二人にも根掘り葉掘り尋ねられたことだろう。ペリーは決してそれを許さなかったが、彼らがコート上にいるのを目にすると――マークとあのボディガードの二人は、まるで線審のように、ラインの両側に控えていた――、体内に怒りの炎がふつふつと燃え上がった。さらにディマからは、もっとしつこく、自分の個人情報に関してあれこれ質問を受けることになった。しかもこの男は、はぐれもの集団を無理やり朝七時にここに連れてきて、自分が勝つ瞬間を見せようとしたのだ。このことも、ペリーの気にさわった。

ディマはその手を長く黒いテニスショーツのポケットに突っ込んで、五〇セントコインを引っ張り出した。

「わかるか？　せがれたちは、おれがこのコインを悪いやつに細工させたから、おれが勝つと言っている」ディマはそう言うと、観客席にいるそばかす顔の少年二人に向かって、その禿げ頭を上下に動かした。「コイントスはおれが勝つ。せがれたちは、それはおれがいかさましたからだ、と思っている。あんた、子供は？」

「いません」

「ほしくないのか？」

「そのうちに」大きなお世話だよ。ペリーは内心、そう答えていた。

「表か裏か、どっちだ？」

いかさま、か。ペリーは一人つぶやいた。ブロンクス訛りのよくわからない英語を話す男が、一体どこで「いかさま」なんて言葉を覚えたんだ？　ペリーはコインの裏を選び、負けた。すると、どっと笑い声が広がった。観客席の者が少しでも興味を示したのは、それが最初だった。教師としてのペリーの眼差しが、ディマの二人の子供たちに向けられた。この子供たちはその口に手をあてて、ニヤニヤ笑っていた。ディマは太陽の位置を確認し、日陰側を選んだ。

「どんなラケットを使ってるんだ？」とディマは、その茶色い感情豊かな目をきらりと光らせて、尋ねた。「違法ラケットのように見えるな。でも、いいさ、おれは気にしない。どうせおれが勝つからな」。そしてコートのうしろに下がりながら、こう言った。「彼女は素晴らしい女性だ。ラクダ何頭分もの価値があるよ。早く結婚したほうがいい」

どうしてこの男は僕らがまだ結婚してないって知ってるんだ？　ペリーの怒りが爆発した。

ペリーはサービスエースを四回連続で決めた。昨日、あのインド人夫婦と対戦したときと同じように。しかし、強く打ちすぎだ。それはわかっている。まあ、いい。ディマのサーブを受けるときは、自分の調子が最高によくて、相手の実力がかなり劣っている場合でなければやろうと思わないようなことをする。かなりネットに近い位置に、すなわちサービスラインにつま先が載るぐらいの位置に構える。そして相手のサーブをハーフボレーに近い形で受けて、相手のコートに対角線上に打ち返したり、サイドラインぎりぎりに落としたりする。例の童顔のボディガードが腕を組んで構えているあたり。しかし、そんなことを試みたのは、最初の二、三本のサーブだけだ。さすがにディマもすぐに機転をきかして、ペリーがベースラインまで後退しなければならない球を打ち始めたからである。

「それからは、少し冷静になってプレイするようにしました」とペリーも認めた。そして悔しそうな笑みを目の前の二人に向けると、次の瞬間、手の甲で口をぬぐった。

「ペリーは相手を痛めつけようって感じだったわ」とゲイルは訂正を加えた。「ペリーと比べると、ディマは自然体ね。あの体重、あの背の高さ、そしてあの歳にしては、すごかった。ペリー、そうでしょう？　あなたもそう言っていたじゃない。あの人は重力の法則に逆らっていた、と。そして、本当に軽々とこなしていたわよね。すごいわ」

「高い球にはジャンプしなかった。ジャンプというより、宙に浮かんでいる感じだった」とペリーも同意した。「うん、確かにあの男はいいスポーツマンだった、これ以上ないくらいに。イライラしたり、ライン際の判定について喧嘩になるかもしれないと思ったけど、そんなことはなかったよ。ディマとプレイするのはほんとに楽しかった。それに、けっこう巧妙だったよね。最後の最後まで、決めのショットを見せなかった」

「それから、片脚を引きずっていた」とゲイルは興奮して付け加えた。「体を斜めに傾けてプレイしていたんです。あの人、右脚をかばっていたわよね、ペリー？　背筋はピンとまっすぐに伸びて、膝に包帯を巻いて。それでも、宙に浮くのよ！」

「ああ、確かに、僕もときどき厳しいプレイをしなくてはならなかった」とペリーは認めて、きまり悪そうに眉毛をかいた。「そして試合が進むにつれて、正直な話、向こうの不満の声はどんどん聞き苦しいものになった」

しかし、ディマはぶつぶつ言いながらも、休憩中には、ペリーに相変わらずあれこれ尋ねてきた。

「あんたは偉い科学者か？　世界を吹き飛ばしてしまうつもりか？　その強烈なサーブを打ち込むようにして？」とディマは尋ねると、氷水をがぶがぶ飲んだ。

「とんでもない」

「じゃあ、役人《アパラチキ》か？」

この職業あてゲームはしばらく続いたが、最後にペリーはバナナの皮を剝きながら、「僕は教師です」と答えた。

「学生を教えているのか？　大学教授みたいに？」

「ええ、学生を教えています。でも、教授じゃありません」

「どこで教えてる？」

「今はオックスフォードです」

「オックスフォード大学？」

「そうです」

「何を教えてる？」

「英文学です」とペリーは答えたが、そのときは赤の他人に実際の状況をあまり話したくなかった。自分の将来はこの先どうなるかまったくわからない、などということを。

しかし、ディマの好奇心には限《きり》がなかった。

「それじゃ、ジャック・ロンドンを知ってるか？　イギリス最高の作家だな？」

「個人的には知り合いじゃありませんが」とペリーはジョークで応答したが、ディマは反応しなかった。

「あの作家、好きか？」

「尊敬してます」

「シャーロット・ブロンテは？　彼女も好きか？」

「大好きです」

「サマセット・モームは？」

「あんまり好きじゃありません」

「おれは今言った作家たちの本をみんな持ってるぞ！　何百冊も揃えているんだ！　ロシ

アの書庫にな！」

「そいつはすごい」

「ドストエフスキーは読むか？　レールモントフは？　トルストイは？」

「もちろん」

「おれはみんな持ってる。みんな一流の作家たちだ。パステルナーク（ソ連の詩人、作家［一八九〇—一九六〇］）も持ってるぞ。知っているか？　あの作家はおれの故郷を書いた。それをユリアティンと名付けてな。ペルミのことだ。バカなやつらはあの町をユリアティンと呼ぶんだ。どうしてだかわからないが、作家のやつらはそのように呼ぶ。どいつもこいつもバカ野郎だ。あそこにいるおれの娘が見えるか？　ナターシャというんだが、あの娘はテニスにはまったく興味がなくて、いつも本ばかり読んでいる。おい、ナターシャ！　ここにきて、この教授殿にご挨拶しろ！」

　やや遅れて、読書に集中していたのを邪魔されたといった様子を示しながら、ナターシャは、心ここにあらずといった感じで顔を上げ、髪をかき上げた。顔が見えたのはほんの一瞬だったが、ペリーは娘の美しさに驚嘆した。少女はそのあと、ふたたび厚い革の本に目を戻した。

「恥ずかしがっている」とディマは説明した。「あの娘には怒鳴り声をあげたくないんだ。あれが読んでいる本を見てくれ。ツルゲーネフだ。ロシアのナンバーワンの男だ。あれがほしがるから買ってやったんだ。よし、教授。あんたのサーブだ」

「そのときから、僕は〝教授〟になってしまいました。そうじゃないと何度も何度も言ったのに、あの男は聞く耳をもたなかった。だから、あきらめました。それから二、三日は、ホテルにいた大半の人たちから、〝教授〟と呼ばれてしまいました。まったくおかしなものですね。もはや大学の教師にはならないと決めたとたん、その職業名で呼ばれるのだから」

ゲームカウント二―五でペリーがリードしてエンドが替わる。そこでゲイルがやっかいなマークから離れて、いちばん上のベンチに行き、二人の少女のあいだに座っているのを見て、ペリーは安堵する。

✦

試合は、まずまずのペースに落ち着きつつあった、とペリーは言った。決して最高の試合とは言えなかったが、ペリーが手加減することで、観ていて楽しめるものになった。もっとも、試合を楽しみたいと思っている人がそこにいたら、の話だが。というのも、例の双子は別として、観ている者は、信仰復興伝道集会に参加しているような雰囲気だったからだ。ペリーは手加減してやって、少し試合をのんびり進めようとした。ラインを割ってしまうようなボールもあえて拾ったり、相手のショットがどこで弾んだかを確かめずに返したりした。しかし、両者の差、すなわち、二人の年齢だけでなく、ペリーが真剣にプレイすれば技術や動きの差もすでに明らかだったので、彼が唯一注意したのは、ただゲームを成立させることだけだった。ディマの面子も立て、この試合を終えて、ゲイルとキャプテンズデッキのレストランで遅い朝食をとる。すべてうまくいくと思っていたが、ふたたびエンドを替えたとき、ディマに腕をつかまれて、怒声を浴びせられた。

「教授、あんた、おれをバカにしたな」

「僕が何をしました？」

「さっきのボールはアウトだった。あんた、それがわかっていたのに、わざと手を出した。おれはデブの年寄りで、半分死にかけているから、手加減してやろうとでも思っているのか？」

「さっきの球は、ラインを割ったか割らないか、ギリギリのところでしたよ」

「教授、おれは賭けでテニスをやるんだ。やる以上、何か賭けよう。おれが勝つ。誰もおれをバカにしない。どうだ、一〇〇〇ドル賭けないか？　試合を面白くしようぜ」

「お断わりします」

「五〇〇〇ドルでどうだ？」

ペリーは笑いながら、首を振った。

「あんた、臆病者だな？　だから賭けに乗れないんだな」

「たぶんそういうことですよ」とペリーは認めた。ディマに左の上腕をつかまれた痛みがまだ残っていた。

✦

「アドバンテージ、グレート・ブリテン！」

その声がコート中に響き渡り、消える。途端にあの双子は神経質そうな笑い声をあげるが、笑った報いをそのあとすぐに受けることになる。それまで、ディマは双子がときどき甲高い笑い声を漏らすのは許していた。しかし、限界だ。ベンチにラケットを置いて、観客席の階段を静かに上がり、双子のところまでいくと、人差し指を二人の鼻先にあてる。

「おまえたち、おれにこのベルトで叩かれたいのか？」とディマは英語で尋ねる。英語で尋ねることで、ペリーとゲイルにも聞かせようというのか？　そうでなければ、なぜロシア語で尋ねないのか？

これに対して、双子の一人が、父親よりずっときれいな英語で答える。「パパはベルトしてないよ」

これにディマは怒りを爆発させる。その子の顔をバシッと思い切り平手打ちする。子供はベンチの上で半分ぐらい体が回転し、どうにか足を踏ん張って踏みとどまる。続いて二度目の平手打ちが先ほどと同じぐらい大きな音を立てて、もう一人の息子に対して炸裂する。それを見せられるゲイルは、出世欲が強かった兄と歩いていた日のことを思い出す。その日、兄は、どこかの裕福な家柄の友人とキジ撃ちに出かけた。キジ撃ちは、ゲイルの大嫌いな遊びだ。兄はそのとき「左と右」と呼ばれる技を成功させた。二発の銃弾で、それぞれ一羽ずつキジを撃ち落とすのだ。

「僕が驚いたのは、子供たちは叩かれるとき、まったく顔をそむけようとしなかったことです。二人とも座ったまま、叩かれるのを待っていました」と、教師の息子であるペリーは言った。

しかし、いちばん変だったのは、そんなことがあったにもかかわらず、親子がまた仲良く話し始めたことね。ゲイルはそう付け足した。

「このあと、マークとテニスの練習をしたいか？　それとも、家に帰って、ママとお祈りを捧げたいか？」

「パパ、テニスの練習がしたい」と双子の一人が言う。

「なら、騒いだりしてはいけないぞ。さもないと、今晩、神戸牛《コーベ・ビーフ》が食べられないぞ。今夜はコーベ・ビーフが食べたいか？」

「うん、パパ、食べたい」

「ヴィクトール、おまえは？」

「うん、食べたい」

「拍手したければ、あそこにいる教授殿に拍手するんだ、このへたくそなパパじゃなくてな。さあ、こっちに来い」

ディマは息子を一人ずつぎゅっと抱きしめる。そのあと試合は特に変わったこともなく進み、当然の結果を迎える。

✦

試合に負けたディマは、勝者が恥ずかしくなるほど過度に持ち上げる。礼儀正しいだけでなく、相手に対する賞賛と感謝の気持ちを表わし、涙まで流す。まず、その厚い胸板にペリーを強く抱きしめ、ロシア式の抱擁を三度繰り返す。動物の角でできているのではないかとペリーが思うほどの硬い胸板だ。そのあいだ、涙が頬をとめどなく流れ、その結果ペリーの首にも流れる。

「教授、あんたはものすごいフェアプレイ精神のイギリス人だ。絵にかいたようなイギリス紳士だ。おれは、あんたが好きだよ。ゲイル、あんたもこっちに来てくれ」ディマはゲイルに対しては、さらに深く敬意を示して抱擁し、慎重な気配りをすることも忘れない。ゲイルはそれをうれしく思う。「この愚か者をどうぞよろしく。こいつはテニスはうまくないが、神に誓って言うが、大変な紳士だ。フェアプレイの教授だ」。そしてこの最後のスローガンのような言葉を、繰り返しつぶやく。まるで今それを思いついたかのように。

ここでディマは突然背を向け、いらついたような調子で携帯電話に向かって大声をあげる。例の童顔のボディガードが、その携帯を彼の顔の前に掲げている。

◆

試合を観ていた者たちも、ゆっくりコートをあとにする。小さな女の子たちは、ゲイルに抱きしめてと懇願し、ゲイルも喜んでそれに応じる。ディマの息子の一人が、間延びしたアメリカ英語で「すごい試合だったよ」と言いながらペリーに近づいてくる。そして、そのまま通り過ぎ、テニスの練習に向かう。その頬には、まだディマに叩かれた跡が赤く残っている。美少女ナターシャも、革張りの厚い本を大事にもって、コートをあとにする人々の列に加わる。どこで読書を中断せざるをえなかったかを忘れないように、本に親指を挟んでいる。最後にやって来るのは、ディマの腕にしがみついているタマラ。彼女のロシア正教の十字架は主教級の信者がするもので、昇ってきた陽の光を浴びて、きらきら光っている。ゲームを終えたあと、ディマの脚の引きずり方は、さらに激しくなっている。歩きながら、上体を反り返し、顎を突き出し、これから敵と闘おうかというように肩をいからせている。ボディガードがみなの先頭に立って、曲がりくねった石段を降りていく。窓がスモークガラスのミニバンが三台、ホテルの裏に待っていて、彼らはそれに乗って宿泊地に戻る。例のプロ選手のマークが最後にテニス場をあとにする。

「すごいプレイでした！」そう言って、マークはペリーの肩を叩く。「試合運びも素晴らしい。失礼ながら言わせていただきますと、バックハンドが少し安定していないようですけど。わたしと一緒に練習しませんか？」

◆

ゲイルとペリーは肩を並べて、何も言わず、ディマたちを見送る。彼らはところどころに窪みのある道を進み、針葉樹の森のなかに消えていく。よく見ると、その森のなかに、スリーチムニーズと呼ばれる建物が隠れるようにして立っている。

ルークは取っていたメモから顔を上げる。命令されたかのように、イヴォンヌも顔を上げる。二人とも微笑んでいる。ゲイルはルークから目を逸らそうとするが、ルークがまっすぐに顔を見据えるので、それができない。

「では、ゲイル」とルークははっきりした口調で言う。「よろしければ、今度はあなたにお尋ねします。マークはなるほど嫌なやつだった。しかし、同時に膨大な情報の持ち主でもあったようですね。ディマの家族について、何か特別な情報はつかんでいませんか？」。ルークはそう言って、小さな両手を同時にぐいっと動かす。まるで、自分の馬に大事なことをさせようとしているかのように。

ゲイルはペリーの顔をちらっと見るが、何のためにそうしたのかは自分でもわからない。それに応えてペリーがゲイルの顔を見ることはない。

「あの人、本当に陰険でした」とゲイルは、嫌悪感をルークよりもマークに向けて言う。眉間に皺を寄せて、その不快感が残っていることを示す。

◆

最前列にいる自分の隣にマークが座った、と彼女は話し始めた。すると、マークは座るや否や、ロシア人の友人ディマがどれだけすごい資産家であるか、しつこくしゃべりだした。マークによれば、スリーチムニーズは、ディマの所有する土地の一つに過ぎなかった。マデイラ（アフリカ北西海岸沖カナリア諸島の北方にあるポルトガル領の島群および主島）と、黒海のソチ（ロシアの北カフカス地方の黒海北東岸にある港町）にも、物件を持っているとのことだった。

「それからスイスのベルン郊外にも家があるようです」とゲイルは続けた。「そこが彼のビジネスの本拠地です。でも、ディマはつねに移動しています。一年のこの時期はパリ、この時期はローマ、この時期はモスクワと、いつも動きまわっているそうです。あのマークの話だけど」。ゲイルはそこでイヴォンヌがふたたびメモを取るのを目にした。「でも、子供たちにとっての家はスイスで、世界中のお金持ちの子供たちが集う山間のインターナショナル・スクールに通っているそうです」

「マークは会社のことも話していました。ディマは会社のオーナーでもあって、会社の登記はキプロスになっているそうです。それから銀行も持っています。一つだけでなく、いくつか。銀行の業務がいちばん大きな利益を上げています。そもそもディマがアンティグアに来たのは、その銀行のためです。アンティグアには、マークによれば、四つのロシア資本の銀行があります。ウクライナ資本の銀行も一つあります。こうした銀行はショッピングモールに看板があるだけで、電話番号もどこかの弁護士事務所のものだったりします。ディマの銀行もその類です。彼がスリーチムニーズを買ったときも、現金払いでした。スーツケースに入ったお金というより、どこか怪しいんですけど、洗濯籠に入ったお金。マークによれば、ホテルから借り出したお金で、それも五〇ドル札ではなく、二〇ドル札だったって。五〇ドル札は危険だから。そのお金で、ディマは、あの邸宅と、経営の苦しい砂糖工場と、その二つが立っている半島を買い上げたんです」

「マークは金額に言及しましたか？」とルークはふたたび質問する。

「米ドルで六〇〇万ドルって言っていました。だから、ディマは純粋にテニスを楽しみに来たわけではなかったみたいです。少なくとも最初はね」とゲイルは続けたが、同時に自分があの嫌なマークの言葉を明確に覚えていることに驚きを感じていた。「ロシアでテニスをすることは、大変なステータスとして認識されるそうです。ロシア人がテニスをしていると言えば、大変なお金持ちだってこと。マークに特別の指導を受けてディマもモスクワのテニスの大会で優勝できたし、みんな彼のプレイに驚いたそうです。でも、マークは自分が教えたからだとは言えないんですって。ディマは独立独歩の男を気取っているから。マークはわたしを完全に信用したので、そんな言ってはいけないことまで話してくれたんだと思います。それで、事務所に寄ってくれれば二階に素敵な部屋があるから、そこでもっと話ができるなんて、わたしを誘ったんです」

ルークもイヴォンヌも、ゲイルの話に同意するように、笑みを漏らした。一方、ペリーはその顔にまったく笑みを浮かべなかった。

「で、タマラについては？」とルークは尋ねた。

「神様に取り憑かれた人だと言っていました。そして島の人たちには、完全に頭がイカれていると思われています。泳がない。ビーチに出ない。テニスもしない。自分の子供たちとも、神への信仰についてしか話をしない。とりわけナターシャのことを完全に無視する。エルスペス以外の地元の人たちとは口をきかない。エルスペスって、島の世話人のアンブローズの奥さんで、旅行会社に勤めているんだけど、ディマの家族が来るとすべての仕事を放り出して、その面倒を見るそうです。どうやら最近、タマラのメイドの一人がタマラのジュエリーを持ち出してダンスに出かけ、それを返す前にタマラに見つかったんですね。怒ったタマラはメイドの手を激しく噛んで、メイドは十二針縫うことになりました。もっとも、自分が噛みつかれたら、狂犬病の注射もしてもらっただろうって、マークは言ってましたけど」

「じゃあ今度は、隣に座っていた女の子たちについて聞かせてくれませんか、ゲイル？」とルークは話を振った。

◆

イヴォンヌが検事側の追及を主導し、ルークがそれをサポートするという感じだった。証人席のゲイルは癇癪を起こさないように努力していたが、それは弁護士としての自分が証人たちに言い聞かせてきたことだった。激高したら法廷から出ていってもらいますから、とゲイルは証人たちによく語りかけていた。

「それで、ゲイル、その女の子たちはすでにそこに座っていたのですか？　それとも、あなたのようなきれいな女の人が一人きりなのを見て、彼女たちのほうがうれしそうに飛び跳ねてあなたに近づいてきたのですか？」とイヴォンヌは尋ねると、口元に鉛筆を当てて、自分のメモを見直した。

「あの子たちは階段を上がってきて、わたしを挟んで座りました。飛び跳ねてきたわけじゃないです。歩いてきました」

「にこにこしていました？　笑い声をあげていました？　おてんば娘たちという感じでした？」

「二人とも笑っていませんでした。まったく笑っていませんでしたね」

「あなたの見解では、あの子たちは誰かに言われてあなたのところに来た、ということはないですか？　誰であれ、世話係の人に言われて」

「二人は自分たちの意志でわたしのところに来ました。わたしの見解では」

「本当にそう思いますか？」とイヴォンヌはスコットランド訛りを強くして、念を押した。

「あそこで起こっていることは全部見ていました。マークがやめてほしいのに言い寄ってきたから、わたしは観客席の最上段に上がり、できるだけあの男から離れようとしました。最上段には、わたし以外、誰も座っていませんでした」

「そのとき、子供たちはどこにいました？　あなたの下の段？　それともあなたと同じ列？　正確にはどこにいたのか、教えてもらえませんか？」

ゲイルは一度大きく息を吸い込んで自分を落ち着かせると、慎重に言葉を選んで話し始めた。「おちびちゃんたちは二段目に座っていました。エルスペスの隣に。年上の女の子が振り向いて、わたしを見ました。そしてエルスペスに話しかけました。いいえ、あの子が何を言ったのか、わたしには聞こえませんでした。エルスペスも振り返って、わたしを見上げると、その少女に、そうだとばかりにうなずきました。そして二人の女の子は相談して、立ち上がり、階段を歩いてのぼってきました。飛び跳ねて来たんじゃなくて、ゆっくりと」

「あんまり厳しく追及しないでください」とペリーが言った。

◆

ゲイルの証言ははぐらかすような調子になっている。弁護士である彼女自身にはそう聞こえるし、イヴォンヌもきっとそう感じているだろう。そう、女の子たちは、自分の前にやってきた。年上の女の子が膝を曲げる丁寧なお辞儀をした。おそらくダンスのレッスンで教わったものだろう。そして、ほんの少しだけ外国語訛りを感じさせるものの、とてもきちんとした英語で尋ねた。「ねえ、お姉様、一緒に座ってもいいかしら？」。ゲイルはそれに対して笑って答えた。「もちろんよ、お嬢様」。そして二人はゲイルを挟んで座った。しかし、笑い顔はまだ浮かべなかった。

「わたしはその年上の女の子に名前を尋ねました。ささやくように尋ねました。みんなとても静かにしていたから。その子は〝カーチャ〟と答え、わたしが〝あなたの妹の名前は？〟と尋ねると、〝イリーナ〟と答えました。そうしたらイリーナが振り返ってわたしを見ました。それはまるでわたしが――そうね、本当に侵入者であるような――そんな視線でした。どうしてそんな敵意を向けるのか、理解できませんでした。わたしは〝お母さんとお父さんはここにいるの？〟と二人に尋ねました。すると、カーチャは強く首を振りました。イリーナは何も言いませんでした。わたしたち三人はしばらく黙って座っていました。子供たちにしては、本当に長い時間だったと思う。だからわたしは考えました。この子たちは、テニスの試合中は話してはいけないと教わっているのかしら？　あるいは、知らない人としゃべってはいけない、と？　あるいは、さっき言った表現しか英語は知らないのかしら？ひょっとしたら自閉症などの障害があるのかしら？」

ゲイルはここで話を止める。もっと続けてと促されたり、質問が出されることを期待して。しかし、目の前の四つの目はゲイルの話の続きを待ち受けるだけだし、ペリーは顔を煉瓦の壁のほうに向けている。その壁の匂いを嗅いでいると、ゲイルは亡き父の飲酒癖を思い出す。ゲイルは心のなかで大きく息を吸い込んで、話を続ける。

「試合がエンド・チェンジになったので、もう一度話しかけてみました。〝カーチャ、学校はどこに行っているの？〟。カーチャは頭を振りました。イリーナも頭を振りました。学校に行ってない？　それとも今は行っていないだけ？　どうやら今は行ってないみたいでした。ローマでイギリスのインターナショナル・スクールに通っていたけど、もうその学校には行かないの。理由は教えてもらえなかったし、わたしも訊きませんでした。あまり突っ込みたくなかったけど、わからないままでいるのは気持ちが悪かった。では、みんなローマに住んでいるの？　今は住んでない、とカーチャがまた答えました。こんなに上手な英語はローマで習ったの？　ええ、インターナショナル・スクールで。英語かイタリア語を選べたから、英語がよかったの。わたしはディマの二人の少年を指さしました。あの子たち、あなたたちの兄弟？　また強く首を振ります。従兄弟？　ええ、従兄弟みたいなものね。みたいなもの？　そうよ。あの子たちもインターナショナル・スクールに通っているの？　ええ。でも、スイスの学校に、ローマではなくて。あのきれいな女の子、本に集中している子も、あなたたちの従姉？　カーチャが答えますが、何かを無理して白状するような答え方でした。ナターシャはわたしたちの従姉というか、従姉みたいなものよ。またです。そして依然として、カーチャとイリーナは笑みを浮かべません。でも、カーチャはわたしのシルクの服を撫でています。まるでシルクに一度も触れたことがないみたいに」

ゲイルは一度息を吸った。何でもない。そう自分に言い聞かせる。これは前菜《オードブル》だ。たっぷり五品目のホラーストーリーのコースは次の日まで待とう。あとで知ったことを話しても許されるときまで待とう。

「カーチャはわたしの着ているシルクを何度も撫でて、顔をわたしの腕に押しつけたまま、目を閉じます。これでわたしたちのたぶん五分ぐらいの交流は終わりでしたけど、逆側にいたイリーナがそれを合図とばかり、わたしの手を取りました。その尖った小さな手の爪を、わたしの手に食い込ませるんです。それからわたしの手を額に押し当てて、顔を振ります。まるで自分は熱があると、わたしに訴えているかのように。ただし、その頬は濡れていて、わたしはイリーナが泣いていたことに気がつきます。それからイリーナはわたしの手を押し返し、カーチャが言います。〝イリーナはときどき泣くよ。いつものことよ〟。そのときちょうど試合が終わり、エルスペスが急いで階段を上がってきて、二人の子供たちを引き取りに来ます。そのときには、わたしはイリーナをサロン(マレー人などが腰に巻く布)に包んでやりたいと思うようになっています。イリーナと、できたらカーチャも包んで、一緒に家に連れて帰りたいって。でも、そんなことができないのはわかっているし、イリーナがどうして泣き出したのかもまったくわからないし。わたしは、この二人とアダムの区別もつかないくらいでしたから――いや、イヴとの区別、かな（not know a person from Adam で「人を全然知らない」という意味）。これで話は終わりです」

◆

しかし、それで話は終わりにならない。アンティグアでの話は。物語は美しく流れている。ペリー・メイクピースとゲイル・パーキンズは、人生でいちばん楽しい休日をまだ過ごしている。十一月にそうしようと約束した、まさにそのとおりに。その楽しい日々を思い出すにあたって、ゲイルは無修正版の物語を一人でなぞってみる。

大体朝の十時ごろ、テニスが終わり、ペリーはキャビンに戻って、シャワーを浴びる。

愛し合う。いつものように素晴らしい。わたしたちはまだそのように愛し合える。ペリーはどんなことでも中途半端にはしない。今している一つのことに、全神経を集中させる。

正午から午後。先ほど述べた営みのため朝食のビュッフェを逃し、海で泳いでから、プールでランチをとる。そのあとビーチに戻る。ペリーがわたしにシャッフルボード（棒で円盤を突いて枠に入れる遊戯）で勝ちたいから。

午後四時頃、キャビンに戻る。ペリーはシャッフルボードで勝って上機嫌。どうしてあの人は女性に一度も勝たせてあげないのか？　うたた寝したり、本を読んだり、さらに愛し合ったり、またまどろんだりして、時間の感覚がなくなる。バスローブ姿でバルコニーのリクライニングシートに座り、ミニバーから出したシャルドネを飲む。

午後八時。ちゃんとした服に着替えるのが面倒なので、キャビンに夕食を持ってきてもらう。

まだ人生で一度の贅沢な旅を楽しんでいる。まだ楽園にいて、禁断の林檎をかじっている。

午後九時頃、夕食到着。いつものルームサービスの給仕ではなく、島の世話人アンブローズが自ら運んでくる。注文したカリフォルニア・ワインに加えて、年代物のよく冷やしたクリュッグのシャンパンを銀のアイスバケットに入れて持ってくる。その値段はワインリストに三八〇ドル(税抜)と記されている。アンブローズは、そのヴィンテージ物のシャンパンのボトルを、二つのよく冷やしたグラスとともに、わたしたちに供する。とてもおいしそうなカナッペの大皿と、ダマスク織のナプキン二枚もテーブルに置く。そして準備していたスピーチ。アンブローズは宮廷の警官のように手をぴったり脇に添え、お腹の底から大きな声でしゃべる。

「この上等のシャンパンを、ディマ様ご本人のご好意により、お届けいたします。ディマ様は、感謝の気持ちを伝えたいとのことです」そう言って、アンブローズはシャツのポケットから一枚のメモと、老眼鏡を取り出す。「ディマ様のお言葉を代読します。〝教授殿、今日は素晴らしいテニスのフェアプレイと、英国紳士の精神を教えてくれて、心から感謝します。また、試合に五〇〇〇ドル賭けるのを止めてくれて、ありがとう。大変お美しいミス・ゲイルにもよろしくお伝えください〟。以上がディマ様のメッセージです」

わたしたちはクリュッグのシャンパンを二、三杯飲み、残りはベッドで飲むことにする。

◆

「コーベ・ビーフって何?」とペリーは尋ねる。いろんなことがあった夜の、どこかの時点で。

「女の子のお腹を撫でたことがある?」とわたしはペリーに尋ねる。

「しようと思ったこともない」とペリーは答えながら、わたしのお腹を撫でている。

「子牛を産んでない雌牛なんだけど」とわたしは答える。「生まれた頃から日本酒や最高のビールを飲ませて育てるの。そして、食用肉になるまでずっと、お腹を毎晩マッサージする。コーベ・ビーフといったら、重要な知的財産として保護される対象でもあるのよ」と、わたしは付け加える。これも事実だが、ペリーが聞いているかどうかは定かでない。「わたしたちの弁護士事務所は、コーベ・ビーフをめぐる知的財産権の侵害が問題になった裁判で楽勝したのよ」

眠りに就き、未来を予示するような夢を見る。わたしはロシアにいて、小さな子供たちに悪いことが起こっている。風景は戦時中の白黒映画のようだ。

3

ゲイルの空は暗くなりつつある。地下室も同じように暗くなりつつある。陽の光が弱まるとともに、テーブルを照らす青白い天井のライトも暗くなっていくようで、今や煉瓦の壁が黒ずんで見える。部屋の上には道路があるが、音を立てて行きかう車の数は少なくなった。同様に、半月型のつや消し窓から見える人の足の影も少なくなった。体の大きくて陽気なオリーは、初対面のときと同じように片耳にイヤリングをしているが、ベレー帽はかぶっていない。彼はお茶を四つにビスケットを載せた皿を持ってせかせかと部屋に入って来たが、それを置いてすぐに出て行ってしまった。

もちろん、今日の夕方にブラックキャブでゲイルのマンションに迎えに来て、二人をここまで連れて来てくれたのと同じオリーだ。しかし、胸にタクシードライバーのライセンスを付けてはいても本物の運転手ではないということは、もはや明らかである。ルークによれば、オリーは「僕らみんなをまっとうな道に導いてくれる男」とのことだが、ゲイルはそうは思わない。イヴォンヌのようなスコットランドのカルバン主義者のインテリ女性は、道徳的に正しい道に導いてもらう必要などない。一方、上流階級の魅力をまとった紳士的な騎手という体《てい》で、婀娜《あだ》っぽく視線をあちこちに走らせるルークにとっては、もはやこうした道徳的な教えなど、遅すぎると言わざるをえない。

そのうえ、オリーは単純労働をするには目の奥底に秘めたものが多すぎる、というのがゲイルの考えだ。例のイヤリングについてもどうかと思う。性的指向を表わしているのか、それとも単なるおふざけなのか？　あの声も疑問だ。最初、プリムローズヒルのマンションの入り口で話すオリーの声をインターホン越しに聞いたとき、完全なロンドン訛りだった。車のなかで後部座席のゲイルとペリーに仕切り越しに話しかけてきたときは（「五月にしては、ひどい天気が続きますね。心地よい四月のあと、いやはや、昨夜の豪雨があって、花は立ち直れますかね？」といったようなこと）、ゲイルはその声に外国人のトーンを感じたし、文法も崩れていた。彼の母語は何なのだろう？　ギリシャ語、トルコ語？　ヘブライ語？　あるいはその声は、片耳だけにしたイヤリングと同じで、わたしたちを巧みに惑わそうとするものだろうか？

ゲイルは、例のとんでもない宣誓書に署名などしなければよかった、と思っている。ペリーも署名などしなければよかった、と。ペリーはその書類に署名したとき、署名というよりは積極的に参加していたのだ。

◆

金曜日は、インド人の新婚夫婦の最終滞在日だった、とペリーが話している。なので、ペリーとゲイルはそのインド人の夫婦と、通常の三セットではなく、たっぷり五セットプレイすることになった。その結果、ふたたび朝食を食べそこなった。

「それで、海に泳ぎに行くことにしました。お腹がすいたら、そこでブランチでもいいかも、ということで。浜辺のいちばん端、遊泳客でにぎわっているところに場所を取りました。普段はそんなところは選ばないんですけど、その日はシップレック・バーという店に目をつけていたんです」

相変わらず無駄のない語り口ね、とゲイルは恋人の語りに感心する。さすが英語の先生だわ。事実だけを短い文で話す。抽象的な概念は挟まない。物語が語るに任せる。われわれは日よけの下を選んだ、とペリーが話している。そして、身の回り品を置いて、海に向かっていった。そのとき、窓がスモークガラスのミニバンがやって来て、湾内の駐車禁止区域に停まった。そこから最初に例の童顔のボディガードが出てきた。続いてあのテニスの試合を観に来ていたベレー帽の男。その日は短パンをはいて、黄色いシカ革のチョッキを着ていたが、相変わらずベレー帽を深くかぶっていた。そのあとにアンブローズの妻、エルスペス。彼女のあとから、パンパンに膨れ上がったゴム製のワニが、大きく口を開けて、ボンと飛び出して来た。ワニを抱えていたのはカーチャ――と、ペリーは名高い記憶力の良さをまざまざと見せつけている。そのあと出て来たのは、赤い大きなビーチボール。笑い顔が描かれていて、取っ手もついていた。どうやらイリーナのボールのようだ。あの娘も水着を着ていた。

そして最後にナターシャが出てきた、とペリーは言うが、そこでゲイルが割って入る。ナターシャについてはわたしが話すわ。ペリー、わたしに任せて。

「でも、ほんの少し遅れて、もう車のなかには誰も残っていないと思ったときに」とゲイルが言う。「中国の客家《はっか》風ランプの笠のような帽子をかぶり、スカートにスリットの入った襟の高い中国服を着た彼女が出てきたの。ギリシャサンダルを履いて、そのときもあの革張りの分厚い本を手にしていました。ナターシャは周囲の人々の注目を集めながら、砂の上を注意して進み、日よけのいちばん奥に気だるげに腰を下ろして、貪るように本を読み始めました。ペリー、違うかしら？」

「君が言うなら間違いない」とペリーはぎこちなく言い、椅子に座ったまま背中をぐいと反らす。まるでゲイルから少し距離を置きたいかのように。

「そうだったんです。でも、本当に気味が悪かったこと、ぞっとするようなことは」と彼女はナターシャのことを片づけたものの、執拗に話し続ける。「あの集団の一人ひとり、大人も子供も、海岸に着いたら、その瞬間、自分はどこへ行くべきか、そして何をすべきか、あらかじめわかっていたってことなんです」

例の童顔のボディガードがシップレック・バーにまっすぐに進み、ルートビアを一缶注文して、それから二時間、そのルートビア以外、何も口にしなかった。ゲイルはそう言って、自分から話を語ろうとする。そしてあのベレー帽の男（マークの話によれば、「従弟」だそうだ。ロシアのペルミ——そう、頭にかけるパーマではない——から多くの従兄弟が来ているが、そのうちの一人)が、大きな体をゆさゆさ揺すりながら、遊泳所の監視塔のぐらぐらする梯子をのぼっていった。監視台に着くと、男はチョッキから浮き輪を出し、それを膨らませて、その上に座った。痔に苦しんでいたからかもしれない。二人の女の子は砂のスロープを下って来た。少し距離を置いて、ふくよかなエルスペスが膨らんだバスケットをさげてあとを追う。女の子たちはワニとビーチボールを抱え、ペリーとゲイルが座っているところまで歩いて来た。

「このときも歩いて来ました」とゲイルは、イヴォンヌに向けてわざと強調した。「跳ねたり、スキップしたり、大きな声を出したりしていませんでした。ただ、歩いて来ました。唇を固く結んで、驚いたように目を丸くして。子供たちの様子は、あの日テニスコートで見たのと同じでした。イリーナは親指をくわえて顔をひどくしかめていたけど、カーチャは電話の時刻案内みたいな声で話しかけてきました。〝ミス・ゲイル、わたしたちと一緒に泳いでいただけませんでしょうか?〟。それに対してわたしは、少し緊張を解きほぐそうとして、こう答えたわ。〝ミス・カーチャ、ミスター・ペリーとわたくしは一緒に泳がせていただけますことを、この上なく光栄に思います〟。そして、わたしたちは一緒に泳いだのよね?」

とゲイルはペリーに語りかけ、ペリーはそうだとばかりにうなずいた。そして、ふたたびその手を彼女の手に載せようとした。彼女を支援する気持ちを示そうとしたのか、あるいは少し落ち着かせようとしたのか? ゲイルにはどちらとも判断がつきかねた。だが、いずれにしろ、結果は同じだった。ゲイルは目を閉じ、話を再開するまで、数秒間《ま》を置いた。そして、ふたたび感情をこめて、一気に話し出した。

「完全に仕組まれていました。わたしたちもそれが仕組まれたものであると、わかりました。子供たちだって、それが仕組まれていることはわかっていました。でも、あの二人の女の子たちはほんとにワニとボールと海でジャブジャブしたかったんだと思います。違うかしら、ペリー？」

「そのとおり」とペリーも力を込めて言う。

「それで、イリーナはわたしの手を握りしめて、海に引っ張って行きました。カーチャとペリーもあとからワニを持って入って来ました。そのあいだ、わたしはずっと考えていました。一体、この子たちの親はどこにいるのだろう？　どうしてわれわれはこの子たちの親代わりをしているのだろう？　カーチャにそんなことは訊けませんでした。あの子にはつらい質問なんだとなんとなく感じていたから。両親の離婚とか、そんなところかもしれない。だから、あの帽子をかぶった素敵な紳士は誰かしら、とあの子に尋ねました。ほら、梯子の上で座っている人は誰？　ワーニャおじさんよ、とカーチャは答える。そう、とわたしは答える。ワーニャおじさんって誰？　ただのおじさん、とあの子は答える。ペルミから来たの？　そうよ、ペルミから来た。それ以上の説明はなし。ローマの学校にはもう行かない、といったようなことはね。ペリー、わたしは勇み足《フットフォールト》しちゃったかしら？」

「いや、してないよ」

「じゃあ、続けるわ」

しばらくは、太陽と海に任せておけばよかった、とゲイルは続ける。「女の子たちは、海のなかで水をばしゃばしゃさせて飛び跳ねていました。ペリーはものすごく暴れて、海神ポセイドンのように海の深いところから飛び出してきては、ガオー、ガオー、と海獣のような雄たけびをあげていたわ――いいえ、ペリー、正直に言って、そうだったわよ。すごかったわ、ほんとに」

二人の少女は疲れ切って、脚をよろめかせて浜辺に向かう。エルスペスに体を拭いてもらい、服を着せられ、日焼け止めを塗ってもらう。

「でも、文字どおり数秒もしないうちに、あの子たちはまたこっちに戻って来て、わたしが敷いたタオルの端にしゃがみ込んでいました。二人の顔をちょっと見るだけで、暗い影が潜んでいることがわかったわ。それを隠そうとしているだけ。わたしはそこで気がついたの。そうよ、二人にアイスクリームとソーダ水よ。ペリー、アイスとソーダがほしいわ。これは男の仕事よ、とわたしは彼に言いました。任務を果たしてねって。そうよね、ペリー？」

ソーダ？　ゲイルは心のなかで繰り返す。どうしてわたしはまた自分の母親みたいなことを言っているのだろう？　なぜなら、わたしも母親と同じように演技が下手で、同じように声が大きいからだ。おまけに話せば話すほど、声が大きくなってしまう。

「そうだね」とペリーはやや遅れて答える。

「で、あなたはすぐに買いに行ってくれたのよね？　キャラメルとナッツのアイスをみんなに、そしてパイナップル・ジュースを女の子たちに。でも、ペリーがその代金を払おうとすると、店の人がすべて支払い済みですって言うわけ。一体誰が払ってくれたの？」ゲイルは無理して陽気そうに早口で続ける。「ワーニャおじさん！　あのとてもやさしそうな、太っていて、ベレー帽をかぶっていて、あそこの梯子の上にへばりついている、あのおじさんが払ってくれたの。でも、ペリーって人は、こういうのは我慢できないのよ。そうでしょ？」

ペリーは細長い顔をぎこちなく振る。崖の上にいるからよく聞こえないけど、そちらの言いたいことは伝わったよ、という仕草だ。

「ペリーは人に奢《おご》ってもらうことを病的に嫌うんです、そうでしょ？　ましてや知らない人に奢られるのは。だからペリーはワーニャおじさんの梯子を上がり、ご親切はとってもありがたいですが、自分で買ったものは自分で払います、と言うわけ」

ゲイルは言葉に詰まる。ペリーはゲイルのように無理におどけることなく、代わってしゃべり始める。

「梯子をのぼっていくと、浮き輪の上に腰を下ろしているワーニャがいました。僕は日よけのなかにひょいと頭を入れて、言うべきことを言おうとしたところ、男のでかい腹の下から、黒い大きな拳銃が飛び出しているのが見えました。暑いからチョッキのボタンをはずしていて、それで丸見えになっちゃったんでしょう。僕は銃のことはよく知らないし、知りたいとも思いません。お二人はきっとよくご存じでしょうけど。あれは大型の拳銃だったと思います」とペリーが気まずそうに言い、沈黙するが、そこに雄弁なメッセージを感じ取ることができる。そしてペリーは申し訳なさそうにゲイルを見つめるものの、彼の苦悩に応えるような眼差しを彼女が返してくれることはない。

✦

「それで、ペリー、あなたは何か言おうと思わなかったのですか?」とルークは巧みにほのめかす。彼はいつもそのように話が途切れないようにするのだ。「もちろん、銃についてですが」

「いや、思いませんでした。僕がその銃を見たとは、向こうは気づいていなかったはずです。だから、それに気づいていないふりをするのがいいと考えました。僕はアイスクリームのお礼を言って、それから梯子を下りて、ゲイルが子供たちとおしゃべりしているところに戻りました」

ルークはこれについて真剣に考える。どうやら、ペリーを苛立たせてしまったらしい。彼が嫌がっているのは、スパイのしきたりとも言える際どい質問か? そもそも、ある男のチヨッキから銃が飛び出しているのを見たときは、どうすればいいのか? しかも、その男をよく知らないときは? 銃が飛び出していますよ、と伝えるべきか、それともただ見なかったことにするのがいいのか? 知らない人の「社会の窓」が開いているときの対応の仕方と、よく似ているかもしれない。

　スコットランド訛りのインテリ女性イヴォンヌが、行き詰まったルークを助け出そうとする。

「ペリー、その人には英語で話しかけたのですか？」とイヴォンヌは厳しくペリーに問いかける。「あなたは英語でお礼を言ったんですよね。それに対して向こうは英語で答えましたか？」

「何語でも返事はしませんでした。でも、男の胸に喪章がついていたことは気づいていました。そんなもの、長いこと見ていませんでしたけど。あなたたちは、そんなものがあることすら、ご存じなかったんじゃありませんか？」とペリーは責めるような尋ね方をした。

　ペリーが突然、攻撃的な言い方をしたことに当惑しつつも、ゲイルは首を横に振る。おっしゃるとおりです、ペリー、わたしが悪うございました。喪章のことは知らなかったけど、もうわかったから、話を続けてくれない？

「それでペリー、たとえばホテルに注意を促すようなことは考えなかったのですか？」とルークはしつこく尋ねる。「かなりの大きさの銃を持ったロシア人が、遊泳所の監視台に座っていたんですから」

「いろんな対応策を考えましたし、それは間違いなくそのうちの一つでした」とペリーは返答する。攻撃的な口調はまだ消えていない。「でも、ホテルが一体何をしてくれるんでしょうか？　ディマがホテルを直接所有していないにしろ、事実上支配していたことは、いろんなことからうかがえました。とにかく、僕らは子供たちのことを考えなければなりませんでした。みんなの前で騒ぎを起こしてよいのか、ということです。それはよくない、と僕らは判断しました」

「では、島の警察は？　彼らに連絡しようとは考えなかったのですか？」とルークがまた尋ねる。

「あと四日間、滞在する予定だったんですよ。物騒なことを警察に伝えて、騒ぎ立てて四日を過ごすのは嫌だったんです。それに、警察はほかのことで忙しかったでしょうし」

「で、あなたたちは二人でそう決めたんですね？」

「僕一人で決めました。あのあとゲイルのところに行って、〝ワーニャおじさんがベルトに銃を突き差している。警察に知らせたほうがいいだろうか？〟なんて尋ねようとは思いませんでした。まして、女の子たちの前ではそんなことをしたくなかった。二人きりになり、状況を冷静に判断することができるようになって、ようやくこの人に自分が見たことを話しました。それから二人で、筋道を立ててよく話し合って、結論に達しました。何も行動を起こさないのがいい、と」

恋人を助けたいという思いに不意に駆られて、ゲイルも弁護士としての立場から彼を擁護する。「ひょっとすると、ワーニャは拳銃の所持を地元の警察に認めてもらっていたのかもしれません。ペリーにはわからないでしょう？　あるいは、そんな許可を取る必要はなかったのかもしれません。もしかすると、そもそも警察がそのワーニャに拳銃を渡したのかもしれません。わたしたち二人とも、アンティグア島の銃器所持法を正確に把握していなかったんです。そうじゃなくて、ペリー？」

ゲイルはイヴォンヌが法的な矛盾点を突いてくると予想するが、この女性は淡黄色のフォルダー内にまとまっている例の不快な書類の確認で忙しい。

「お二人にお願いしたいんですが、ワーニャおじさんの特徴について、お聞かせいただけませんか？」とイヴォンヌは攻撃性をまるで感じさせない声で尋ねる。

「顔にあばたがありました」とゲイルが即座に答える。その顔が深く記憶に刻みつけられていたことをはからずも認識させられて、目がくらむ思いになる。五十歳ちょっと。軽石のような頬をしていて、お酒のせいか腹が太鼓のように突き出していました。そう言えば、テニスコートでもお酒を忍ばせていて、こそこそ飲んでいたように思いますが、はっきりしません。

「右手の指すべてに指輪をはめていました」と代わってペリーが話す。「遠くから見ると、武闘用のメリケンサックをはめているようでした。黒いぼさぼさの髪が、さながら案山子《かかし》の髪のように、ベレー帽の下からはみ出していましたが、頭のてっぺんは禿げ上がっていたんじゃないかと思います。だから、帽子で隠していたんです。それから、贅肉が体中に付いていました」

そうです、イヴォンヌ、この男です。ペリーとゲイルは、イヴォンヌが二人の顔の下にそっと置いた大判写真を見つめ、ささやき声で一緒に同意する。二人の頭は触れ合い、ぱっと静電気が散る。そう、これがペルミのワーニャ。肥満気味の陽気な白人男性四人のうち、左から二番目の男。四人はナイトクラブにいて、売春婦らしき女性や、紙テープ、シャンパンのボトルなどに囲まれている。二〇〇八年の大晦日のようだが、場所は定かではない。

✦

ゲイルがトイレに行きたいと言う。イヴォンヌが細い地下の階段に彼女を案内し、先に立って階段を上がる。階段をのぼりきると、怪しいほど華やかな一階のフロアに出る。陽気で親切なオリーがベレー帽を脱いでウィングチェアに腰を下ろし、足を投げ出して熱心に新聞を読んでいる。普通の新聞ではなく、ロシア語のキリル文字のもの。ゲイルはロシアのタブロイド紙『ノーヴァヤ・ガゼータ』であると思うが、定かではないし、オリーに訊くのもためらわれる。ゲイルがトイレで用を足しているあいだ、イヴォンヌは外で待つ。トイレも豪華で、清潔なハンドタオルや香りのいい石鹸が用意されている。そして、狩りをするジョロックス（英国のユーモア作家ロバート・スミス・サーティーズ［一八〇五―六四］の狩猟小説の登場人物）の絵が、高級感あふれる壁に飾られている。二人が地下に戻ると、ペリーは先ほどと同じく、テーブルの上に広げた両手を見てうつむいている。まるで両手の手相を同時に見ているかのようだ。

「それでは、ゲイル」と小柄なルークが小賢しげに言う。「また大きな声を出していただく番ですよ」

大きな声を出すんじゃないわ、ルーク、悲鳴をあげるのよ。わたしのなかにしばらくたまっていたものを吐き出すの。あなたも気がついていたんじゃなくって？　だって、取り調べ中、あなたはその目でわたしをじろじろ見ていたはずだから。『異性を扱う上でのスパイのエチケット本』で厳密に必要と定められている以上に、あなたはわたしのことを穴が開くほど見ていたわ。

◆

「単にわからなかっただけです」と彼女は話し始める。目の前にいる人たちにまっすぐ話し始めるが、どちらかといえばルークより、イヴォンヌに向かって。「うっかり関わってしまったのね。気づくべきだったけど、わかりませんでした」

「自分を責めることはないよ」とペリーが彼女の脇から熱く反論する。「誰も君に何も言わなかったし、注意もしなかった。責められるべき者がいるとすれば、ディマの関係者全員ということになる」

それではゲイルの慰めにならない。弁護士としてのゲイルは、この真夜中、地下の煉瓦壁のワインセラーで被疑者に関する事案について整理している。被疑者は彼女自身だ。昼下がりのアンティグアのビーチ、ゲイルは日よけの下、水着の上を脱いで、うつぶせに寝そべっている。かたわらに、二人の小さな女の子がしゃがみ込んでいる。その反対側に、ペリーが手足を伸ばして寝そべっている。ペリーは小学生が身につけるような半ズボンをはいて、サングラスをかけている。亡き父が国家医療制度で支給された眼鏡に、ペリー用に処方された度付きサングラスのレンズをはめたものだ。

女の子たちは、ワーニャおじさんに買ってもらったアイスクリームを食べて、フルーツ・ジュースを飲み終えた。ペルミのワーニャおじさんは監視台の上にいて、ベルトに大型拳銃を差している。そしてナターシャはビーチの反対側で完全に一人きりで寝そべっている——ナターシャという名を発音しようとするたびに、ゲイルは心に引っ掛かりを感じる。勇気を振り絞り、学校で乗馬を習うときのように、えいと飛び乗らなければならない。エルスペスは、娘たちの安全が確認できる程度の距離を置いて待機している。彼女はこれから何が起こるかわかっているのだろう。エルスペスは浜辺で楽しむことなど決して許されないのだ、とゲイルは考える。

影が女の子たちの顔にふたたび差している、とゲイルは気づく。その職業意識によって、この子たちは何か暗い秘密を隠しているのかもしれない、と不安になる。一週間のほとんど毎日、法廷でのやり取りを聞いているだけに、ゲイルはこうしたことが気になって仕方ないし、好奇心も駆り立てられる。あまりぺちゃくちゃしゃべらないし、いたずらもしない女の子たち。自分たちが犠牲者であるとは思っていない子供たち。人の目を見て話せない子供たち。大人たちが自分たちに対してすることを、自分たちが悪いからだと考えてしまう子供たち。

「質問するのがわたしの仕事です」とゲイルはきっぱり言う。今ゲイルはイヴォンヌにすべてを話している。ルークの姿はかすみ、ペリーも意図的に排除され、彼女の視界から外れる。「家庭内の問題に関する訴訟に携わったことがあります。子供たちにも証人席に立ってもらいました。あなたとわたしは、仕事のなかでしていることを、仕事以外のところでもしているわけです。あなたとわたしは二人の別々の人間じゃない。ただ〝われわれ〟なんです」

ペリーは、自分自身のストレスを和らげるというより、恋人のストレスを和らげるために、体を上に伸ばし、続いて水泳選手がやるようにその長い腕を伸ばす。しかし、ゲイルのストレスがそれで和らぐことはない。

「だから、わたしが最初にあの子たちに言ったのは、ワーニャおじさんについてもうちょっと教えてちょうだい、ということでした。ワーニャについてあまり話したくない様子だったから、二人にとっては悪いおじさんなのかもしれないと考えました。〝ワーニャおじさんはわたしたちと一緒にバラライカを弾いてくれる。わたしたちはおじさんが大好きだよ。お酒を飲むと面白いよ〟。イリーナはそう言いました。イリーナは、お姉ちゃんのカーチャより、積極的にしゃべろうとしていました。でも、そこでわたしは考えてしまいます。酔っぱらったおじさんがあの子たちに音楽を演奏《プレイ》するって、ほかにはどんな遊び《プレイ》をするのだろう？」

「そのときもまだ英語で会話していると考えていいでしょうか？」とイヴォンヌが尋ねる。細部の細部まで追及するが、口調は女同士の穏やかなものとなっている。「簡単なフランス語で話しているということはないでしょうか？」

「英語が実質的にあの子たちの第一言語です。ちょっとイタリア語訛りの混じった、インターナショナル・スクールのアメリカ英語。それで、わたしは尋ねました。ワーニャおじさんは本当の親戚なの？　それとも知り合いのおじさんなの？　あの子たちはこう答えました。ワーニャはお母さんの弟で、以前はライサおばさんと結婚していた。ライサおばさんは今はソチで別の男の人と暮らしている。みんな、その男の人のことが嫌いなんだけどって。家族構成がわかってきて、わたしにとってはありがたかったわ。タマラはディマの奥さんで、とっても厳しい。ものすごく神様を信じているから、いつも祈っている。そして親切にわたしたちを迎えてくれたわ。親切に？　どんなふうに迎えたのかしら？　そこでわたしは言います。こう見えても、やり手の弁護士だから、露骨に尋ねるのではなく、本筋から逸れるような訊き方をします。ねえ、ディマはタマラにやさしい？　ディマは男の子たちにやさしい？　本当に尋ねたかったのは、ディマはあなたたちに少しやさしすぎるんじゃないかってことです。それに対して、カーチャが答えます。うん、ディマはタマラにやさしい。ディマはタマラの旦那さんだし、タマラの妹は死んでいるから。ディマはナターシャにもやさしい。ディマはナターシャのお父さんだけど、ナターシャのお母さんは死んでいるから。そして男の子たちにもやさしい。だって、あの子たちのお父さんだもん。これで、本当に訊きたかった質問をするきっかけがつかめます。お姉ちゃんのカーチャにその質問をします。じゃあ、あなたのお父さんは誰なの、カーチャ？　すると、カーチャは、お父さん、死んじゃった、と答える。イリーナが続けて言います。お母さんも死んじゃった。二人とも死んじゃった。わたしは〝ええ？　ほんと？〟みたいなことを言ってしまいます。あの子たちがじっとわたしの顔を見つめているので、わたしは二人に、本当にかわいそうだわ、と言います。お父さんとお母さん、いつ頃亡くなってしまったの？　二人の言うことを、全面的に信じていいのかわかりませんでした。正直、子供たちの残酷ないたずらであってほしい、とどこかで願っていたと思います。このときおもに話をしていたのはイリーナで、カーチャは意識がどこかに行ってしまったみたいでした。意識が飛んでいたのはわたしもそうだったし、それは大したことじゃない。お父さんとお母さんは水曜日に死んじゃった、とイリーナが言う。水曜日だったと、やたら強調します。水曜日が悪いんだ、と言っているかのように。水曜日にお父さんとお母さんは死んじゃった──いつの水曜日かはわからないけど。そこで、わたしはさらに質問してみますが、どんどん泥沼にはまっていきます。先週の水曜日のこと？　イリーナの答えは、そうよ、一週間前の水曜日、四月二十九日よ。とても正確で、わたしがちゃんとわかっているかどうか念を押しているのです。先週の水曜日に、自動車事故か何かがあった。わたしはあの子たちの顔をじっと見つめるしかない。そうしたらイリーナがわたしの手を取って、叩いてくれて、カーチャはわたしの膝に頭を載せる。わたしはペリーがそこにいるのを完全に忘れていたけど、ペリーもわたしに腕を回して、抱きしめてくれます。そして、わたし一人が泣いています」

✦

ゲイルは人差し指の関節を歯に当てている。それもまた、法廷で弁護士の立場を忘れて感情を乱してしまったときに、自分を守ろうとしてする仕草だ。

「あのあと、部屋に戻ってペリーと話しているうちに、すべて辻褄が合ってきたわ」とゲイルは言う。声を大きくして、感情にとらわれていない印象を与えようとするが、ペリーはまだ自分の視野に入れない。一方で、両親を自動車事故で亡くした二人の少女が、数日後に浜辺で楽しい時間を過ごすことについて、自然なことのように話をする。

「二人の両親は水曜日に亡くなった。ペリーとディマのテニスの試合は、その翌週の水曜日に行なわれた。ということは、あの一家は一週間喪に服していて、ディマはそろそろみんなに外の新鮮な空気を吸わせないといけない、と考えたんじゃないでしょうか。元気を出そう、テニスをしないか？　あの人たちがユダヤ人だとしたら……そう、もしかしたらユダヤ人かもしれないし、何人かがそうかもしれないし、あの子たちの亡くなった両親がそうだったかもしれないけど……もしそうであれば、あの人たちはシヴァ（ユダヤ教の七日間の服喪期間）に服して、一週間後の水曜日に普通の生活に戻れる。タマラが熱心なクリスチャンで、十字架を身につけていることとは矛盾するけど、別に宗教的な一貫性は問題にしていなかったし、まあ、あの人たちとはそういう話はしなかったし、それにタマラはみんなから変人だと見られていたわ」

イヴォンヌがふたたび、丁寧だが厳しい口調で尋ねる。「問い詰めるようなことはしたくないのですが、でも、ゲイル、イリーナは自動車事故だったと言ったわけですね。あの子が言ったのはそれだけですか？　たとえば、どこで事故が起こったかは話しませんでした？」

「モスクワ郊外のどこかとは言いました。正確にはわかりません。でも、道がいけないんだって言ってました。道にたくさん穴が空いていて、みんなが穴を避けて道の真ん中を走ろうとした。だから、当然のように、車と車がぶつかった、と」

「病院に運ばれたかどうかは？　それとも、お母さんとお父さんは即死だったのですか？　そういう話でした？」

「衝突の衝撃で亡くなったって言ってました。〝大きなトラックが道の真ん中を突進してきて、二人の乗っていた車を押し潰した〟と」

「ほかに死傷者は？　あの子たちの両親以外、被害者はいなかったのですか？」

「うまく質問し、追及していくことができませんでした。残念ですが」ゲイルは自分が動揺しつつあることに気づく。

「でも、たとえば運転手はいなかったのですか？　その運転手も巻き込まれていたら、話に出てきたはずですよね？」

イヴォンヌは、ペリーがそれに答えるとは予想していなかった。

「カーチャもイリーナも、運転手については何も言いませんでした。運転手が死んだのであれ、生きているのであれ、直接的にも間接的にも、何も言いませんでした、イヴォンヌ」とペリーはゆっくりと、間違いを正すように話す。それは、怠惰な学生や、鞄を力ずくで取り上げようとするボディガードに対して、彼が突きつける言い方だった。「ほかに被害にあった人がいたかどうかとか、どこの病院に搬送されたかとか、特定の車種の車が走っていたかどうかとか、そういう話も一切出ませんでした」。ペリーの声はどんどん大きくなっている。「あるいは、第三者保険についても……」

「もういいです」とルークが言う。

✦

ゲイルはふたたび一階のフロアに上がっていた。今度は付添いは付いていなかった。ペリーは同じ場所に座ったまま、一方の手で頭を抱え、もう片方の手の指でテーブルをいらついた様子で叩いていた。ゲイルが戻ってきて、元いた場所に座った。ペリーは彼女に気づいていないようだった。

「で、ペリー」とルークは手際よく実務的に声をかけた。

「なんですか?」

「クリケットは?」

「次の日までやりませんでした」

「わかっています。提出してもらった報告書にそう書いてあります」

「なら、それを読んでもらえば済むことです」

「報告書に書いてあることも確認します。そういう約束でしたね?」

わかった。次の日にクリケットをした。同じ時間、同じビーチの違う場所で、とペリーはしぶしぶ認めた。同じスモークガラスの窓のミニバンが湾の駐車禁止区域に入って来て、エルスペスを先頭に、二人の少女、ナターシャ、そして男の子たちが出て来た。

それでも「クリケット」という言葉を口にしてから、ペリーの顔はまた輝き出した。「馬小屋に閉じ込められていた子馬がついに解放され、走ることを許されたかのようでした」そのときの記憶がどっと押し寄せてきて、ペリーはうれしそうに言った。

その日、ペリーとゲイルは、スリーチムニーズの邸宅からできるだけ遠い場所を選んだ。ディマとその一行から隠れようとしたわけではなかったが、前の晩に羽目を外し、その朝は寝坊して、強烈な頭痛とともに目覚めたからだ。無料のラム酒を飲みすぎるという、初歩的なミスを犯したのである。

「もちろん、あの人たちからは逃れられませんでした」とゲイルが口を挟んだ。彼女はふたたび自分の番が来たと判断したようだ。「あのビーチのどこにも逃げ場なんてなかった。そうでしょ、ペリー？　逃げることを考え始めたら、あの島のどこにも逃げ場がないってことがわかりました。ディマ家の人たちは、どうしてわたしたちにそんなに関心を持っているんだろう？　あの人たちは何者？　何を望んでいるの？　そして、どうしてわたしたちなの？　どの角を曲がっても、あの人たちがいる。わたしたち、そんなふうに思い始めていました。わたしたちの宿から見ると、あの人たちの滞在先は湾のちょうど向こうで、ずっとわたしたちを見張っている。わたしたちの想像にすぎないかもしれないけど、それでも気にかかったわ。わたしたちがビーチに出れば、あの人たちは双眼鏡を使う必要もありませんでした。庭の塀に寄りかかって見ていればよかったんです。間違いなく、あの人たちはずっとそうしていました。だって、わたしたちがビーチにシートを敷いた途端、あのスモークガラスの窓のミニバンがやって来たんですから」

例の童顔のボディガードだ、とペリーは言うと、また語り始めた。童顔のボディガードはその日、バーではなく、高台の木陰にいた。ペルミのワーニャおじさんはいなかった。そしてベレー帽をかぶって大きな拳銃を持ったワーニャのかわりに、マメの蔓みたいに細くてひょろ長い男がいた。どうもフィットネス・オタクだったらしい。監視台には上がらず、ビーチを飛び跳ねながら行ったり来たりして、時間を計っていた。折り返し地点では立ち止まり、太極拳のような動きをしていた。

「もじゃもじゃ頭の若い男でした」とペリーは言うと、笑みを浮かべた口元を大きく広げた。「実によく体を動かしていた。病的と言ったほうがいいくらいです。五秒とじっとしていられないんです。でも、異常に体が細かった。痩せぎすでした。ディマ一家の新入りだろう、と僕らは考えました。ディマの家には、こんな調子で、ペルミからの従兄弟がしょっちゅう出入りしているんだろう。そう僕らは判断しました」

「それで、ペリーはあの子たちに目がいった。そうでしょう？」とゲイルは口を挟んだ。「特にあの双子が気になって、あの子たちとどうやって過ごそうか、とあなたは考えたんじゃなくて？　そして、素晴らしい休日の過ごし方を思いついた。クリケットをするのよ。でも、ペリーを知っている人であれば、そんなに素晴らしい考えではないと思うでしょうね。

犬が噛んだようなボールと、くたびれた流木を渡しただけで、この人はクリケット以外のことは何も考えられなくなってしまうんだから。そうよね？」

「ああ、当然のことだが、僕たちはかなり真剣に試合をしたよ」とペリーは認め、わざとらしく眉をひそめて、笑みを浮かべた。「浜辺に転がっていた流木で三柱門《ウィケット》を作り、上に横木《ベイル》がわりに小枝を載せた。マリーナのスタッフがバットとボールを見つけてくれた。あたりにいた現地の人たちと年輩のイギリス人にも、野手になってくれないか、と声をかけた。そして気づいたら、六対六で試合をしよう、ということになった。ロシアチーム対そのほかの世界選抜チーム、試合の始まりだ。男の子二人には、ナターシャにも声をかけるように言ったんだ。捕手になってくれないかって頼んでみたんだが、二人は戻ってくると、ナターシャはツルゲーネフとかいう人の本を読んでいたよ、と言った。ツルゲーネフなど聞いたこともないといわんばかりにね。次に僕らがやらなければならなかったのは、神聖なクリケットの法律《ルール》を」――ここでペリーは口元の笑みをさらに広げた――「法律とは無縁そうな若者たちに教えることだった。年輩のイギリス人と地元の黒人たちにはもちろん教える必要はなかったね。あの人たちは生まれたときからクリケットに親しんでいたから。でも、ディマ家の子たちはインターナショナル・スクール育ちなんで、野球は少ししたことがあるけど、それだけに野球との違いを受け入れたくないみたいだった。クリケットの投手は腕を伸ばしたままボールを投げるんだよ、野球みたいに肘を曲げてはいけない、といったことだ。女の子二人の扱いは特に考えないといけなかったけど、年輩のイギリス人たちが打つときは走者になってもらうことにした。そして女の子たちが飽きてしまったら、ゲイルは飲み物を与えたり、泳ぎに誘ったりした。そうだよね？」

「いちばんいいのは、あの子たちをじっとさせておかないことね、とわたしたちは判断したの」とゲイルは、努めてペリーのように明るく話そうとした。「あの子たちに考え込む時間を与えないこと。男の子たちは、わたしたちがやることは何でも楽しんでくれたはずよ。でも、女の子たちは……そうね、わたしが見たところ、確かに笑顔は見せてくれたけど……どうかしらね……」。そのあと、ゲイルは最後まで言うことができなかった。

ゲイルが困っているのを見て、すかさずペリーが口を挟んだ。

「柔らかい砂の上に、クリケットができる場所を作るのはとても大変でした」とペリーはルークに説明し、そのあいだにゲイルは落ち着きを取り直した。「投手は砂にはまってしまうし、打者はスウィングしたあとひっくり返る。そんな場面が思い浮かぶでしょう？」

「うん、思い浮かびます」とルークは心からペリーに同意した。ペリーの口調の変化にただちに対応し、調子を合わせたのだ。

「でも、そんなの何でもありませんでした。みんな楽しんだし、勝利チームはアイスクリームがもらえました。僕らは両チームとも勝者と宣言したので、みんなアイスが食べられました」とペリーは言った。

「例の新しく来たおじさんに払ってもらったのですか？」とルークが尋ねた。

「それはさせませんでした」とペリーは答えた。「アイスクリームの分は僕らが支払いました」

ゲイルが落ち着きを取り戻すと、ルークはさらに真剣な口調になって尋ねた。

「それで、両チームとも勝ちそうになったとき、つまり、試合もかなり終盤になって、あなたたちは例のミニバンのなかを見た。それで正しいですか？」

「そろそろ試合を終わりにしようと思ったんです」とペリーは認めた。「すると、そこで突然、ミニバンのスライドドアがすっと開いて、あの人たちがそこにいたんです。新鮮な空気を吸いたかったのかもしれないし、外をよく見ようとしたのかもしれない。よくわからないけど、とにかく王族の訪問のようでした。お忍びの訪問ですね」

「ミニバンのドアは何分くらい開いていましたか？」

ペリーはその評判の記憶力を用心しつつ使う。己を過信せず、早急に答えることもせず、自分の責任は自分で取ろうとする、いわば完璧な目撃者。ペリーのこうした面も、ゲイルは愛していた。

「ルーク、それはよく覚えていません。正確には答えられません。無理です」とペリーは言ってゲイルを見ると、彼女も首を振り、覚えていないということを示した。「僕がミニバンを見た。僕が見たことを、ゲイルも気づいた。そうだよね？　だから、彼女もそっちを見た。僕ら二人とも彼らを見た。ディマとタマラ。二人が並んで、背筋を伸ばして座っていた。浅黒い人と、色白の人。細身の人と、ふくよかな人。その二人がミニバンの後部座席から、僕らをじっと見ていた。そのあとバンという音がして、車のドアが閉まった」

「じっと見ているだけで、笑いもしなかった、ということですね？」とルークは軽く問いただし、メモを取った。

「何か、そう僕がすでにお話ししたように、あの男には帝王のように堂々としたところがありました。ああ、二人ともそうでした。ディマ帝国の王と王妃のようです。二人のどちらかが手を伸ばし、絹の飾り房を引いて、御者に馬車を走らせるよう促しても、まったく驚かなかったと思います」ペリーは自分の表現を振り返り、まさしくそのとおりだとばかりにうなずいた。「島では、大物は一段と大きく見えます。そしてディマがそうでした。彼は大物でした。今もそうです」

イヴォンヌがまた別の写真をペリーとゲイルに見せる。今度の一枚は、警察が撮ったと思われる一人の人物の白黒顔写真。正面から撮ったものと、横から撮ったものがある。黒い目が二つ写っている写真と、一つ写っている写真。おそらく殴られて、腫れ上がった口。任意供述をした直後のものだろう。それをひと目見たゲイルは、鼻に皺をよせて、この人物は知らないという意思を示す。そのあとペリーを見るが、彼も同意する。わたしたちの知らない人だ。

しかし、スコットランド人のイヴォンヌは、その程度では挫けない。

「この人に縮れ毛のカツラをかぶせたらどうでしょうか？　ちょっと想像してみてください。そしてこの顔の汚れを少し落としたら、どうでしょう？　二人が知っているフィットネス・オタクが、去年の十二月に、イタリアの刑務所から出て来たときの顔だとは思えませんか？」

二人はそうかもしれないと思う。そしてもう一度よく見て、そうだと確信する。

◆

まさにその晩、キャプテンズデッキのレストランにおいて、二人は翌日のパーティに招待されることをあらかじめ知らされた。威厳にあふれるアンブローズがペリーにテイスティングのワインを注いでいたときだった。ピューリタンの息子であるペリーは、声真似はしない。そこで俳優の娘ゲイルがそれを担当する。彼女はアンブローズの威厳にあふれる声を自らに割り当てる。

「〝明日の晩は、お二人に給仕することがかないません。どうしてか、おわかりですか？あなた方お二人は、ディマ様と奥様から秘密のゲストとして招待されるからです。ディマ家の双子の男の子たちの十四歳の誕生日パーティです。あのお子様たちに、お二人はクリケットという高貴な競技を特別にご紹介されたとうかがっております。そしてわが妻エルスペスは、クルミをちりばめた、この上なくおいしいロールケーキを作りました。見たこともないような大きなケーキです。ゲイル様、これ以上大きかったら、あの子供たちはあなたをケーキのなかに入れて、そこから飛び出させようとするかもしれませんね。あの子たちは、本当にあなたのことが大好きなのです〟」

そして最後にいっそう大げさな手振りで、アンブローズは二人に封筒を手渡した。封筒には「ミスター・ペリーとミス・ゲイルへ」と記され、なかにディマの名刺が二枚入っていた。結婚式の招待状のように、縁がぎざぎざした白い手すきの紙で、あの男の名前が記されていた。「ドミトリ・ウラジーミロヴィッチ・クラスノフ」。肩書は、「アリーナ・マルチ・グローバル・トレーディング・コングロマリット[本社キプロス、ニコシア]ヨーロッパ代表」。その下に会社のURLのほか、スイスのベルンにある「自宅兼オフィス」の住所が書かれていた。

4

たとえ二人のうちのどちらかがディマの招待を断わろうと思ったとしても、それを相手に認めることはなかった。ゲイルはそう話した。

「子供たちのために行ったんです。あの大きな双子の男の子たちの誕生日だって言われて、それは素晴らしいって。そんなふうに誘われたわけだから、わたしたちもそれに応じました。でも、わたしがパーティに行くことにした本当の理由は、あの二人の女の子のことを考えたからです」ここでも、ゲイルはナターシャの名前を出さずに済んで、ひそかに喜んだ。「ところが、ペリーは」

「ペリーがどうしたんですか?」とルークは尋ねたが、ペリーは応えなかった。

ゲイルはすでに態度を軟化させ、今度は恋人の擁護に回った。「この人はただすべてに魅了されていたんです。ペリー、そうよね? ディマという男、彼の人となり、大変な生命力、鍛え上げた体。このロシアの無法者たち。危険さ。何もかも、自分が知っている者たちとは完全に違う。ペリー、あなたは——そうね——つながりを感じていたんだわ。こういう言い方はフェアではないかしら？」

「まるで心理学の先生のようだな」とペリーはぶっきらぼうに言ったが、ふたたび黙り込んだ。

生まれついての調停者、小柄なルークが、ここで二人の問題に介入してきた。「ということは、つまり、あなたたちにはいろんな動機が入り混じっていたということですね？」とルークは水を向けた。そんな入り混じった動機の扱いに慣れている男の話し方だった。「そのことに、何の問題もないんじゃないでしょうか？　かなり入り組んだ状況でしたから。ワーニャおじさんの銃。洗濯籠に入ったお金の話。両親を亡くした二人の小さな女の子たちが、あなたたちをとても必要としていること。大人たちもあなたたちを必要としているようだった。その上、あの双子の少年たちの誕生日。となれば、お二人のような良識のある人たちが、どうして招待を断われるでしょうか？」

「それに、島にいたわけですし」とゲイルは、自分たちがいた場所のことをルークに思い出させた。

「そのとおり。そして、なんといっても、あなたたちはすごく興味があった。だって、当然ですよね？　それこそ絶妙の入り混じり方だったんだから、僕だって、そこにいたら、そんな思いに駆られたと思います」

確かにこの人ならそうだろうな、とゲイルは思った。この小柄なルークは何事にもすごく入れ込んでしまい、あとで不安になるようなタイプだと、彼女は感じていた。

「それにディマよ」とゲイルは執拗に言った。「あなたはディマに強く惹かれたんでしょう？　ペリー、そうよね？　あなた、あのときそう言ったじゃない。わたしは子供たちに会いたかったけど、いよいよってときにあなたを動かしたのは、あのディマだった。わたしたち、二、三日前に、そのことについて話したわよね、覚えてる？」

彼女はこう言いたかったのだ。あなたがあのとんでもない文書を書いていたとき、わたしは善良なキリスト教徒のように、従順に仕えていた。

ペリーはしばらく考え込んだ。学問上の仮説を考えるときと同じくらい、じっと集中して考えた。そのあと、さわやかな笑みを浮かべて、ゲイルの言い分は正しいと認めた。

「そのとおり。僕はあの男に指名されたように思った。過分な地位を与えられた気がしたと言ったほうがいいかもしれない。自分はあのときにどう感じていたのか、今はもうわからない。あのときもわかっていなかったのかもしれない」

「でも、ディマはわかっていた。彼にとって、あなたはフェアプレイの教授だったのよ」

◆

「だから、あの日の午後、わたしたちはビーチには行かずに、街に出て買い物をしたの」とゲイルはふたたび口を開いた。ペリーは顔をそむけていたが、ゲイルはその頭ごしにイヴォンヌに向かって話し、ペリーにも自分の話を聞かせた。「男の子たちへの誕生日プレゼントは、クリケットのセットしかないって考えた。それはあなたの担当ね。あなたは楽しそうにそれを探したわ。あそこのスポーツショップが気に入ったし、お店のお年寄りが好きになったし。そこに展示されていた西インド諸島の名選手たちの写真にも惹かれた。レアリー・コンスタンティン（トリニダードのクリケット選手［一九〇一―七一］）だったかしら？　ほかに誰がいたっけ？」

「マニー・マルティンデール（西インド諸島出身のクリケット選手［一九〇九―七二］）」

「そしてソーバーズよ。ゲイリー・ソーバーズ（バルバドス出身のクリケット選手［一九三六―］）もいたわ。あなたは指さして教えてくれた」

ペリーはうなずいた。そうだ、ソーバーズだ。

「それから、わたしたちの出席を秘密にしておくのが楽しかったわ。子供たちのために秘密にしておいたの。バースデーケーキからわたしが飛び出すっていうアンブローズのアイデアも、それほど的外れではなかったのよね。それで、わたしが女の子たちのプレゼントを選んだ。あなたにもちょっと手伝ってもらってね。下の二人にはスカーフ。ナターシャにはかなり上品な貝殻のネックレス。ネックレスには、付け替え用の半貴石のビーズもついていたわ」うまくいった。ゲイルはナターシャのことにふたたび触れたが、何も勘ぐられずに済んだ。「ペリー、あなたは同じものをわたしにも買いたいと言ったけど、わたしが断わったのよね」

「ゲイル、それはどういう理由で？」イヴォンヌは控えめで知的な笑いを顔に浮かべ、それで一息つこうとする。

「わたしのためだけのプレゼントがほしかったからよ。ああいうふうに言ってくれたのはペリーのやさしさだけど、わたしはナターシャとペアのアクセサリーを持ちたくなかった」とゲイルは、イヴォンヌに対してだけでなく、ペリーに対しても答えた。「ナターシャだって、わたしとペアのアクセサリーをしたくなかったと思う。ありがとう。それはとってもいい考えだけど、また別の機会にそうしてもらうわ。そうあなたに言ったのよね？　それで、正直なところを言うと、アンティグアのセントジョンズで素敵な包み紙を買ってもらえないかしらって言ったの」

ゲイルは勢いこんで続けた。

「次に、わたしたちをいかにスリーチムニーズに忍び込ませるかっていう問題がありました。そうよね？　だって、子供たちを驚かせようっていう計画だったし、それで大いに盛り上がるはずだったから。カリブの海賊に変装して行こうかとも思ったけど——あなたのアイデアだったわね——それはちょっとやりすぎかも、と考え直したの。特に、相手が喪に服しているってことを考えるとね。まあ、わたしたちはそれについてまだ知らないってことになってはいたけど。だから、いつもの服装に、ほんのちょっと何か付け足したような恰好で行くことにしました。ペリー、あなたは古いブレザーを着て、グレーの旅行バッグを持って出かけた。『ブライズヘッドふたたび』（イヴリン・ウォーの小説［一九四五］）のチャールズ・ライダーのような恰好だったわ。ペリーはいわゆる着道楽じゃないけど、なかなか決まっていたわ。そして、もちろん水着も持って出かけた。わたしは水着の上にコットンのドレスを着て、ちょっと寒くなるかもしれなかったから、その上にカーディガンを羽織りました。スリーチムニーズにはプライベートビーチもあるから、泳ぐことになるかもしれないって思ったんです」

イヴォンヌはそれを聞きながら細かくメモを取る。誰に向けて書いているのか？　ルークは顎に手を当てて、ゲイルの言葉一つひとつに真剣に耳を傾けている。ここまで熱心に耳を傾けられると、ゲイルとしては気持ちが悪くなる。ペリーは黒ずんだ壁の煉瓦の継ぎ目を暗い表情で眺めている。彼ら全員が、ゲイルの最後の演技に、全神経を集中させているのだ。

✦

アンブローズにはこう言われた、とゲイルは慎重に言葉を選びながら続けた。六時にホテルの入り口に来てほしい、と。そう言われて二人は、スリーチムニーズまで例の黒い窓のミニバンで連れて行かれ、横手の通用口から入るのだろうと考えた。しかし、その読みは当たっていなかった。

指示されたとおり、裏道から駐車場に向かうと、アンブローズが四輪駆動車の運転席で待っていた。彼はこれからの計画を共犯者に話すように興奮気味に説明した。半島の中央を縦断する自然道《ネイチャーパス》と呼ばれる道を使って、このお忍びの客たちをディマの邸宅の裏口まで連れて行く。そこに、ディマ氏自身が待っている。

ゲイルはふたたびアンブローズの声真似をした。

「〝いやあ、庭には色とりどりの豆電球が飾り付けてありましたよ。スチールバンドも来ていました。大きなテントが張られて、極上のコーベ・ビーフも届いていました。あそこにないものなんて考えられませんね。ディマ様はすべてを細かいところまで準備しているのです。わたしの妻のエルスペスに付き添わせて、さすらいのご家族を全員、ヤドカリ競走大会の見物に行かせています。セントジョンズの向こう側でいま開かれているのです。ですから、そのあいだにお二人には裏口から入ってもらって、今夜の秘密のゲストとして出て来てもらうというわけです〟」

もし冒険したいなら、その自然道《ネイチャーパス》に行くだけで十分だっただろう。何年もその道を通った者はいなかったようで、ペリーは何度か生い茂る草を踏み固めながら、藪を抜けて行かなくてはならなかった。

「これはもちろん、ペリーの大好きなことね。実のところ、彼は農業を営むべきだったのよ、そうじゃない？　それから、わたしたちが長い緑のトンネルを抜けると、そこにディマが立っていました。その姿は、幸福なミノタウロスってとこだったわ——そんなものがいるとすればだけど」

ペリーは警告するように、その骨ばった人差し指を上に向けた。

「ディマが一人でいるのを見たのは、それが初めてでした」とペリーは真剣な表情で念を押した。「ボディガードなし、家族なし、子供たちもなし。僕らに対する見張りは一人もいなかった。少なくとも、目に見えるところにはいなかった。僕たち三人だけ、森の端に立っていました。彼も僕らも、そのことを強く感じていたと思います。突然、われわれだけになったということ」

しかし、ペリーがこの言葉にどんな意味を持たせようとしたにせよ、ゲイルが急き込むように話を続けたので、それは失われてしまった。

「イヴォンヌ、あの人、わたしたちをハグしたんです！　本当に抱きしめたのよ。最初はペリーをハグして、そのあと彼を押しのけて、わたしをハグしました。そしてまたペリーをハグしました。セクシーなハグではなかったわ。家族を抱きしめるようなハグだった。わたしたちと何年も会っていなかったみたい。というか、もう二度と会えないと思っているみたいだった」

「あるいは、必死の思いだったんじゃないかな」とペリーは言った。先ほどの真剣な表情を崩すことなく、何か考え込むような調子で。「僕にもちょっと感じるものがあったよ。君はわからなかったかもしれないけど。僕らが彼にとってどんな存在であるか、どんなに大切であるか、あそこで感じたんだ」

「あの人は本当にわたしたちのことを愛していたわ」とゲイルも確信を込めて続けた。「その場で愛を示したの。タマラもわたしたちを愛している、とディマは言っていました。タマラは問題を抱えてからちょっとおかしくなってしまい、愛情を口にするのがむずかしくなっただけだって。彼女がどんな問題を抱えているかは説明しませんでした。それをわたしたちが訊けたと思います？　ナターシャもわたしたちを愛しているけど、あの子はこのところ誰にも何も話さずに、ひたすら本を読んでいる。そうディマは言っていました。ディマ家のすべての人たちがイギリス人の人間性、フェアプレイの精神を愛しているんだって。ただ、ディマは〝人間性〟という言葉は使わなかった。何て言ったかしら？」

「心だ」

「緑のトンネルの出口にわたしたちは立っていて、熱烈なハグを受ける。それからディマはわたしたちの心を褒めたたえる。ほんの少ししか言葉を交わしたことのない相手に、一体どれだけの愛情を表明できるのかしら？」

「ペリーはどう思います？」とルークは水を向けた。

「ディマは英雄のようだと思いました」とペリーは答え、その長い手を眉のあたりに当て、お決まりの困惑のポーズを取った。「どうしてかはわからなかったですが。そのことは、報告書のどこかに書いたんじゃありませんか？　英雄のような人物だったかな？　確かにそう思いました」。ペリーは肩をすくめ、自身の感情を無価値なものとして片づけようとした。

「攻撃を受けている者の威厳を感じました。誰があの男を攻撃しているのかわからなかったし、なぜ攻撃しているのかもわからなかったけど。わかっていたことといえば――」

「あなたはディマと一緒に岩壁に立っていた」とゲイルは言った。それは決して冷たい言い方ではなかった。

「そうだね。そして、彼はつらい状況にあった。僕らを必要としていた」

「あなたを必要としていたのよ」とゲイルは訂正した。

「わかったよ、僕を必要としていた。僕が言いたいのはそれだけさ」

「じゃあ、あなたから話して」

「ディマは僕らを連れてトンネルから出ました。そして、邸宅の裏口らしきところまで案内しました」とペリーは話し始めたが、ここで中断した。「その場所がどんなだったか、正確なところを知りたいんですよね？」とペリーは厳しい口調でイヴォンヌに尋ねた。

「ええ、ペリー、そうです」とイヴォンヌは答えた。ペリーと同様に無駄のない答え方だった。「可能であれば、細部まですべて教えてください」。そう言って、また几帳面にメモを取り始めた。

「森から出ると、ずいぶん前に作られたような小道が走っていて、表面には赤い石炭殻のようなものがびっしり敷き詰められていました。おそらく、最初にこの家を建てた人が出入り用の道として作ったんだと思います。穴ぼこも開いていたので、それを避けてその道を登っていかなければなりませんでした」

「わたしたちはプレゼントも運んでいたんです」とゲイルが脇から唐突に口を挟んだ。「あなたはクリケットのセットを持ち、わたしはラッピングした子供たちへのプレゼントを運んでいた。わたしが見つけた最高におしゃれなバッグに入れて——最高って言葉じゃ言い足りないくらいだわ」

ほかにもこれを聞いている人がいるのかしら？　ゲイルはそう思った。でも、わたしの言うことに聞き耳を立てているのではない。彼らにとっての情報源はペリーで、わたしはおまけみたいなものだ。

「背後から近づいていくと、その家は骨の山のようでした」とペリーは続けた。「宮殿のようなものを想像してはいけないとは言われていました。近いうちに取り壊されるからって。でも、まさか残骸のようなものだとは思っていませんでした」。外国志向の強いオックスフォードの教員が、ここでは現地レポーターに変身していた。「今にも倒れそうな煉瓦造りの建物で、窓には鉄格子がはめられていました。昔の奴隷小屋だろうと思いました。白い漆喰を塗った高い壁が建物を囲んでいます。優に三メートルはあろうかという壁の上に、鉄条網が張りめぐらされてるんです。その鉄線はまだ新しく、恐ろしい牙を剝いていました。壁際にぐるりと立ててあるポールの上には白い防犯灯が取り付けられ、サッカー・スタジアムの照明のように、下を通るすべての者に、容赦なくまぶしい光を浴びせていました。僕らが泊まっている小屋のバルコニーからも、その光が見えたことがあります。ポールのあいだには、ライトアップ用の豆電球が吊るされていました。おそらくその晩のバースデー・パーティのためのものでしょう。防犯カメラも設置されていましたが、逆方向を向いていました。僕らが裏から入ってきたからだと思います。意図的にそうしたんです。六メートルほど頭上には、真新しいパラボラアンテナが北に向かって光り輝いていました。帰り際に見た限りでは、そうだったと思います。マイアミとか、ヒューストンのほうを向いていたんじゃないかな。どういうことなのか、わからないけど」。そう言って、ペリーは少し考え込んだ。「でも、あなたたちは、おわかりですよね。そういうことを知っているはずの人たちだから」

これは挑発なのか冗談なのか？　どちらでもない。ペリーが自分の能力を示しているのだ。自分がいかに彼らの仕事を見事に遂行しているか、ルークとイヴォンヌが気づいていない場合に備えて、二人に示している。登頂困難な北壁のオーバーハングを登ってきたから、一度通ったルートは決して忘れないと断言するペリー。自分に不利な挑戦を受けずにはいられないのだ。

「ふたたび下り坂になって、さらに森を抜けると、わずかな草地があり、最後に突き出した岬に行き着きました。実のところ、屋敷には〝裏〟にあたる場所がありませんでした。あるいは、すべての面が裏だったというべきかもしれません。エリザベス朝様式の特徴を無節操につぎはぎしたような三角形の平屋《バンガロー》で、下見板とアスベストで作られていました。壁は灰色の化粧漆喰《しっくい》、小窓は鉛の枠で固めてありました。ベニヤ板を当てて、ハーフティンバー（英国エリザベス朝・チューダー朝時代の建築で、木枠の部分を外に出し、そのあいだを漆喰などで埋めた様式）のように見せていました。そして裏手のポーチにはランタンが吊るされていました。ついて来れてるかい、ゲイル？」

　ついて来れてるから、わたしはここにいるのよ。「よく覚えているわね」とゲイルは言った。それはペリーが訊いたことに対する正確な答えではなかった。

「寝室、バスルーム、キッチン、仕事部屋などが何室か建て増しされていました。それぞれの仕事部屋には外に通じるドアが付いていて、ここがコミューンというか、集落のようなものであったことがうかがえました。全体として、メチャクチャな建物でした。でも、それはディマのせいではありません。マークが教えてくれたんですけどね、ディマの一家は、それまでそこで生活していなかったんですから。防犯関係の突貫工事以外では、まったく手が入れられていなかったんです。だからって、心配になったかと言えば、そんなことはありません。まったく逆です。すごく現実味を感じました」

詮索好きの医師といった風情のイヴォンヌは、手元のカルテから目を上げた。「でも、ペリー、煙突は一本もなかったのですか？」

「二本、前は製糖工場だった建物に付いていました。半島の西の端にあるあの建物です。そしてもう一本、森の端にもありました。それも僕らの書類に記したと思いますが」

僕らの書類ですって？　あなたは何度そんな言い方をしたかしら？　あなたが書いた僕らの書類。わたしは見ることが許されていないのに、あの人たちは見ている。それはあなたの書類よ！　あの人たちの書類よ！　ゲイルは頰を怒りで赤くし、ペリーがそれに気づくことを願った。

「それから、僕らが屋敷に向かって進み始めて、確か二〇メートルぐらい手前に来たところで、忍び足で歩くように指示されました」ペリーはそう言うと、語気を強めた。「ディマがその手で示したんです。ゆっくり歩くように、と」

「そして、ディマが唇に人差し指を当て、そのたくらみに巻き込むような態度を示したのも、ここだったんですね？」とイヴォンヌは尋ねると、顔を上げてペリーを見たが、メモは取り続けた。

「そうよ！」とゲイルが口を挟んだ。「まさにここよ。すごいたくらみですよね。まずは忍び足で歩け、それから口を閉じろ、というんです。唇に人差し指を当ててるのは、一緒に子供たちを驚かせようってことだと思ったから、わたしたちもそれに乗ることにしました。子供たちはヤドカリ競走を観に行かせてある、とアンブローズが言っていたから、あの子たちが家にいるのはちょっと変な気がしました。でも、何か変更が生じて、まだ家から出ていないのだとわたしたちは思いました。少なくともわたしはそう思いました」

「ありがとう、ゲイル」

それは何に対しての感謝よ？　ペリーの台詞を奪ったから？　どういたしまして、イヴォンヌ、そんなお礼はいらないわ。ゲイルは急いで続けた。

「ディマはわたしたちにつま先立ちで歩くことさえさせました。大げさじゃなく、本当に息を止めるように、と。わたしたちはあの人を疑いませんでした。このことは、はっきり言っておくのがいいと思います。わたしたちは彼の指示に従いました。普段は二人ともそんなことしないけど、あのときはそうしました。ディマはわたしたちをドアに連れて行きました。それは家のドアだったけど、玄関ではなく、通用口でした。鍵はかかっていなくて、ディマはそれを押して先に中に入ったけど、そこで急に振り返って、片手を上げて、そしてもう片方の手を唇に当ててました」——ゲイルは、「わたしのパパがクリスマスのお芝居で靴磨きを演じているみたいだったけど、パパと違って、ディマは酔っぱらっていなかった」と言いたかったが、言わなかった——「とにかく、ディマはとてもまじめな顔で、わたしたちに静かにするように促しました。ペリー、これで間違いないかしら？　じゃあ、次はあなたの番よ」

「それから、ディマは僕らが指示されたとおりにすることがわかると、自分についてくるように、と手招きしました。僕が最初に続きました」ペリーの口調は逆に静かなもので、わざとゲイルの口調と対照的に聞こえるようにしていた。それは、興奮しているにもかかわらず、そうではないふりをするときの彼の声だ。「僕らはがらんとした玄関ホールに入りました。そう、ホールに！　せいぜい幅三メートル、奥行き四メートルぐらいで、ひび割れた西向きの窓が付いていました。窓ガラスはマスキングテープで菱形に縁取られ、そこから夕陽が射し込んでいました。ディマはまだ人差し指を口に当てていました。中に入ると、彼に腕をつかまれました。テニスコートで腕をつかまれたときと同じです。ディマの握力の強さは比類がなく、とても僕には太刀打ちできなかったでしょう」

「太刀打ちしないといけなくなるかも、と思ったのですか？」とルークが、同じ男性としての同情心を込めて尋ねた。

「どう考えたらいいのかわかりませんでした。ゲイルが心配だったし、僕がディマと彼女のあいだに入らなければ、なんてことを考えました。ほんの二、三秒でしたが」

「でも、それだけの時間があれば、これは子供の遊びなんかじゃない、とあなたにはわかったわけですね」とイヴォンヌが示唆した。

「まあ、わかり始めていました」とペリーは告白したが、そこで話を止めた。その声が、地下室の上の通りを走る救急車のサイレンにかき消されたからだ。「わかってもらいたいんですが、あの場所では思いがけず、やかましい音がひっきりなしにしていました」とペリーは強く言った。まるで一つの音が、ほかの音を誘発したかのようだった。「狭い玄関ホールに入っただけで、風があの古ぼけた家をガタガタ揺らす音が聞こえました。それから光が――まあ、〝走馬灯的〟とでも言うのかな、学生たちが好きな言葉を使えば――西向きの窓から、層を成して射してきました。粉のような光が海の上に垂れ込める雲から射し込んできて、それからこの光の上に、美しい陽光の膜がかかりました。その一方で、漆黒の影が、陽光の届かない場所に広がっていました」

「そして寒かった」とゲイルは不満を漏らし、肩を抱えてその様子を大仰に表現した。「人が暮らしていたら、あんなに寒いってことはないわ。それに、底冷えする墓地の匂いもしました。でも、わたしがずっと考えていたのは、女の子たちはどこってこと。どうしてあの子たちの姿も見えなければ、声も聞こえないの？　どうして風の音以外、人の声も物音もしないの？　もし誰もいないのなら、一体わたしたちは誰のためにこういう秘密裏の行動をしているの？　わたしたちは、自分たち以外に、一体誰をだまそうとしているの？　そしてペリー、あなたも同じことを考えていたんでしょう？　あなたはわたしにあとでそうだと話してくれたわ」

✦

ディマはまだ人差し指を上げていたが、その背後で違う顔を見せていた、とペリーは話している。楽しい雰囲気は消え失せていた。その目から消え失せていた。ユーモアは感じさせない。こわばっていた。ディマは僕らをどうしても怖がらせる必要があった。自分の恐怖を感じさせたかったのだ。そして僕らはその場に呆然として——ああ、確かに恐怖を感じながら——たたずんでいると、タマラが亡霊のように、僕らの前に姿を現わした。僕らに気づかれることなく、狭いホールの隅にずっと立っていた——窓から入る光の筋も届かない、いちばん奥の、いちばん暗い隅に。タマラはあのテニスの試合の日に着ていた長い黒いドレスを身につけていた。ミニバンの奥の暗がりから、ディマとともに彼らを監視していたときも、このドレスを着ていた。彼女はまるで彼女自身の幽霊のようだ。

ゲイルがまた口を挟んだ。

「まず、わたしの目についたのは、あの人がしていた主教クラスの十字架です。それから、体のほかの部分が形を成してきました。誕生日パーティのために髪を編んで、頬紅をつけ、口紅も塗っていました。口のまわりにたっぷりと。ほんとに、唇からはみ出すくらいでした。あの人、頭がどうかしちゃっているのかと思いました。タマラは唇に指をあてるようなことはしていませんでした。その必要もなかった。彼女の体全体が、赤と黒の警告のサインみたいだったから。もう、ディマはどうでもいいわ、とわたしは思いました。こっちのほうが本当にすごい。そう思いながらも、もちろん、この女性の問題が何なのか、ずっと考えていました。だって、確かにこの人、問題を抱えていたもの」

ペリーが話そうとしたが、ゲイルがそれを頑《かたく》なに遮って話を続けた。

「タマラは紙を手にしていました。Ａ４サイズのタイプ用紙を、二つに折りたたんでいました。そして、それをわたしたちに差し出しました。何のために？　宗教関係のチラシかしら？　あなたの神に会う備えをせよ、ということかしら？　それともわたしたちに令状を突きつけているの？」

「それで、そのときディマはどこにいました？」とルークはペリーに顔を向けて尋ねた。

「ようやく僕の腕を放しました」とペリーは言って、顔を歪めた。「でも、それは僕がタマラの紙をじっと見ていると向こうが確認したあとです。タマラはその紙を僕に差し出し、ディマが僕に向かってうなずいた。読んでくれ、と。しかし、ディマはまだ指を唇に当てたままでした。タマラは本当に何かに取り憑かれていました。ディマもタマラも、どちらもです。そして、自分たちの恐怖を僕らが共有することを望んでいました。しかし、一体何を二人は恐れていたのでしょう？　そこで、僕はその紙を読みました。もちろん、声には出しません。すぐに読むこともしませんでした。僕は日が射さない場所にいました。その紙を持って窓辺に行かなければなりませんでした。そっと忍び足で。僕らがいかにその場の雰囲気に呑まれていたか、これでよくおわかりでしょう。窓辺にたどり着いたら、窓に背を向けなければなりませんでした。そこに日がとても強く射していたからです。そしてゲイルがハンドバッグから、僕のスペアの読書用眼鏡を出してくれました」

「――いつものことだけど、この人は部屋に眼鏡を置いてきてしまったから――」

「そしてゲイルも忍び足で僕のうしろに来た」

「あなたが手招きしたからよ」

「君が危ないと思ったからだ——そして、君は僕の肩越しに紙を読んだ。確か、二人で二度読んだよね」

「それって、何て言うか」とゲイルは言った。「賭けのようなものよね！　あの人たち、どうしてわたしたちをそこまで信頼したのかしら？　一体どうして突然、わたしたちこそが救世主だって思ったの？　それって、こっちにとっては大変な重荷だわ！」

「選択肢があまりなかったんだよ」とペリーはやんわりと自分の考えを述べた。それにルークは訳知り顔でうなずき、イヴォンヌも同じようにそっとうなずいた。ゲイルはそれを見て、いっそう孤立しているように感じた。その夜はずっと、自分がのけ者であるかのように感じていた。

✦

換気の悪い地下室内の緊張した空気に、ペリーはうんざりし始めていたのかもしれない。あるいは——ゲイルはそう思ったのだが——ペリーは今になって罪の意識にとらわれていたのかもしれない。彼はその長身を椅子に押し込んで、ごつごつした肩を下げ、体の力を抜くと、ルークの小さな手のあいだに広げられた淡黄色のフォルダーに人差し指を突きつけた。

「とにかく、僕らが提出したこの書類のなかに、タマラの紙があります。だから、その内容を僕が繰り返す必要はないですよね」とペリーは強い口調で言った。「満足がいくまで、そちらがご自分で読めばいい。というか、すでにそうしたんじゃないですか？」

「それでも、ペリー、お願いしたいんです」とルークは言った。「完璧を期すために」

ルークはペリーを試しているのかしら？　ゲイルはそうだと思った。学問の世界から立ち去ろうとペリーは決心したわけだが、その世界でも彼の記憶力はよく知られていた。英文学の論文を一度読んだだけで引用できたのだ。ルークの言葉に虚栄心をくすぐられて、ペリーはゆっくりと、そして感情を示すことなく、諳んじ始めた。

「ドミトリ・ウラジーミロヴィッチ・クラスノフ。通称ディマ。キプロスのニコシアに本社を置くアリーナ・マルチ・グローバル・トレーディング・コングロマリットのヨーロッパ代表は、ペリー・メイクピース教授、およびゲイル・パーキンズ弁護士を通じて、大英帝国当局と互恵的な取り決めを交渉する用意がある。かかる取り決めとはすなわち、ディマ自身およびその家族の大英帝国の永住権の保証と引き換えに、女王陛下の大英帝国に対し、きわめて重要、きわめて緊急、きわめて危険な情報を提供するというものである。子供たちは約一時間半は戻って来ない。ディマとペリーが第三者に聞かれることなく話ができる適切な場所もある。ゲイルにはタマラと一緒に家のなかの別の場所に移ってもらう。この家には盗聴器が多く仕掛けられている可能性がある。われわれは、みながヤドカリ競走から誕生日パーティに戻って来るまで、決して話をしないことにする」

「そして電話が鳴った」とゲイルが言った。

ペリーは姿勢を正せと命令されたかのように、椅子に背筋をすっと伸ばして座っている。手は相変わらずテーブルに広げ、背筋は伸びているが、肩ががくんと下がっている。これからやろうとしていることははたして正しいか、真剣に考えているのだ。顎には拒否の意思がうかがえるが、彼が拒否する必要があるようなことは誰も何も求めていない。例外はゲイルで、彼をじっと見つめるその表情に、品位のある懇願の意思を示している。あるいは、彼女はそう望んでいるが、ただ怖い表情で恋人を睨みつけているだけなのかもしれない。自分がどんな表情を示しているのか、もはやわからないのだ。ルークの口調は呑気というのを通り越して、晴れやかとさえ言えるものになっている。そうした口調になることを自ら望んでいるのだろう。

「あなたたち二人がそこに並んで立っている姿を思い描いてみます」とルークは熱く説明する。「イヴォンヌ、これはまったく異常な瞬間だと思わないですか？　玄関ホールに並んで立っている？　手紙を読んでいる？　ペリーが手紙を持っている？　ゲイル、あなたはその手紙をペリーの肩越しに読んでいる。二人とも完全に押し黙っている。あなたたちはこの異常な提案を突きつけられ、それに対していかなる反応も今は許されていない。それは悪夢です。そして、ディマとタマラにすれば、あなたたちは黙っているというだけで、半ば彼らの仲間になっているのです。あなたたち二人とも、家を飛び出そうとはしないでしょう。そこから動けなくなっている。肉体的にも、精神的にも。違いますか？　だからディマとタマラから見れば、ここまではうまくいっている。あなたたちは、暗黙のうちに、同意すると約束している。そんな印象を与えてしまっているのです。まったく思いがけないことでしょうが。何もせずにそこにいるだけで、彼らの計画に参加しているのです」

「二人とも大げさなことをがなり立てていると思いましたよ」とゲイルは言って、ルークをへこませようとする。「偏執狂《パラノイア》です、あの二人は。はっきり言ってね、ルーク」

「どのような偏執狂《パラノイア》なのでしょうか、正確には？」とルークは挫けずに尋ねた。

「わたしにわかるわけないでしょう？　まあ、そもそも誰かが盗聴器を仕掛けているって思うことかしら。緑色の宇宙人が聞いているかもしれない、とか」

しかし、ルークはゲイルが予想したよりも大胆だ。鋭い反論をする。

「ゲイル、あなたたち二人が見聞きしたことからすれば、それはそんなにありえないことでしょうか？　あなたたちも今は認識しているはずです。自分たちがロシアの犯罪に片足を突っ込んでいるということを。失礼な言い方かもしれませんが、あなたは経験のある弁護士なんですから」

✦

そのあと、長い沈黙があった。ゲイルはルークと対立することになるとは思っていなかったが、ルークのほうは、自分が望む衝突であれば、いつでも受けて立った。

「ルーク、あなたの言う経験なんだけど」とゲイルは喧嘩腰になって言った。「残念だけど、この場合には役に立たないわ」――しかし、ペリーは彼女の言葉を遮って言った。

「そこで電話が鳴った」と彼は穏やかにゲイルが中断した話を思い出させた。

「そう、そうだったわ、電話が鳴った」とゲイルは矛を収めた。「わたしたちがいたところから一メートルぐらいの場所で鳴りました。いや、もっと近いかな、六〇センチぐらいだったかもしれない。火災報知器のような音でした。わたしたち、びっくりして飛び上がった。ディマとタマラはそんなことなかったけど、わたしたちはビクッとしました。一九四〇年代の古臭いダイヤル式黒電話が、籐製《とうせい》のぐらぐらしたテーブルの上に置かれていました。ディマはその電話を取って、ロシア語で大きな声で話し始めたんです。見ていると、ディマの顔には、不本意に相手に媚びへつらうような笑みが広がりました。あの人がしていることすべてが、自分の自由意志に反することのようでした。不自然な笑み、作り笑い、無理のある快活さ。そして何度も〝イエッサー、ノーサー〟を繰り返し、〝三袋いっぱい〟（マザーグースの"Baa, Baa, Black Sheep"より）ってところだった。そして、〝この手であんたを絞め殺してやりたい〟とまで言いました。そのあいだ、ずっとタマラの顔を見つめていて、彼女から指示を得ようとしていたようです。人差し指は口に戻っていて、自分が話しているあいだは静かにしてほしい、とわたしたちに伝えていました。これでいいかしら、ペリー?」。そう言ってゲイルは、意図的にルークを無視した。

それでいい。

「きっと、電話の向こう側の人たちを、ディマたちは恐れているんだと思います。そして、わたしたちにも電話の相手を恐れてほしいと願っている。タマラがディマに指示を出している。その首を縦に振り、横に振り、頰紅や口紅で赤くした顔を動かす。メデューサのような表情になって、強い不賛成を示すこともありました。ペリー、わたしの描写は間違っていないかしら？」

「大げさだけど、正確だ」とペリーはきまり悪そうに賛成した。それから、ゲイルを安心させるように、満面の笑みを浮かべた。罪悪感からの笑みかもしれない。

「その電話が最初のもので、そのあと何度もかかってきたということですか？」ルークは機転をきかせてそう言うと、奇妙なほど生気のないその視線を、部屋にいる人たちに向けていった。

「子供たちが戻るまでに、六回ぐらい電話があったと思います」とペリーは認めた。そして「君も聞いたよね」とゲイルに振った。「ほんの手始めという感じでした。ディマと二人きりで話しているときも、電話がひっきりなしに鳴りました。そうすると、タマラが大きな声を出してディマに出るように命じるか、ディマがロシア語で罵りつつ、ただちにすっ飛んでいくか、どちらかでした。家のなかに内線があったのかもしれないですが、それは確認できませんでした。その晩、あとでディマが話してくれましたが、その家は森と崖に囲まれていたので、携帯の電波が入らないとのことでした。だから、みんな固定電話にかけてきたそうです。でも、僕はディマの言うことが信じられなかった。この男が本当にそこにいたかどうか確認しようとして、あの連中は旧式の固定電話にかけてきたんじゃないでしょうか」

「あの連中？」

「ディマを信用していない人たち、そしてディマも信用していない人たちです。その者たちにディマは借りがある。そして憎んでいる。その者たちをディマたちは恐れていて、だから僕らも彼らを恐れないといけないのです」

言い換えると、ペリーとルークとイヴォンヌには情報が与えられるけど、わたしには与えられない人たちね。ゲイルはそう思った。わたしたちの書類に記されたあの人物たち。でも、わたしの書類とは言えないのだけど。

「では、ここであなたとディマは便利な場所に移動するわけですね。盗聴される危険のない、ゆっくり話せる場所に」とルークは話を続けさせた。

「そうです」

「そしてゲイル、あなたはタマラのところに行き、絆を結んだわけですね」

「足枷をはめられたんです」

「でも、そこへ行った」

「その薄汚れた応接間に行きました。そこは安いビールの匂いがぷんぷんしました。そしてプラズマテレビが置かれていて、ロシア正教会の大ミサが映し出されていました。タマラはブリキを持ち歩いていたんです」

「ブリキ？」

「ペリーが話さなかったですか？　わたしが見ていないわたしたち名義の書類に書かれていません？　タマラは黒いブリキのハンドバッグを持ち歩いていたんです。だから、ハンドバッグをどこかに置くと、カチャンと音がしました。普通の社会で女性が銃をどこに入れて携帯するかは知らないけど、あのバッグは彼女にとってワーニャおじさんの銃みたいなものだと思いました」

これがわたしの最後の芝居になるのであれば、最高の演技を見せたい。

「プラズマテレビが壁の一面をほとんど占領していました。ほかの壁面はイコンで飾られていました。携帯用のイコンでした。凝った装飾の枠がついた聖人たちの聖像です。男の聖人ばかりで、聖母のはありませんでした。タマラが行くところ、聖人あり。少なくとも、わたしはそう考えました。わたしにもあんな叔母がいます。ふしだらな女性だったけど、カトリック信者になりました。叔母の聖人たちは、それぞれ違った役割をはたします。鍵を失くしてしまうと聖アントニウス。電車に乗るときは聖クリストファロス。小銭が足りないときは聖マルコ。身内が病気になれば聖フランチェスコ。もう手遅れだったら聖ペテロ」

中断だ。あとが続かなくなった。父と同じく大根役者。役をしくじり、行き詰まった。

「では、ゲイル、その夜のあとのことを手短に話してください」とルークは頼んだ。腕時計を見てはいないが、見たも同然だった。

「ほんとに素晴らしかったです。ベルーガのキャビア。ロブスター。チョウザメの燻製。浴びるほどのウォッカ。大人たちは三十分も乾杯の挨拶を続ける。酔っぱらって、代わる代わるロシア語でスピーチする。そして大きなバースデーケーキ。そんなご馳走を、健康のためとか言って、粗悪なロシア製タバコの煙とともにたいらげていく。コーベ・ビーフ。照明を灯した庭でのクリケット。スチールバンドが大きな音で演奏していたけど、誰も聴いていない。花火が上がったけど、誰も見ない。酔いつぶれていない男たちはみんなプールに飛び込む。そして真夜中に家に帰り、寝酒を飲みながら、その晩のことを楽しく振り返りました」

◆

イヴォンヌが持っていた光沢写真の束が最後にまた突きつけられる。そのパーティで見たかもしれないと思う人はいるでしょうか、とイヴォンヌが言う。まさに、機械的な言い方だ。この男とこの男、とゲイルはうんざりしたように指さす。この男もじゃないか、とペリーが言う。

そうね、ペリー、この男もそう。また男だわ。いつの日かロシアの女性犯罪者たちにも平等な権利が与えられるのかしら。

イヴォンヌが念入りにメモをとって、鉛筆をテーブルに置くまで、しばし沈黙があった。ありがとう、ゲイル、いろいろ話してくれて、とイヴォンヌが言う。女好きのルークの役割は元気よく対応することだ。相手に気持ちよく接すると、相手にとっても救いとなる。

「ゲイル、お疲れさま。あなたはとても素晴らしい仕事をしました。最高の目撃者です。これからあとのことは、ペリーから聞けると思います。イヴォンヌもわたしも、あなたにとても感謝しています。どうもありがとうございます」

ゲイルはドアのところに立っている。どうやってそこまでたどり着いたのかも覚えていない。イヴォンヌがそのかたわらにいる。

「ペリー?」

ペリーは彼女の呼びかけに反応するか? 反応するにしてもゲイルは気づかない。ゲイルは階段を上がる。監視役のイヴォンヌがすぐうしろについている。やたら豪華に飾り立てた玄関ホールに、大柄なオリーが控えている。ロンドン訛りと外国語訛りの混じるオリーは、手にしていたロシア語の新聞を折りたたんで、大儀そうに立ち上がる。そして年代物の鏡の前に立って、両手で念入りにベレー帽の位置を直す。

5

「ゲイル、とにかく玄関まで送ろうか？」オリーは運転席から後部座席を振り返り、仕切り越しに質問した。

「わたしは大丈夫よ、ありがとう」

「大丈夫なようには見えないよ、ゲイル、ここから見る限りはね。何か悩みでもあるみたいだ。君の部屋まで送って、カップ・ティーをいただこうか？」

カップ・ティー(cup tea)ですって？　カッパ・ティー(cuppa tea)とくだけた英語で言うつもりだったの？　それとも、ちゃんとカップ・オブ・ティー(cup of tea)と言ったつもりだったのかしら？

「いいえ、大丈夫。寝れば治るわ」

「ぐっすり眠るのがいちばんってことかな？」

「ええ、寝るのがいちばんよ。オリー、お休みなさい。送ってくれて、ありがとう」

ゲイルは道を渡り、オリーの車が走り去るのを待った。しかし、オリーはそうしなかった。

「ハンドバッグを忘れてるよ、ダーリン！」

そのとおりだった。そしてゲイルは不注意な自分に腹を立てた。また、オリーにも腹を立てた。オリーは、ゲイルが玄関までたどり着くのを待って、それからバッグを届けに来たのだ。ゲイルは口ごもりながらもう一度お礼を述べ、わたしはまったく抜けてるわ、と言った。

「いや、そんなことないよ、ゲイル。僕のほうがもっとひどい。頭が取り外しできるんだったら、どこかに置き忘れてしまいそうだ。じゃあ、これで完璧に大丈夫かな？」

完璧に大丈夫なはずないわよ、ダーリン。それは今に始まったことじゃない。あなたが独り立ちしたスパイなのか、それともただの使い走りなのか、それもわからないのよ。それに、オリー、あなたは昼間ブルームズベリーに車で送ってくれるときには分厚いレンズの眼鏡をかけているのに、帰りの真っ暗な道ではそれをかけていない。それがなぜなのかもわからないわ。ひょっとして、あなたたちスパイは、暗闇でしか物が見えないの？

◆

ゲイルが亡き父から兄と二人で受け継いだマンションは、一層からなるフラットではなく、内部が上下二層に分かれているメゾネット式だった。ヴィクトリア朝様式の洒落た白いテラスハウスの上から二階分を占めていた。こうしたテラスハウスが、プリムローズヒルの魅力となっている。ゲイルの兄は上昇志向が強く、金持ちの友人たちとキジ撃ちを楽しむような男だったが、彼がこのマンションの半分の所有者だった。五十年後、彼が酒の飲みすぎでまだ死んでおらず、そしてゲイルがペリーとまだ一緒に暮らしていたら——いまのゲイルにはそれが疑わしく思われるようになったが——二人は兄へのローンを払い終え、マンションの所有者となるはずだった。

玄関ホールに入ると、二号室からブルゴーニュソースの匂いがたちこめ、別の部屋からは口論の声やテレビの音が聞こえてきた。ペリーが週末の訪問のときに使うマウンテンバイクはいつもの迷惑な場所に置かれており、鎖で縦樋《たてどい》につながれていた。ゲイルは一度、大胆な泥棒なら樋ごと自転車を盗んでしまうかもしれないわ、とペリーに警告したことがある。ペリーは朝六時にマウンテンバイクでハムステッドヒースまでのぼり、「自転車進入禁止」の坂を一気に駆け下りるのを楽しみにしていた。

ゲイルの部屋の玄関は四階にあって、そこに至るまでの狭い階段にカーペットがずっと敷かれていたが、ついに摩耗して交換しなければならない最終段階に来ていた。しかし、一階の住人は、なぜ自分が金を払わなければならないのかわからないと言い、二階と三階の各住人は、一階の住民が払わなければ払わないと言い張った。そして、マンション居住の無報酬弁護士とも言えるゲイルは、うまい妥協案を提案すべきであったが、どの住人も決して譲ろうとしなかったから、円満な解決を図ることは不可能だった。

しかし、今晩だけはゲイルはこの建物のすべてに感謝した。口喧嘩もとことんやってくれていいし、やかましい音楽も心ゆくまでかけていい。彼らのありきたりの日常をすべて自分に与えてほしい。なぜなら、いまのゲイルにはありきたりの日常が必要なのだ。手術室から出て、回復室に入る。悪夢は終わったのよ、ゲイル、と言ってもらう。スコットランド訛りで穏やかに話すインテリ女も出て来ないし、イートン校訛りの小柄なスパイもいない。親を失くした子供たちも、目を奪うような美少女のナターシャも、銃を忍ばせたおじさんも、ディマもタマラもいない。そして天から与えられた恋人ペリー・メイクピース、人を疑うことを知らない無垢な彼が、失われた英国に対してオーウェルが抱いたような愛国心によってその身を犠牲にすることもない。彼が重要な「つながり」のために——重要な「つながり」とは、一体何とのつながりなのか？——あるいは、彼独特のピューリタン的な、屈折した虚栄心のために、その身を勇敢に投げ出すこともない。

階段をのぼりながら、ゲイルの膝はがくがく震え出した。

最初の狭い踊り場にたどり着くと、さらにがくがくした。

次の踊り場では震えがあまりに激しくなり、収まるまで壁に寄りかかっていなければならなかった。

最後の三階の踊り場からは手すりにすがりつき、体を引っ張り上げて、ようやく電灯の時限スイッチが切れる前に部屋の入り口にたどり着いた。

部屋に入り、閉じたドアに背中を押しつけ、狭い玄関口に立った。耳を澄まし、酒か体臭か饐《す》えたタバコの匂いのいずれかを、あるいはその三つすべてを、鼻で嗅ぎ取ろうとした。まさにそのようにして、二、三カ月前、ゲイルは室内のらせん階段をのぼらないうちに、空き巣に入られたことを認識したのだ。寝室に入ると、ベッドに小便をかけられ、枕は破られ、口紅で鏡の上に下品なメッセージが書かれているのを目の当たりにした。

あのときのことをありありと思い出してから、ようやくゲイルはキッチンのドアを開け、コートを掛けた。そしてバスルームをチェックし、用を足し、リオハの辛口赤ワインを大きなタンブラーになみなみと注いで、一気に飲み干した。そのあと、ワインをいっぱいに注ぎ足し、そのタンブラーをこぼさないようにリビングに運んだ。

◆

座るのではなく、立っている。じっと座るというのを、今日は一生分してしまった気分だ。松材で作られたジョージ王朝風の暖炉の前に立っている。それは、前の住人が実用目的ではなく、趣味で作り、据え付けたものだ。その位置から、ゲイルは六時間前にペリーが見つめていたのと同じサッシ窓を見つめている。ペリーは前のめりにつま先立ちして、まさしく鳥のように、二メートル以上の高さから、通りを見下ろしていた。普通のブラックキャブが、「空車」のライトを点けずにやって来るのを待っていたのだ。カーナンバーの末尾は73で、運転手の名前はオリー。

サッシ窓にはカーテンが付いていない。よろい戸があるだけだ。ペリーは透けるほど薄いレースのカーテンが好きだが、ゲイルがどうしても厚いドレープカーテンがほしいと言えば、半分お金を出してくれるだろう。ペリーはセントラルヒーティングを好まないが、ゲイルが十分に暖を取れないのは心配だ。世界の人口過多に加担するのは嫌だから子供は一人でいい、と言ったかと思えば、次の瞬間には六人ほしいと言い出す。人生最大の休日があのような結果に終わり、イギリスに舞い降りると、ペリーはすぐにオックスフォードに戻る。そして、自室にこもり、五十六時間ほとんど休むことなく、戦線からの暗号メールで連絡を取ろうとする。

文書はほぼできた……しかるべき人たちにも連絡した……ロンドンには昼過ぎぐらいに到着する……ドアマットの下に鍵を隠しておいてほしい……。

「これから僕らが会うのは特別なチームで、普通の人たちではない、と彼は言っていた」とペリーはゲイルに言い、タクシーが一台通り過ぎるのを見送った。彼らの迎えのタクシーではなかった。

「彼って？」

「アダムだよ」

「あなたに折り返し電話をくれた人？　あのアダム？」

「そう」

「アダムは名字？　それとも名前？」

「こっちは尋ねなかったし、向こうも言わなかった。こういったケースにおいては、それ専用の施設があるんだって言っている。特別な家がね。それがどこにあるかは電話では言わない。迎えに来るタクシーの運転手が知っているって」

「オリーね」

「うん」

「どんなケースってことかしら？」

「僕らのようなケースだね。それしかわからない」

ブラックキャブが通り過ぎるが、「空車」のライトが点いている。であれば、スパイのタクシーではない。普通のタクシーだ。オリーではない者が運転している。まだ来ないか、とペリーはふたたび失望し、ゲイルに食ってかかる。「ねえ、ほかにどうしろっていうんだい？　もっといい考えがあるなら、教えてほしい。イギリスに戻ってから、君は人を非難してばかりじゃないか」

「あなたはわたしを遠ざけようとするばかりね。そうよ、わたしを子供みたいに扱って。か弱い女の子を扱うって感じ。そんなふうに扱われたこと、もう何年もないわ」

ペリーはふたたび窓の外を眺めた。

「あなたが提出した目撃証言を読んだのは、そのアダムだけ？」とゲイルは尋ねた。

「違うと思う。それに、彼の名前はアダムじゃないだろう。パスワードを言うみたいにアダムと名乗ったんだ」

「そうなの？　どんなふうに言ったのかしら？」

ゲイルはアダムという名前をパスワードのように言おうと、何度か音調を変えて発音してみる。しかし、ペリーは興味を示さない。

「アダムは確かに男性？　野太い声を出す女性ということはない？」

返事はない。ゲイルも返事を期待していない。

もう一台タクシーが通り過ぎる。それも二人の迎えの車ではない。ねえ、スパイに会うときはどんな服を着たらいいの？　ゲイルの母親なら、きっとそんなことを言っただろう。自分も服装に悩んでいることに腹を立てながら、ゲイルは事務所で着ていた服を脱いで、スカートとハイネックのブラウスを身につけた。それと、飾り気のない靴、男たちの性的関心をそそらないようなもの——まあ、ルークは別だったが、そのときのゲイルにそれがわかるはずもなかった。

「きっと、道が混んでいるのよ」とゲイルはそれとなく言ってみるが、やはり返事はない。当然だろう。「とにかく、さっきの続きだけど、あなたはアダムという人に手紙を送った。そしてそのアダムが手紙を受け取った。でなければ、向こうがあなたに電話をかけてくることはなかったでしょうから」。ゲイルはイライラしているし、そんな自分に気づいている。ペリーも気づいている。「枚数はどれくらい？　わたしたちの機密文書は？　もちろん、あなたが書いたんだけど」

「二十八枚」とペリーは答える。

「手書き、それともタイプした？」

「手書きだ」

「どうしてパソコンを使わなかったの？」

「そのほうが安全だと判断した」

「そうなの？　誰かのアドバイス？」

「そのときは誰にもアドバイスされなかった。ディマとタマラはどこにいても盗聴されているって信じていたから、二人が不安に思っていることに配慮して、電子データは作らないことにしたんだ。傍受される可能性があるからね」

「それって、かなり病的《パラノイド》じゃなくて？」

「病的《パラノイド》だと思う。あの男も僕も、病的《パラノイド》だ。ディマとタマラも同じだ。僕らはみんな病的《パラノイド》だよ」

「それならそれでいいわ。みんなで病的《パラノイド》になりましょう」

返事がない。気の毒なゲイルは、また別の策を練る。

「どうやって最初にアダムと接触したのか、わたしに話してくれないの？」

「それは誰でもできるよ。今どき、むずかしいことじゃない。インターネットがあればできる」

「ネットで接触したの？」

「いや」

「ネットは信頼できなかった？」

「信頼しなかった」

「わたしを信頼している？」

「もちろんしているよ」

「わたしは毎日毎日、驚くような秘密を聞いているのよ。わかるかしら？」

「ああ」

「でも、わたしが夕食会で依頼人の秘密を話して友だちを喜ばせているなんて、聞いたことないでしょう？」

「ないね」

話題を変えて食い下がる。

「それに、わたしは若い独立した弁護士なの。頼れるものはないし、次の仕事がどこから来るか、来るのかどうかもわからない。わかるでしょ？　だから、何の評価も報酬も期待できない謎の訴訟なんて、職業上、引き受けられない」

「ゲイル、誰も君に訴訟を引き受けてくれとは言っていない。君に求められているのは、話すことだけだよ」

「それが、わたしには訴訟を引き受けるのと同じよ」

また違うタクシーだ。そしてふたたび沈黙が訪れる。気まずい沈黙だ。

「まあ、ともかく、そのアダム氏がわたしたち二人を招聘した」とゲイルは口を開き、陽気に振る舞おうとする。「思ったんだけど、あなたは、あの文書から、わたしをすっかり消し去ろうとしたんじゃなくて？」

この言葉で、ペリーはふたたびペリーになる。そしてゲイルがその手に握りしめた短剣は、彼女に向けられることになる。ペリーは愛がひどく傷つけられたという表情でゲイルを見つめるのだ。それを見て、ゲイルは自分以上に、ペリーのことが心配になる。

「君のことを消し去ろうとしたんだよ、ゲイル。なんとしても、君を消してしまいたかった。君を巻き込まずに済ませられると思っていたんだ。でも、うまくいかなかった。二人に来てもらわないといけない、と彼らは言い張ったんだ。少なくとも、最初だけはって。そう、あの男が頑として譲らなかった」苦しそうな笑いがこぼれる。「君が証人に関して譲らないのと同じだよ。〝二人ともあの場にいたのなら、二人に来てもらうしかない〟というわけだ。本当にすまない」

そしてペリーは本当にすまないと感じていた。ゲイルもそんなペリーの気持ちを察した。自分の気持ちをごまかすことを覚えてしまえば、ペリーはペリーでなくなってしまう。

そしてゲイルも、ペリーと同じぐらい、相手に対して申し訳ないと思っていた。いや、もっと申し訳ない、と。ゲイルはペリーの腕に抱かれながら、その思いを伝えた。ちょうどそのとき、「空車」のライトを消した一台のブラックキャブが外の通りに見えた。カーナンバーの末尾二桁は73。すると、ロンドン訛りに近い男性の声がインターホン越しに聞こえてきて、自分はオリーであると告げた。二人の乗客をアダムのもとに連れて行くことになっています、と。

そしてまたもやゲイルは除外された。のけ者にされ、口止めされ、置いてきぼりにされた。ゲイルは従順に恋人の帰りを待つ。待ち時間が楽になるように、大きなグラスにリオハのワインをもう一杯注いで飲む。

✦

いいわ、これは最初からあのバカげた取引に含まれていたことだから。ゲイルは恋人がそんな取引をするのを許すべきでなかった。しかし、だからといって、手をこまねいて待っていなければならない理由はゲイルになかったし、実際、そうはしなかった。

ペリーがじっと座って「アダムの声」を殊勝に待ち構えていたまさにその朝、彼自身は知る由もなかったが、ゲイルは事務所で忙しそうにコンピュータを叩いていた。とはいえ、このときはサムソン対サムソンの訴訟事件について情報をまとめていたわけではなかった。

ゲイルが自宅用のラップトップを使わず、オフィスに着くまで待ったのはなぜか？　それは彼女にとって、自分を心底責める理由にはならなくても、今も謎だった。とりあえず、ペリーが「陰謀」の雰囲気をあたりに漂わせたことを理由と考えてみよう。

ゲイルはディマがくれた縁がぎざぎざの名刺を捨てずに持っていた。ペリーには廃棄するようにと言われたのだから、これは絞首刑に処されても仕方のない行為だ。

そして彼女は電子機器を使っていた。それによって第三者に傍受される可能性もあるのだから、これも今となっては絞首刑に相当する罪だ。しかし、ペリーがここまで病的に疑い深くなるとは、ゲイルはあらかじめ知らされていなかったのだから、それについて彼は文句を言えないはずだ。

「アリーナ・マルチ・グローバル・トレーディング・コングロマリット。キプロス共和国ニコシア」そのウェブサイトに掲載されている、間違いだらけの英語によって、ゲイルは情報を得た。それは、活発な取引をしているトレーダーたちのサポートを請け負うコンサルタント会社。本社はモスクワにあり、トロント、ローマ、ベルン、カラチ、フランクフルト、ブダペスト、プラハ、テルアビブ、ニコシアに支社がある。しかし、アンティグアにはなかった。看板だけの銀行もない。そういう実態のない銀行があったとしても、ウェブサイトには言及されていなかった。

「アリーナ・マルチ・グローバルは、あらゆるレベルにおける機密性と企業家としての才能を自負しております(「企業家の」= entrepreneurial のeが一つ欠落、才能 = flair を flare と誤記)。最高のビジネスチャンス(「チャンス」= opportunities のpが一つ欠落)を提供し、お客様の個人資産の管理、運用(「個人資産の管理、運用」= private banking facilities は正しい綴りだ)をお手伝いします。[※注　このウェブサイトは現在、調整中です。詳しい情報は、モスクワ本社にお尋ねください。]」

テッドはアメリカ人の独身男性で、モルガン・スタンレーで先物取引を扱っていた。ゲイルは事務所の自分のデスクから、このテッドに電話した。

「やあ、ゲイルちゃん」

「アリーナ・マルチ・グローバル・トレーディング・コングロマリットとかいう会社があるの。悪いんだけど、この会社に関する悪い噂を探り出してくれない？」

悪い噂？　テッドは悪い噂を掘り起こすのであれば、右に出る者はいなかった。十分後、彼は電話をかけてきた。

「君の友だちのロシア人たちだけどね」

「ロシア人？」

「やつらは僕みたいな連中だ。とんでもなくセクシーで金持ちだね」

「金持ちって、どのくらい？」

「それは誰にもわからないけど、億万長者だろうね。五十ぐらい子会社を持っているし、どれもものすごい額を取引している。ゲイル、君はマネーローンダリングに関わろうってのかい？」

「どうやってわかったの？」

「このロシア人たち、かなりヤバいよ。仲間内で金をものすごいスピードで回すから、一体誰がどれくらいのあいだ持っているかもわからないんだ。僕が君のために知り得た情報はこれだけだけど、けっこう大変だったよ。僕のこと、ずっと愛してくれるかい？」

「考えとくわ、テッド」

テッドの次はアーニーに訊いた。事務所の同僚で、頭の回転の早い、六十歳代の女性事務員だ。ゲイルは昼食時まで待った。この時間なら、誰にも邪魔されない。

「アーニー、お願いがあるの。噂なんだけど、いかがわしいチャットのサイトがあって、そこに行ってみると、わたしたちの大事な顧客の情報が手に入るみたいなの。わたし、すごくびっくりしちゃった。悪いんだけど、わたしの代わりに、そのサイトを調べてくれないかしら?」

三十分後、アーニーは、アリーナ・マルチ・グローバル・トレーディング・コングロマリットに関する中傷的な情報のやり取りを、何枚かプリントアウトして持って来てくれた。

このイカれた会社の経営者が誰か、知ってる野郎はいないかい? やつら、社長をまるで靴下のように交換しやがる。(P・ブロスナン)

読め、印をつけろ、学べ、そして心のなかでよく味わえ、ケインズの賢明な言葉を。ケインズいわく、市場は、人が支払能力を失っても、理不尽に残り続ける。みんなバカだ。(R・クロウ)

マルチ・グローバル・トレーディングのサイトは一体どうなってんだ? かたまっちまって動かないぜ。(B・ピット)

マルチ・グローバルのサイトは落ちてるが、消えてはいない。裏切り者が出てきやがった。おまえらみんな気をつけな。(M・マンロー)

でも、おれ、すげえ興味あるぜ。あいつら、やる気満々って感じでおれに迫ってきて、でも、こっちをその気にさせておくだけなんだ。(PB)

おう、おまえら、よく聞け！　ＭＧＴＣのトロント支社が今オープンしたらしいぞ。（ＲＣ）

支社だと？　バカ言ってんじゃねえよ！　あれはロシアのイカれたナイトクラブだ。セクシーなポールダンサーもいるぜ。ウォッカやボルシチも楽しめる。（ＭＭ）

おい、クソ野郎ども。またおれだ。やつらがトロントに開いた店は、やつらが赤道ギニアで閉じたのと同じか？　だったら、手を引け。今すぐに。（ＲＣ）

くそったれのアリーナ・マルチ・グローバル・トレーディング・コングロマリット、グーグルに一つもヒットしねえぞ。ゼロ・ヒットだ。そして会社全体がド素人集団で、すんげえショック。（ＰＢ）

死後の世界を信じていますか？　もし信じていなければ、すぐに信じましょう。あなたはマネーローンダリング界最大の地雷原に足を踏み入れています。公式声明。（ＭＭ）

あいつら、おれにゾッコンだ。それではまた。（ＰＢ）

近づくな。できるだけ離れていろ。（ＲＣ）

◆

ゲイルはアンティグアにいる。キッチンでリオハのワインをもう一杯タンブラーに注ぎ、そのワインに運ばれて、島にたどり着く。

藤色の蝶ネクタイを締めたピアニストがサイモン＆ガーファンクルの曲を弾き語るのを聴

く。ピアニストはその曲を、ズック製のズボンをはいてダンスフロアで踊っている、ただ一組のアメリカ人年輩夫婦のために、演奏している。

ゲイルは美しいウェイターたちの視線を受け流す。男たちは、ゲイルの裸体を想像してその体をじろじろ見つめる以外、ほかに何もすることはない。夫に先立たれた七十歳のテキサス女性の声が聞こえてくる。フェースリフトの手術を千回もやったと思しきこの女性は、アンブローズに、フランス産以外なら何でもいいからワインを持ってくるように、と命じる。

ゲイルはテニスコートに立っていて、ディマと名乗る男を紹介され、おしとやかに握手をする。頭が禿げていて、闘牛用の牛のように屈強な男。その誰かを咎めるような茶色い目を、頑丈そうなその顎を、彼女は思い出す。彼はエリッヒ・フォン・シュトロハイム（オーストリア生まれでアメリカの映画監督・俳優）のように、硬直した上半身をうしろに反らしている。

ゲイルはブルームズベリーの地下室にいる。彼女はあるときはペリーの人生の伴侶だが、次の瞬間、彼の余計な荷物になる。旅に出るときに置いていきたい荷物。ゲイルは三人の人たちとそこに座っているが、彼らはゲイルが知らないことをたくさん知っている。それは、われわれの書類のおかげであるし、ペリーが彼らにあれこれしゃべって聞かせたためだ。

ゲイルは一人、プリムローズヒルの洒落たマンションの自宅にいる。午前零時半を回っているが、応接間でラップトップに向かい、「サムソン対サムソン」関係の文書を開いている。かたわらに空いたワイングラスが置かれている。

突然立ち上がる――少しよろめいてしまう。らせん階段を上がって、ベッドルームに向かう。ベッドを整える。ペリーの脱いだ服を拾いながら、バスルームまで進み、洗濯籠に入れる。最後にセックスしてから五日が経つわ。これって、新記録かしら？

階下に戻る。片手で手すりにつかまって、一段ずつ慎重に降りていく。窓辺に戻り、通りを見つめる。恋人がナンバープレートの末尾73のブラックキャブに乗って、戻って来ることを祈る。

ゲイルは真夜中の星空の下、ペリーと互いに尻を向けて、ガタガタ揺れるスモークガラスの窓のミニバンに乗っている。車を運転するのは童顔の男、例の金髪を短く刈り込んで、金のブレスレットをしたボディガードだ。スリーチムニーズでの誕生パーティが終わって、ホテルに戻るところである。

「ゲイル、楽しかったですか？」

こう語りかけたのは運転手である。これまで、童顔の男は、自分たちの前で一度も英語を話したことがなかった。ペリーがテニスコートに入る前に挑戦的な態度を取ったときも、この男は英語を一言もしゃべらなかった。では、なぜ今になって英語でしゃべるのか？　ゲイルは不審に思うとともに、人生でこれまでにないほど警戒心を強める。

「楽しい夜だったわ。ありがとう」とゲイルは、自分の父親のような声ではっきりと答える。実は、何も聞こえていない様子のペリーに代わって答えていたのだ。「本当に素晴らしかった。あの素敵な男の子たちに会えて、本当にうれしかったわ」

「僕はニキです」

「ああ、ニキね。よろしく」とゲイルは言う。「ご出身はどちら?」

「ロシアのペルミです。とてもいいところです。ペリー、あなたも楽しめました?」

ゲイルは肘で恋人を突《つつ》こうとしたが、彼はその前に我に返った。「よかったよ、ありがとう、ニキ。食べ物はおいしかったし、みんないい人たちだった。最高だ。この休暇で最高の夜になったよ」

こういう状況に慣れていないわりにはいいじゃない、とゲイルは思う。

「スリーチムニーズには何時に着きました?」とニキは尋ねる。

「実はわたしたち、着いたとも言えないのよ」とゲイルは大きな声で言い、ペリーのためらいの表情を取り繕うために、くすくす笑う。「そうよね、ペリー? 自然道《ネイチャーパス》から来たから、草むらを切り裂いて突き進まなければいけなかったの。でも、ニキ、あなたの英語は素晴らしいわね。どこで覚えたの?」

「マサチューセッツ州ボストンです。ナイフをお持ちでしたか?」

「ナイフ?」

「草むらを切り裂いて突き進むには、大きなナイフが必要だったのでは?」

バックミラーに映るあの死んだような目は、一体何を見ていたの? そして今は何を見ているの?

「そうね、ニキ、持っていればよかったわ」とゲイルは、今度も自分の父のような大きな声をあげる。「でも、わたしたちイギリス人は、ナイフを持ち歩かないのよ」。わたし、なんだかわけのわからないことを言っているかも。でも、仕方ないわ。話し続けるしかない。「まあ、中には携帯する人もいるかもしれないけど、わたしやペリーはそんなことはしないのよ。ナイフを持つのにふさわしくない社会階級なの。イギリスの階級制度を聞いたことがある？　イギリスでナイフを持ち歩くのは、中流の下層か、それ以下の人たちだけなの！」。どっと笑い声が上がり、車はホテルの前のロータリーをまわって、その正面玄関に着く。

二人は呆然として、そこを初めて訪れたかのように歩いていく。両側のハイビスカスが明かりに照らされている道を通って、自分たちのキャビンに向かう。ペリーはなかに入ると、すぐに戸を閉じて、鍵を閉める。しかし、室内の電灯はつけない。二人は暗闇のなかに立ったまま、ベッドを挟んで見つめあう。かなり長いあいだ、音は何も聞こえない。だからと言って、ペリーがこれからゲイルに何を切り出すか決めかねているというわけではない。

「何か書きとめる紙が必要だ。君もね」ここは自分がしきるんだというペリーの声。普段であればそんな言い方は、毎週の作文の課題を出さない怠惰な大学生にしかしないはずだ、とゲイルは考える。

ペリーがブラインドを下ろす。そして、わたしが寝る側のベッド脇にある、薄暗い読書灯を点ける。部屋のほかの部分は真っ暗だ。

ペリーはやはりわたしの側のベッド脇の引き出しを開け、黄色い法律用箋を取り出す。それもわたしのものだ。そこに華々しく記されているのは、「サムソン対サムソン」訴訟についてのわたしの見事な分析。わたしは初めてトップクラスの勅撰弁護士を補佐する法廷弁護士として法廷に立ち、その訴訟事件によって一瞬にして富と名声を手に入れる。

あるいは、手に入れられない。

ペリーはその黄色い法律用箋から、数ページ分をびりっと引き裂く——わたしが法律に関する優れた見解を記録していたページを。そして、それを引き出しに戻し、残った用箋を二つに分けて、一つをわたしに渡す。

「僕はあそこで書くよ」と言って、ペリーはバスルームを指さす。「君はここで書けばいい。机に向かって、思い出せることをすべて書くんだ。起こったことをすべて。僕もそうするから。いいかい？」

「どうして一緒にここで書いてはいけないの？　お願い、ペリー、わたし、すごく怖い。あなたは怖くないの？」

一緒にいてほしいと思う当然の願いは別としても、わたしの質問は理にかなったものだ。わたしたちが泊まっていたキャビンには、よく使う巨大なベッドのほかに、机が一台、アームチェアが二脚、そしてテーブルも一台あるのだから。ペリーはディマとことん話し合ったかもしれないが、わたしはどうなの？　あの頭のイカれたタマラと、鬚を生やした聖人たちの相手をさせられただけよ。

「別々に目撃したのだから、別々の報告書が必要だよ」ペリーはそう強い口調で言うと、バスルームに向かう。

「ペリー、待ってよ！　戻ってきて！　ここにいてよ！　わたしが弁護士よ、あなたじゃない。ディマはあなたに何を言ったの？」

ペリーの表情からは何もわからない。その顔はすべての感情をぴしゃりと閉ざしている。

「ペリー？」

「何？」

「お願い。わたし、ゲイルよ。覚えてる？　腰を下ろして、ディマがあなたに何を言ったのか話してちょうだい。あなたは一体どうしてゾンビみたいになってしまったの？　わかった、座らなくていいわ。立ったままで話して。世界は破滅するの？　あの男は実は女性なの？　あなたたち二人のあいだで何が起きていて、何をわたしは知ってはいけないの？」

ペリーがビクッとする。それがはっきりと感じられる。ペリーが感情を示したことで、少し希望の余地が与えられる。見当違いの希望だろうが。

「できないんだよ」

「何をできないの？」

「君を巻き込めない」

「そんなのバカげてるわ！」

ふたたびビクッとする。しかし、今回は前回のような効果は期待できない。

「ゲイル、聞いてるかい？」

わたしが一体何をしていると思っているの？　「ミカド」（W・S・ギルバートとA・サリヴァン共作のオペレッタ「一八八五」）でも歌っていると思っているの？

「君は有能な弁護士で、前途洋々だ」

「ありがとう」

「大きな訴訟を二週間後に控えている。これで間違ってないかな？」

そうよ、ペリー、間違ってないわ。わたしの前途はとても有望よ、わたしたちが子供を六人作ろうとしない限りはね。それから、サムソン対サムソンの審理が始まるのは十五日後だけど、こちらの主任勅選弁護士の性格から判断すれば、わたしが口を出すような場面はないでしょうね。

「君は権威ある弁護士事務所の輝ける星だ。毎日こき使われている。僕によくそう言っていたよね」

そうよ、そのとおりよ。わたしはとんでもなく働かされているわ。若い弁護士として忙しいのは幸運なことだし、さっきも二人で人生最悪の夜をどうにか切り抜けてきたというのに、一体あなたはわたしに何を言おうとしているの？　あなたは殺されていてもおかしくなかったのよ！　ペリー、そんなのダメ。戻って来て！　しかし、彼女はそう思うだけで、言葉は尽きている。

「僕ら二人のあいだに線を引こう。砂の上の線を引こう（越えられない一線を引くということ）。ディマが僕にいったことは、何であれ、僕の胸に収めておく。タマラが君に言ったことは、君の胸に収めておく。お互い、その線を越えることはしない。僕らはクライアントの秘密を守らなければならない」

ゲイルの言語能力は回復する。「じゃあ、ディマはあなたのクライアントだというの？ あなたって、あの人たちと同じように頭がおかしいわ」

「法律の比喩を使っているだけさ。君の世界から言葉を借用したんだ。僕が言っているのは、ディマは僕が扱うクライアントで、タマラは君のクライアントだということだよ。概念上ね」

「ペリー、タマラは何もしゃべらなかったわ。まったく一言も。このあたりを飛んでいる鳥にも盗聴器が仕掛けられていると思っているのよ。ときどき、あの人は、鬚を生やした守護聖人の誰かしらに、ロシア語で熱く祈りを捧げる気になって、そういうときはわたしにもひざまずくように指示するから、わたしも従ったわ。だから、わたしはもう聖公会の無神論者じゃなくて、ロシア正教の無神論者ってわけ。それ以外、わたしとあのタマラのあいだには本当に何も起こらなかった。あなたに細部まで打ち明けることができないようなものは何もない。今言ったことがすべてよ。タマラに手を嚙まれるんじゃないかって心配していたんだけど、そんなことは起こらなかったわ。何一つ。じゃあ、ペリー、次はあなたが話してちょうだい」

「ごめん、ゲイル、話せない」

「なんですって？」

「僕は話せない。これ以上、君をこの問題に関わらせたくない。いかがわしいこととは無縁でいてほしいんだ。無事でいてほしい」

「そう望んでいるの？」

「いや、望んでいるんじゃない。そうでなければいけないって言ってるんだ。僕を説得しようとしても無駄だ」

説得ですって？　あのペリーがそんなことを言ってるの？　それともハッダーズフィールド出身のあの扇動的な説教者が言っているのだろうか？　ペリーが名を受け継いだあの説教師が？

「僕は大まじめだ」とペリーは言う。ゲイルが疑っているのではないかと用心して、念を押したのだ。

ここでペリーは最初の人格から変貌を遂げる。わたしの大好きな努力家のジキルから、限りなく魅力に乏しい英国諜報部のハイドに変身する。

「君はナターシャとも話したよね。それもずいぶん長く」

「ええ」

「二人きりで話したの？」

「二人きりじゃないわ。ほかに二人の女の子たちもそばにいた。寝ちゃったけど」

「ということは、実質、二人きりだった」

「それって、いけないこと？」

「彼女は情報源だ」

「彼女は何ですって？」

「彼女は父親について何か話した?」

「もう一度言って」

「〝彼女は父親について何か話した?〟と尋ねたんだ」

「話したくない」

「ゲイル、僕はまじめに訊いている」

「わたしだってまじめよ。大まじめよ。話したくないし、あなたが口を出すことじゃない。だったら、ディマがあなたに言ったことを話してほしいわ」

「ナターシャは君に、ディマがどうやって生活しているか、話した? あの男が一体誰と仕事をし、誰を信用しているのか、そしてディマたちは一体誰を恐れているのか? そういったことを君が聞いたのなら、それも書かなければいけないんだよ。重要な情報かもしれないからね」

そう言うと、ペリーはバスルームに入り——実に情けないことに——鍵をかける。

三十分ほど、ゲイルはバルコニーでベッドカバーを肩にかけ、背中を丸めて座っている。疲れ切っていて、着替えることすらできないのだ。ゲイルはラム酒のボトルがあったことを思い出す。きっと二日酔いになるだろうが、構わず一杯注いで飲み、うとうとする。目が覚めると、バスルームのドアが開いている。「一級諜報員ペリー」が、戸口の枠に寄りかかるように立っている。外に出ていくべきかどうか迷っているようだ。ペリーは、さっき半分ずつに分けたゲイルの法律用箋を、尻のところで両手で握りしめている。端が覗いている紙に、彼の文字が書き込まれているのをゲイルは見て取る。

「飲む?」と言って、ゲイルはラム酒を指さす。

ペリーはそれには答えない。

「ごめん」と彼は言う。そして咳払いして、ふたたび口を開く。「ゲイル、本当にごめん」

ゲイルはプライドも理性も投げ出し、跳ねるように立ち上がる。そして恋人のもとに走り、その体を抱きしめる。彼女に例の文書を見せないために、ペリーはその腕をうしろにまわしたままだ。ペリーがおびえる姿を今まで見たことのないゲイルだが、このときのペリーは確かにおびえている。自分自身のためではなく、ゲイルの身の安全のために。

✦

ゲイルはぼんやりと腕時計を見る。二時半。立ち上がり、リオハのワインをもう一杯飲もうとするが、思い直し、ペリーがいつも座っている椅子に腰を下ろす。いつのまにか、ナターシャと一緒に毛布にくるまっている。

「それで、マックスは何をしているの?」とゲイルは尋ねる。

「マックスは心からわたしを愛してくれている」とナターシャは答える。「肉体的にも」

「そうじゃなくて、わたしが聞きたいのは、生活のために何をしているかということよ」とゲイルは説明し、笑わないように気をつける。

真夜中近い。ゲイルは二人の女の子たちと手作りのテントのなかにいる。冷たい風から逃れ、疲れた孤児たちと楽しく過ごせるよう、庭との境にある防護壁の陰に毛布とクッションでテントを作ったのだ。すると、どこからともなく、ナターシャが本を持たずに現われる。最初は毛布の隙間から、ナターシャのギリシャサンダルが見える。サンダルは出番を待っているかのように、しばらくそこから動かない。ナターシャは耳を澄ましているのか？　勇気を奮い起こそうとしているのか？　一体何のために？　女の子たちがびっくりして喜ぶような登場の仕方を考えているのか？　ゲイルはそれまでナターシャと一言も口をきいたことがないので、彼女の考えていることがまったくわからない。

テントの隙間が開き、ギリシャサンダルの片方がそろそろと内側に踏み込む。続いて膝が、そしてナターシャの傾けた顔が入ってくる。その顔には長い豊かな黒髪がかかっている。そのあと、もう片方のサンダルが、それからナターシャの体全体が入ってくる。小さな女の子たちはぐっすり眠っていて、まったく目を覚ます気配はない。しばらく、ゲイルとナターシャは頭を並べて横になる。そして何も言わず、テントの隙間から外をじっと見ている。ニキとその仲間たちが、不安を感じさせるほどの手際よさで、打ち上げ花火を次々に上げているのだ。ナターシャが震えているので、ゲイルは毛布を引き上げ、ナターシャにもかける。

「どうやら、わたし、妊娠したみたい」とナターシャは、上品なジェーン・オースティン的英語で言う。ゲイルに対してというより、夜空にまばゆく輝いて落ちていく孔雀の羽に向かってつぶやく。

幸運にも、若い人から心の内を打ち明けられるようなことがあれば、互いを見つめ合うよりも、遠くにある一つのものを一緒に見つめるのがよい。ゲイル・パーキンズ談。法廷弁護士をめざしての勉強を始める前に、彼女はある学校で学習障害を持つ子供たちに教えていた。これは、そこで学んだ教えの一つだ。もし十六歳になったばかりの美しい少女が、妊娠したかもしれないと唐突に打ち明けるようなことがあったら、まさにこの教えが効果を発揮する。

✦

「今のところ、マックスはスキーのインストラクターをしているの」とナターシャは答える。身ごもった子供の父親らしき人物について、ゲイルが何気なさを装って質問したときのことだ。「でも、それは今だけ。将来は建築家になって、お金のない人たちに家を建ててあげるの。あの人はとても創造性豊かで、感覚もとても鋭いの」

ナターシャの口調には、冗談めかしたところは一切感じられない。真実の愛に冗談が入る余地はない。

「それで、マックスのご両親は何をなさっているの？」とゲイルは尋ねる。

「ホテルを経営している。観光客向きのホテル。あまりいいホテルじゃないけど、マックスは物やお金にあまりこだわらないから」

「ホテルは山のなかにあるの？」

「スイスのカンダーシュテーク。山のなかの村で、観光地よ」

ゲイルは、自分はその村に行ったことはないが、ペリーはスキーの競技で訪れたことがあると言う。

「マックスのお母さんは教養はないけど、マックスのように、人の気持ちがわかる気高い方なの。でも、お父さんはまったくのわからず屋ね。バカみたい」

決まりきった質問を続けよう。「じゃあ、マックスは村のスキー学校か何かに勤めているの？」とゲイルは尋ねる。「それともプライベート・コーチ？」

「完全なプライベート・コーチよ。尊敬できる人としかスキーをしないから。彼はオフピステといって、滑降コース以外のところを滑るのがいちばん好きなの。芸術的よ。氷河も滑るわ」

カンダーシュテークのはるか上、遠くの小屋でのことだった、とナターシャは言う。そこでナターシャとマックスは互いに激しく求め合っていることに気づいた。

「わたしは初めてだったし、ちゃんとできなかった。マックスは本当にいつだってやさしく気遣ってくれるわ。そういう人なの。誰にでも気を遣うのね。愛し合っているときも、すごくやさしいの」

ありふれたことに質問を限定しようと決めて、ゲイルはナターシャに、どこで勉強しているのか、得意な科目は何か、どんな試験を受けようとしているのか、といったことを尋ねる。ナターシャの答えはこうだ。ディマとタマラと生活を始めてから、スイスのフリブール州にあるカトリック系の女子修道院付属学校の寮に入り、週末だけ家に帰る。

「あいにく、わたしは神を信じない。でも、それは大したことじゃない。生きているうちは、信心があるふりをしなくちゃいけないことが多いから。わたしは美術がいちばん好き。マックスも芸術を愛する人よ。だから、二人でサンクトペテルブルクかケンブリッジに行って、美術を勉強することになるかも。そのうち決めるわ」

「マックスはカトリック？」

「普段は家族の宗教に従っているわ。親孝行なのよ。でも、心のなかでは、すべての神を信じている」

ベッドのなかでは？　とゲイルは思うが、尋ねない。マックスは今でも家族の宗教に従順に従っているのかしら？

「それで、ほかにあなたとマックスのことを知っている人はいるの？」ゲイルはこれまでの口調をかろうじて保ち、打ち解けた親しみやすい調子で尋ねる。「もちろん、彼の両親以外で、ということだけど。それとも、ご両親も知らないの？」

「状況は複雑なの。マックスは、非常に強い誓いを立てて、二人の愛は誰にも語らない、と心に決めている。これは、わたしも同じ考えなの」

「マックスのお母さんも知らないの？」

「マックスのお母さんは信用できない。ブルジョワ的な本能に縛られているし、おしゃべりだし。自分にとって都合がよければ、自分の旦那にも、ブルジョワのお仲間にも、べらべらしゃべってしまうから」

「おしゃべりされたらそんなに困るの？」

「ディマは、マックスがわたしの恋人だって知ったら、あの人を殺してしまうかもしれない。お父さんは体に物を言わせる。何かあると、本能的に手が出てしまうの」

「タマラは？」

「タマラはわたしのお母さんじゃない」と吐いて捨てるように言う。父の荒々しさを感じさせる物言いだ。

「赤ちゃんのこと、間違いないとわかったら、どうするの？」とゲイルはそっと尋ねる。

その瞬間、筒型花火が何本かしゅっと火を放ち、あたりを明るく照らす。

「間違いないとわかったら、すぐに遠くに逃げるつもりよ。たぶん、フィンランドに。マックスがすべて手筈を整えてくれるわ。今はちょっと具合がよくない。彼は夏のガイドもしているので。もう一カ月待たないといけないわ。でも、ヘルシンキに行けば、そこで学校に行けるかもしれない。それとも、心中しちゃうかも。どうなるかわからないわ」

ゲイルは最悪の質問を最後まで残しておく。おそらくゲイルもブルジョワ的な本能を持ち合わせていて、その答えに警戒心を抱いているのだろう。

「それで、ナターシャ、あなたのマックスはいくつなの？」

「三十一よ。でも、精神的にまだ幼いの」

あなたも一緒よ、ナターシャ。そして、これがカリブの星の下でわたしに紡いでくれるおとぎ話ってわけ？　いつか出会う夢の恋人の物語？　それとも、あなたは本当にスキーしかできない三十一歳の男と寝たの？　自分の母にも本当のことを話せない男と？　だったら、あなたは最もふさわしい人にそれを打ち明けたわ。そう、わたしにね。

ゲイルはそのとき、ナターシャより少し歳が上だった。ほんの少しだけ。相手はスキーしかできない男ではなく、異人種結婚から生まれた貧乏な少年で、地元の学校の落ちこぼれだった。少年の両親は南アフリカにいたが、すでに離婚していた。ゲイルの母は、その三年前、行く先も告げずに家を飛び出していた。アルコール中毒の父は、暴力をふるうような人ではなかったが、そのとき肝不全で入院し、余命いくばくもなかった。ゲイルは友だち数人から金を借りて、不器用な医者の堕胎手術を受け、相手には何も伝えなかった。

今夜の時点で、ゲイルはまだこのことをペリーにも話せないでいる。今の状況を考えると、この先も話せないと思う。

✦

オリーのタクシーにあやうく忘れそうになったハンドバッグから、ゲイルは携帯電話を取り出し、新着メールをチェックする。新しいメールは来ていないので、着信ボックスをさかのぼってみる。ナターシャのメールはすべて大文字で書かれており、ドラマチックな効果を高めている。ここ一週間で、四通届いている。

お父さんを裏切った。自分が情けない。

昨日、わたしたちは美しい教会で、ミーシャとオルガとお別れした。たぶんわたしはすぐに二人に会える。

朝にもどしてしまうのは、ふつうはいつ頃までなの？　教えて。

――それに対する自分のメールもゲイルは保存している。

三カ月くらいまではもどしてしまうことがあるみたい。でも、具合が悪いのであれば、すぐにお医者さんに診てもらって。XXXXゲイル。

――それに対して、ナターシャが案の定、憤慨する。

具合が悪いなんて言わないで。愛は病気じゃないわ。ナターシャ

あの子が妊娠しているのなら、わたしの助けが必要よ。
妊娠していなくても、わたしの助けが必要よ。
あの子がノイローゼ気味のティーンエイジャーで、自殺願望があるなら、わたしの助けが必要よ。
わたしはあの子の弁護士で、相談相手だから。
あの子にはわたししかいないから。

ペリーの言う「砂の上の線」が引かれる。

その線には交渉の余地も、潮の影響を受ける余地もない。

もはやテニスでさえ役に立たない。あのインド人の新婚夫婦は島を離れてしまった。シングルスの試合は激しすぎる。マークは敵だ。

セックスすることで、互いを隔てる線を一瞬忘れられるとしても、その境は依然としてそこに存在し、二人を分断しようと待ち構えている。

◆

夕食のあと、二人は部屋のバルコニーに腰を下ろし、白い防犯灯が半島の突端で弧を描くように光っているのを見つめる。ゲイルがあの女の子たちの姿をひと目でも見たいと望んでいるとすれば、ペリーがひと目でも見たいと望んでいるのは一体誰なのか？

彼にとってのジェイ・ギャツビーであるディマか？　彼個人にとってのクルツ（ジョセフ・コンラッドの小説『闇の奥』の登場人物）と言えるディマか？　彼が愛してやまないジョセフ・コンラッドの作品に登場する、欠点の多いほかのヒーローか？

自分たちは盗聴されている、監視されているという感覚が、昼も夜も二人に付きまとう。ペリーが自らに課している沈黙の掟を破ろうとしても、盗聴されるかもしれないという恐怖心がその口を閉ざしてしまう。

滞在もあと二日となり、ペリーは六時に起床し、早朝のランニングをする。ゲイルは朝寝坊をしてからキャプテンズデッキに行き、仕方なく一人で朝食をとる。すると、ペリーがアンブローズと交渉し、自分たちの出発日を早めようとしているところに出くわす。アンブローズは、残念だが、お二人の航空券は変更できません、と答える。

「それを昨日言ってくれていたら、ディマ様のご家族と一緒の飛行機に乗れたでしょうに。あの人たちはファーストクラスで、あなたたちはエコノミーでしたけどね。まあ、この島にあと一日いるしかないでしょうね」

二人はそうした。町まで歩いて行って、見物すべきとされる場所はすべて見物した。ペリーはゲイルに、奴隷制度の罪悪について講釈した。島の反対側のビーチに出かけて、シュノーケリングをした。しかし、二人もほかのイギリス人旅行客と一緒で、あまりにも強い日差しを持て余しているだけだった。

ゲイルがついに自制心を失ったのは、キャプテンズデッキで夕食をとっていた時だった。キャビンでの会話について自分で決めた条項をペリーが破り、信じられないことに、ゲイルにこんなことを尋ねたのだ。ひょっとして君は、「英国諜報部」の関係者の誰かを知っているのか、と。

「でも、わたしはその人たちのために働いているのよ」とゲイルは言い返す。「あなただって、うすうすわかっていたんでしょう!」と彼女は意味のない皮肉を口にする。

「僕はただ、君の弁護士事務所の誰かが組織に通じているんじゃないかと思っただけだよ」とペリーはばつが悪そうに答える。

「あら、どうしてそんなことになるのかしら？」とゲイルはぴしゃりと言う。そして顔が熱くなるのを感じる。

「その」――さも何も知らないとばかりに、とぼけて肩をすくめ――「ちょっと思っただけさ。テロリストに対する異常な拷問やら引き渡しやらで、いわゆる公的機関への情報照会や訴訟なんかがいろいろとあるだろうから、スパイは得られる限りの法的援助は何でも必要とするんじゃないかってね」

我慢の限界を超えた。ゲイルは「ペリーのバカ」と言い放つと、キャビンに向かって小道を駆け下りた。そしてベッドにくずおれ、涙を流した。

確かに、彼女は申し訳ないと思った。彼も心からすまないと思った。悔しかった。二人ともそう思った。すべて僕が悪いんだ。いいえ、わたしが悪いのよ。イギリスに戻って、こんなことはすべて終わりにしよう。一時的に和解し、二人は溺れる者たちのようにしっかりと互いにすがりつく。そして同じように必死の思いで愛し合う。

✦

彼女はまた窓辺に行き、顔をしかめて通りを見る。タクシーは一台も来ない。待っているのとは違うタクシーも来ない。

「まったく、あいつら」と大声を出す。自分の父を真似ているのだ。そして自分に対して、あるいはその「あいつら」に対して、静かにささやく。

あなたたちは一体、あの人に何をしているの？

あなたたちは一体、あの人に何を求めているの？

あの人は、一体何に対して「ノーだけどイエス」と言っているの？　あの人が道徳的な問題をかわしたり、ごまかしたりしているのを、あなたたちはじっと観察しているわけね？

もしディマがペリーにではなく、わたしに対してすべて打ち明けていたら、あなたたちはどう思うの？　「男性」対「男性」ではなく、「男性」対「女性」だったとしたら？

ペリーは一体どんなふうに感じるだろう？　捨てられた男のようにここに腰を下ろして、わたしの帰りをじっと待っていたら？　わたしが彼よりもたくさんの秘密を抱えていて、「ああ、でも、とてもあなたには話せないわ、聞かないほうがあなたのためなのよ」などと言ったら？

◆

「ゲイル、君かい？」

そうなのかしら？

誰かが彼女に受話器を握らせて、ペリーと話すように言った。しかし、実際は誰もそんなことを命じなかった。ゲイルのそばには誰もいなかったからだ。電話の向こうにいるのは、最高に調子がいいときのペリー——といっても、過去の彼が現われ出たわけではない。そして彼女はまだ窓辺に立っている。片手を窓枠に伸ばし、通りを見つめている。

「遅くなってごめん。いろんなことがあって」

いろんなこと？

「ヘクターが僕らと明日の朝九時に話したいそうだ」

「ヘクターが？」

「そうなんだ」

冷静でいよう。狂った世界では、自分の知っていることに固執しないといけない。「わたしは無理だわ。明日は日曜だけど、仕事があるの。サムソン対サムソンの訴訟に休日はないのよ」

「では、事務所に電話して、病気になったって連絡するんだ。いいかい、ゲイル、これは大事なことだ。サムソン対サムソンより大事なんだ。本当に」

「ヘクターにとってはそうなんでしょ？」

「僕ら二人にとってそうなんだよ、実は」

6

「ところで、あの人の名前はヘクターということになります」と小柄で有能なルークは言うと、例の淡黄色のフォルダーに収められた書類から顔を上げた。

「それはそう呼ぶようにという警告ですか、それとも神の定めですか？」とペリーは両手で顔を覆ったまま尋ねた。ペリーがそう尋ねるまでにずいぶん時間があり、ルークはもはや彼からの反応を期待していなかった。

ゲイルが出ていってからしばらく経っていたが、ペリーはそのテーブルから離れていなかった。それどころか顔を上げてもいなかったし、彼女が座っていた席の隣で身じろぎ一つしなかった。

「イヴォンヌは？」

「家に帰りました」とルークは言うと、ふたたびフォルダーを覗き込んだ。

「帰らされたのですか？　それとも自分の意志で戻ったのですか？」

返事はなかった。

「ヘクターは、あなたたちの最高指導者ですか？」

「わたしは〝Bクラス〟、あの人は〝Aクラス〟です」そう言って、鉛筆で印をつける。

「なら、ヘクターはあなたの上司？」

「そうとも言えます」

それは質問に答えていないということでもある。

実際、ペリーは認めないわけにはいかなかった。これまでにわかっていることから判断すると、ルークとはうまく付き合えそうだ、と。この男は多分、野心家ではない。自分で言うようにBクラスなのだ。やや上流階級臭く、パブリックスクール出身のようでもあるが、にもかかわらず、危ないときは助けてくれる男。

「ヘクターは僕らの話を聞いていたのですか？」

「だと思います」

「監視もしていた？」

「聞いているだけのほうがいいこともあります。ラジオドラマのように」そしてしばらくの沈黙のあと、「あなたの彼女のゲイルは、すごい美人ですね。付き合って長いのですか？」と言った。

「五年になります」

「すごい」

「何がすごい？」

「いや、わたしもディマと同じように感じたのかもしれません。早く結婚したほうがいいと思います」

そこは聖域で、他人が踏み込む場じゃない。そうペリーは思い、ルークに言ってやろうかとも思ったが、許してやった。

その代わりに、「この仕事はどれくらいやっているのですか？」と尋ねた。

「二十年です。大体」

「国内で？　それとも海外？」

「おもに海外です」

「それって、歪んでしまいますか？」

「どういうことですか？」

「この仕事です。心が歪んでしまうようなことはないですか？　デフォルマシオン・プロフェッショネルというか、職業病？　どんなことでも仕事に結びつけて考えてしまうようなことは？」

「わたしが精神異常だと言いたいのですか？」

「そこまで極端な言い方はしていません。ただ、その、長い目で見れば、どこかに影響を及ぼすんじゃないかって」

ルークは頭を下げたままだったが、手にしていた鉛筆の動きは止まっていた。この男の沈黙にはどこか挑むようなところがあった。

「長い目で見れば？」とルークは、わざとらしく訝しげに繰り返した。「長い目で見れば、われわれはみんな死ぬんじゃないかな」

「僕が訊きたかったのは、きちんと勘定を払えない国を代表するのって、どんな気分かなってことです」とペリーは説明し、深みにはまったような気がしたが、もはや遅すぎた。「今の時代、わが国が世界のトップの座を占められるのは、質の高い情報のおかげに尽きるって、何かで読みました」とペリーはまずいと思いながらも話を続けた。「だから、そうした情報を提供しなければならない者たちには、大変なプレッシャーだろうなって。それだけです。軽量級の者が、重量級相手に戦いを挑むようなものじゃないでしょうか」と付け加えたが、図らずもルークが小柄であることをほのめかす形になり、ペリーはただちに後悔した。

二人のこじれた言葉のやり取りは、頭上の足音に遮られた。寝室のスリッパを履いているかのような、ゆっくりとした穏やかな摺り足。それが天井を移動し、やがて地下室への階段を慎重に下りてきた。ルークはまるで命令を受けたかのように立ち上がり、食器棚に向かった。そして、モルトウィスキーとミネラルウォーターとグラス三個を載せた盆を持ち上げて、テーブルに運んだ。

足音が階段の下まで来た。ドアが開いた。ペリーは思わず立ち上がった。互いに相手を観察し合う。同じぐらいの背の高さだったが、それはどちらにとっても珍しいことだった。ヘクターが背筋をまっすぐ伸ばせば、彼のほうが高かったかもしれない。上品な広い額、そして白髪を真ん中で分けてうしろにざっと流したその容貌は、ペリーの目には、年取って頭が少しおかしくなった大学の学寮長のように映った。ペリーが見たところ、相手の年の頃は五十代半ばだが、どうやらスポーツジャケットを年中着ているようだ。薄汚れた茶色のジャケットで、肘と袖口には革があてられていた。形が崩れたグレーのフランネルのズボンは、ペリーがよくはくようなものだ。そのくたびれたハッシュパピーの靴も、ペリーのものであってもおかしくない。およそ洒落っ気のない、べっ甲の縁の眼鏡は、まさにペリーの父の家の屋根裏から発掘されたもののようだった。

長い沈黙のあと、ついにヘクターが口を開いた。

「詩人のウィルフレッド・オーウェン」と力強さと敬意をあわせもつ声で言う。「同じくエドマンド・ブランデン。ジークフリート・サスーン。ロバート・グレイブス。そのほか」

「彼らがどうしたのですか?」ペリーは当惑し、考える余裕もなく尋ねた。

「君は去年の秋に発刊された『ロンドン・レビュー・オブ・ブックス』で、彼らについて素晴らしい論文を書いていたね! 〝勇敢な男たちの犠牲は、不当な大義の遂行を正当化するものではない――P・メイクピース〟。実に素晴らしい《マーヴェラス》!」

「ああ、ありがとうございます」とペリーはほかにどうすることもできずに応えた。そして、これらの詩人の名前から何も思いつかなかったことが、自分でもまぬけに思えた。

ふたたび沈黙が訪れたが、ヘクターはペリーに対する賛辞を続けた。

「では、ペリー・メイクピース君、僕が君の人となりについてご説明しよう」とヘクターは力を込めて言った。まるで自身とペリーが待ち望んでいた結論についにたどり着いたかのような物言いだった。「君はまさに英雄だ。まさしくそうだ」。そう言いながら、両手でそっとペリーの手を握りしめ、弱々しく上下に振った。「君をおだてているわけではない。君がわれわれのことをどう考えているか、われわれは理解している。われわれのなかには、君と同じように考える者もいるし、それは正しい。問題は、現場で仕事をしているのはわれわれだけ、ということだ。政府は腐っているし、文官の半分は頭がイカれている。外務省は夢精程度の役にしか立たないし、国は破産し、銀行屋はわれわれから金を巻き上げておいて、だまされるそっちが悪い、という態度を取る。で、われわれはどうすべきか？　ママに泣きつくか、それともうまく処理するか」——ペリーの返答を待たずに続ける——「君はわれわれのところに来る前に、ずいぶんつらい思いをしたんだろう。でも、われわれのところに来てくれた。お近づきのしるしに」——ヘクターはすでにペリーの手を離していて、ルークにモルトウィスキーの指示をしている——「ペリーに、少しだけな。水はたくさん、ウィスキーも十分入れて、リラックスしてもらおう。ルークの隣に座ってもいいかな？　これじゃあ、あまりに警察の尋問みたいか？　例のアダムこと、ヘクター・メレディスだ。昨日、電話で話したね。ナイツブリッジのアパートに住んでいる。妻とバカな子供が二人いるが、いずれも成人した。ノーフォークにささやかな別荘もある。どちらも電話帳に載っているよ。ルーク、君は何者だい？　女の尻を追い回していないときはってことだが」

「ルーク・ウィーヴァーです。自宅は、ゲイルの家からさらにのぼったパーラメントヒル（ロンドンのハムステッドヒースにある小高い丘）。最近の勤務先は中米でした。結婚は二回、十歳のごく普通の男の子がいます。その子がついこのあいだハムステッドのユニバーシティ・カレッジ・スクールに入りまして、わが家は大喜びしています」

「では、最後までむずかしい質問はなしだ」とヘクターは命令した。

ルークはウィスキーを三杯注いだ。ペリーはふたたび椅子にドスンと座り、質問を待った。Aクラスのヘクターはペリーの正面に座ったが、Bクラスのルークは少し片方に寄った。

「まったく、面倒なことになったな」とヘクターはうれしそうに言った。

「面倒なことになりましたね」とペリーはぼんやりとした表情で同意した。

◆

しかし、実のところ、気合を入れるためのヘクターの掛け声は、ペリーには最高にタイムリーであったし、元気づけられるものであった。また、ヘクターが恰好をつけて登場したのも、これ以上ないくらいうまく計算されていた。ゲイルを強制的に帰らせ――理由はともかく、帰らせたのはペリー自身であったが――、それによって心に暗い穴がうがたれ、気持ちが引き裂かれ、自らへの怒りと良心の呵責に苛《さいな》まれていたからだ。

ここに来ることに同意すべきではなかった。彼女が一緒であろうとあるまいと。

自分が書き上げた書類をこの連中に渡し、こう言ってやればよかったのだ。「これがすべてだ。あとはそちらでやってくれ。われ存在す、ゆえにスパイ行為をせず」

それは重要なことであったのか？　ペリーはオックスフォードの下宿で、一晩中、寮の部屋のすり切れたカーペットを踏み鳴らしながら考えていた。自分が歩まなければならないとわかっている道――本当はわかりたくはなかったのだが――について、心のなかで議論していたのだ。この葛藤に意味があったか？

あるいは、これはどうだろう？　ペリーの亡き父は、市井の牧師であり、自由思想家であり、戦闘的な平和主義者であった。核兵器開発からイラク戦争に至る、すべての悪しきものに対して、街頭行進や文章で反対し、怒りをあらわにしていた。その結果、留置場に入れられる羽目になったことも一度や二度ではない。この父の生き様も、重要なものであったか？

あるいは、父方の祖父はどうだろう？　自称社会主義者の慎ましい石工で、一九三〇年代のスペイン内乱においては共和制支持者として戦い、片脚と片目を失った。そのことは、ペリーにとって、意味があったか？

あるいは、シオバンはどうだろう？　メイクピース家に週に四時間ほど手伝いに来てもらい、二十年間に及んで重宝してきたアイルランド娘。このシオバンは脅されて、ペリーの父の紙屑をハートフォードシャー警察の私服刑事にずっと届けていた。シオバンはこの重荷に耐えられず、ある日ついに大粒の涙を流しながら、ペリーの母にすべてを告白した。そして、ペリーの母がこれからも来てほしいと懇願したにもかかわらず、二度とメイクピース家の周辺に現われなかった。このシオバンの生き方も、ペリーにとって意味があったか？

ほんの一カ月前、ペリーは『オックスフォード・タイムズ』に全面広告を書いた。自らが急いで組織した「拷問に反対する大学人の会」の広告で、イギリスの闇の政府に対する行動を促し、激戦の末に勝ち取った市民的自由をこっそりと侵害する動きに対して抵抗を呼びかけるものであった。こうした行為も、意味があったのだろうか？

そう、ペリーにとっては、どれも非常に意味のあることであった。

そして、彼が苦悩の長い夜を明かした朝になっても、こうしたことは意味をもち続けた。朝八時、ペリーは講義用のリング式ノートを脇に挟み、意を決して、部屋を出た。まもなく辞職し、永遠に戻らないつもりでいる、由緒あるオックスフォード大学の中庭を突き進む。ペリーは虫食いの目立つ木の階段を上がって、教務部長で法学博士のバジル・フリン教授の部屋を訪れた。その十分前に、個人的な極秘事項について相談があると、面会を申し込んでいたのだ。

◆

二人はたった三歳離れているだけだが、ペリーから見たフリンは、すでに大学の諸委員会での権力亡者に成り果てていた。「すぐに来てくれるのなら、面会時間を押し込んでやることはできる」とフリンは横柄に言明していた。「九時に評議員会の会議があるんだが、たいてい長引くんだ」。この男はダークスーツを着て、黒い靴を履き、その靴にはピカピカ光るサイドバックルが付いていた。髪を肩まで伸ばし、ブラシでよく梳かしている点だけが、正装した保守派の人々との違いだった。ペリーはフリンと話すにあたり、どうやって切り出すかを考えないで来てしまい、あとから考えると、軽率な一言から始めてしまったと認めざるをえなかった。

「前の学期、あなたは僕の学生の一人に誘いをかけましたね」ペリーはほとんど敷居をまたがないうちに、こう切り出した。

「僕が何をしたって？」

「エジプト人の血を引く男子学生、ディック・ベンソンのことです。母親がエジプト人で、父親がイギリス人。アラビア語が第一言語です。ディックは研究助成を求めていましたが、あなたはロンドンにいるあなたの知り合いと話してみたらどうかと勧めたそうですね。ディックはあなたのお考えがわからなかったようで、僕にアドバイスを求めてきました」

「君は何と言った？」

「そのロンドンの人たちが僕の考えているような人たちなら、気をつけなければならない、と言いました。彼らとはかかわるな、と言いたかったのですが、僕に言えることではないとも思いました。ディックが決めることで、僕が決めることではありませんから。僕は正しいでしょうか？」

「何についてだ？」

「あなたがその人たちのためにリクルート活動をしているということ。新人をスカウトしているということです」

「〝その人たち〟とは、正確には誰だ？」

「スパイです。ディック・ベンソンはどんな連中のところに行かされるのか、わかっていなかったし、僕にもわかるはずがなかった。あなたを責めているのではありません。お尋ねしているのです。それは事実ですか？　あなたはあの人たちと通じているのですか？　それともベンソンが勝手に想像しているだけですか？」

「一体、君はなぜここに来て、何を求めているんだ？」

ここでペリーは席を蹴って退場しそうになった。そうすればよかったと思った。実際、フリンに背中を向けて、ドアに向かって歩き出したが、みずからを制止し、また戻ってきた。

「僕はあなたのロンドンの知り合いに接触する必要があるのです」とペリーは言って、臙脂色のノートを脇に挟んだまま、相手から「どうして？」という返事が発せられるのを待った。

「彼らの仲間になろうというのか？　彼らはこのところ、あらゆる種類の人間をスカウトしているが、それにしても君が？」

ペリーはここでもドアに向かって歩き出しそうになった。ふたたび、そうすればよかったと思った。

しかし、それはダメだ。彼は自分を抑え、深呼吸して、今度は適切な言葉を何とか見つけ出した。

「ある情報を偶然つかんだんです」――ペリーが長い指で、脇に挟んでいた例のノートをぎこちなく叩くと、ピシッという音がした――「頼まれたり、求められたりしたわけではありません――」。彼は長いことためらってから、ついにこの言葉を使った。「秘密の情報です」

「誰がそう言っているんだ？」

「僕です」

「なぜだ？」

「その情報が本当であれば、人の命を危険にさらしかねません。同時に命を守れるかもしれません。それは僕の専門領域ではありませんが」

「僕の専門領域でもないよ、お陰様でね。いかにも、僕は新人を勧誘する。赤ん坊を誘拐する。僕の仲間は完璧なウェブサイトを持っている。伝統的な媒体に、自分たちに関するひどい広告も打つ。どちらからでも彼らには接触できる」

「僕のつかんだ情報は、それでは対応できないくらい緊急なようです」

「秘密であるうえに緊急である、と？」

「どちらかといえば、非常に急を要します」

「国家の運命が一本の糸でつながっているということか？　で、君が脇に抱えているのは『毛沢東語録《リトル・レッド・ブック》』かい？」

「記録した書類です」

二人は嫌悪感をあらわにしながらお互いの表情をうかがった。

「君は本気で僕にそれを渡そうとは思っていないのだろう？」

「いえ、お渡しするつもりですよ、もちろん」

「急を要する極秘情報をこのフリンに渡す？　で、フリンがその書類に切手を貼って、ロンドンの仲間に送るのか？」

「そんなところです。あなた方がどのように連絡を取り合うかなんて、僕にわかりようがないじゃないですか？」

「そのあいだ、君は不滅の魂を求めて旅に出るってか？」

「僕は僕のすることをする。あなたの仲間は彼らがすることをする。それで何か問題がありますか？」

「何もかもが問題だ。このゲームとまったく言えないゲームでは、情報を伝える者が、情報そのものの少なくとも半分の価値がある。時には情報を伝える者が情報そのものだったりする。それで、君はこれからどこに行くんだ？　このあとすぐ、ということだが」

「部屋に戻ります」

「携帯電話は持っているか？」

「もちろん、持ってます」

「番号をここに書いてくれないか」と言って、フリンはペリーに紙切れを渡す。「僕は記憶に頼るようなことはしない。あてにならないからね。部屋で十分に受信できると考えていいかな？　大学の寮の壁は、そんなに厚くないだろう？」

「はい、完璧に安全に受信できます。大丈夫です」

「その『毛沢東語録《リトル・レッド・ブック》』は持っていけ。部屋に戻り、アダムと名乗る者からの連絡を待て。

ミスター・アダム、あるいはミズ・アダムだ。僕は宣伝文句を考えなければな」

「何ですって？」

「彼らをその気にさせる殺し文句のようなものだ。こうは言えないだろ――〝おれのもとにブルジョワ共産主義者がいて、こいつは世界規模の陰謀に出くわしたんだ〟とはな？　だから、何が起きているのかを彼らに伝えてやる必要がある」

ペリーは怒りを呑み込んで、初めて意識してこの情報に関連する話をひねり出そうとした。

「あなたの仲間に、これはディマと自称するロシア人の不正な銀行家に関する話だ、と伝えてください」とペリーは言った。ほかの言い方も考えたのが、不思議なことに、それ以外浮かばなかった。「その男はあなたの仲間と取引をしたいと考えています。ディマはドミトリを短くした名前です。念のため、言っておきますと」

「それはそそられるな」とフリンは皮肉を込めて言うと、鉛筆を取って、先ほどペリーに戻してもらった紙切れに何か書き込んだ。

ペリーが部屋に戻って、ほんの一時間後に、携帯が鳴った。聞こえてきたのはどこかつかみどころのない、ややかすれた男性の声だった。まさに今、この地下室で自分に話しかけている声だ。

「ペリー・メイクピースか？　素晴らしい《マーヴェラス》。アダムだ。君のメッセージを受けた。よろしければ、いくつか手短に質問したい。僕らがともに同じことを懸念しているのかどうか、確かめたいのだ。いいかな？　僕らの知り合いの名前は言わなくていい。その人物が僕らの共通の知り合いかどうか確認したいだけだ。彼に奥さんはいる？」

「います」

「恰幅がよくて、金髪？　バーのホステスのような感じ？」

「黒髪で、痩せている」

「君が彼に出くわした、正確な状況を教えてくれるかな？　いつ、どんな形で？」

「アンティグアのテニスコートで」

「勝ったのはどっち？」

「僕です」

「素晴らしい。では、三つ目の質問を手短に。経費はこっちが持つから、ロンドンに来てほしい。どれくらい早く来られる？　その剣呑な書類を僕らはいつ入手できるだろう？」

「ドア・ツー・ドアで、二時間ほどです。小さな包みも一つあります。書類のファイルのなかに貼り付けました」

「しっかりとか？」

「そうだと思います」

「では、しっかりついているかどうか確認してくれ。ファイルの表紙には、黒字で大きくADAMと書く。洗濯しても落ちない油性ペンか何かで書いてほしい。そして、そのファイルを受付で振るんだ。誰かが君に気がつくまで、振り続けろ」

洗濯しても落ちないペン《ランドリーマーカー》？　こんなことを言うのは頑固な独身主義者か？　それとも、デイマの怪しい資金洗浄を巧みに匂わせていたのか？

✦

ペリーは、一メートルぐらいしか離れていないところにいるヘクターの存在に元気づけられ、弁舌さわやかに、そして大きな声で語った。大学教師は伝統的に、学生の顔を見据えるより、中空に向かってしゃべることで落ち着きを得るのだが、ペリーはヘクターのその眼光鋭い表情をまっすぐに見据えた。ヘクターの脇で気を遣いながら座っている小柄なルークに対しては、少し斜めに向き合うことになった。

ペリーは、かたわらでたしなめるゲイルがいないため、ヘクターにもルークにも自由に話すことができた。まさしくディマがディマ自身のことを話したのと同じように、ペリー自身のことをこの二人の男たちに話していた――男同士、面と向かって。いわば告白の相乗効果を作り出していた。良いものであれ、悪いものであれ、あらゆる書物に書かれていることを再現するのと同じ正確さで、ペリーはディマとの対話を再現し、訂正のために中断することもなかった。

ゲイルは人の声を真似るのが何より好きだったが、ペリーにはゲイルのようなことはできなかったし、妙なプライドがそれを邪魔した。しかし、頭のなかではディマのロシア語訛りの強い声がまだ鳴り響いていたし、内なる目にはディマの汗まみれの顔が映っていた。その顔は、自分の顔にぶつかりそうなくらい、すぐ近くにあった。ディマがハーハー吐き出す荒い息はウォッカの匂いがしたが、ペリーはそのことを語りながら、実際にその匂いを嗅いでいた。ディマがグラスにウォッカを注ぎ足し、それを睨みつけてからつかみ、一気にぐいと飲み干す。その様子をペリーは見つめていた。ペリーはそんなディマに対して、意外にもある種の親近感を抱いていた。ともに絶壁での危機的状況に追い込まれたときに、直ちに感じずにはいられない一体感を、ペリーはディマに感じていた。

「しかし、いわゆる酩酊状態ではなかったのだね？」とヘクターは、モルトウィスキーを一口すすってから言った。「友だち同士で楽しく飲んでいる、という感じかな」

ペリーは、そのとおりだ、と強くうなずいた。酔って涙もろくなったり、呂律がまわらないというわけでなかった。ただ、気持ちよくなっていただけだ。

「翌朝テニスをしたら、ディマはきっといつものようにプレイができたと思います。あの男はすごいスタミナの持ち主で、アルコールを燃料にしています。そのことを誇りにしているくらいです」

ペリーは自分もそんなディマを誇りにしているかのように話した。

「あるいは、あの大家の文章をわざと間違えて引用すれば」——ここでヘクターもペリー同様、熱心なP・G・ウッドハウスの読者であることが判明した——「生まれたときから酒が数杯足りずにいる男ってところか？」

それに対して、「バーティー様、そのとおりでございます」とペリーがウッドハウスのキャラクターの言い方で答えると、二人はたちまち笑い出し、ルークも笑いに加わった。Bクラスのルークはヘクターの登場以来、ずっと寡黙な相棒の役に徹していたのである。

✦

「ここで、清廉潔白なゲイルに関して質問していいだろうか？」とヘクターは尋ねた。

「厳しい《タフ》質問はしないよ。やわらかめ《ミディアム・ソフト》ってところかな」

厳しい《タフ》、やわらかめ《ミディアム・ソフト》といった言葉にペリーは警戒した。

「君たち二人はいつアンティグアからイギリスに戻った？」とヘクターは切り出した。「ガトウィック空港に着いたのかな？」

ガトウィックです、とペリーはうなずいた。

「二人はそこで別れた、そうだね？　ゲイルは法律事務所の仕事のため、プリムローズヒルのマンションに。そして君はオックスフォードの学寮に戻り、あの不滅の文章を書きつづった」

それもそのとおり、とペリーは認めた。

「では、この時点で、どんな取り決めをしたのかな？　どのような理解に至ったか、というほうがきれいな言い方か。ともかく、これからどのような道を歩むべきかについて」

「何につながる道なんですかね？」

「まあ、今となっては、われわれにつながる道、ということになるだろうな」

質問の目的がわからず、ペリーはためらった。「本当の意味での理解には至らなかったですね」と用心深く答える。「はっきりした理解など、何もなかった。ゲイルは自分の役を演じたし、僕も自分の役を演じるつもりです」

「別々の持ち場で？」

「そうですね」

「何も連絡を取り合わずに？」

「連絡は取りましたよ。ただ、ディマ一家については話さなかったんです」

「彼らについて話さなかった理由は……？」

「ゲイルは、スリーチムニーズで僕が聞いたことを聞いていなかったから」

「ということは、彼女はまだ汚れなき世界にいたということかな？」

「まあ、そういうことになりますね」

「で、君の知る限り、彼女は今もそこにいるわけだ。君がそこに彼女をかくまっていられる限りは」

「そうです」

「今夜の会合に彼女も参加してほしいと僕らが求めたことに対して、君はよく思っていないい？」

「僕ら二人に来てほしいと言いましたよね。僕はゲイルに、二人とも呼ばれている、と伝えた。そうしたら彼女は一緒に来ると言ったんです」とペリーは答えた。苛立ちで顔が曇り始めた。

「でも、彼女が来たいと望んだんだろう？　そうでなければ、彼女が来ることはなかった。ゲイルは度胸の据わった女性だ。言われたことにそのまま従う女性ではない」

「そう、そのとおり」とペリーも認めた。そしてヘクターのうれしそうな笑みを見て、安堵した。

◆

ペリーは、ディマが打ち明け話をするために彼を連れて行った小さな部屋の様子を話している。カラスの巣とディマが呼ぶ、二メートル×二・五メートルほどの空間。それがダイニングルームの隅に立てかけられた細い梯子を上がったところに設けられている。木とガラスで安く仕立て上げた台形の一室で、そこから湾を見渡すことができる。海風が外壁の木の板に激しく吹き付け、窓ガラスがガタガタと大きな音を立てて揺れている。

「あの家でいちばん騒がしい場所だったんじゃないかな。だから、ディマはそこで話そうと思ったんでしょう。あの騒音のなかで僕たちの声を拾える盗聴マイクなんてないでしょうから」続いてペリーの声は、夢を描写する人のような困惑気味なものになる。「本当ににぎやかな家でした。三本の煙突《スリーチムニーズ》と三つの風。そして、僕らが額を突き合わせるようにして座っていた部屋」

ディマの顔と僕の顔は手の幅ぐらいしか離れていなかった、とペリーは繰り返す。そして、その様子を再現するかのように、テーブルの前に身を乗り出し、顔をヘクターの顔に近づける。

「僕らはしばらくそこに座り、互いの顔を見つめていました。ディマは自分のことを疑っていたんだと思う。そして、僕のことも疑っていた。すべて話していいかどうか、疑っていたんです。打ち明けるのにふさわしい人物を選択したかどうか、判断しかねていた。そして僕のほうは、彼が正しい選択をしたと信じてもらいたかった。僕の言おうとしていることがわかります？」

ヘクターには、すべて理解できたようだ。

「ディマは心のなかの巨大な障害を乗り越えようとしていました。結局のところ、彼の告白とはそういうことだったんだと思う。そして、ディマはついに質問を切り出しました。質問というより、要求みたいに聞こえましたけどね。〝教授、君はスパイだね？　イギリスのスパイ？〟。最初それを聞いたとき、彼は僕を非難しているのかと思った。そのあと、僕は気づいた。ディマはそう想定し、希望もしていたのです。僕が、そうだ、と答えるのを。でも、僕は、違う、申し訳ないがスパイじゃない、と答えました。そうであったことはないし、これからもそうなる予定はない、と。僕は単なる教師だ、それ以外の何者でもない。でも、あの男はそれでは満足しなかった。

〝多くのイギリス人はスパイだ。貴族、紳士、知識人。おれは知っているぞ！　あんたらイギリス人はフェアプレイの精神を持っている。イギリスは法治国家だ。そしていいスパイがいる〟

僕はもう一度彼に言わなければなりませんでした。違う、ディマ、僕はスパイじゃない。僕はあなたのテニス仲間で、大学講師で、人生を変えようとしているところだ、と。僕はそこでもっと怒りを示すべきだったけど、そんなことをしてどうなります？　僕は未知の世界にいたんだから」

「そしてすっかり夢中になっていたんだ！　そうに違いない！」とヘクターが口を挟む。

「僕だって、君と同じ立場に立てるなら、どんなことでもしたよ。テニスだってするさ」

そのとおり、夢中になっていたということだろう、とペリーは認める。あの薄闇のなかでディマから目が離せなくなっていた。あの強い風のなかでディマの話に耳を傾けずにはいられなかった。

✦

厳しい質問でも柔らかい質問でも、その中間ぐらいでも、ヘクターの尋ね方は、穏やかで、やさしく、慰められるような響きがあった。

「こういうことじゃないかな。君はわれわれに対して揺るぎない疑念を抱いていながらも、一瞬、自分がスパイだったらよかったと思った」とヘクターは言った。

ペリーは眉をひそめて、ウェーブのかかった髪をぎこちなくかき上げた。すぐには何と答えていいかわからなかった。

◆

「教授、グアンタナモ（キューバ南東部の都市で、米軍の基地と戦争捕虜収容所がある）を知っているか？」

もちろん、ペリーはグアンタナモを知っている。これまで自分は、知る限りのあらゆる手段を使って、グアンタナモで行なわれていることに反対する活動をしてきた、と考える。しかし、ディマは自分に一体何を伝えようとしているのか？　なぜグアンタナモが突然――タマラの手書きのメモを引用するなら――「女王陛下の大英帝国に対し、きわめて重要、きわめて緊急、きわめて危険」となったのか？

「教授、秘密の飛行機は知っているだろう？　CIAの連中がそういう飛行機を借りて、テロリストをカブールからグアンタナモに移送するんだ」

知っている。ペリーはその秘密の飛行機のことはよくわかっている。こうした飛行機の親会社を人権侵害で訴えようとする合法的慈善団体に対し、彼はかなりの額の寄付をしてきた。

「キューバからカブールに戻る飛行機には積荷がない。どうしてだかわかるか？　テロリストはグアンタナモからアフガニスタンには飛ばないからだ。しかし、おれには友だちがいる」

その「友だち」という言葉がディマにはひっかかるようだ。彼はその言葉を繰り返すが、途中でやめ、何やらロシア語でぶつぶつ言う。それからウォッカを一口飲み、また話し始める。

「その友だち何人かがパイロットたちと話し、取引する。プライベートな取引だ。そのあとのやり取りは一切なし。オーケー？」

オーケー、そのあとのやり取りは一切なし。

「やつらが空っぽの飛行機に何を積んでいくか、わかるか、教授？　関税なし、荷物を積んで、買い手のところまでひとっ飛び。グアンタナモからカブールへ。料金は現金前払いだ。わかるか？」

いや、ペリーには何も思いつかない。グアンタナモからカブールに密輸するために、現金前払いで取引されそうなものなど。

「ロブスターだ、教授」ディマは手で太腿をたたき、下品な笑い声をあげる。「メキシコ湾で獲れた二、三千のロブスター！　誰がそのロブスターを買う？　アフガンのイカれた軍の指導者たちだ。その軍の指導者たちから、ＣＩＡは捕虜を買う。軍の指導者たちに、ＣＩＡはロブスターを売りつける。現金で。ほかに、グアンタナモの看守へのプレゼントとして、キロ単位のヘロインもついてくるかもしれない。最高級、純度９９９《スリーナイン》だ。嘘じゃない、教授、信じてくれ！」

ペリーはショックを受けると思われているのだろうか？　ともかく彼はショックを受けたふりをする。強烈な風にガタガタ揺れるこの小部屋に連れて来られたのは、この話を聞くためなのだろうか？　ペリーはそう思わない。ディマもそう思ってはいないだろう、とペリーは考える。この話は、これから先に待っているものに対する、言ってみれば、試し打ちのように聞こえるのだ。

「教授、おれの友だちがこの現金をどうするか、わかるか?」

いや、ペリーにはわからない。ディマの友人たちが、メキシコ湾で獲れたロブスターをアフガニスタン軍の指導部に密輸し、得た利益を一体どうするのか?

「友だちは、ディマにその金を渡す。なぜそんなことをする? なぜなら、やつらはディマを信用しているからだ。多くの、それは多くのロシアの組織が、ディマを信用している! ロシアの組織だけじゃない! でかい組織も、小さい組織も、おれは区別しない。どことでも取引する。イギリスのスパイに伝えてくれ。汚い金が入った? じゃあ、ディマがきれいにしてやる、問題ない。金をどこかに保管しておきたい? じゃあ、ディマのところに来い。多くの小さな道をまとめて、ディマが大きな道を一本作ってやる。教授、君の国のスパイどもに、そう伝えてくれ」

◆

「で、この段階で、そいつの言うことをどう理解する?」とヘクターは尋ねる。「そいつは汗をかき、自慢し、酒を飲み、冗談を飛ばしている。自分は詐欺師で、マネーローンダラーだと言い、いかがわしい友だちもいるとうそぶいている。君が実際に見ているもの、聞いているものは何なのか? そいつの頭のなかで何が起こっているのか?」

この時点でペリーは、ヘクターを一段階上の試験官のように捉え始めており、この問いも一段階上の問題提起として受け止める。「〝怒り〟ですかね？」とペリーは言ってみる。「まだはっきり断定できない一個人、あるいは複数の人々への怒り」

「続けて」とヘクターは命じる。

「自暴自棄。やはりよくわからないものに対して」

「心底忌み嫌っている、としたらどうだ？　こう考えれば、大体間違いないか？」とヘクターが主張する。

「そうかもしれませんね」

「あるいは復讐？」

「どこかにそれはあります、確かに」とペリーは認める。

「打算？　愛憎入り混じった気持ち？　動物的な狡猾さ？　よく考えてみて！」とヘクターはふざけた調子で尋ねるが、ペリーはそれをまじめに受け取る。

「そのすべてですね。間違いない」

「それから〝恥〟？　〝自己嫌悪〟？　それはないかな？」

不意をつかれ、ペリーは考え込む。眉をひそめ、あたりを見まわす。「そうですね」とペリーは声を長く引き伸ばして答える。「そう、〝恥〟です。背教者であることへの恥。僕と取引することへの恥。背信行為への恥。だから、大風呂敷を広げずにいられなかった」

「僕は千里眼なんだ」とヘクターは満足そうに言う。「みんなに聞いてみるといい」

ペリーにその必要はない。

✦

ペリーは長い沈黙の様子を話している。ディマの汗ばんだ顔が、薄闇のなかで苦しそうに歪んでいる。ディマはウォッカをもう一杯注ぎ、飲み干し、顔をぬぐい、笑みを浮かべる。ペリーがそこにいるのを確かめるかのように、ペリーを憤然と睨みつける。腕を伸ばし、ペリーの膝を握りしめて、自分の主張を相手に伝えようとする。そのあとペリーの膝から手を放し、彼からふたたび注意を逸らす。そして最後に、強い疑いを込めて、絞り出すように一つの質問をする。それに正直に答えてもらえなければ、いかなる取引にも応じない、といった口調で。

「おれのナターシャを見たか?」

ペリーはナターシャとすでに会っている。

「きれいだろう?」

ペリーは何の抵抗もなく、ナターシャは本当にきれいだ、とディマに対して認める。

「一週間に十冊とか十二冊とか、えり好みせず、何でも読む。あんな学生が二、三人いたら、あんたも授業がやりやすいだろう」

ペリーはそのとおりだと答える。

「馬に乗り、バレエも踊る。スキーもほんとにうまい。知りたいか、あれの母親のことを? ナターシャの母親は死んだ。おれはその女を愛していた。わかるか?」

ペリーはお悔やみの言葉を述べる。

「おれはいろんな女と寝た。なかには女をたくさん必要とする男もいる。でも、いい女は、そいつらの唯一人の女になろうとする。だから、相手の男がいろんな女とやると、女もちょっとおかしくなっちまう。悲劇だ」

ペリーもそれに同意する。

「いいか、教授！」ディマは上体を前に傾け、人差し指でペリーの膝を指さす。「ナターシャの母親を、おれはあの女を愛していた。あの女がたまらなく好きだった。わかるか？　人を愛すると、腹のなかで火がごうごう燃えあがっているような状態になる。ペニスも金玉も心も頭も魂も、みんなその愛のためだけに生きようとする」。ディマはふたたび手の甲で口のあたりをぬぐい、つぶやく。「あんたの美しいゲイルに対するのと同じようにな」。そしてウォッカを一口ふくむ。「あれの頭のおかしい亭主があれを殺したんだ」とディマは打ち明ける。「なんでそんなことしたかわかるか？」

いや、ペリーにはわからない。なぜナターシャの母の亭主がナターシャの母を殺害したのか？　わからないが、その答えが明かされるのを待っている。同様に、自分が今いるのは精神病院《マッドハウス》なのだろうか、という問いの答えも知りたいと思う。

「ナターシャはおれの子供だ。ナターシャの母親がそれをあのバカ亭主に言ったんだ。あの女は嘘がつけないからな。そしたら、あのバカ野郎が彼女を殺しやがった。おれはいつかあのクソ亭主を見つけ出し、殺してやる。銃じゃ殺さない。こいつで殺《や》ってやる」

ディマはペリーに見ろとばかりに、およそ似つかわしくない繊細な手を差し出す。ペリーは礼儀正しくその手を褒める。

「おれのナターシャはイートン校に行く。いいか？　これをあんたのスパイ仲間に伝えろ。でないと、取引しない」

一瞬、ペリーは激しく回転する世界において、足下のしっかりした場所にいると感じる。

「イートン校が女子を入れるとは思いませんよ」とペリーは慎重に言う。

「金はたくさん出す。プールも作ってやる。問題ない」

「それでも、学校がナターシャのために規則を変えるとは思えませんよ」

「じゃあ、あの子はどこに行けばいい？」とディマは無茶な要求を突きつける。まるで悪いのは学校ではなく、ペリーであるかのような言い方だ。

「ブライトンの近くにローディーンという女子パブリックスクールがあります。そこがイートンと同じレベルの女子校ですね」

「イギリスでいちばんか？」

「そうだと言われています」

「知識人の子供が行くのか？　貴族の子が？　ノーメンクラトゥーラ（旧ソ連・東欧の共産主義体制における幹部）の子が？」

「イギリスの上流階級の子女が学ぶところです」

「金はかかるか？」

「すごくかかります」

ディマは少しだけ落ち着きを取り戻す。

「わかったよ」とディマは唸るように言う。「あんたの国のスパイと取引するにあたって、第一条件は、あの子をローディーンに入れることだ」

◆

ヘクターの口はあんぐりと開いている。ペリーをぽかんと見つめ、その隣にいるルークを見つめてから、またペリーに視線を戻す。そして、信じられないという気持ちをあらわにして、そのぼさぼさの白髪頭を撫でつける。

「こいつはたまげた」とヘクターは小さくつぶやく。「双子の男の子たちは近衛騎兵隊の将校にしてやるっていうのはどうだ？　それについて、君は何と言った？」

「僕は、できる限りのことはする、と約束しました」とペリーは答える。自分がディマの側に引き寄せられるように感じる。「あの男が愛していると信じるイギリスは、そういうところなんです。それ以外、何と言えばいいんでしょう？」

「君は素晴らしかった《マーヴェラス》」とヘクターは褒めたたえる。小柄なルークもうなずく。「素晴らしい《マーヴェラス》」は、二人がさかんに使う言葉だ。

◆

「教授、ムンバイの事件を覚えているか？　去年の十一月の事件だ。イカれたパキスタン人が何人もの人を殺した。やつら、携帯で命令を受けた。あのカフェを攻撃しろ、と。そしてユダヤ人を殺した。人質を殺した。ホテルを、駅を爆破した。子供たちも母親も、みんな死んだ。覚えてるか？　あのバカ野郎たちがどうしてそんなひどいことをしたのか、わかるか？」

ペリーは何も思いつかなかった。

「おれの子供が指を切って、ちょっと血を流しただけでも、おれは吐きたくなる」とディマは憤然として言う。「おれはもう、人生で死をたくさん見すぎた。あのバカ野郎たちは一体何の目的であんなことをするんだ？」

無神論者のペリーは「神のため」と言いたかったが、やめておく。ディマは身構えて、いよいよ取引に出る。

「いいだろう、教授、今から言うことをイギリスのスパイに伝えてくれ」とディマはまた攻撃的な態度を取る。「二〇〇八年十月だ。その日を思い出してほしい。その日、ある友だちがおれに電話をかけてきた。オーケー？　ある友だちだ」

オーケー、また別の友だち。

「パキスタン人だ。おれたちが取引している組織のやつ。十月の三十日だった。真夜中にそいつが電話をかけてきた。おれはスイスのベルンにいる。とても静かな町で、銀行家がたくさんいた。タマラはおれの横で寝ていた。あれが目を覚まし、おれに電話を渡した。あなたによ、と。その男からだった。おい、聞いてるか？」

もちろんペリーはディマの話を聞いている。

「〝ディマ〟とそいつがおれに言った。〝友だちのハリールだ〟って。でたらめだよ。そいつのほんとの名前はモハメッドだ。ハリールは特別な名前で、おれが関わる現金での取引のときに使う。まあ、名前なんかどうだっていい。〝ディマ、株がらみで間違いない情報を教えてやる。とってもでかくて確実な、特別情報だ。いいか、おれからの情報だってことを忘れるなよ。おれのために、覚えておいてくれ〟。わかった、とおれは応えた。朝の四時にムンバイの株式市場の情報だと？　まあいい。おれはそいつに言った、わかった、ハリール、おまえからの情報だって、忘れないよ。おれたちは記憶力がいいんだ。誰もおまえには手出しさせない。で、そのホットな情報とは一体何だ？」

「〝ディマ、インドの株式市場から足を洗え。さもないと、えらく損をするぞ〟とそいつは言った。〝なんだと？〟とおれは応えた。〝どういうことだ、ハリール？　頭がおかしいんじゃないか？　なんでムンバイでおれがえらく損しなくちゃいけないんだ？　おれたちはムンバイで信用される仕事をたくさんしてきている。まっとうな、きれいな投資だ。きれいにするのに五年かかった。各種サービス、茶や材木の取引、ホテルの売上なんかだ。みんなきれいな投資だ。ローマ法王がミサを行なえるくらい、きれいで大規模な取引だ〟。おれはそう言ってやったが、友だちは聞いていなかった。〝ディマ、いいか、ムンバイから手を引け。一カ月後ぐらいに、また風向きがすごくよくなって、二、三百万ドルぐらい稼げるだろう。

だが、その前に、まずホテルの投資から手を引かないといけない〟」

ディマはまた拳を顔に当てて汗をぬぐう。そして、まったくなんてことだ、とつぶやくと、助けを求めるかのように、小さな箱型の部屋を見わたす。「こいつをイギリスの役人《アパラチキ》たちに知らせてくれ、教授」

ペリーは、自分にできることをするつもりだ、と言う。

「二〇〇八年十月三十日の夜だ。このパキスタンのバカ野郎がおれを叩き起こしたあと、おれはよく眠れなかった。わかるな？」

わかる。

「翌十月三十一日の朝、おれはスイスのいくつかの銀行に電話した。〝ムンバイの株を全部売っぱらうぞ〟と。サービス業のほか、木材と茶の取引関連の株が三〇パーセントあって、ホテルの株が七〇パーセントあった。そして数週間後、ローマにいたとき、タマラがおれに電話をよこした。〝テレビをつけてみて〟と。そこでおれは何を見た？　あのパキスタンの連中がムンバイで銃撃事件を起こしたんだ。インドの株式市場はただちに取引を中止した。次の日、インドのホテルの株は軒並み株価を下げた。一六パーセントぐらい下がって、四〇ルピーに落ちても、まだ下がり続けた。今年の三月には、三一ルピーまで下がった。ハリーがおれに電話をよこした。〝よし、ディマ、今度は株を買い戻せ。いいか、教えてやったのはおれだってことを忘れるなよ〟。そしておれは株を買い戻した」。汗がディマの禿げた頭から垂れ落ちている。「年末に、インドのホテルの株はだいたい一〇〇ルピーまで上がった。

おれは二〇〇〇万儲けた。ユダヤ人は死に、捕虜は死に、おれはぼろ儲けした。これをイギリスのスパイに伝えてくれ、教授。いいか？」

その汗ばんだ顔に、自己嫌悪の表情が浮かんでいる。外壁の腐った板が海風でガタガタ音を立てている。ディマはあと戻りできないところまで話した。そしてペリーは相手から観察され、試され、そして信用されたのだ。

◆

上の階の小ぎれいなトイレでペリーは手を洗い、鏡を覗き込む。そして、そこに映った、熱意をたたえた顔に感銘を受ける。自分でも、その熱意のある顔が見慣れないものと感じられるようになっている。ペリーは分厚いカーペットが敷かれた階段を駆け下りる。

「もう一杯飲むか？」とヘクターは尋ねて、飲み物が置かれたトレイをゆっくりとその手で指し示す。「いや、ルーク、それよりコーヒーを淹れてくれないか？」

7

地下室の上の道路を、一台の救急車がけたたましい音を立てて通り過ぎていく。そのサイレンの音は、全世界の痛みを伝える叫び声のようだ。

ごうごうと風が吹きつけるなか、湾を見下ろす台形の小部屋で、ディマがサテンの服の左袖をめくり上げる。すでに日は沈み、上空には月光がきらめいて、つねにその明るさを変えている。その明かりの下、ペリーの目の前に、胸をはだけた聖母マリアが現われる。刺激的なポーズを取るなまめかしい天使たちに囲まれた聖母。その絵柄の刺青が、ディマの分厚い肩のあたりから、宝石が埋め込まれたロレックスの金の腕時計の下あたりまで、ずっと彫り込まれている。

「教授、誰がこれを彫ったか知りたいか?」とディマは、感情のこもったしわがれ声でささやく。「毎日一時間、半年かかった」

うん、とペリーはうなずく。誰がそのトップレスの聖母マリアと、女性の姿をした天使たちを、半年がかりでディマの太い腕に彫り込んだのか知りたい。その腕に彫られた聖処女と、ディマがナターシャをローディーン校に入れたいと思うことに、はたしてどんな関連性があるのか、さらには、重要な情報を漏らしてまで、家族全員をイギリスに永住させたいという願いとどうつながっているのか知りたい。しかし、英語教師としてのペリーは、ディマの語りが独特の物語展開を示すことにも気づいている。間接的なエピソードを通してストーリーが現われてくるのだ。

「おれのルフィーナが彫ってくれた。ルフィーナはおれと同じように強制労働収容所の囚人《ゼック》だった。収容所の娼婦で、結核を病んでいて、一日一時間ずつこれを彫ってくれた。そして、この刺青を彫り終えて死んだんだ。ひどい話だろう？　ああ、ひどい話だ」

二人の男は、ルフィーナの最高傑作をじっと見つめながら、静かに敬意を示す。

「教授、コルイマって、なんだかわかるか？」とディマは尋ねる。その声はまだしわがれている。「聞いたことあるか？」

ある、とペリーは答える。コルイマが何か知っている。ソルジェニーツィンの本で読んだ。シャラーモフ（旧ソ連の作家［一九〇七―八二］。代表作は連作短篇「コルイマ物語」）の本でも読んだ。コルイマとは、シベリア北東部、コルイマ山地から東シベリア海に注ぐ川だ。そしてそれは、旧ソ連のスターリン時代の前後に存在した、いわゆる「収容所群島」のなかで、いちばん過酷と言われた収容所の名前でもある。ペリーは「ゼック」という言葉も知っている。「囚人」を意味するロシア語。何百万人もいたロシアの囚人たちを表わす言葉だ。

「おれは十四歳でコルイマの囚人になった。刑事囚だ。政治囚じゃない。政治囚はクソだ。

刑事囚は純粋だ。十五年、おれはそこにいた」

「十五年もコルイマに？」

「そうだ、教授、おれは十五年そこで勤めあげた」

苦痛のうめきがディマの声から消えていき、プライドに代わる。

「刑事囚のディマに、ほかの囚人たちは敬意を示した。なぜおれはコルイマにいたのか？人を殺したからだ。でも、よき殺人者だ。おれは誰を殺した？　ペルミの卑劣なソビエト役人《アパラチキ》だ。おれたちの父親は自殺した。疲れ果てて、ウォッカを浴びるほど飲んだ。だから、母親がおれたちに食事や石鹸を与えるため、あの胸糞悪い役人《アパラチキ》とセックスしなきゃいけなかった。ペルミでおれたちは共同住宅に住んでいた。三十人が八つの汚い部屋に暮らしていて、薄汚れた台所が一つに、便所も一つしかない。みんな体が臭いうえに、タバコを吸っていた。子供たちはおれたちの母親とセックスしているクソ役人《アパラチキ》を嫌っていた。あのバカ野郎がやって来ると、おれたちは台所で待っていなければならなかった。やつは食い物を持って来て、部屋のなかで母とセックスした。壁はとんでもなく薄かったから、全部聞こえた。みんなおれたちを見やがった。おい、おまえらの母親の声を聞いてみろ、あの女は娼婦だ。おれたちは耳をふさがなきゃならなかった。教授、いいことを教えてやろうか？」

ペリーはうなずく。

「あの薄汚い役人《アパラチキ》だが、どこで食い物を手に入れたかわかるか？」

ペリーはわからないと言う。

「やつは軍の将校だった！　兵舎に食い物を配給する立場にいたんだ。銃も持っていた。上等の銃で、革のケースに入れていた。お偉いさんだったんだ。銃を腰に巻いたまま女とセックスしたことがあるか？　そいつは曲芸みたいだぜ。だからあの軍の将校、あの役人《アパラチキ》は、靴を脱いで、腰に巻いた銃も外した。そしてそいつを靴のなかに入れた。いいだろう、とおれは思った。きさまはおれの母親ともうたっぷりセックスした。これ以上はやらせない。これからは誰にもおれたちを娼婦の子供のような目で見させない。おれはドアをノックし、開けた。そして丁寧に話しかけた。〝失礼します。ディマです。すみません、まぬけな役人《アパラチキ》殿。あなたさまの素晴らしい銃をお借りしてもよいですか？　恐れ入りますが、こちらにお顔を向けていただけますか？　こちらを見ていただけないのなら、あなた様を殺せませんから。本当にお世話になりました、同志〟。母親はおれを見た。何も言わない。あの役人《アパラチキ》がついにおれに顔を向けた。おれはあのクズ野郎を撃ち殺した。一発で」

ディマは人差し指を鼻柱に当てて、弾丸がどこに命中したかを示す。ペリーは、あのテニスの試合の最中に、同じ人差し指が彼の息子たちの鼻柱に当てられたことを思い出す。

「なぜおれはあの役人《アパラチキ》を殺したのか？」とディマは反語的に問いかける。「自分の子供たちを守ろうとした母のためだ。気がふれて自殺を遂げた父への愛のため、ロシアの名誉のために、おれはあのクソ野郎を殺した。廊下で人にじろじろ見られたくなかったってこともあったかもしれない。だから、コルイマの収容所でおれは歓迎された。おれはクルトイだ――いいやつってことだ。何も悪いことはしていない、きれいな身だ。おれは政治囚じゃない。

刑事囚だ。英雄だ。闘士だ。おれは軍の役人《アパラチキ》を殺《や》った。たぶんあいつはチェキスト（ソ連の反革命・サボタージュおよび投機取締まり非常委員会の委員）だった。でなければ、なぜおれは十五年もぶち込まれなきゃならなかったんだ？　おれは名誉あることをしたんだぜ。おれは決して――」

✦

ここまで話すと、ペリーは口ごもり、気おくれしたような声になった。

「教授、おれは啄木鳥《きつつき》じゃない。犬じゃない」とペリーはディマの言葉を問いかけるように発した。

「自分は密告者ではない、と言っているんだ」とヘクターが説明した。「啄木鳥、犬、雌鶏。みんなそうだ。どれも密告者を意味する。だから、情報を提供してくれると言いながら、自分は密告者じゃないと、君を説得しようとしているんだ」

ペリーはヘクターの卓越した知識に敬意を表してうなずき、ふたたび語り始めた。

✦

「三年後のある日、この良い子のディマは男になる。どうやって男になった？　友だちのニキータがディマを男にしてやる。ニキータとは誰だ？　ニキータも名誉ある男で、素晴らしい闘士で、大犯罪者だ。ニキータは良い子ディマの父親になる。ディマの兄になる。ディマを守る。ディマを愛する。それは純粋な愛だ。ある日――おれにとって、それはとてもいい日、誇らしい日だった――、ニキータがおれをヴォーリリーのところに連れて行った。教授、ヴォーリーって知っているか？　あるいはヴォールは知っているか？」

ペリーはヴォーリーが何かも知っている。ヴォールも知っている。彼はソルジェニーツィンを読んだ。シャラーモフを読んだ。本には次のように書いてあった。ヴォーリーは、グラーク(旧ソ連の強制収容所・政治犯収容所)における囚人たちの元締めであり、正義を行なう者であり、名誉ある囚人たちの友愛団体である。彼らは厳しい掟に忠実に従い、結婚も財産も放棄し、国家に服従しない。ヴォーリーは聖職者を崇拝し、その神秘的な雰囲気を身にまとおうとする。ヴォーリーは複数形で、ヴォーリーの一人がヴォールである。ヴォーリーは掟に従う犯罪者であることに誇りを持っている。いわば犯罪者の貴族階級であり、生涯掟を知ることのない街のチンピラからは遠く離れた世界に生きているのだ。

「おれのニキータがとんでもなくでっかいヴォーリーの委員会に口をきいてくれた。たくさんの大物犯罪者たちがその会合に来ていて、強そうなやつらもたくさんいた。そこでニキータは、ヴォーリー連中におれを紹介してくれた。〝兄弟のみなさん、これがディマです。もう一人前の男です。どうか受け入れてください〟。こうしてヴォーリーはディマを受け入れた。ディマを男にした。ディマを名誉ある犯罪者にした。しかし、その後もニキータはディマを擁護しなければならなかった。なぜなら、ディマは……自分の……そ、その……」

名誉ある犯罪者のディマが適当な表現を思い出そうとしていると、外国の事情に明るいオックスフォードの教師ペリーが、すかさず助け舟を出す。

「〝使徒〟だから？」

「そうだ、教授！　〝使徒〟だからだ。キリストの使徒みたいにな！　ニキータは使徒のディマを守る。これが決まりだ。ヴォーリーの掟だ。ニキータはいつもディマを擁護する。これが約束だ。ニキータはおれをヴォールにした。だから、おれを守る。でも、ニキータは死んでしまった」

ディマはその禿げた額にハンカチを当て、手首で目をこする。そして鼻を人差し指と親指でつまむ。まるで水に潜っていた者が水中から出てきたかのようだ。ディマがその手を下ろすとき、ペリーは彼がニキータの死を悼んで泣いていることに気づく。

✦

ヘクターがトイレ休憩にしようと言った。ルークがコーヒーを淹れた。ペリーはコーヒーを受け取り、飲みながらチョコレートのビスケットを食べる。雄弁な講師としてのペリーが本領を発揮し始めて、起こったこと、観察したことをすべて思い出し、一つひとつ正確無比に伝えようとする。にもかかわらず、ペリーの目に宿る興奮のきらめきや、そのこけた頰にさす赤みは、何をもってしても消すことはできない。

あるいは、ペリーのなかの自己編集能力は、自分が興奮していることを察知し、その対処に苦慮しているのかもしれない。それゆえに、話を再開するとき、彼は途切れ途切れの話し方、ほとんどぞんざいとも言える語り口を選ぶ。冒険に心躍らせるというより、あくまで教師ならではの客観性を保つように話すのだ。

「〝ニキータは野営熱というか発疹チフスにかかった。冬のさなかだった。摂氏マイナス六十度に近い寒さだ。多くの囚人が死んでいった。看守のやつらは気にもかけやしなかった。病院は治療するための場所ではなく、死ぬための場所なんだ。ニキータはタフで、長いあいだ持ちこたえた。ディマはニキータを看護した。しかし、それによって囚役をさぼったことで、懲罰房に入れられた。そこから出されれば、またすぐに病院のニキータのところに行き、また無理やり懲罰房に連れ戻された。鞭で打たれ、食事も与えられず、暗闇に押し込められ、氷点下の寒さの部屋で鎖につながれた〟。こういったことって、あなた方もやっているけど、どこかよそののどかな国にやらせて、自分たちは知らないふりをするんですよね」とペリーは、冗談めかして好戦的な物言いをするが、相手が笑いで応えることはない。「ディマがニキータの看病を続けているあいだ、ヴォーリーの委員会は、ディマの弟子を自分たちの仲間に受け入れることにしました。明らかに厳粛な場面です。死にゆくニキータが、ディマを通して、後継者を指名する。これによって、犯罪者三代にわたって聖杯が継承されることになりました。ディマの弟子《プロテージ》――ディマは僕のおかげで〝使徒〟という呼び名を好むようになりましたが――がミハイル、つまり、ミーシャです」。ペリーはここでその会話を再現する。

「〝ミーシャは信義を重んずる男だ。おれみたいに！〟おれはあいつらにそう言った」ディマはヴォーリーの幹部の面々に、高らかにそう訴えた。「〝ミーシャは刑事囚だ。政治囚ではない。ミーシャはソ連ではなく、母なる真のロシアを愛している。そしてすべての女性を敬っている。あいつは強くて、純粋だ。啄木鳥でもなければ、犬でもない。軍人でもなければ、看守でも、ＫＧＢでもない。警官でもない。あいつは警官を殺した。役人《アパラチキ》を毛嫌いしている。ミーシャはおれの息子だ。あなたたちの兄弟だ。おれの息子ミーシャを、ヴォーリーのみなさんに受け入れていただきたい！〟」

◆

ペリーは相変わらず講師のように語り続ける。次に申し上げる事実を、どうかみなさん、書き留めていただきたい。これから読み上げるのは、ディマの簡単な略歴である。本人がウォッカをあおりながら、スリーチムニーズと呼ばれる家の見晴らしのいい部屋で、順序立てて語ったものだ。

「彼はコルイマの収容所を出ると、ペルミの家に急いで戻り、母の埋葬に立ち会った。一九八〇年代前半は、犯罪が多発した時期だ。いちかばちかの人生は短く、危険に満ちあふれていたが、同時に利益も大きかった。非の打ち所のない信用を勝ち得たディマは、地元のヴォーリーに手放しで歓迎された。数に関する天性の勘に自ら気づき、たちまち違法な通貨投機や保険金詐欺や密輸の処理を請け負うことになった。短期間に小さな犯罪を積み重ねてから、ディマは共産主義政権下の東ドイツに向かうことになる。車の窃盗、偽造パスポートや偽造通貨の取引が専門だ。おまけに、東ドイツで仕事をしているうちに、ドイツ語が話せるようになる。行く先々で気に入った女を見つければ、必ずものにする。でも、生涯のパートナーはタマラだ。この女性はペルミの住人で、闇の世界の売人。婦人服や不可欠な食料品など、手に入りにくいものを闇で扱っている。そのかたわらで、ディマの協力、あるいは同じ世界に生きる者の助けを得ながら、ゆすり、誘拐、恐喝などの行為も行なっている。これにより、彼女は敵対する同業者の組織に睨まれ、彼らに捕まってしまう。彼らはまず彼女を拷問し、それから濡れ衣を着せて、警察に引き渡す。そして今度は警官たちがさらに激しく彼女を虐待する。ディマは、タマラの〝問題〟を、次のように説明する。

〝あいつは決して拷問に音をあげないんだ、教授、わかるか？　あいつは見上げた犯罪者だ。男よりすげえ。やつらはタマラをとんでもねえ独房にぶち込んだ。どんなものか想像がつくか？　やつらはタマラの脚を縛ってさかさまに吊るしたんだ。そして十回、二十回と犯しやがった。そのうえこっぴどく殴りつけた。でも、あの女は決して口を割らなかった。やつらに、くたばりやがれって言ったんだ。タマラは大した闘士だ。雌犬《めすいぬ》なんかじゃねえ〟

ふたたびペリーはおそるおそるこの言葉を発し、ここでもヘクターが静かな声で助け舟を出した。

「雌犬は犬や啄木鳥よりもひどい。闇の世界の掟を破る者のことだ。ディマは今かなり罪悪感に駆られている」

「それでおそらく彼はその言葉をためらいがちに口にしたんでしょうね」とペリーは言い、ヘクターもたぶんそうだと言った。

ペリーがまたディマになり代わって話す。「〝ある日、警察はさすがにタマラにうんざりして、あいつをすっ裸にし、雪のなかに放り出した。それでもあいつは口を割らなかった。すげえだろう？　でも、あいつはちょっとイカれてしまった。わかるか？　神に語りかけたり、イコンを買い集めるようになった。金《かね》を庭に埋めて、見つけられなくなったり。だが、そんなことはどうでもいい　あの女には忠誠心がある。わかるか？　おれはあいつを放さない。ナターシャの母親をおれは愛していた。でも、タマラは放したくない。聞いてるか、おい？〟」

ペリーはうなずく。

ディマは多額の金が入るようになると、タマラをスイスの病院に入れ、十分に休養と治療をさせてから、自分の伴侶にする。そして一年しないうちに、二人のあいだに双子の男の子が生まれる。二人が結婚したのに続いて、タマラの妹オルガが婚約する。タマラよりかなり年下で、はっとするぐらい美しい女性だ。オルガは高級娼婦としてヴォーリーたちにひどく大事にされている。花婿はほかでもない、ディマの愛弟子のミーシャ。この男もその頃にはコルイマの刑務所を出ていたのだ。

「オルガとミーシャが一緒になったことで、ディマの人生は絶頂に達しました」とペリーは力強く言った。「ディマとミーシャは、これで本当の義兄弟になりました。ヴォーリーの掟では、ミーシャはすでにディマの息子でしたが、この結婚により、家族としての関係が確かなものとなりました。ディマの子供たちはミーシャの子供になり、ミーシャの子供たちはディマの子供になります」。そうペリーは言うと、大教室の後方からの質問を待ち受けるかのように、上体を椅子の背もたれに預けて背筋をぴんと伸ばした。

ヘクターは、ペリーが大学教師的な態度に戻るのを少し楽しそうに観察していたが、ここでは彼らしい皮肉を利かせたコメントを発した。

「これって、ヴォーリーの連中のすごくおかしなところだと思わないかい？　結婚はしない、政治とも国家とも縁を切ると言っておいて、次の瞬間、教会で鐘の音を聞きながら、盛装して通路を行進するわけだ。もう一杯どう？　ほんのちょっとかな？　水割りにするか？」

ウィスキーのボトルと水差しの出番となる。

「みんなそういう人たちなんじゃないでしょうか」とペリーはひどく薄めたウィスキーをすすりながら、的外れな意見を述べた。「アンティグアにいたのは、みんなおかしな従兄弟やおじたちでした。掟にしたがう犯罪者で、ミーシャとオルガを憐れんでいました」

✦

ペリーはふたたび講義モードに入る。簡潔に史実を要約する歴史家としてのペリー。

ペルミはもはやディマと仲間たちが活動するには狭いところとなる。ビジネスは拡張し、犯罪集団は同盟を組んでかたまりつつある。外国の闇組織とも取引が結ばれる。「コルイマの野蛮な知識人」ディマは、まともな教育を受けていないものの、闇の世界で取引される資金の浄化《ローンダリング》においては、いまや天賦の才を発揮している。その一味がアメリカでビジネスを始めることになると、彼らはまさにこのディマをニューヨークに送り込み、ブライトンビーチでマネーローンダリング事業をチェーン展開させる。ディマはミーシャを用心棒として連れて行く。続いて一味がヨーロッパにローンダリング・ビジネス会社を開設すると決めると、ただちにディマを事務所の責任者に任命する。その仕事を引き受ける条件として、ディマは今度もミーシャの派遣を要求する。今度はローマでの自分の副官として、だ。この要求も受け入れられる。いまやディマとミーシャはまさしく家族として、仕事もプライベートもともにし、互いの家を訪れ、互いの子供をかわいがる。

ペリーはウィスキーをもう一口飲む。

「それは先代の〝プリンス〟の時代だった」とペリーは昔を懐かしむような口調で言う。

「ディマの黄金時代。先代のプリンスはまさしくヴォールでした。間違ったことは何一つするはずはありませんでした」

「では、〝新しいプリンス〟は?」とヘクターが挑発するように尋ねる。「あの若い男は?あの男については何か意見があったのかな?」

ペリーはその挑発に乗らない。「あったことはよくご存じじゃないですか」と唸るように言ってから続ける。「この若い新プリンスは、生まれついての雌犬《めすいぬ》です。裏切り者のなかの裏切り者。この新プリンスが、仲間のヴォーリーを国に引き渡している。仲間を裏切るとは〝ヴォール〟として最低のやり口です。そのような男を裏切ることは、ディマの目から見れば義務であり、犯罪ではありません」

✦

「あの子たちが好きか、教授？」とディマはわざと何気なさそうに尋ねる。そのあと、首をうしろに反らして、はがれつつある天井のパネルを見つめるふりをする。

「カーチャは？　イリーナは？　あいつらを好きか？」

「もちろん、あの子たちはいい子です」

「ゲイルも、あの子たちが好きか？」

「大好きですよ。それはあなたにもわかっているでしょう？　ゲイルはあの子たちを本当に気の毒に思っている」

「あの子たちは彼女になんて言った？　どうやって父親が死んだと話した？」

「自動車事故だって。十日前に、モスクワ郊外で。悲しい事故だった。お父さんもお母さんも亡くなった、と」

「そう、悲しい事故だった。自動車事故。とっても単純な自動車事故、どこにでもあるような自動車事故だった。ロシアではこんな自動車事故が頻繁に起こる。四人の男、四丁のカラシニコフ、六十発ぐらいの弾丸。だから何だってんだ、なあ、教授。あれは自動車事故なんだ。一人の体に二十発、いや三十発ぐらいの弾丸が撃ち込まれていた。おれのミーシャ、おれの弟子、おれの使徒は、まだ四十歳だった。このディマがあいつをヴォーリーのところに連れて行って、男にしたんだ」

突然、怒りが爆発する。

「おれはどうしてミーシャを守ってやれなかった？　どうしてあいつをモスクワに行かせた？　あの雌犬プリンスの手下どもがミーシャの体に二十発、三十発の銃弾を撃ち込むのをどうして止められなかった？　どうしてあいつらにオルガを殺させてしまった？　タマラの美しい妹を、ミーシャの愛娘たちの母親を、どうして死なせてしまった？　どうしておれはミーシャを守れなかった？　教授、教えてくれ？　どうしておれはミーシャを守ってやれなかったんだ？」

その声にこの世のものとは思えない力強さを与えていたのは、声の大きさではなく、怒りだったのではないか。だとすれば、その怒りをさっさと片づけ、スラブ民族にありがちな憂鬱な物思いにふけることができるのは、ディマのカメレオン的な習性によるものだ。

「確かに、タマラの妹のオルガはそれほど信心深くなかったかもしれない」とディマは、ペリーが何も指摘していないのに、しぶしぶ認めるといった口調で言う。「おれはミーシャに言ってやった。〝おまえの女房はまだほかの男にやたらと色目をつかっているし、相変わらずいい体してやがる。いいかげん、浮気はやめろ、ミーシャ。家にいたらどうだ、今のおれを見習えよ。少しはオルガをかまってやれ〟」。ディマはまたささやくような声で語りかける。「三十発の銃弾だぜ、教授。あのプリンスの雌犬には、おれのミーシャに撃ち込んだ三十発の銃弾の償いをしてもらわなきゃいけない」

ペリーは黙り込んでいた。遠くで講義終了の鐘がすでに鳴っていたにもかかわらず、ようやくそれに気づいたかのようだった。そして一瞬、自分がそのテーブルについていることに驚いた様子だった。そのあと、細長い骨ばった体をぐいっと動かして、ふたたび現在の時間に意識を戻した。

✦

「ということで、基本的にはこんなところです」とペリーは一段落つけるような口調で言った。「ディマはしばらく自分の世界に深く入り込んでしまい、そこから目覚めると、僕がそこにいることに当惑し、さらには怒りを覚えたようでした。でも、そのあと僕のことは大丈夫と判断し、ふたたび僕のことは忘れて、顔を手で覆い、何やらロシア語でつぶやいていました。それから立ち上がり、サテンのシャツのなかを探って、小さな袋を引っ張り出しました。それも僕の提出した書類に添付してあります」。ペリーは話を続けた。「ディマはその袋を僕に手渡し、僕を抱きしめました。感動的な瞬間でしたね」

「君たち二人にとって」

「それぞれ別々の形でしょうけど、そうです、僕は感動的な瞬間だと思いました」

ペリーは早くゲイルのもとに帰りたいと思っているようだった。

「その袋について、何か指示はなかったのか？」とヘクターは尋ねた。そのかたわらで、Bクラスのルークが、両手をきちんと組み、一人微笑んだ。

「ありました。〝教授、これをそっちの役人《アパラチキ》に渡してくれ。世界ナンバーワンのマネーロンダラーからのプレゼントだ。そして、伝えてくれ。おれはフェアプレイがしたい〟と。これも書類に書いたとおりです」

「その袋のなかに、一体何が入っているか、知っているかな？」

「推測にすぎませんけどね。脱脂綿にくるまれ、そのうえにラップが巻かれていた。あなたたちが見たとおりです。だから、カセットテープじゃないかと思いました。小型のレコーダーで録音したものかな、と。ともかく、そんなふうに思いました」

ヘクターは得心がいかない表情のままだった。「それで、君はそれを開けようとしなかった？」

「思いませんよ。あなた方宛てのものなんですから。ただ、書類のファイルのなかにちゃんと貼り付けてあることを確認しただけです」

ペリーの提出書類をゆっくりとめくりながら、ヘクターは上《うわ》の空でうなずいた。

「ディマはそれを体に貼り付けて持ち運んでいたんです」とペリーは続けた。気まずい沈黙を払いのけようとしているのが明らかだった。「そんなディマを見て、僕はコルイマのことを思いました。あそこでも、同じようにして人の目をくらましていたに違いない。そうやってメッセージを隠したりしていたんでしょう。ディマから受け取ったものはびっしょり濡れていました。キャビンに戻ったあと、タオルで拭かなければなりませんでした」

「でも、開けてみなかった？」

「開けなかったと言ったでしょう。なぜ僕が開けなくちゃいけないんです？　他人の手紙を読むような趣味は僕にはない。盗み聞きもしない」

「ガトウィックの税関を通る前もそうだったのかな？」

「そうです」

「でも、君は触ってみた」

「もちろん、触りました。そう言ったじゃないですか。どうしてこんなことを聞くんです？　ラップと脱脂綿ごしにね。ディマがそれを手渡したときです」

「ディマが君に手渡したあと、君はどうしたのかな？」

「安全な場所に保管しました」

「それはどこだ？」

「何ですって？」

「その安全な場所。それはどこかな？」

「ひげそり道具を入れておくポーチのなかです。あの晩、キャビンに戻ると、バスルームに直行して、ポーチのなかに隠しました」

「つまり、歯ブラシと一緒に？」

「そんなところです」

ふたたび長い沈黙が訪れた。ペリーと同じぐらい、ヘクターたちもこの沈黙を長いと感じているのだろうか？

そうではないだろう、とペリーは思った。

「なぜかな？」ようやくヘクターが口を開いた。

「何が〝なぜ？〟なんです？」

「ひげそり道具入れのことだよ」とヘクターは穏やかに答えた。

「そこは安全だと思ったんです」

「ガトウィックの税関を通るときも？」

「そうですね」

「カセットを入れるならここしかないと思った？」

「僕が思ったのは、ただ――」そう言ってペリーは肩をすくめた。

「ひげそり道具入れのなかなら、目立たないだろう、と？」

「そんなところです」

「ゲイルは知っていたのかな？」

「何ですって？　もちろん、知りませんよ」

「まあ、そうだろうね。録音はロシア語で、それとも英語で？」

「知るわけないじゃないですか。聞いてないんだから」

「ディマは何語で吹き込んだとか、言わなかったのかな？」

「あの中身について、彼は何も言いませんでした。あなた方にも伝えたこと以外にはね。

ペリーは薄いスコッチの最後の一口をぐいと飲み干すと、グラスをテーブルの上にどんと置いて、これで話は終わりだという態度を示した。しかし、ヘクターはペリーのように急ぐ気持ちを持ち合わせていなかった。まったく逆だ。ペリーの提出書類の一ページ前を開き、また二ページ先を開いた。

「で、また尋ねるが、なぜかな？」とヘクターは話を続けた。

「何が〝なぜ？〟です？」

「なぜそんなことをする？　ロシアのイカれた男のために、なぜこんなヤバいものを持って、イギリスの税関を通ろうとする？　どうしてこんなものはカリブ海に捨てて、忘れてしまおうとしなかったのかな？」

「その理由は、言うまでもないことだと思ったんでしょうね」

「僕にとってはそうだろう。でも、君にとって、それが言うまでもないことだとは思えない。何がそんなに言うまでもないことなんだろう？」

ペリーはその答えを探したが、見つからない様子だった。

「じゃあ、〝それがそこにあるから〟でどうだろう？」とヘクターは言った。「登山家が山に登る理由はそれじゃなかったっけ？」

「そう言いますね」

「そんなのはたわ言だよ。本当は登山家がそこにいるからだ。山に責任はない。登山家の責任だ。違うかな？」

「たぶん」

「登山家たちは彼方の山頂を求めるが、山のほうはそんなこと一切気にしない」

「まあ、たぶんそうでしょうね」とペリーは言って、作り笑いをする。

「ディマは、この一連の交渉が始まったら、君に個人的に関与してほしいと持ちかけなかったかな？」ペリーにとっては永遠に感じられるくらいの沈黙のあと、ヘクターは尋ねた。

「少し」

「どういう意味で、少しなのかな？」

「その場に僕もいてほしい、と求めました」

「何のために？」

「フェアプレイが行なわれるのを確認するために」

「つたく、誰のフェアプレイなんだ？」

「まあ、あなたたちのフェアプレイでしょうね、残念ながら」とペリーはためらいながら答えた。「あなたたちに約束を守らせてくれ、とディマに言われていたんです。もうお気づきでしょうが、彼は役人《アパラチキ》を毛嫌いしてますから。イギリス紳士だからということで、あなたたちに対して敬服する気持ちはある。しかし、あなたたちは役人《アパラチキ》だから信頼できない、というわけです」

「君もそう感じているのかな？」——大きな灰色の目でペリーを睨みつけながら——「われわれが役人《アパラチキ》だと」

「おそらく」とペリーはここでも認めた。

ヘクターは、隣でしかつめらしく座っているルークのほうを向いた。「ルーク、君は何か約束があったはずだ。ここに引き止めるわけにはいかない」

「そうですね」とルークは言うと、愛想のいい笑みを浮かべてペリーに別れの挨拶をし、言われたとおりに部屋を出て行った。

✦

モルトウィスキーはスカイ島産だった。ヘクターはこの酒をダブルで注ぐと、ペリーに自分で水で薄めて飲むよう、促した。

「では」とヘクターは告げた。「これから厳しい質問をする。いいかな？」

よくないとは言えないだろう？

「われわれは話が食い違ってしまっている。とんでもなく」

「僕はそうは思わないですけど」

「僕はそう思う。それは、君のAプラスのエッセイに書かれていないことに関係する。そして、君の完璧な口頭試問で省略されたことに関係する。それが何か説明しようか？」

明らかに居心地が悪そうに、ペリーはふたたび肩をすくめた。「どうぞ」

「喜んで。提出書類においても、口頭試問においても、ディマが提示した条件の重要項目について、君はまったく報告していない。君がこっそり持ち込み、われわれのもとに届けた袋には、その条件が示されていたんだ。君がひげそり道具を携帯するポーチに入れて、ガトウィック空港の税関を巧妙にすり抜けたあの袋だ。その手のポーチを、われわれぐらいの年代の者はスポンジバッグといってしまうのだが。ともかく、そのなかでディマは要求している——君が言うようなちょっとした要求ではなく、決定的なもの《ブレークポイント》として求めている。さらにタマラも要求している。これは、見かけによらず、さらに重要なものだ。その要求とは、君、ペリーが、すべての交渉に同席すること。そして、君のために交渉はすべて英語で行なわれる、ということだ。ディマは話題をあれこれ変えながらも、どこかでこの条件に触れたのではないか？」

「触れました」

「しかし、君はそれをわれわれに言わないほうがいいと判断した」

「そうです」

「それはひょっとすると、ディマとタマラがメイクピース教授だけでなく、マダム・ゲイル・パーキンズと二人が呼ぶ女性の同席も求めているからか？」

「違う」とペリーは言ったが、その声も顎もこわばっていた。

「違う？　何が違う？　提出書類でも口述においても、君はこのことを自分だけの判断で省略したわけではないということか？」

これに対するペリーの反応は非常に激しく、正確なものであったから、しばらく前から用意していたのは明らかだった。しかし、最初にペリーは、自らの内なる悪魔に意見を求めるかのように、目を閉じた。「僕はそれをディマのためにやります。みなさんたちのためにもやります。でも、自分一人でやるし、一人でできなければ、やりません」

「われわれを非難する取りとめない文書において」とヘクターは、ペリーの感動的なスピーチをまったく意に介さない口調で続けた。「ディマは今度の六月にパリで予定されている会合についても言及している。正確には、六月七日だ。忌み嫌っているわれわれ役人《アパラチキ》たちとの会合ではなく、君とゲイルと会うんだ。われわれはこれを少し奇妙だと思った。よろしければ、これについて説明してもらえないだろうか？」

ペリーはその説明ができなかったし、しようともしなかった。しかめ面を薄闇に向け、口輪をするかのように、長い手を丸めて口に当てた。

「彼はどこかで密会することを提案しているようだ」とヘクターは続けた。「あるいは、もっと正確に言えば、ディマはすでにそれを提案していたし、君も同意していたのだろう。で、場所はどこか？　エッフェル塔の下で、深夜零時、前日付の『フィガロ』紙を持って、か？」

「いや、全然違う」

「では、どこだ？」

ペリーは「クソ」とぼそっとつぶやいて、ジャケットのポケットに手を突っ込んだ。そして青い封筒を取り出すと、楕円形の机の上に乱暴に叩きつけた。封のされていない封筒だった。ヘクターは封筒を取り上げると、細く白い指先で封の折り返しを慎重に開けた。そして、印刷された青いカードを二枚取り出し、その両方を広げた。さらに白い紙も一枚出てきたが、それも折りたたまれていた。

「これは一体どこ行きのチケットなのかな？」しばらく困ったようにカードを見つめていたが、そのあとヘクターは尋ねた。普通なら、見ればその答えはすぐにわかったはずだ。

「読めないんですか？　全仏オープン、男子決勝、於ローラン・ギャロス、パリ」

「これをどうやって手に入れた？」

「ホテルで支払いをしているときです。ゲイルは荷物を詰めていました。そのときアンブローズが僕に手渡したんです」

「タマラのこの素敵なメモと一緒に？」

「そうです。タマラのこの素敵なメモと一緒に。よくできました」

「タマラのメモはチケットと一緒に封筒に入っていた。そうだね？　それとも別だったのかな？」

「タマラのメモは別の封筒に入っていて、封をされていました。その封筒を僕は破棄しました」とペリーは答えたが、その声は怒りを帯びていた。「ローラン・ギャロスのテニス・スタジアムに入る二枚のチケットは、同じ封筒に入っていました。封のされていない封筒で、あなたがいま手にしているものです。タマラのメモが入っていた封筒は捨てて、彼女のメモは二枚のチケットと一緒に、その封筒のなかに入れておきました」

「すばらしい《マーヴェラス》。読んでもいいかな？」

ペリーの答えも待たず、ヘクターはすでに読み始めていた。

「どうかゲイルさんも連れていらしてください。お二人にまたお目にかかれますのを、楽しみにしております」

「まいったな」とペリーはつぶやいた。

「試合開始十五分前に、ローラン・ギャロスのマルセル・ベルナール通りに来てください。そこには店がたくさん並んでいます。そこに陳列されているアディダス製品に、よくご注目ください。そこでお二人にお目にかかれるなんて大きな驚きです。神のおぼし召しによる偶然のように見えます。これについて、イギリスのお役人さんと話し合ってみてください。その方たちは、きっと状況を理解するでしょう。

また、アリーナ社の代表が用意した特別席でのサービスも、どうかお楽しみください。大英帝国の秘密組織の重要人物が、この時期のパリで人目につかないように話をするのには、大変便利な場所と存じます。どうかご利用くださいませ。

神の名のもとに、愛をこめて、タマラ」

「これだけか？」

て、憤っている」

「これだけです」

「そして今君は苦しんでいる。腹を立てている。計画を明らかにしなければならなくなっ
「そうですね、実のところ、僕はものすごい怒りを感じています」とペリーは同意した。

「君が完全に怒りを爆発させてしまう前に、お節介ながら、事情を少し説明するとしよう。まあ、大した助けにはならないかもしれないが」ヘクターはテーブルの前に身を乗り出した。狂信者のようなその灰色の目は、興奮してさらに熱く血走っている。「ディマはきわめて重要な契約を二回に分けて結ぶつもりだ。それによって、彼の実に巧妙なマネーローンダリングのシステムを、すべて若い者に正式に譲渡する。すなわち、例のプリンスと配下の者たちに、だ。この契約で授受される金の総額は、天文学的な数字になる。最初の契約は、パリで六月八日の月曜日に結ばれる。君たちが観るテニスの試合の翌日だ。二回目の、そして最終の契約は——終着点と言ってもいいが——二日後の六月十日の水曜日にベルンで交わされる。ディマは自分のライフワークともいうべきものを売り渡してしまうと——つまり、ベルンで六月十日に契約を済ませてしまうと——友人のミーシャと同じ手荒な扱いを受ける可能性が出てくる。ありていに言えば、殺されるだろう。これをわざわざ打ち明けるのは、君にもディマの計画の深遠さを知ってほしいからだ。彼はいちかばちかという状況に追い込まれているし、未収の大金が文字どおり危機に瀕している。ディマが最後の書類にサインするまで、誰も彼には手を出せない。金づるを撃ち殺すことはできないからな。しかし、契約が済んで

しまえば、彼は死んだも同然だ」

「では、どうしてディマは葬式のためにモスクワに行くのですか?」とペリーはよそよそしい声で反論した。

「まあ、君や僕なら行かないだろうな」とヘクターも認めた。「しかし、われわれはヴォーリーではないし、復讐は代償を伴うんだ。生き残るためにも、代償を払わないといけない。ディマはサインしない限り、撃たれることはない。君の話に戻そうか?」

「そうしなければならないなら」

「君も僕もそうしなければならない。先ほど、君はものすごい怒りを感じている、と言った。そう、君は怒りを感じる権利を確かに有していると思う。君自身に対する怒りだ。なぜなら、君はあるレベルでは――すなわち、通常の人間関係のレベルでは――この明らかに困難な状況において、極端な男性優越主義者のように振る舞っているからだ。そんなふうに喧嘩腰になるのはよくない。君がメチャクチャにしてきたことをよく見てみるといい。ゲイルは仲間外れにされているが、君と行動をともにしたいと強く願っている。君が何世紀の世界に生きているつもりなのかは知らないが、彼女にだって、君と同じように、自分で自分のことを決める資格がある。君は本気で彼女に全仏オープンの男子決勝のチケットを渡さないつもりなのか? ゲイルは君のテニスのパートナーだが、人生のパートナーでもあるんだろう?」

ペリーはふたたびその手を口に当てて、うめき声を押し殺した。

「そのとおりだ。今度は、ほかのレベルを考えてみよう。普通でない人間関係について。すなわち、僕のレベル、ルークのレベル、ディマのレベルだ。君が完璧に正しく理解しているのは、君とゲイルがまったくの偶然によって、地雷がそこらじゅうに埋められた危険地帯に入り込んでしまった、ということ。そして、君のようなまともな人間がまず考えるのは、なんとしてもゲイルを逃がし、二度とそこに戻ってこないようにすることだ。僕が間違っていなければ、君はディマの要求を聞き、それをわれわれに伝え、ディマは何と呼ぶか知らないが、彼の取引の審判あるいは立会人に任じられたことによって、自分個人の立場をこう理解するようになったはずだ。つまり、ヴォーリーの掟から見れば、ディマが密告しようとしている者たちの目から見れば、自分は極端な制裁を受けても仕方のない立場に立ったということ。違うかな？」

そのとおり。

「ゲイルがどれだけの付随的被害をこうむるかはわからない。君は間違いなくそのことも考えたはずだ」

確かに、ペリーもそのことは考えた。

「では、大きな問題を並べてみよう。大きな問題その一。ゲイルが巻き込まれている危険を彼女に知らせない道義的な権利が君にあるのか？　僕の考えでは、答えはノーだ。大きな問題その二。ゲイルがここまで知ってしまったのに、彼女がさらに関わりをもとうとするのを拒否する道義的な権利が君にあるのか？　ゲイルは君に愛情を抱いているのは言うまでもなく、すでにディマ家の子供たちとも精神的に深く関わっている。それでも一緒に行きたいという彼女の気持ちを退けることができるのか？　僕の答えは、ここでもノーだ。しかし、これについては、あとで論じることにしよう。では、むずかしい問題その三。ちょっとむず痒くなるような質問かもしれないが、尋ねておかなければならない。ペリー、君とゲイルはカップルとして、国のためにとんでもなく危険なことをするという考えに惹かれるだろうか？　そんなことをしても何の報酬も得られず、よくわからない名誉みたいなものしか与えられなくても？　しかも、これははっきり理解してもらわなければならないが、そのことを誰かに吹聴しようものなら、それが最愛の近親者に対してであっても、われわれは君たちを地の果てまで追いかけていく。それでも君たちは、国のためなら、危険をおかす気になれるだろうか？」ヘクターは時間を置いてペリーの返事を待ったが、返事がなかったので、話を続けた。

「記録から判断すると、君はこういう信念の持ち主だ。われわれの緑あふれる幸福な国を、この国そのものから救い出さなくてはならない、と。はからずも、僕も同じように考えている。僕はこの国の病について研究してきたし、病のなかで暮らしてきた。こうした情報に基づいて導き出した結論は、かつての大国であるわが国は、上層部から組織的に腐敗している、ということだ。これは、一人のくたびれた老いぼれの判断にとどまらない。僕の組織の多くの人間は、物事の白黒をはっきりさせないことを仕事にしている。彼らと僕を一緒にしないでくれ。僕は遅咲きの無鉄砲な過激分子だ。聞いているかな？」

ペリーは仕方なさそうにうなずく。

「ディマは泣き言を言うのではなく、今の僕と同じように、君に何かできるチャンスを提供している。それに対して君は、逃れようともがきながら、そんなことはしていないというふりをしている。その姿勢は、僕に言わせれば、基本的に不誠実だ。だから、僕が君に強く勧めるのは、ゲイルに今すぐ電話して、彼女を悲しみから救い出すことだ。そして、プリムローズヒルのマンションに戻ったら、すべてをゲイルに話す。これまで彼女に知られまいとしてきたことをすべて、どんなささいなことも漏らさずに伝える。そして、明日の朝九時、彼女をここに連れてくる。いや、もう〝今日の朝〟だったな。オリーが君たちを迎えに行く。そうしたら、今度は前回署名したものよりも過酷で、かつ稚拙な文書に署名をしてもらうことになる。君たち二人がパリに行くと決めるなら、われわれは君たちの行動の妨げにならない範囲で、われわれの筋書きの続きを話して聞かせる。行かないと決めるなら、必要最小限のことしか話さない。もしゲイルだけが反対するのであれば、それは彼女の自由だ。しかし、あの女性は十中八九、最後までついてくると思うよ」

ペリーがついに顔を上げた。

「どうやって?」

「何がどうやって?」

「イギリスを救うのはどうやって? 何から救う? そうか、この国自体から救うんですね。国のどの部分から救うんだろう?」

今度はヘクターが考え込む番だった。「それについては、われわれの言うことを信用してもらうしかない」

「あなた方の組織の言うことを？」

「当面は信用してくれ」

「何を根拠に？　あなた方は、自分の国のためなら平気で嘘をつく紳士たちですよね？」

「それは外交官だ。われわれは紳士ではない」

「では、保身のために嘘をつく」

「それは政治家だ。われわれはまったく違うゲームをしている」

8

晴れた日曜日の正午のことだった。ペリー・メイクピースがプリムローズヒルのゲイルのマンションに戻り、彼女と和解した十時間後、ルーク・ウィーヴァーは家族との昼食の席を中座した。妻のエロイーズは丸々とした放し飼いの鶏の肉にブレッドソースを添えたメニューを用意していたし、息子のベンはイスラエル学校の友人を家に招いていた。申し訳ないという言葉を頭のなかで響かせながら、ルークはパーラメントヒルの赤煉瓦作りのテラスハウスを――彼にはローンの支払いが重荷になるくらいの家を――あとにし、重要な会合に向かった。自分の波乱万丈の諜報生活にとって、その会合は決定的な意味があると信じていたのだ。

ルークの行先は、エロイーズとベンが知らされた限りにおいては、ランベスのテムズ川沿いにある諜報部のぞっとする本部だった。フランスの高貴な血を引くエロイーズは、この本部を「テムズ川のほとりのKGB本部《ラ・ルビヤンカ・シュル・タミーズ》」と呼んでいた。実のところ、ルークはこの三カ月間、つねにロンドン中央のブルームズベリーに向かっていた。ルークが選択した移動方法は、その神経が高ぶっていたにもかかわらず、あるいはそれゆえに、地下鉄でもバスでもなく、徒歩であった。それはモスクワ駐在中に身につけた移動習慣だ。モスクワでは、どんな天候でも、三時間たっぷり路上をコツコツと歩いた。情報の隠し場所で極秘情報を回収するにしても、出入口の開いた家に横跳びに入って三十秒で現金や資料の授受をするにしても、つねにそのぐらい歩かなければならなかった。

パーラメントヒルからブルームズベリーまで歩くことを、ルークは習慣的にたっぷり一時間の運動と考えたし、可能であれば、毎日違う道を歩いた。それは架空の尾行者を巻くためではなく――確かに、誰かに尾行されているという思いは片時も頭を離れることはなかったが――街の裏道を楽しみたかったからだ。長年の海外勤務のあと、ふたたび裏通りを知っておきたいという思いが強くあった。

そして今日、太陽がさんさんと輝いていたし、これからの行動に備えて頭をすっきりさせておきたかったので、ルークはリージェント公園を抜けることにした。そこから町の東側に歩いて行くと、結局三十分余計にかかった。期待と興奮でいっぱいだったが、同時に恐れも感じた。夜はほとんど眠れていなかった。万華鏡のように変化する状況を安定させなければならなかった。機密を抱えていない普通の人たちや花々を見つめ、外の世界に触れる必要があった。

「彼《ペリー》からは心からの〝賛成〟を、彼女《ゲイル》からは心からの〝賛成してやるわ〟という言葉を受けた」とヘクターは暗号化機能付電話で熱く話した。「ビリー・ボーイが今日の午後二時に話を聞きにくる。そして神は天にあり、この世は安泰」

✦

半年前、ルークはコロンビアのボゴタでの三年の勤務を終え、母国に戻った。そのとき、あの「人材開発課の女王」――諜報部では無礼にも「人材女王《ヒューマン・クイーン》」と呼ばれていた――がルークに、そろそろ引退してもらいたい、と告げた。ルークもこれくらいは覚悟していたが、それでも、彼女のメッセージを解読するには、少しつらい時間を過ごさなければならなかった。

「ルーク、諜報部はかの有名な回復力によって、この不況も乗り越えつつあります」と人材女王は断言した。その口調はひどく楽観的なものだったので、首を切られるどころか、「地域課のトップ」に任じられるとルークが考えても許されるほどだった。「官庁街《ホワイトホール》におけるわが組織の株価は率直に言って、これ以上ないほど高くなっています。さらに喜んで報告しますが、われわれの雇用計画もこれ以上ないほどスムーズに進んでいます。わたしたちは最近、若い優秀な人材を採用しましたが、その八割はしかるべき大学で〝最優等《ファースト・クラス》〟の成績を修めています。もう誰もイラク問題を話題にしません。なかには最優等を二つ取った者もいます。信じられますか？」

ルークは信じられるとは思ったが、自分はささやかな第二級《セカンド・クラス》の能力で二十年間きちんと仕事をしてきたのだ、というようなことは言わないでおいた。

現時点での本当の問題は一つだけなのです、と女王は相変わらずどこまでも楽天的な口調で説明した。それは、ルークのような能力と給与等級で、年齢的な分岐点に達している人材を配置する場がなくなってきているということ。まったく仕事がなくなってしまった人もいました、と女王は嘆いた。しかし、わたしに何ができるでしょう——教えてほしいわ——若い長官《チーフ》は過去の冷戦を引きずった部下はいらないって思っているわけだし。とても悲しいことですね。

そうなると、人材女王にできる最善の策は、ルークに管理課の一時的な穴埋めをしてもらうしかない。ルークのようにボゴタですぐれた仕事をして、おそろしく勇敢な人に——ちなみに、彼が私生活をどのように送っているかは、仕事に影響を及ぼさない限り、彼女にはまったく関係ないし、これまでのところ仕事に影響を及ぼしてはいなかったようだけど(というようなことをすべて早口で挿入したのだが)——申し訳ないのだが、現職者が産休から戻るまで、事務仕事をしてくれないか。

そのあいだ、諜報部の再就職斡旋の人たちと話し、この巨大な世界にどんな仕事があるかを見てみるのもいいかもしれない。新聞でバカげたことをいろいろと読んでいるかもしれないが、それとは対照的に、世界は決して絶望的な場所ではない。テロや内戦の脅威は、民間の警備機関を飛躍的に成長させている。かつての最高に優秀なスパイたちが、諜報部時代の二倍の給料をもらっているし、その仕事を楽しんでもいる。ルークの現場での業績から判断する限り——さらに彼の私生活が落ち着いたら(どうやら落ち着いている様子だが、それは言うまでもなく、人材女王には一切関係のないことである）――ルークは次の雇い主に大いに歓迎される人材である、と女王は信じて疑わない。

「それから、あなたは心的外傷後のカウンセリング、あるいはそれに類するものを受ける必要はないかしら？」ルークが部屋から出ていくとき、女王は案ずるように尋ねた。

あんたからは受けないよ、とルークは思った。それから、おれの私生活は落ち着いてないって。

◆

「管理課」は一階の陰気な部署だった。ルークのデスクは道路のすぐ近くで、今にも外に放り出されそうなくらいだった。三年間、世界に誇る誘拐犯罪多発都市で働いただけに、国内勤務の下級職員のマイル当たりの旅費を処理するといった仕事にはなかなか馴染めなかった。しかし、精いっぱい努力した。ゆえに、あの判決が下されてから一カ月ほどした頃、めったに鳴らない自席の電話が鳴り、ヘクター・メレディスが話しかけてきたときの驚きはなおさら大きかった。ヘクターはロンドンにある行きつけの時代遅れのクラブで今すぐ昼食をしようと誘った。

「今日ですか？　ヘクター、まいったな」

「早めに来い。そして、誰にもこのことは言うな。生理だとかなんとか、適当なことを言っておけ」

「早いって、どれぐらい？」

「十一時でどうだ」

「十一時に昼飯ですか？」

「腹減ってないか？」

ヘクターが指定した時間と場所は、最初に思ったほど目立つものではなかった。寂れたペルメル街のクラブは、平日の午前十一時頃というと、掃除機の音が響き渡り、昼食を準備する安月給の出稼ぎ労働者たちが抑揚のない口調で話しているくらいで、ほかにほとんど人気《ひとけ》がないのだ。飾り柱があるロビーにいたのは、ボックスに座っている年老いたドアマンと、大理石の床にモップをかけている黒人女性だけだった。ヘクターは彫刻の施された古く背の高い椅子に長い脚を組んで腰かけ、『フィナンシャル・タイムズ』を読んでいた。

◆

諜報部では部員たちが移動を繰り返し、自分たちの秘密は自分たちの胸のうちに収めるように誓わされている。したがって、いかなる同僚に関しても確かな情報を手に入れるのは困難なことであった。このように個人情報がつかみにくいなかで、あるときは「西欧担当副部長」で、そのあとは「ロシア担当副部長」で、そのあとは「アフリカおよび東南アジア担当副部長」となり、今は不思議なことに「特別企画部長」であるヘクターは、まさしく「生ける謎」のような人物であった。あるいは、同僚の何人かが言っているように、どこにも属さない異端者であった。

十五年前、ルークとヘクターは、三カ月集中のロシア語講座を一緒に受けた。先生は年配の貴族女性で、授業は彼女の屋敷で行なわれた。ハムステッドの古い地区にある、ツタのからまる屋敷。今ルークが住んでいる家から十分のところにあった。夕方になると、二人はさわやかなハムステッドヒースの街を歩いた。当時はヘクターのほうが、肉体的にも仕事の上でも、行動が素早かった。そのひょろ長い脚で闊歩するので、体の小さなルークはついていくのが大変だった。ヘクターが話すことは、比喩的な意味でも、文字どおりの意味でも、ルークの頭の上を超えており、しかも汚い言葉がちりばめられていた。「歴史上最も偉大な二人の詐欺師」としてカール・マルクスとジークムント・フロイトの名前を挙げるかと思うと、現代の良心とも両立するイギリスの愛国精神の必要性を熱く説いた。しかも、ヘクターらしい切り返しで、そもそも「良心とはなんだ?」と問いかけるのだった。

その後、両者の人生行路が交差することはほとんどなかった。ルークの海外勤務はありがちなコースをたどった。モスクワを振り出しに、プラハ、アンマン、そしてふたたびモスクワ。その合間にロンドンの本部にいたこともあったが、最後はコロンビアのボゴタに駐在した。一方、ヘクターは本部の五階まで瞬く間に駆け上がったが、それはまさに神が定めたことのように思えた。そしてヘクターの人を遠ざける雰囲気は、ルークにすれば、まさしく完璧なものだった。

しかし、時が経つにつれて、ヘクターの激しい天邪鬼《あまのじゃく》ぶりが目につき始めた。諜報部で新たに政治力をつけてきた者たちが、ウェストミンスター界隈でさらに大きな発言力を得ようとしていた。ヘクターは上層部に対し、非公開で――しかし、実際にはそれほど非公開ではなかったのだが――本部五階の「頭の固い人たち」を、「政権に真実を伝える義務(これは諜報部の神聖な義務である)を平気で犠牲にしている」として、厳しく批判した。

それに端を発する騒ぎがほとんど収まらないうちに、ヘクターはある作戦上の失敗に関する厳しい調査を統括し、陸海空軍の統合幕僚本部の作戦立案者に牙を向けた者たちを擁護した。作戦立案者たちの物の見方は、ヘクターによれば、「アメリカの思惑に踊らされて、不自然に限定されていた」からだ。

驚くにはあたらないが、二〇〇三年のある時点で、ヘクターは忽然と姿を消した。送別会も開かれなければ、月刊のニュースレターに死亡記事が掲載されることもなく、意味不明の勲章を授与されることもなく、転居先の住所を残すこともなかった。まず、彼のコード名が作戦命令文書から消え、続いて配信先リストからも消えた。さらに、内部だけで使われるアドレスリストから消え、最後に暗号化電話帳からも消えた。それは、死亡通知が発せられたのと変わりなかった。

そして、本人がいなくなると、お決まりの噂が流れた。

ヘクターは諜報部の最上階でイラク問題に関して反乱を起こしたが、骨折りがいもなく解職された。違う、とほかの者は否定した。反対したのはアフガニスタンに関してであり、解職されたわけではなく、自分から辞めたんだ。

あるいは、官房長官と立ち話から言い争いになり、相手を「嘘つきのバカ野郎」と面罵した、という噂もあった。それも違う、とまた別の者が打ち消した。相手は法務長官で、「腰抜けのごますり野郎」と言ったんだ。

もっとはっきりした事実に基づいて、ヘクターの個人的な悲劇を指摘する者もいた。彼が組織から離れる直前、ぐれた息子のエイドリアンが盗んだ車を猛スピードで走らせ、事故を起こしたのだ。エイドリアンが事故を起こしたのは初めてではなく、しかも彼は強い違法ドラッグを服用していた。奇跡的に、エイドリアンが胸と顔に傷を負っただけで、怪我人はなかった。しかし、若い母親と赤ん坊を巻き込んでしまいそうになったことで、「国家公務員の家出息子、公道で危うく大惨事」という見出しの記事が新聞に載ってしまった。これまでの一連の悪い素行も指摘された。噂によれば、この事件で打ちひしがれたヘクターは、諜報の世界から身を引き、服役中の息子を支えることにしたのだ。

しかし、この噂にも耳を傾けるべきことはあったものの――少なくとも、それを裏づける事実も少し含まれていたが――、これが全容というわけではなさそうだった。なぜなら、ヘクターが姿を消した二、三カ月後に、ほかでもないその顔がタブロイド紙に出たのだ。それもエイドリアンの不祥事で取り乱した父としてではなく、昔ながらの家族経営の会社を守ろうとしている勇敢な孤高の戦士として。この会社を、彼は自ら「ハゲタカ資本家」と名づけた者たちの魔の手から救い出そうとしていた。この衝撃的な惹句とともに、ヘクターは紙面に登場したのである。

それから数週間、ヘクターに興味を持つ人々は、この古い歴史を持つ会社の感動的な話を読んで、大いに興奮した。波止場地域《ドックランズ》で堅実に利益を生んできた穀物輸入会社。六十五名の長期勤続社員がいて、全員が会社の株を保有していたが、その「終身雇用制度が、一晩にして解消された」のだ。これはヘクターが流した情報であったが、彼もまさに一晩にしての才を見出した。「乗っ取り屋やいかさま銀行屋が会社に押し寄せ、六十五人のイギリス最高の男女従業員がまさにお払い箱にされようとしている」。ヘクターはそのようにマスコミに情報を流した。そして、案にたがわず、一カ月後には紙面で衝撃的な見出し文が躍った。

「メレディス、ハゲタカ資本家を撃退——家族経営会社の買収阻止」

その一年後、ヘクターは五階のかつての自席に腰を下ろし、またちょっとした騒ぎを起こしていた——その「ちょっとした騒ぎ」という言い方を彼は好んだ。

✦

どのように話をつけてヘクターは諜報部に戻ることができたのか？　あるいは諜報部のほうが彼に対して頭を下げたのか？　そして、いわゆる諜報部「特別企画部長」の役割とはどんなものなのか？　こうしたことはすべて、ルークがヘクターに続いてのろのろと階段をのぼりながら考えずにいられない謎だった。二人はヘクターが会員になっているクラブの見事な階段を上がり、大英帝国の英雄たちの朽ち果てそうな肖像画の前を通り過ぎて、誰も読まない本を保管したカビ臭い図書室に入った。ヘクターがマホガニー製の豪華なドアを閉じたときも、ルークはなお考え続けていた。ヘクターは鍵をかけ、鍵をポケットにしまい、使い込んだ茶色いブリーフケースの締め金を外した。そして、封をしてあるが切手は貼っていない諜報部の封筒を取り出すと、ルークに渡し、天井まで届く上げ下げ窓にゆっくりと近づいた。そこからはセントジェームズ公園が見下ろせた。

「管理課でだらだら過ごすより、こっちのほうがまだましだと思ったのだが」とヘクターは無頓着な口調で言った。そのいかつい体のシルエットが、すすけたレースのカーテンの上に、ふっと浮かび上がった。

諜報部の封筒に入っていた手紙は、あの「人材女王《ヒューマン・クイーン》」の文書を印刷したものだった。ほんの二カ月前、ルークに判決を下した人物。彼女のまったく感情のこもっていない文書で、ルークはただちに、説明は一切なしで、「反訴フォーカスグループ」に異動を命じられた。この発展段階の組織は「特別企画部長」の指導下に置かれており、ルークはそこの「調整役《コーディネーター》」として働くことになる。「反訴フォーカスグループ」の任務は、「諜報部の業務の産物により、莫大な利益を得ている顧客部門からどれだけの活動費用を回収できるか、先を見越して行動する」こと。この辞令で、ルークの契約は一年半延長され、年金の受給に必要な勤続年数を満たすことになる。何か質問があれば、そこに記されたメールアドレス宛に尋ねられたし。

「納得がいったか？」とヘクターは長い上げ下げ窓の前から尋ねた。

煙に巻かれ、ルークはそれで家のローンの返済が助かるというようなことを口にした。

「〝先を見越して行動する〟のが好きか？　その言葉に惹かれたか？」

「特にそうでもないです」とルークは言って、困惑した笑いを漏らした。

「人材女王は〝先を見越す〟って言葉が大好きなんだ」とヘクターは切り返した。「あの女は盛りのついた猫みたいに喜ぶぞ。〝重点〟なんて言葉も入れると、さらに喜ぶ」

この男と調子を合わせるべきだろうか？　午前十一時にこんな格式のあるクラブに自分を引きずり込んで、そもそも渡す権限などないはずの手紙を自分に差し出したうえに、人材女王の英語をいちいち衒学的に当てこするこの男は、一体何をたくらんでいるのか？

「ボゴタでは大変な目にあったと聞いた」とヘクターは言った。

「まあ、いいこともあれば、悪いこともありました」とルークは弁解がましく答えた。

「部下の女房と寝たことか？　その意味で、いいことも悪いことも？」

手にした手紙を見つめているうちに、ルークはそれが震え出したことに気づいたが、自制心によって声は出さなかった。

「あるいは、仲間と思っていた麻薬王にマシンガンを突きつけられて、拘束されてしまったことか？」とヘクターは尋ねた。「その意味での、いいこともあれば、悪いこともあった、ということか？」

「おそらく両方ですね」とルークは顔をこわばらせて答えた。

「どっちが先だったか訊いてもいいか？　捕まったことか？　それとも女のことか？」

「女です、残念ながら」

「残念ながら、というのは、君がその麻薬王のジャングルの営倉に拘束されているとき、ボゴタにいる奥さんは、君が近くにいる女と寝ているってことを聞いてしまったんだな」

「そうです、そういうことです。カミさんの耳に入りました」

「その結果、ようやく麻薬王のもてなしから脱出し、飲まず食わずでジャングルを二、三日さまよってから戻って来たにもかかわらず、君は英雄の帰還とはほど遠い対応で迎えられた。そうだな？」

「そのとおりです」

「すべて話したか？」

「麻薬王にですか？」

「エロイーズにだよ」

「いや、すべては話していません」とルークは答えたが、なぜこんなことを話しているのか、自分でもよくわからなかった。

「君は、奥さんがすでに知っていること、あるいはこれから絶対に見つけるだろうと思われることは、すべて白状した」とヘクターは満足そうに示唆した。「すべて誠実に話すふりをして、一部しか話さなかった、違うか？」

「そうかもしれません」

「詮索するつもりはない、ルーク。裁くわけではないよ。ただ、はっきりさせておきたいだけだ。もっといい時代には、われわれはいろいろと戦利品をものにした。僕の評価では、君はすごくいいスパイだし、だからここにいるんだ。それをどう思う？　すべてひっくるめて。君が握っている手紙に従うか、それとも？」

「それとも？　いや、よくわからなくなったただけです」

「わからなくなったって、何がだ？」

「まず、なぜこんなに急ぐんです？　即刻異動しろという命令ですけど、仕事そのものが存在しない」

「存在する必要がないんだ。話ははっきりしている。金がまったくないから、諜報部の長官は財務省に行って、金をめぐんでほしいと頭を下げている。しかし、財務省は聞く耳を持たない。〝助けられない。みんな赤字なんだ。君たちをただで利用してきたやつらから金を返してもらえ〟とやつらは言う。時代さえよければ、うまくいくんじゃないかと思ったけどな」

「確かにいい考えですね」とルークはまじめな顔で言った。イギリスに不名誉な帰還を果たして以来、このときほどどうしたらいいかわからなかったことはなかった。

「そうだ、うまくいかないのなら、今こそ君が発言すべきときだ。この状況だと、次のチャンスはないぞ」

「うまくいきますよ、それは確かです。そして、ヘクター、あなたに感謝します。わたしを思い出してくれて、ありがとうございます。援助してくれたことに、お礼申し上げます」

「人材女王は、君の席を作ろうとしている。ありがたい話じゃないか。経理部から二、三部屋のところにな。それについては口出しできないし、無礼なこともしたくない。しかし、僕が言いたいのは、経理部にはなるべく近づくなということだ。あいつらは君に金勘定をさせたくないだろうし、われわれもあいつらにわれわれの金勘定なんかさせたくない。そうだよな？」

「そうですね」

「とにかく、職場にはそんなに来なくていい。君は外に出て、ホワイトホールを歩き回り、お偉い大臣たちに嫌われろ。諜報部には週に二、三回足を運んで、進展を報告し、必要経費をごまかすといい。そんなところだ。まだわからないか？」

「よくわかりません」

「どうして？」

「そもそも、なぜわたしはここにいるんです？　どうして一階のわたしにメールをくれなかったんです？　あるいは内線をかけてくれればよかったのに？」

ヘクターが批判を受け入れることは決してなかったことを、ルークは思い出した。そしてそのときもそうだった。

「いいだろう。もし僕が君にまずメールを送ったとする。あるいは君の席に電話をかけたとする。するとどうなる？　君はそれでもこれに乗ったか？　人材女王の話をそのままに受け入れるか？」

もう遅すぎたが、別のもっと明るいシナリオがルークの頭に浮かんできた。

「〝もしも〟の話ですが、この手紙に記されているような形で、人材女王の要請を受け入れるかどうか尋ねられれば、わたしは受け入れます。そして、これもまた〝もしも〟の話ですが、この手紙がわたしの机の上に置かれている、あるいはディスプレイ上で読めるとして、それをうさんくさく思わないかと訊かれれば、思わないと答えます」

「誓ってそう言えるか？」

「誓ってそう言えます」

二人の会話は、ドアハンドルのガタガタという音で遮られた。続いてドアを怒ったように叩く音がした。「くそっ」とうんざりしたように言葉を吐き出すと、ヘクターはルークに書架の陰に隠れているように命じ、ドアを開けて、頭を外に突き出した。

「ごめん、今日はダメなんだ」ルークはヘクターがそういうのを聞いた。「非公式だが、蔵書の在庫状況を調べているんだ。いつものようにぐちゃぐちゃだよ。会員は本を引っ張り出していくだけで、貸出帳に名前を書かないからな。君はそうじゃないことを願っているよ。悪いが、金曜に来てくれ。まったく、クソ名誉司書であることをありがたく感じたのは、人生でほとんど初めてだぜ」と彼は声を大して小さくしようともせずに続けた。そしてドアを閉じ、ふたたび鍵をかけた。「もう出てきてもいいぞ。僕のことをパレスチナゲリラのリーダーか何かと思っているといけないので、この手紙も読んでくれるといい。読んだらすぐに戻してくれ。呑み込んでしまうから」

封筒は薄い青色で、著しくくすんでいた。その折り返しには、うしろ足で立ち上がった青い獅子と一角獣がくっきり浮かび上がっていた。中には、封筒に合わせた青い便箋が一枚入っていた。最も小さいサイズの便箋で、そのうえにはものものしく「事務局より」という文字がプリントされていた。

ルーク、
君は本日、われわれ共通の友人と、その人物のクラブで昼食をとりながら、非常に個人的な会談をしていると思う。それはわたしの非公式の同意に基づいていることを、ここに確認する。
以上、

そのあと、やはり非常に小さい文字で、銃を突きつけられて書いたかのような署名があった——「ウィリアム・J・マトロック(事務局長)」。「ビリー・ボーイ・マトロック」の呼び名でよく知られているが、「ガキ大将《ブリー・ボーイ》」と呼ぶ人も多い。彼の不興を買った人たちなどは、この呼び名を好んで使った。彼こそ、諜報部に誰よりも長く在籍する情け容赦ない問題《トラブル》解決者《シューター》で、長官《チーフ》の片腕と目される人物であった。
「たわ言だらけだが、あの野郎にほかに何ができる?」とヘクターは言いながら、手紙を封筒に戻し、薄汚れたスポーツジャケットの内ポケットに押し込んだ。「やつらも僕が正しいとはわかっているが、そうであってほしくないと願っている。僕が正しいとすれば、どうしたらいいのか、あいつらにはわからないんだ。僕が組織に批判の矢を向けるのは嫌だし、組織の外に矢を放たれても困る。僕を閉じ込めて、黙らせるしか、解決方法はない。でも、僕はおとなしく従う気はないし、今までもそんなことはしなかった。それは君も同じだろう。君はどうしてトラか何か、現地にいる獣に食われなかったんだ？」

「あそこではおもに昆虫ですね」

「蛭《ひる》か？」

「それもいました」

「いつまでもそんなところに突っ立っているな。まあ、座れ」

ルークはそれに従い、腰を下ろした。しかし、ヘクターは立ったままで、手はポケットに深く突っ込んでいた。前屈みで、火の点いていない暖炉を睨みつけた。暖炉には真鍮の古ぼけた火掻き棒と火挟みがあり、ひび割れた革の飾り縁がついていた。ルークはふと、図書室の雰囲気が不気味とまでは言わなくても、かなり重苦しくなったと感じた。ヘクターもおそらくそう感じていたのだろう。彼のある種の軽さは影をひそめ、頬がこけた青ざめた顔が葬儀屋のように陰気なものになっていたからだ。

「ちょっと聞きたいことがあるんだが」とヘクターは突然口を開いた。ルークに対してというより、暖炉に問いかけているようだった。

「何でも聞いてください」

「君がこれまでの人生で、その目で見たいちばん恐ろしいことはなんだ？　どこの話でもいいぞ。麻薬王のイスラエル製軽機関銃を顔に突きつけられたことは別だ。コンゴで飢えのために腹の膨らんだ子供たちが手を切り落とされ、空腹で頭がおかしくなり、疲れ果てて涙も出なくなった姿を目にしたことか？　ペニスを切り落とされた父親たちが、それを口に詰め込まれ、眼窩にはハエがびっしり詰まっていたことか？　それとも、女たちが陰部に銃剣を突き刺されていたことか？」

ルークはコンゴに赴任したことがなかったから、ヘクターが話しているのは自身の経験であると思うしかなかった。

「われわれも同じようなことを目にしています」

「どんなことだ。例を挙げてくれ」

「コロンビアの政府はやりたい放題です。言うまでもなく、アメリカ政府が支援しているからです。村落は焼かれる。住民は輪姦され、拷問にかけられ、体をズタズタに切り裂かれる。みんな殺され、どうにか生き延びた者が、その出来事を伝えるのです」

「そうか。僕ら二人とも、世界を見てきたってわけだ」とヘクターはルークの言うことにうなずいた。「むだ飯を食ってきたわけではない」

「もちろんです」

「そして、そこから汚れた金が出てくる。人々の痛みから利益が生まれる。僕らはそれも見てきた。コロンビアだけで数百億ドル。君はそれを見た。君が追いかけていた男はどれだけの金を動かしていたことか」ヘクターはルークの答えを待たずに話を続けた。「コンゴでも数百億。アフガニスタンでも数百億。世界経済の八分の一だ。真っ黒い金。われわれにはわかっている」

「はい、わかっています」

「血の金だ。それに尽きる」

「はい」

「それがどこにあろうと、同じだ。ソマリアの将軍のベッドの下に隠されていようが、シティ(ロンドンの金融街)の銀行でビンテージ物のワインと一緒に保管されていようが、金の色は変わらない。血の金なんだ」

「そうでしょうね」

「華々しいことも、きれいな言い訳も、何もない。強奪、麻薬売買、殺人、恐喝、集団レイプ、奴隷化によってもたらされた利益だ。血の金だ。言い過ぎたようであれば、指摘してくれ」

「言い過ぎではないと思います」

「これを止める方法は四つしかない。一つは、それをやっているやつらを探し出すこと。そいつらを捕まえて、殺すか、ブタ箱にぶち込むかだ。それができればの話だがな。二つ目は、ブツを探し出すこと。それが街や市場に出る前にかっさらう。これも、それができればの話だ。三つ目は、その利益をこっちのものにしてしまうこと。あの連中を失業させるんだ」

気をもませるような沈黙が続いた。ヘクターは、ルークの給料等級をはるかに超える問題について考えているようだった。自分の息子を囚人にしてしまったヘロインの売人のことを考えていたのだろうか？　それとも例の家族経営の会社を廃業に追い込み、イギリス最高の男女六十五名の社員をお払い箱にしようとした、あの「ハゲタカ資本家たち」のことを考えていたのだろうか？

「そして、最後に四つ目の方法だ」とヘクターは口を開いた。「これはおそろしくひどい方法だ。しかし、最も頻繁に試みられてきた。いちばん簡単で、いちばん便利で、誰でもできるし、騒ぎも最低限に抑えられる。それは、飢えている人々、強姦された人々、痛めつけられた人々、ドラッグ中毒で死んだ人々に、知らんぷりするってことだ。犠牲者なんてくそくらえ！　金ってのは、それが十分にあって、われわれのものである限り、匂いを発しやしない。何より、でかいことを考えろ。雑魚は捕まえるが、サメは自由に泳がせる。二、三百万ドルをローンダリングするやつはどうする？　そいつは悪人だ。取締機関に通報し、牢屋にぶちこむ。でも、数十億転がしているやつは？　それだよ。数十億となると、統計学上の数字だ」。ヘクターは目を閉じると、自分だけの思考の世界に入り込んだ。その顔は一瞬、自分自身のデスマスクのようだった。少なくともルークにはそう思えた。「ルーク、君はこれに何一つ賛同する必要はない」。ヘクターは穏やかにそう言うと、自身の夢想から抜け出した。「ドアは大きく開かれている。僕の評判をもってすれば、多くの者がそのドアをくぐるだろう」

ルークはふと思った。このヘクターの言葉は、彼が図書室の鍵をポケットに持っているのだから、ものすごく皮肉な比喩ではないか。しかし、ルークはその思いを胸の内にしまっておいた。

「昼飯のあとオフィスに戻り、人材女王にこう告げるのでもいい。お心遣い感謝いたしますが、わたしは一階で仕事をするほうが幸せです、と。年金をもらい、麻薬王や同僚の奥さんは遠ざける。残りの人生は、仰向けに寝そべって、上の連中に唾を吐いて無為に過ごせばいい。大したことはない」

ルークはなんとか笑いを浮かべた。そして「わたしの問題は、上に向かって唾を吐くのがうまくないことです」と言った。

しかし、ヘクターの強引な売り込みは、何をもってしても止めることはできない。「僕はいま君に、どこに至るともわからない一方通行の道を勧めている」とヘクターは強く言った。「これに関わりを持ってしまえば、君はずっと苦労を背負い込むことになる。われわれが勝負に負ければ、二人とも組織を批判しようとしたものの、うまくいかなかった内部告発者になる。われわれが勝てば、ホワイトホールとウェストミンスターのあらゆる官庁から完全につまはじきにされる。さらに言うまでもなく、われわれが最も愛し、誇りを持って仕えようとしている諜報部でも厄介者扱いされる」

「これが、わたしに与えられる情報のすべてですか？」

「君の安全のためにも、僕の安全のためにも、そうだ。結婚するまではセックスできないようなものさ」

二人はドアの前に立った。ヘクターは鍵を取り出し、戸を開錠しようとした。

「そしてビリー・ボーイのことだが」とヘクターは言った。

「あの人がどうかしましたか？」

「あいつは君に圧力をかけるだろう。そうするはずだ。飴と鞭だよ。〝あのイカれたヘクター・メレディスは君になんて言った？ 何をたくらみ、どこで、誰を雇おうとしている？〟そんなことになったら、まず僕に知らせてくれ。それから、ビリー・ボーイと話したあとも、僕に報告してくれ。この件に関しては、誰も正義ではない。無実と証明されるまで、みんな罪人だ。これで手を打た《ディール》ないか？」

「これまで敵対する相手からの尋問にはうまく対応してきました」とルークは答えた。そろそろ自己主張してもいい頃だと感じていた。

「それはここでは関係ない」とヘクターは言い、なおルークの答えを待った。

「ひょっとして、これはロシア関係ですか？」とルークは希望をこめて尋ねた。あとでルークは、この時に何かピンと来るものがあったと考えるようになった。ルークはロシア好きであり、それゆえロシアが「対象」だと思い入れが強くなりすぎるという理由でこの地域の担当から外されたことに、つねに憤りを感じていた。

「ああ、ロシア人の場合もありうる。どんなものだってありうる」とヘクターは切り返した。彼の大きな灰色の目は、強い信念の炎によってふたたび燃え上がった。

ルークはその仕事に対して本当に「はい《イエス》」と言ったのだろうか？　いま思い返してみて、次のような趣旨のことを言ったと言えるだろうか？　「はい、ヘクター、わたしは目隠しされ、手を縛られて、これに乗ります。ちょうど、コロンビアでのあの晩のように。そして、あなたの謎の聖戦に参加します」

いや、ルークはそんなことは言っていない。

このあと二人は、レストランの席に腰を下ろした。ここは世界で二番目にまずい昼食を出すところだ、もっとも世界でいちばんまずいところはまだ決定していないが、とヘクターはうれしそうに言った。ルークはそのときもなお、自分の気持ちに正直になるなら、疑問をくすぶらせ続けていた。自分はひょっとして、いわゆる私的な抗争に参加することを求められているのだろうか、と。この種の抗争に諜報部は不本意ながら突入し、最終的に悲惨な結果がもたらされたことがあるのだ。

ヘクターは気さくな会話から始めたが、ルークの不安は収まらなかった。二人はクラブの陰気なダイニングルームの隅、騒々しい厨房のすぐ近くに席を取った。ここでヘクターがルークと交わした会話は、まさに「公共の場での遠まわしな会話法」上級コースの模範のようなものだった。

ウナギの燻製を食べながら、ヘクターはもっぱらルークの家族について尋ねた。そして彼の妻と息子の名前を正確に口にしたが、それはヘクターがルークの個人情報ファイルに目を通しているという、さらなる証拠だった。続いてシェパードパイと山盛りのキャベツが銀色のカートに載せられ、カタカタと運ばれてきた。カートを押してきたのは怖い表情をした年輩の黒人で、見ると赤いハンティングジャケットを身につけていた。ヘクターは先ほどよりも打ち解けた調子で、しかし、先ほどと同様に差しさわりのない話題をルークに振った。それは、ジェニーの結婚問題だった。ジェニーとは、どうやらヘクターの愛娘らしく、それが最近結婚を断念したのだという。理由は、ヘクターによれば、彼女の関わっていた男がとんでもないダメ男だとわかったからだ。

「ジェニーのほうは、そいつを愛していたわけでもなかった。中毒みたいなものだな。エイドリアンと同じだが、幸い、薬に溺れていたわけではない。男はサディストで、ジェニーはお人好し。熱心な売り手に、だまされやすい買い手がぶつかっちまったわけさ。そう僕らは考えて、何も言わなかった。言えないよ。どうしようもない。そしてブルームズベリーに小洒落た家も買ってやって、何から何まで揃えてやった。あの下品な男は、毛足が七センチもあるカーペットを敷きつめたい、なんてぬかしやがった。ジェニーもそれに賛成した。そんなの僕は好きじゃないが、ほかにどうすりゃいいんだ？　大英博物館から歩いて二、三分だから、ジェニーがトロツキーなんかで博士論文を書くには最高の場所だった。しかし、ジェニーのやつもようやくあのバカ男の正体を見抜いた。ありがたい、ジェニーにしては上出来だ。景気の後退で値は安かったし、地主も破産したから、僕は損しない。きれいな庭もある、それほど広くないけどね」

例の老給仕が今度はカスタードソースを不釣り合いなポットに入れてやって来た。しかし、ヘクターに追い返されてしまい、給仕は小さな声で悪態をついて、六メートルほど離れた隣のテーブルに足を引きずるようにして向かった。

「なかなかいい地下室もある。最近はめったに見られないやつだ。ちょっと臭いが、耐えられないほどじゃない。誰かがワインセラーに使っていたんだ。隣の家との境界壁はない。外はけっこうたくさん車が走っている。運がよかったのは、ジェニーに子供ができなかったことだな。ジェニーのことだから、そういう用心はしていなかったんだ」

「それはよかったですね」とルークは丁寧に言った。

「ああ、そうだよな、そう思うよな?」とヘクターはうなずいて、身を乗り出した。厨房の騒音に負けずに声を張り上げなくても、ルークに話が伝わるように、である。一方ルークは、ヘクターに本当に娘がいるのか疑い始めていた。

「しばらくただで泊まれる場所があったら便利だろう? ジェニーはあの家には近づこうとしない。まあ、わからんでもないが。でも、誰かに住んでもらったほうがいい。いま鍵を渡す。ところで、オリー・ドゥヴェルルーを覚えているだろう? ジュネーブで旅行業を営む白系ロシア人の父親と、ロンドンのハローでフィッシュ&チップスの店を開いている母親のあいだにできた男だ。四十五歳なのに十六歳くらいに見える。ちょっと前、君がサンクトペテルブルクのホテルでの盗聴仕事でドジったとき、窮地から救ってくれた男だ」

ルークは、そのオリー・ドゥヴェルルーをよく覚えていた。

「フランス語、ロシア語、スイスドイツ語、イタリア語、必要とあらば、そのいずれも使える。それに、ピカイチの裏方仕事師だ。君はあの男に直接現金を払う。僕からも少し出す。明日の朝九時ちょうどに仕事を開始するんだ。管理課の君の席にあるものをすべて片づけて、画びょうもクリップもみんな四階に持ってくるんだ。ああ、そうだ、君にはイヴォンヌという素敵な女性と同じ部屋で働いてもらう。イヴォンヌ以外の名はここではどうでもいい。彼女はプロの追跡者《ブラッドハウンド》で、虫も殺さぬ顔をしているが、肝っ玉が据わっている」

銀色のカートがまた来た。ヘクターはここのブレッド&バター・プディングを勧めた。ルークはそれが好物だと言った。では、ぜひこれをカスタードソースでいただきたい、どうもありがとう。それを聞いて老給仕は、怒りをぶつけるかのようにカートを押して行った。

「そしてどうか自分のことを選ばれた少数の人間の一人と考えてもらいたい、数時間前をもって」ヘクターはそう言うと、時代遅れのダマスク織のナプキンで口を拭いた。「君はリストの七番目だ。オリーもそこには含まれている。そんなリストがあればの話だがな。僕が必要だと言わない限り、これ以上人はいらない。これで手を打たないか《ディール》？」

「手を打ちます《ディール》」とルークは今度は従った。

そう、だからおそらく彼は、「はい《イエス》」と言ったのだ。

✦

その日の午後、ルークは管理課で冷飯を食わされている同僚たちの冷たい視線を浴びながら、そして先ほどのクラブで飲んだ安物の赤ワインにやや朦朧としながら、ヘクターに言われたように「画びょうもクリップも」すべてまとめて、四階の隔離された場所に運び込んだ。薄汚れてはいるが、まずまずの部屋で、ドアには「反訴フォーカス」という表示があり、立て前上はそこに入るはずの人材を確かに待っていた。ルークは古いカーディガンを抱えていたが、ふと何かを感じて、それを椅子の背にかけた。その後そのカーディガンは、金曜の午後に彼がオフィスに立ち寄るときなど、まるで彼の分身のようにそこにあった。ルークはそういうとき、廊下で誰に出会っても陽気に挨拶し、でっち上げの一週間の出費を申請した。その金をルークは几帳面に、あとであのブルームズベリーの隠れ家の管理費口座に入れるのだった。

そしてまさに次の朝――その頃のルークは、ようやくまた眠れるようになっていた――、彼はブルームズベリーに向かって初めて歩き出した。ちょうど今、ブルームズベリーに向かって歩いているのと同じように。ただし、その最初の朝は、ロンドン一帯に篠突く雨が降っており、ルークは防水のレインコートと帽子を身につけなければならなかった。

◆

まず、彼は道をしっかり確認しておいた――豪雨に見舞われてもほとんど問題なかったが、どうしても変えられない業務上の癖というものがあって、それはどんなによく寝て、どんなに長く歩くことになっても、変わらないのだ。南北に走る小道を歩き、横丁からの脇道を行けば、大通りにぶつかる。その真向いに目指す家がある。住所は九番地。

そしてヘクターが保証したとおり、その家は土砂降りのなかでもとてもきれいに見えた。十八世紀末に建てられた正面が平らなテラスハウスで、ロンドン煉瓦を積んだ三階建て。白く塗装されたばかりの階段が、同じく紺青《ロイヤルブルー》色に塗られたばかりの正面玄関に向かって伸びていた。正面玄関の上には扇形窓、両側には上げ下げ窓が付いている。地下室の窓は正面の階段の両側にあった。

しかし、外から地下室に行ける階段はないようだ。ルークはそれをきちんと確認してから玄関前の階段をのぼり、鍵を開けて中に入った。そしてドアマットの上で立ち止まり、何か物音がしないか耳を澄ました。そのあと、ずぶ濡れになったレインコートを脱ぎ、防水布をかぶせていたキャリーバッグから乾いた室内靴を出した。

ホールにはおそろしく分厚い、どぎつい朱色のカーペットが敷かれていた。ジェニーが土壇場で正体を見破った例のチンピラの残したものだ。アンティークのポーターチェア（肘掛け椅子の背と袖がアーチ状に屋根のように頭上にかかっている十八世紀英国の椅子）があったが、張り替えたばかりの革の緑色がいやに目についた。年代物の鏡には金メッキがたっぷり再塗装されていた。ヘクターは愛娘のジェニーのために、これだけのことをしてやったのだ。「ハゲタカ資本家」を撃退できたことで、その金もできたのだろう。頭上に階段があったが、そこにも分厚いカーペットが敷かれていた。ルークは「誰かいますか？」と声をかけたが、返事はなかった。ドアを開いて、応接間に入った。壁にはつくりつけの暖炉があり、デイビッド・ロバーツ（スコットランドの画家〔一七九六―一八六四〕）の絵も飾られていた。ソファと肘掛椅子にも、目の細かい高級なクロスが掛けられていた。キッチンにも最高級の調理器具と、わざとアンティーク風に見せた松材のテーブルが置かれていた。ルークは地下室につながるドアを押し開けて、その下の石段に向かって呼びかけた。「すみません、誰かいますか？」。返事はなかった。

　ルークは二階に上がったが、自分の足音も聞こえなかった。踊り場にはドアが二つあった。左側のドアは、肩の高さくらいのところで、両側が鋼板と真鍮の留め具で補強されていた。右側のドアは鍵のないただのドアだった。入ってみると、なかのツインベッドは整えられておらず、その隣に狭い浴室があった。

　ヘクターが渡してくれた家の鍵に、もう一つ鍵がついていた。それを左側のドアに試してみると、鍵が開いた。なかは真っ暗で、女性用のデオドラントの香りがした。エロイーズがかつて気に入っていたのと同じ匂いだ。手探りで電灯のスイッチを探した。重そうな赤いベルベットのカーテンが二枚天井から垂れ下がっていて、そのあいだを大きすぎる安全ピンがピタッと閉じていた。それを見て、ルークははからずもボゴタのアメリカン病院にいた数週間を思い出した。ベッドはなかった。部屋の真ん中には剝き出しの架台テーブルと回転椅子、コンピュータ、読書用電灯が置かれていた。正面の壁には光択地の黒いブラインドが四枚、天井の角に固定され、その裾を床まで伸ばしていた。

　踊り場に戻ると、ルークは手すりの上に身を乗り出して、ふたたび「誰かいませんか？」

と声をかけた。やはり返事はなかった。先ほどの部屋に戻り、四枚の黒いブラインドを一枚ずつ上げていって、天井に備え付けられている収納ケースに収めた。最初、ルークは壁に設計図が描かれているのかと思った。しかし、何の設計図だろう？　そのあと、膨大な計算式に違いないと考えた。しかし、一体何を計算したものだ？

　ルークは色のついた線をよく見て、丁寧に書き込まれたイタリック体の文字だとわかった。名称を示していると最初考えたが、牧師《パスター》、主教《ビショップ》、司祭《プリースト》、副牧師《キュレイト》といった名前の町があるだろうか？　実線の脇に点線が引かれている。黒い線が灰色に代わり、そして消えていった。藤色の線と青い線が、中央下のある一点に集まっていた。それとも、逆に線はそこから出てきたのだろうか？

　そして、いずれの線も迂回し、同じところに戻り、何度も折れ曲がって、二重になったり、方向転換をしたりしていた。上がったり、下がったり、脇にそれたり、ふたたび上がったり。息子のベンが説明のつかない怒りを爆発させて、この部屋に立てこもり、一缶のクレヨンを使って壁にジグザグの線を描いたら、きっと同じようなものができ上がるだろう。

「気に入ったかな？」とヘクターが背後から尋ねた。

「上下さかさまということはないですよね？」とルークは答えた。驚きは示すまいと強く念じていた。

「彼女はこれを〝金銭無政府状態〟と呼んでいる。テート・モダンに展示されるのがふさわしいと僕は思う」

「彼女?」

「イヴォンヌだ。われらが鋼鉄の処女《アイアン・メイデン》。いつも大体午後に来る。ここは彼女の部屋で、君のは上だ」

二人は改築した屋根裏部屋に上がった。天井の梁が剥き出しで、屋根窓が付いていた。そこにもイヴォンヌの部屋にあるのと同じ架台テーブルが置かれていた。ヘクターは机の引き出しが好きではなかったのだ。デスクトップパソコンがあったが、端末は回線につながれていなかった。

「われわれは固定電話回線は使わない。暗号化されていようとなかろうと」とヘクターは言った。その激しさを内に秘めた言い方こそヘクターらしい、とルークも思い始めていた。

「本部へのホットラインはないし、メールもない。情報の暗号化、解読、消去もない。われわれが扱う文書は、オリーのオレンジ棒に入れたものだけだ」。ヘクターはそう言って、どこにでもあるUSBメモリースティックを取り出した。オレンジ色のプラスティックケースに「ナンバー7」と記されていた。「どのUSBも、それぞれの持ち場のそれぞれの者が必ず所在をたどることにする。いいか? サインして受け取り、サインして渡す。オリーが運び、記録を残す。イヴォンヌと二、三日一緒にいれば、やり方がわかる。ほかにも疑問が生じたら、その都度、聞いてくれ。何か問題があるか?」

「特にないと思います」

「僕もそう思う。では、上体をうしろに反らし、イングランドのことを考えろ(「目を閉じてイングランドのことを考えなさい」という英語の常套句。「つらいこともじっとがまんしろ」の意）。無駄話はせず、へまはしないことだ」

そして、われわれの鋼鉄の処女であるイヴォンヌのことも考えよう。プロの追跡者《ブラッドハウンド》で、肝っ玉が据わっていて、エロイーズと同じ高価なデオドラントを使っている。

✦

この三カ月間、ルークはまさにこの助言を順守すべく、最大限努力した。そして今日もそうしたいと強く願った。二度ほど、ビリー・ボーイ・マトロックはルークを呼び出し、おだてるか脅すか、あるいはその両方をしようとした。二度ほど、ルークは身をかわし、ヘクターの指示に従って嘘をついて、耐え抜いた。それは簡単なことではなかった。

「イヴォンヌは天国にも、この地上にも、存在しない」とヘクターは「第一日目《ディ・ワン》」から断言した。「今も存在しないし、これからも存在しない。わかるか？　これが君の最低限やるべきこと、そして最重要項目でもある。ビリー・ボーイが君の金玉を縛ってシャンデリアから吊るし上げても、彼女はあくまでも存在しないのだ」

存在しない？　ルークがここに来た初日の夕方、尖ったフードのついた、暗い色の長いレインコートを着て、慎み深そうな若い女が戸口に立っていた。メイクはしておらず、膨れ上がったブリーフケースを両手でしっかり抱えていた。まるで洪水から救出されたばかりのようだった。この女性は存在しないし、これからも存在しないのか？

「イヴォンヌです」

「ルークです。さあ、こちらにどうぞ!」

彼らはイヴォンヌを家のなかに急いで招き入れ、彼女と水滴の滴る握手を交わす。オリーはさすが業界最高の裏方仕事師で、イヴォンヌからレインコートをさっと受け取り、それをハンガーにかけて、トイレに吊るす。トイレにはタイルが敷かれているので、水が滴り落ちても大丈夫だ。こうして、存在しないことになっている三カ月の職場関係が始まった。書類に関するヘクターの制限令はイヴォンヌの膨れ上がったバッグには及んでいなかったが、ルークはその理由をその晩のうちに理解した。というのも、彼女はバッグに入れて持ってきたものをすべてその日のうちに持ち帰ったのだ。イヴォンヌは単なる調査員ではなく、秘密の情報源でもあった。

イヴォンヌのバッグのなかには、あるときはイングランド銀行からの分厚い書類が入っているかもしれない。別の日には、金融サービス機構か財務省、あるいは重大組織犯罪庁からのものが入っているかもしれない。そして、あるきわめて重要な金曜日の晩——決して忘れられないものとなったが——イヴォンヌのバッグは六束の分厚い資料と、二十もの音声カセットテープで破裂してしまいそうだった。これはすべて、「政府通信本部」の神聖なるアーカイブにあったものだ。オリーとルーク、そしてイヴォンヌは、その週末をすべて費やして、できる限りたくさんの書類の写真を撮り、コピーを取り、複製を作った。そしてイヴォンヌは金曜日に持ってきたそうした政府の機密資料を、月曜日の明け方、元あった場所に全部戻した。

イヴォンヌはこうした資料を合法的に借り出したのか、それともこっそり拝借したのか？職場や組織の仲間からくすねてきたのか、それともうまいことを言って借り出したのか？ルークは今でもまったくわからなかった。わかったのは、イヴォンヌがバッグを持って現われると、オリーがたちまちそれをキッチン奥の自分の持ち場に運び込むということ。オリーは中に入っているものをスキャンし、データを一本のUSBメモリに転送し、そのあとバッグをイヴォンヌに戻す。さらにイヴォンヌが、その日の終わりに、自分が所属する政府のどこかの機関にそれを戻すのだった。

こうしたことも謎で、長い午後を二人で何度か一緒に過ごしても、ついに明らかにされなかった。そうした午後、ルークとイヴォンヌは二人きりで机に向かい、一日に現金十億ドルを三大陸に光の速さで転送する、著名なハゲタカ資本家数名の名前を検証した。あるいは、オリーが昼食に作ってくれたスープを飲みながら、キッチンで雑談もした。オリーのスープはトマトスープが絶品だったが、フランス風オニオンスープも悪くなかった。クラブチャウダーも下ごしらえしたものを魔法瓶に入れて持ってきて、ガスレンジで仕上げをした。奇跡的だ、と二人とも思った。しかし、ビリー・ボーイ・マトロックに対しては、このイヴォンヌという女性は存在しないし、これからも存在することはない。尋問に抵抗する術《すべ》を数週間学んだルークには、それがわかっていた。まして、ルークはあの麻薬王にジャングルの営倉で拘束され、一カ月間手足を縛られて過ごし、そのあいだに妻は彼がとんでもない女たらしであることに気づいてしまったのだ。こんな経験を持つルークは、口を割るようなことは決してしない。

◆

「さて、たれこみを期待できるようなものはあるのかな？」マトロックは「テムズ川の河畔《ラ・ルビヤン》のほとりのKGB本部《カ・シュル・タミーズ》」の大きなオフィスの心地よい一角で、ルークにおいしい紅茶を振る舞いながら尋ねる。マトロックは、世間話でもしないかとルークをオフィスに呼び、ヘクターには報告する必要はないから、と事前に伝えていた。「内部告発者については君も心得ているはずだ。先日、組織の新しい上級指導者の話が出たとき、君の顔が浮かんだ。五年契約の仕事で、ちょうど君くらいの年齢の人物を求めている」。マトロックは、イングランド中部のゆっくりとした話し方で話す。

「ビリー、正直に言いますと、わたしもあなた同様、まったくわかっていません」とルークは答える。イヴォンヌは存在しないし、これからも存在しない、ということを心に言い聞かせる。シャンデリアに金玉をくくりつけられて吊り下げられるような、麻薬王の手下でさえしようと思わなかったことをビリー・ボーイにされたとしても、イヴォンヌはいないのだ。「率直に言いますと、ヘクターは何もないところから情報を作り出します。驚くべきことです」とルークは付け足し、お誂え向きに困惑している様子も示す。

マトロックはルークの答えを聞いていないようだし、おそらく気にもとめていないようだ。というのも、その声からはやさしさが消え失せている。まるでそんなものはずっと存在していなかったかのように。

「いいか、これはもろ刃の剣だ。こうした訓練にあたる仕事のことだ。諜報部は経験豊富なベテランに指導にあたってもらい、理想に燃えている訓練生の手本になってほしいと考えている。強調するまでもないが、訓練生には男も女もいる。評議員会は、指導者に選ばれた者が不適格だと言われることは絶対にないと確認したいのだ。事務局は、当然ながら、助言を惜しまないそうだ。君の場合、少し履歴書を調整しなければならないかもしれない」

「それは大変ご親切に、ビリー」

「ああ、ご親切だよ、ルーク」とマトロックはうなずいて言った。「ご親切だ。そして現在の君の行動次第という部分もある」

◆

イヴォンヌは何者なのか？　最初の三カ月間、彼女はルークを少しだけ興奮させた――ルークは今だからそう言えるし、そう思える。ルークは彼女の取り澄ました様子と、秘密めいたところに惹かれた。できればそれを共有したいと思った。控えめな香水の匂いがするその体は、もし彼女が裸になって見せてくれるようなことがあれば、疑いなく極上に等しいものであろう。ルークはその美しさをはっきり想像できた。にもかかわらず、二人はイヴォンヌのコンピュータのディスプレイの前で、ほとんど顔をこすり付けるようにして、あるいは彼女のテート・モダン風壁画を綿密に観察して、何時間も過ごした。お互いの体温を感じ、ふと手が触れ合うようなこともあった。二人はともに追跡作業の苦しさを味わった。失敗を繰り返し、行き詰まることもあれば、一時的な勝利を味わうこともあった。そのすべてが、一〇センチも離れていない二人のあいだで起こった。隠れ家の階上の部屋で、ルークとイヴォンヌはほぼ一日中、二人きりで過ごした。

それでもまだ何の進展もなかった——ある夕方までは。その日、ルークとイヴォンヌは疲れ果ててキッチンのテーブルに二人きりで座り、オリーのスープを飲んだ。そしてルークの提案で、ヘクターのアイラモルトのスコッチウィスキーを一杯もらった。ルークは、自分でも思いがけないことであったが、これまでこの仕事以外に、どんな人生を送ってきたのか、とイヴォンヌに単刀直入に尋ねた。このストレスのたまる仕事をしている彼女を支え、人生を共にする人はいたのか、と。その上で、例の悲しい笑いを浮かべながら、そしてそれを浮かべてしまったことをただちに恥じながら、こう付け加えた。結局、危険なのはわれわれの答えだけであって、質問することではないよね、わたしの言わんとしていることをあなたが理解してくれればだけど、と。

しばらくイヴォンヌは危険な答えを口にしなかった。

「わたしは政府の人間よ」とついに彼女は答えた。その口調はロボットのようで、クイズ番組で解答者がカメラに向かってしゃべっているようだった。「わたしの名前はイヴォンヌではない。わたしがどこで働いているかは、あなたには関係がない。けれど、あなたがそれを訊きたいわけではないと思う。わたしはヘクターに見出された。わたしたち二人ともそうよね？　でも、あなたはそのことを尋ねているわけでもないと思う。あなたが尋ねているのはわたしの嗜好よね。ひいては、わたしがあなたと寝たいかどうかということ」

「イヴォンヌ、わたしはそんなことを訊きたいわけじゃない！」とルークは反論したが、嘘が見え見えだった。

「参考までに、わたしには愛する夫がいる。そして、三歳の娘がいる。だから、あなたのような素敵な人が相手でも、夫以外とセックスするつもりはない。さあ、スープを飲みましょう」とイヴォンヌは提案すると、二人は意外にも大笑いした。それで緊張が解け、そのあとは静かにそれぞれの持ち場に着いた。

◆

そして、この三カ月間、突発的に姿を見せるだけのヘクターは、一体何者なのか？　諸悪の根源であるシティの悪党たちを強烈な視線で睨みつけ、彼らに対する罵詈雑言《ばりぞうごん》を延々とまくし立てるこの男は？　諜報部内の噂では、ヘクターは自分の家族経営の会社を救ったとき、闇の世界で過ごした半生で磨いた手腕に訴えたという。そのやり方は、シティの俗悪な基準から考えても、およそ正当とは言えないものであった。では、シティの悪人たちとの一連の血みどろの抗争は、復讐心に駆り立てられたものだったのか、あるいは罪の意識によるものだったのか？　オリーは、普段はゴシップを真に受けない男だが、こう確信していた。ヘクターはシティのひどい仕打ちを目の当たりにし、自らもそういう手段に手を染めてしまったことで、一晩にして悪を懲らしめる神の使いになったのだ、と。「あの人はちょっとした誓いを立てたんだ」と、オリーはルークとイヴォンヌにキッチンでそう打ち明けた。当のヘクターがいつものように遅れて現われるのを、三人で待っていたときだった。「自分が生きているうちに、この世界を救うんだっていう誓いをね。たとえそのために殺されることになっても」

◆

しかし、ルークはつねに心配性だった。幼い頃から、彼は無闇やたらと心配した。無差別に恋に落ちるのと同じだった。

結婚生活の行く末について悩むのと同じように、時計の針が十秒進んでいるか、あるいは十秒遅れているかといったことを心配した。彼の結婚生活は、キッチン以外の部屋では、もはや体を成していなかった。

息子のベンの癇癪は、思春期によくある情緒不安定のレベルを超えているのではないか、と頭を悩ませもした。ベンが父親である自分を愛していないのは、母にそう命じられているためではないか、と疑いもした。

彼は仕事をしているときがいちばん心が落ち着いた。仕事をしていないときは、今のように街を歩いているときですら、心が千々《ちぢ》に乱れていた。こういった事実に関しても、心を悩ませた。

そして、つまらないプライドは一切捨てて、人材女王が勧めた精神分析を受けてみるべきではないか、とくよくよ考えていた。

また、ルークはゲイルのことも気にせずにいられなかった。ゲイルのことを求めてしまう自分を、あるいはゲイルのような若い女性を求めてしまう自分を、心配せずにいられなかった。表情が光り輝いている女性を求めてしまう自分。それに比べてエロイーズは、太陽の光を浴びても、陰鬱な雲に覆われているような存在だった。

そして、ペリーのことも心配し、彼を妬ましく思わないように努めた。はたしてペリーのどちらの面が作戦上の緊急時に顔を出すのか、それも心配だった。勇敢な山登りとしての彼だろうか、それとも浮世離れした大学の世界のモラリストとしての彼だろうか？　そして、そもそもそこに違いはあるのだろうか？

ヘクターとビリー・ボーイ・マトロックのあいだの緊張関係も心配だった。はたしてどちらが先に怒りを爆発させるのか、あるいはそのふりをするのか？

✦

ルークはリージェント公園という都会のオアシスをあとにし、日曜日の特売品を買い求める群衆のなかに入っていった。落ち着け、とルークは自分に言い聞かせた。大丈夫だ。仕切っているのはヘクターだ、おまえじゃない。

ルークは目印となる建物を順に挙げ始めた。ボゴタに赴任してから、目印となる建物が彼にとって重要になった。自分が誘拐されたら、今見ている建物が、目隠しされる前に見る最後のものとなるだろう。

中華レストラン。

ビッグ・アーチウェイ・ナイトクラブ。

ジェントル・リーダーズ書店。

このコーヒーの香り。突然襲撃してきた者たちと戦っているときに嗅いでいた匂い。

これは雪をかぶった松の木。あいつらに殴りつけられる前に、画材店の窓に映っているのを見ていた。

これは九番地の家。そこでわたしは生まれ変わった。玄関前に階段が三段ある。わたしはその家の持ち主のように自然に振る舞う。

9

ヘクターとビリー・ボーイ・マトロックの二人は、友好的であろうとなかろうと、堅苦しい挨拶は交わさなかったし、おそらく以前にもそんなことはしなかっただろう。次の戦いに向けて準備する二人のベテラン戦闘員がうなずき合い、静かに握手を交わすといった雰囲気だ。マトロックは近くまで専属運転手の車に乗って来たが、そのあとは一人で歩いてやって来た。

「ヘクター、とてもいいウィルトンカーペットだね」とマトロックは言うと、ゆっくりあたりを見渡した。最悪の予想を確認するかのような視線だった。「ウィルトンが最高だ。費用対効果を考えれば、これに勝るものはない。こんにちは、ルーク。君たち二人だけなのかな？」そう言って、コートをヘクターに渡した。

「ほかはみんな競馬に行ってるんだ」とヘクターは答えると、客のコートを掛けた。

マトロックは肩幅が広く、ブリーというあだ名からもわかるように牛《ブル》のような体格の男だった。頭が大きく、一見やさしそうな顔をしており、その前傾姿勢のために、ルークは年を取ったラグビーのフォワード選手を連想した。諜報部の一階の噂によると、彼のイングランド中部の訛りは新労働党の台頭とともに強くなっていたが、同党が選挙で負けるという予想とともに弱まったという。

「われわれは地下室を使っているんだ。ビリー、もし君がお嫌でなければだが」とヘクターは言った。

「お嫌でないという以外の選択肢はないんだろう？　ありがとう、ヘクター」マトロックは、愛想よくではないが、失礼でもない調子でそう答えると、石段を下り始めた。「ちなみにここの費用をわれわれはどれだけ払っているんだ？」

「組織は払っていない。これまでは僕が金を出している」

「君は組織から金をもらってるんだ、ヘクター。組織が君の金をもらっているのではない」

「君がゴーサインを出してくれれば、僕はすぐに請求書を提出する」

「で、僕が審査するわけだ」とマトロックは言った。「ヘクター、君は飲み癖がついたのか？」

「ここは以前、ワインセラーだった」

それぞれが席に着いた。マトロックは上座に座り、普段は最新テクノロジー嫌いのヘクターがマトロックの左、すなわちテープレコーダーとコンピュータのディスプレイの前に腰を下ろした。そのヘクターの左にルークが座り、こうして三人ともプラズマスクリーンがよく見える位置につくことができた。今はここにいないオリーが、それを前夜のうちに設置したのだ。

「ビリー、われわれが渡した書類のすべてに目を通す時間はあったかな？」とヘクターは同情するように尋ねた。「ゴルフの邪魔になったとしたら、申し訳ない」

「ああ、ヘクター、送ってくれたのが〝すべて〟だというなら、目を通したよ。ありがとう」とマトロックは答えた。「ただ、だんだんわかってきたが、君の言う〝すべて〟というのは相対的な言葉のようだ。それに、実を言えば、僕はゴルフはやらない。避けられるなら要約の資料は避けたいし、それに心を奪われることはない。特に君がまとめたものはな。僕はもっと生《なま》の情報、強引に手を加えていない情報を読みたかった」

「では、生《なま》の情報をここでお見せして、埋め合わせしよう」とヘクターはやんわりと提案した。「われわれはまだロシア語ができると考えていいかな、ビリー？」

「君が金儲けしているあいだにロシア語を錆びつかせてなければ、まあ、そう考えて間違いないだろう」

長く連れ添った夫婦みたいだ、とルークは思った。こうした口喧嘩はすべて、以前やったことの繰り返しなのだ。そうルークが思っていると、ヘクターがテープレコーダーの再生ボタンを押した。

◆

ルークにとって、ディマの声はまさにフルカラーの映画の始まりのような効果があった。

ペリーがひげそり道具入れに入れて秘かに持ち帰ってきてくれたカセットテープを聞くたびに、ディマのイメージが思い浮かぶのだ。スリーチムニーズ近くの森に屈み込み、およそ似つかわしくない繊細なその手に、ポケットレコーダーを握りしめている姿。タマラが警戒する（妄想しているだけかもしれないが）盗聴マイクに声が拾われないくらい家から離れているが、妻に呼びつけられたらすぐに帰れるくらいの距離にいる。電話がかかってくると、タマラはディマの名を叫び、電話に出るように指示するのだ。

ルークには、三方向からの風がディマの光り輝く禿げ頭に激しく吹き付ける音が聞こえた。その頭の上で、木の頂《いただき》がゆらゆら揺れている様子がうかがえた。さらに木の葉ががさがさ吹き飛ばされる音を、水がごぼごぼ流れる音を聞いた。それはまさしく、あのコロンビアの森で、自分をびしょ濡れにした熱帯の雨だった。ディマはこの録音を一回ですべて終わらせたのだろうか、それとも何度か試みたのだろうか？　意を決してヴォーリーの掟を破るとなると、録音の合間にウォッカをあおる必要があったか？　そこでディマの怒鳴り声がロシア語から英語に変わる。おそらく、自分が今誰に告白しているか、思い出すためだろう。今、ディマはペリーに懇願している。ペリーの仲間たちにも懇願している。

「英国紳士のみなさん！　お願いだ！　あんたらは、フェアプレイの人たちだ。あんたらの国は法治国家だ！　あんたらは汚れていない！　おれはあんたたちを信用する。だから、このディマも信用してくれ！」

それからロシア語に戻ったが、文法的に正確に話そうとするうえに、やたら修飾語を並べ、明瞭に発音しようとした。ディマはコルイマの強制収容所で染みついた汚れを洗い落とし、英国紳士淑女と肩を並べる準備を進めているのではないか。そうルークは想像した。

「ディマと呼ばれる男、セブン・ブラザーズのナンバーワンのマネーローンダラーで、堕落した強奪者、自称プリンスの影の金庫番だ。そのディマが世界に名だたる英国諜報部に敬意を表し、次のような貴重な情報を提供したいと考えている。その見返りとして、イギリス政府に信頼しうる保証を求めたい。情報の例としては……」

それからしばらく風の音だけが聞こえる。ルークは、ディマが大きな絹のハンカチで汗と涙をぬぐっている様子を思い浮かべる。ルークの解釈にすぎないかもしれないが、ペリーはディマのハンカチに何度も言及していた。このあとディマはボトルからウォッカをもう一杯注いで飲み、最大の、そして決して取り返しのつかない反逆行為に及ぶ。

「例えば、今はセブン・ブラザーズとして知られるプリンスの犯罪組織のやっていること。それには、次のようなことがある。

一、中東から輸出禁止の石油を密輸し、輸出元を偽装して販売すること。こうした取引を、おれは知っている。多くの腐敗したイタリア人、たくさんのイギリス人弁護士が一枚噛んでいる。

二、黒い金《かね》が数十億ドルの石油取引に注入されていること。この取引は、友人のミハイル――ミーシャと呼ばれていた――が、ヴォーリーの七人の兄弟のために専門的に扱っていた。そのために、ミーシャもローマに住んでいた」

ふたたび沈黙があった。おそらく、亡きミーシャに献杯したのだろう。そのあと、ふたたび不完全な英語が騒々しく聞こえてきた。

「三つ目の例。アフリカの違法な丸太の取引。最初は違法な材木を合法的な材木に変える。そのあと、黒い金《かね》を白い金《かね》に変える！　よくあること、簡単なことだ。多くの、それは多くのロシアの犯罪者たちが、アフリカの熱帯地にいる。違法ダイヤモンドも、セブン・ブラザーズは新しい資金源として注目している」

ディマは英語で続ける。

「四つ目の例は、インドで作られる〝模造薬〟だ。とんでもなくひどいもので、服用しても病気は治らないどころか、吐き気がするし、死ぬかもしれない。ロシアはインドと国家レベルで公式に友好関係を結んでいる。同じように、ロシアのセブン・ブラザーズはインドの仲間とも友好関係を結んでいる。彼らがディマと呼ぶ男は、注目に値する人間の名前をたくさん知っていて、そのなかにはイギリス人もいる。こうしたさまざまな階層のつながりや、スイスを基盤にした私的な資金調達についても知っている」

心配性のルークは、興行主が出し物について感じるような不安を、ヘクターに代わって抱き始めている。

「ビリー、音量は十分かな?」とヘクターは尋ねて、テープを止める。

「音量はとてもいい、ありがとう」とマトロックは言う。音量を強調することで、話の内容は別問題だということをほのめかしている。

「では、続けよう」とヘクターは言ったが、その言い方はルークにすればやや弱々しく感じられる。ディマは母語のロシア語に戻り、前より楽しそうに話し始める。

「例えばトルコ、クレタ島、キプロス、マデイラなど、多くの地中海沿いのリゾート地のことがある。そこには〝黒いホテル〟があって、客はまったく来ないのに、二〇〇〇万ドルもの黒い金《かね》が毎週入ってくる。その金も、ディマと呼ばれる男がローンダリングする。いわゆる不動産会社を名乗るイギリスの犯罪組織も一枚嚙んでいる。

さらに、EUの役人と悪徳食肉業者との腐敗した関係がある。こうした食肉業者は、自分たちの商品を、高品質で最高級のイタリア産食肉として、ロシア共和国に売りつけている。この取引には、友人のミーシャも絡んでいた」

ヘクターはここでまたレコーダーを止める。マトロックが手を上げていたのだ。

「ビリー、何か質問かな？」

「この男は書かれたものを読んでいる」

「そこに何か問題があるか？」

「問題はない。何を読んでいるのかわかっているならな」

「われわれにわかっているのは、彼の妻のタマラが台詞の一部を書いたということだ」

「妻が夫に話すべき内容を伝えたということか？」とマトロックは言った。「どうも引っかかるな。その妻には誰が話すべきことを伝えたんだ？」

「早送りしようか？　ここは、ＥＵにいるわれわれの同国人が人々に毒を盛っているという話だけだ。君の権限が及ばない問題であるなら、そう言ってほしい」

「ヘクター、これまでどおり続けてくれ。もう少し先までコメントは控える。ロシアへの肉の販売が、諜報部が調査すべきことなのかどうかは、僕にもわからん。だが、それを見極めるのは、この僕に任せてもらうことにしよう」

◆

ルークには、ディマがこれから話す内容は実に衝撃的なものだった。ルークはこれまでの人生でもひどいことを耐え忍んできたが、感覚は鈍っていなかったのだ。しかし、マトロックがそれについてどう考えたかは、誰にもわからなかった。ディマがここで選んだ武器は、またしてもタマラの英語だった。

「腐敗構造は以下のとおり。第一に、プリンスはモスクワの腐敗した役人を通じて、ある食肉が〝慈善の食肉〟と呼ばれるように取りはからう。慈善目的と認定されることにより、同食肉はロシア国内の困窮者にのみ施されるものになる。肉は慈善目的として不正に区分されることにより、ロシアの税金は課されない。二番目に、すでにこの世の者ではないが、わが友ミーシャはブルガリアから動物の屍骸を大量に買い込む。これを食すのは危険だ。ひどく質が悪く、ひどく安い値で手に入る。三番目に、亡きわが友ミーシャは、EUの腐敗しきった役人に働きかけて、ブルガリアから仕入れた動物の屍骸を承認してもらう。〝欧州最高水準のイタリア産食肉〟というお墨付きをもらうんだ。この犯罪的取引にあたって、このディマは、屍骸一体につき一〇〇ユーロをEUの腐敗した役人に、屍骸一体につき二〇ユーロをモスクワの腐敗した役人に支払う。それぞれのスイスの銀行口座に振り込むんだ。すべての諸経費を差し引いたのちプリンスに渡す純利益は、屍骸一体につき一二〇〇ユーロ。そのブルガリアの腐った肉を食したことで、おそらく五十人のロシアの貧困者、それに子供たちが体調不良を訴え、亡くなった。これはあくまで推定の数値だ。

もちろん、当局はそんなことはなかったと主張する。しかし、この取引に応じた役人たちの氏名をおれは把握しているし、彼らのスイス銀行の口座番号もすべて記録してある」

そして、重々しい追記の一文が、高らかに読み上げられる。

「以下は、わが妻タマラ・リヴォーヴナの個人的見解である。ブルガリアの劣悪な食肉を、ヨーロッパとロシアの腐敗した役人が流通させているという不道徳な犯罪行為について、世界中の善良な心を持つキリスト者は、深く憂慮すべき問題として受け止めなければならない。これは神の意思である」

思いがけず「神」が介入したことで、一同は少しのあいだ沈黙した。

「恐縮だが、〝黒いホテル〟とは何なのか、誰か教えてくれないか？」とマトロックはその場の誰にともなく疑問を投げかけた。「たまたま休みにマデイラに行ったんだが、僕の泊まったホテルにはそれほど〝黒い〟ところはなかったように思う」

いつもよりおとなしいヘクターをかばわなければという思いに駆られ、ルークが〝黒いホテル〟とは何かの説明を買って出た。

「例えば、一等地を手に入れます。たいていは海に面した土地ですね。それを現金で買って、五つ星の豪華なリゾートホテルを建てます。何軒か建てるかもしれません。これも現金です。土地の余裕があれば、観光用のバンガローも五十軒ぐらい建て、最高の家具や食器、リネン類を入れます。こうしてホテルもバンガローもいつも満員になります。ただし、宿泊客は訪れません。旅行会社から電話があれば、いつも〝申し訳ございません、予約でいっぱいです〟と答えるんです。毎月、現金輸送車が地元の銀行に現金を運びます。ホテルの賃料、バンガローの賃貸料、レストランやカジノやナイトクラブやバーの儲けを運ぶのです。二、三年もすれば、このリゾート地は素晴らしい売上を記録したことになり、高く売れるというわけです」

マトロックの柔和な笑みがひどくこわばったものの、それ以上の反応はなかった。

「実のところ、〝黒いホテル〟はリゾート地だけではありません。奇妙なほど人気《ひとけ》のない白亜のバカンス村などでもいいのです――そういったものをご覧になったことがあるのではないですか。たとえばトルコには、その種の村落が海沿いの斜面に点在しています。貸別荘でもいいですし、貸し出せるものなら何でも使えます。レンタカーでもいいわけです、書類のねつ造さえできれば」

「ルーク、今日の気分はどうだ」

「はい、いいです。ありがとうございます」

「僕らは君を勲章に推薦しようかと考えているんだ。職務を超えた君の勇気に対してね。この話、聞いているかな？」

「いいえ」

「実はそういう話があるんだ。あくまで秘密の勲章で、公のものではない。英霊記念日曜日（第一次、第二次大戦の戦死者を記念する日。現在は十一月十一日にいちばん近い日曜日）に胸に付けられるようなものでもない。まだ確定したわけではないし、前例を示されてダメになるかもしれないがな」

「もちろんです」とルークは答えたが、何のことだかさっぱりわからなかった。勲章はエロイーズのふさぎ込みを治すには効果的かもしれないと考えたり、マトロックの策略の一つに違いないと考えたりした。にもかかわらず、彼は返事としてふさわしいと思えることを言おうとした。それは驚きました、光栄です、大変うれしいです。ところが、すでにマトロックの関心はルークにはなかった。

「ここまで僕が聞いたところではだな、ヘクター、まあ、無駄話は省くとして、愚見では、これはまさに国際的な不正行為だ。確かに、諜報部は国際的な不正とマネーローンダリングに関して、法的には関心を寄せなければならない。あの厳しい時代に、われわれはそうした問題を担当しようと格闘し、今それを抱え込むことになった。僕が言っているのは、ベルリンの壁崩壊以後の、仕事がなかった時代のことだ。オサマ・ビン・ラディンが九・一一テロ事件という恩恵を施してくれるまでの休眠期、僕らは北アイルランド問題の仕事をかなり取ろうとしたし、マネーローンダリング市場についても少々関わろうとした。まあ、諜報部の存在を正当化できる仕事であれば、何でも取ろうとしたな。だが、ヘクター、それは当時の話であって、今は違う。われわれが今ここで生きている時代においては、好きであろうとなかろうと、君の組織も僕の組織も、その時間と資金をもっと別のことに使わなければいけない。シティの複雑な財政機構の歯車に引っかかったズボンの裾みたいな問題より、もっと重要なことがあるんだ」

マトロックは話を中断し、何らかの反応を期待しているようだった。拍手喝采でないとすれば何を期待しているのか、ルークにはわからなかった。ヘクターは、その石のような表情から判断すると、拍手喝采からはほど遠い気分でいるようだ。そこで、マトロックはふうと息を吸い込み、ふたたび話し出した。

「さらに、今この国には、完全に組織化され、予算もあり余るほど持っている巨大な姉妹機関がある。それが悪質な組織犯罪対策に注力しているわけだが、君はこうした犯罪について僕に報告しているわけだ。国際警察《インターポール》の存在は言うに及ばないが、互いに対立し合うアメリカの各機関も、同じ仕事をしようとして、互いの足を引っ張り合っている。巨大国家アメリカの繁栄に損害を与えないように注意はしているがな。僕が言いたいのは、ヘクター……待て、僕に最後まで話をさせろ。僕が言いたいのは、自分がなぜ、こんなに慌ただしく呼び出されたのかが見えてこないということだ。君のつかんだ情報が急を要するものだというのはわかる。しかし、誰にとって急を要するのかがよくわからない。おそらくこの情報はガセではないだろう。しかし、これは僕らの仕事か、ヘクター？　僕らがすべき仕事か？」

これは明らかに反語的な疑問文だった。マトロックは返事を待たずに続けた。

「あるいはだ、ヘクター、君は自ら責任を取るつもりで、姉妹機関の非常にデリケートな領域に首を突っ込もうとしているのか？　僕と事務局とは、この姉妹機関とのあいだで数カ月間議論を重ね、やっとのことで互いの担当区分の線引きができたんだぞ。そうであるなら、僕の忠告は一つだ。今僕に聞かせた情報をすべてまとめろ。ほかにもこの件で所持しているものがあれば、それも一緒にして、すべてただちに姉妹機関に引き渡せ。先方の神聖な領域を侵したことを平に詫びる手紙も添えなければならない。それをすべてやり終えたあと、君はここにいるルークとともに、さらには君がどこかに隠しているやつらとともに、二週間の病気休暇を取るといい」ヘクターの伝説的な豪胆さもついに燃え尽きたのか？　ルークは心配せずにいられなかった。ゲイルとペリーに仕事をさせようとしたことが心の重荷になって、疲れ果ててしまったのか？　あるいは、己の使命の崇高な目的に駆り立てられるあまり、駆け引きができなくなってしまったのか？

　ぼんやりと指を一本立てると、ヘクターは首を振って溜め息を漏らし、それからテープを早送りした。

✦

　ディマは落ち着いている。ビリー・ボーイが気に入ろうが気に入るまいが、ディマは台本を読んでいる。力強く、厳《おごそ》かに、最高に儀式ばったロシア語で台本を朗唱する。

「たとえば、二〇〇〇年にソチで結ばれた極秘の協定の詳細がある。七つのヴォーリー兄弟会のあいだの協定で、セブン・ブラザーズが署名し、〝協約《ジ・アンダスタンディング》〟と呼ばれている。この協定を裏でまとめたのはあの強奪王プリンスで、クレムリンも距離を置きながら黙認した。その七名の署名者たちは、次のことに同意している。

一、共同使用できる安全なマネールートを作り上げる。このルートは、彼らがディマと呼ぶ者により計画・作成され、ディマは今後、七つのヴォーリー兄弟会のトップのマネーローンダラーとなる。

二、共同の銀行口座は、ヴォーリーの名誉ある掟のもとで管理される。この掟に背くようなことがあれば、その者は死をもって処罰され、その責任のあるヴォーリー兄弟会も永久追放の処分を受けることになる。

三、企業としての信頼度・社会的地位は、次の六つの金融都市で築き上げられる。すなわち、トロント、パリ、ローマ、ベルン、ニコシア、そしてロンドンで。ローンダリングされたすべての金《かね》が最後に行き着くのがロンドンだ。この企業の中心地もロンドン、銀行業を長く続けられる見込みがあるのもロンドン、最も安全な保管場所もロンドン。これも全員の賛同を得ている。

四、黒い金の出所をぼかし、それを租税回避地《タックスヘイヴン》に行き着くように管理することも、彼らがディマと呼ぶ者の主要かつ唯一の責務である。

五、すべての金のおもな流れに関しては、このディマが最初に署名する権利を持つ。〝協約《ジ・アンダスタンディング》〟に署名する各署名者は、各自一名の〝清潔な使節〟を指名する。ただしこの代理人は、ディマの署名に副署する権利のみを有する。

六、本質的な変更を上記のシステムに加えるにあたっては、七人の〝清潔な使節たち〟が、ヴォーリーの掟の下、一堂に会さなければならない。

七、すべてのマネーローンダリングのルート構築に関して、ディマと呼ばれる者が最優先の権利を有することは、二〇〇〇年にソチで結ばれた〝協約《ジ・アンダスタンディング》〟が保証するものである」

「御意《アーメン》のとおり、と言うべきところかな」とヘクターはつぶやくと、ふたたびテープレコーダーのスイッチを止めて、マトロックに視線を移し、その反応を待つ。ルークも同じようにするが、あろうことか、マトロックの柔和な笑みを目にすることになる。

「いいか、ヘクター、僕だって同じものをでっち上げられると思うよ」とマトロックは言うと、賞賛しているかのような首の振り方をする。「素晴らしいの一言だ。話は流暢で、想像力に富んでいて、まさにトップクラスと言える。この地球規模の輝かしい声明に、疑問を差し挟める者がいるだろうか？　彼にはまずアカデミー賞をあげたい。ところで〝清潔な使節〟とは一体何のことかな？」

「前科がないといった意味での〝清潔な《クリーン》〟ということだ。刑事上も倫理的にも、罪を犯したことがない。会計士、弁護士、覆面警官、諜報部員など、旅ができて、自分の名前を書けて、兄弟会に忠誠を誓える者であれば、どの義兄弟でもいい。そして、仲間の金に手をつけたら金玉を切り落とされると心得ている人物だ」

感情をあらわにしがちなヘクターのいつもの姿は影をひそめ、ルークから見ると、彼はどこかの家の悩み疲れたお抱え弁護士のようである。ヘクターはぼろぼろになったカードを確認する。そこに今回の密談にあたっての話の手順を書き込んでいたのだ。そしてふたたびテープを早送りする。

◆

「地図」とディマがロシア語で大声をあげる。

「くそ！　行き過ぎた」とヘクターはつぶやき、テープを少し戻す。

「さらに、信頼できるイギリスの保証が得られれば、極秘かつ最重要の〝地図〟が与えられる」

ディマはふたたび以前のように、ロシア語のメモを早口で読み上げる。

「この地図のなかに、今ここで話しているディマと呼ばれる者が管理する、すべての黒い金の国際ルートが記されることになる」

マトロックの指示で、ヘクターはふたたびテープを止める。

「ここでやつが言っているのは地図じゃないだろう。〝関連図《リンクチャート》〟だ」とマトロックは注文を付ける。ディマの不適切な言葉遣いを正そうとする言い方だ。「そしてこの種の〝関連図〟については、言いたいことがある。ちょっと聞いてくれ。これまでに〝関連図〟を何枚か見たことがある。僕の経験では、それはさまざまな色をつけた有刺鉄線の束みたいなもので、それをたどっていっても理解可能な方向には行けそうもなかった。はっきり言って、僕の判断では、使えない」とマトロックは満足そうに言う。「そしてこうした関連図を、僕は二〇〇〇年に黒海で開かれた伝説的な犯罪会議に関する声明と同じ部類に分類する」

イヴォンヌの関連図を見てみるべきだな、あれはすごいぞ。ルークはマトロックに、ある種不謹慎な笑いを込めて、そう言いたくなる。

マトロックは調子が出てきたようで、話をやめる様子はない。彼は首を振って、残念そうな笑みを浮かべる。

「いいか、ヘクター。ここ数年のうちに諜報部がつかまされた、怪しい情報源からの売り込み情報がどれだけあると思う？　その一つにつき僕が五ポンドずつもらったとしたら――ありがたいことに、僕がトップに立つ前のものもあるが――僕は大金持ちになれる。だから関連図であろうと、ビルダーバーグの会議での謀《はかりごと》であろうと、世界的な陰謀であろうと、錆びついた水素爆弾でいっぱいのシベリアの苔むした格納庫であろうと、僕にはみんな同じだ。大金持ちになれると言っても、そのロシアの嘘つきからすれば、あるいは君の水準からしても、大したことはないだろうが、僕のような人間には、何不自由なく暮らしていける金額だよ」

どうしてヘクターはビリー・ボーイに身のほどを思い知らせてやらないのか？　しかし、ヘクターは報復の気持ちがないようだ。もっと悪いのは——ルークは絶望せずにいられないが——ヘクターはディマが打ち出す歴史的提案の最後の部分も再生しようとしない。彼は「試してみたけどダメだった」とでも言うかのように、テープレコーダーのスイッチを切る。そして、悔しそうな笑みを浮かべ、「ビリー、では、少し絵でも見てもらったほうがいいかもしれない」と悲しげに言うと、プラズマスクリーンのリモコンを取り上げ、室内の明かりを消す。

◆

薄闇のなか、素人のビデオカメラの手振れした映像が映し出される。カメラは中世の城砦の銃眼付き胸壁を捉え、続いて下に降りて行き、古い港の防波堤を映し出す。港には高級そうに見えるヨットが何隻も浮かんでいる。夕暮れ時で、カメラの質も悪く、闇が深まるとともに映像も暗くなるばかりだ。三〇メートル近くある、ブルーとゴールドでデザインされた豪華なクルーザーが、岸壁から離れたところに停泊している。全体が着色豆電球で飾られ、舷窓にも明かりが点いている。ダンス音楽が海を越えて聞こえてくる。誰かの誕生日パーティか結婚式が開かれているのか？　船尾にはスイス、イギリス、ロシアの国旗が掛けられ、檣頭《マストヘッド》には黄金の狼が真紅の背景に浮かび上がる図が掲げられている。

カメラが船首のあたりに近づいていく。船の名前が金色のローマ字とキリル文字で装飾的に記されている。「プリンセス・タチアナ」だ。

ヘクターが淡々と、感情を交えずに説明する。

「ファースト・アリーナ・クレジット・バンク・オブ・トロントという新しい会社の船だ。この会社はキプロスで企業登記され、リヒテンシュタインのある財団が所有している。その財団の所有者は、なぜかキプロスに登記された会社だ」とヘクターは平然と伝える。「いわゆる〝循環的相互保有〟というやつだ。まず、船をある会社に差し出して、そのあとそいつをそこから戻してもらう。つい最近まで、あの船はプリンセス・アナスタシアと呼ばれていた。プリンスの前の女の名前だ。彼の新しい女の名前がタチアナで、そこから結論を導き出せるはずだ。現在、プリンスは健康上の理由でロシアを離れることができず、プリンセス・タチアナ号はある国際的な共同事業体に貸し出されている。その団体の名前がまたおかしいのだが、ファースト・アリーナ・クレジット・インターナショナルと言う。これも完全に違う組織だが、どこに登記されているかといえば、驚くなかれ、キプロスだ」

「彼はどこが悪いんだ？」とマトロックは喧嘩腰に尋ねる。

「誰のことだ？」

「プリンスだ。僕はバカなふりをしているわけじゃない。なぜ彼はロシアから出ることができないんだ？」

「数年前、彼はアメリカ人にマネーローンダリングの疑いで訴えられたが、この根拠のない訴えが取り下げられるのを待っているんだ。うまいことに、プリンスは長く待つ必要はない。アメリカの政府関係者が裏で動いて、プリンスは申し開きの必要なしということになるはずだ。大物のアメリカ人たちが非合法のオフショア口座をどこに持っているか知っていれば、困ったときは助けてもらえる」

カメラが今度は船尾を映し出す。ストライプのシャツを着て、水兵帽をかぶったロシア人と思われる乗組員が確認される。ヘリコプターが着地しようとしている。カメラが船尾に戻り、そこから水面近くに下がっていくが、映像はさらに暗くなる。乗客の乗った大型モーターボートが近づいてくる。船の乗組員が忙しそうに動きまわり、美しく着飾った乗客たちがクルーザーに掛けられた昇降梯子を慎重にのぼっていく。

船尾に戻る。ヘリコプターが着地しているが、プロペラはまだゆっくり回転している。美しい女性がスカートを膨らませ、帽子を押さえながら、赤いカーペットが敷かれた昇降段を降りてくる。そのあとに、もう一人の別の美しい女性が続く。そのあと、ブレザーと白いズック製ズボンの洒落た男たちが六人降りて来る。抱き合う姿がぼんやりと映し出される。挨拶を交わし合う声が、ダンス音楽にかぶってかすかに聞こえる。

もう一台別のモーターボートが横づけになり、美しい若い女性たちが現われる。ぴったりとしたジーンズをはいている女性もいれば、ひらひらしたスカートをはいている女性もいる。多くは裸足で、肩を剝き出しにしている。彼女たちは梯子をのぼる。コサック服のトランペット奏者が二人、ぼんやりと映し出される。美しい女性たちが乗船するとき、歓迎の音楽を演奏している。

カメラは移動しながら、主甲板に立つ乗客を不器用に映し出す。ここまでで乗客は十八名。ルークとイヴォンヌがすでに数を数えている。

映像が動かなくなり、ぎこちなく大写しになる映像が続く。事前にオリーが拡大しておいたのだ。そこにキャプションが現われ、「クロアチア南部ドゥブロヴニク近くのアドリア海沿いの小さな港で。二〇〇八年六月二十一日」と読める。説明や字幕が出てくるのはこれが初めてだが、このあと数多く出てくることになる。イヴォンヌとルークとオリーが、ヘクターの口頭でする予定の解説にあわせて、すでに差し込んでおいたのだ。

地下室では重い沈黙が続く。誰もが、ヘクターまでもが、一斉に息を呑んだかのようだ。おそらく本当にみなが息を呑んだのだろう。マトロックまでも、自分の席で前のめりになって、目の前のプラズマスクリーンをじっと見つめている。

◆

手入れの行き届いた高価な仕立て服を着ている実務家らしき人物が二人、言葉を交わしている。そのうしろに、白い髪をヘアスプレーでふっくらと膨らませ、首と肩の露出したドレスを身につけた中年女性がいる。彼女は背中をこちらに向けているが、四重のダイヤの首飾りと、それに合ったペンダントイヤリングをしているのがわかる。一体どれくらいの値段の品なのか、見当もつかない。スクリーンの左に、刺繍が施された袖口と白い手袋が見える。

それはコサックの民族服を着たウェイターのものだ。彼はその手で銀のトレイを持ち、その上にシャンパンのグラスがいくつか載っている。

二人の実務家と思しき男たちが大写しになる。一人は白いディナージャケットを着た黒髪の男で、頑丈そうな顎をしていて、ラテン系のように見える。もう一人は真鍮のボタンが付いた、いかにもイギリス的な紺のダブルのブレザーを着ている。イギリスの上流階級が好んで「ボーティング・ジャケット」と呼ぶ類のものだ——ルークも上流階級の出身なので、こうしたことは心得ている。その話し相手と比べると、この男は若く見える。彼もハンサムで、十八世紀の肖像画に描かれた典型的な若者といった感じの色男だ。ルークが学んだ学校には、卒業生が残したそうした肖像画が飾られていた。額が広く、髪の生え際は後退しているが、バイロンのような高慢な視線で女性を惹きつける。魅力的な唇を突き出し、相手がどんなに背が高くても見下ろすような雰囲気を醸し出している。

ヘクターはまだ口を開かない。ヘクター率いる委員会が決めたのは、誰でも一瞥しただけで理解できるようなことは、すべて字幕に語らせるということだ。すなわち、真鍮ボタンの付いたダブルのボーティング・ジャケットの男は、イギリスの野党の中心的人物。影の内閣の大臣で、次の選挙ではかなり重要なポストに就くと予想されている。

ルークがほっとしたことに、ついにヘクターがこの気まずい沈黙に終止符を打つ。

「この男の任務は、党発行の声明文によれば、〝イギリス貿易を国際金融市場の先端に引き上げること〟だそうだ。これがどういう意味なのか、誰か説明してくれるとありがたいが」

とヘクターは手厳しく言う。この男ならではの生気が少し戻っているようだ。「それからもちろん、拡張の一途をたどる銀行業務に歯止めをかけること。しかし、彼らはみなそれをやると言っているね？　いつの日か……」

マトロックは、やっと口がきけるようになった。

「ヘクター、友好を結ばなければ〝ビジネス〟はできない」と彼は反論する。「世の中というのは、きれい事だけで成り立つものではない。君たちも世間で手を汚してきているのだから、それは当然知っているはずだ。人の船に乗っているというだけで、その者が怪しいとは言えないぞ！」

しかし、ヘクターの口調も、マトロックのわざとらしい怒りも、この場の緊張を和らげることはできない。また、続いて表示されたイヴォンヌの字幕も、何の慰めにもならない。それによれば、例の白いディナージャケットの男は、もともと評判の芳しくないフランスの侯爵で、ロシアと強いコネを持つ企業乗っ取り屋であるというのだ。

◆

「ところで、この物《ブツ》は一体どこで手に入れたんだ？」とマトロックが黙り込んでしばらく思案したのち、唐突に尋ねた。

「物《ブツ》とは？」

「映像フィルムのことだ。素人が撮ったビデオ。なんでもいいが、これを一体どこで手に入れたんだ」

「石の下で見つけたんだ、ビリー。ほかにありえないだろう？」

「誰が見つけたんだ？」

「友人の一人だ。あるいは二人かも」

「どの石だ？」

「スコットランド・ヤードだ」

「何を言ってるんだ？　ロンドン警視庁でか？　まさか警察の証拠品に手を出したわけではないだろうな？　君、そんなことをしたのか？」

「やれるもんならやりたいよ、ビリー。でも、それができるとは思えない。僕の話を聞きたいか？」

「それが真実ならばな」

「ロンドン郊外に住むあるカップルが、ハネムーンのために貯金して、アドリア海沿いのリゾート地のパック旅行に出かけた。崖の上を歩いていると、湾に豪華なヨットが碇泊していて、そこで盛大なパーティが開かれているのに気づき、ビデオに撮影した。そしてその録画を自宅で……サービトン（ロンドン西南西にあるキングストンアポンテムズの一地区）の自宅で確認し、仰天した。イギリスの政財界の著名人が映っているではないか。旅行代の元を取ろうと考え、カップルはそのお宝映像を大急ぎでスカイ・テレヴィジョン・ニュースに送りつけた。すると、朝の四時、二人の寝ているところに、完全武装した制服の警察官たちが踏み込んできた。そして、所持しているすべての撮影フィルムをただちに差し出さなければ、テロリズム法違反で訴えると脅された。このカップルは賢かったので、言われたとおりにした。ビリー、これが真実だよ」

✦

ルークは、自分がヘクターの能力を過小評価していたことに気づき始める。ヘクターはミスをよく犯すように見えるかもしれないし、さえないカードしか持っていないかもしれない。しかし、彼が頭のなかで組み立てた計画には、さえないところはまったくない。ヘクターにはマトロックに紹介すべき紳士があと二人いる。そして、この二人を同時に映し出そうとして映像枠が広がると、二人がずっと会話していたことが明らかになる。一人は背が高く、上品そうな五十代半ばぐらいの男で、どこかの大使のようにも見える。この人物は、わがイギリスの次期大臣候補よりも頭一つ背が高い。口を開き、何やら冗談を言っているように見える。イヴォンヌが付けた字幕によると、彼はイギリス海軍のジャイルズ・デ・サリス元大佐だ。

今回は、ヘクターがこの人物について説明する役を担った。

「イギリス議会の院外運動者《ロビイスト》の急先鋒にして、大物実力者だ。その顧客には、世界中の大物が含まれている」

「君の友だちか、ヘクター?」とマトロックは尋ねる。

「わが国の賄賂の利かない権力者との密談のために一万ポンドを喜んで渡そうとする人物

となら、やつは誰とでも友だちになる」とヘクターが言い返した。

ヘクターが四番目に、そして最後に紹介するのは、映像が引き伸ばされてぼやけていても、上流社会の活力を象徴するような人物だ。白いディナージャケットの襟は黒の細かいパイピングで縁取りされ、ふさふさした銀髪は大仰にうしろに撫でつけられている。この人物は名指揮者か、それとも名だたる給仕長か？ 指輪をはめた人差し指を持ち上げて、おどけながら注意を促すそのさまは、まるでダンサーのようだ。もう片方の手は優雅に、そっとやさしく例の次期大臣の二の腕に置いている。そのひだのついたシャツの胸元には、マルタ十字架がきらりと光っている。

何だって？ マルタ十字架？ では、あの男はマルタ騎士団の一員か？ それともあれは武勇に対して贈られる勲章か、外国の勲章か？ あるいは自分へのプレゼントとして買ったものか？ 明け方近い時間に、ルークとイヴォンヌはこれについて長いこと考えた。そして、いや、それは違う、という結論に至った。やつはあれを盗んだのだ。

「セニョール・エミリオ・デル・オロ。イタリア系スイス人。ルガノ（スイス南部の国際金融・観光都市）在住」という字幕が表示される。「無害な表現《カーボンニュートラル》」を使えというヘクターの厳しい指示のもと、ルークが書いたものだ。「国際的名士、乗馬家、クレムリンの有力なフィクサー」

ふたたび、ヘクターが最高の台詞を独り占めにする。

「この男の本名は、われわれが調べた限り、スタニスラフ・アウロスだ。ポーランド系アルメニア人で、トルコ人の血も引いている。独学でキャリアを築き上げた、実に賢い人物だ。

現在はプリンスの片腕で、いろいろと面倒を見ている。雑用係で、助言者で、顧問といった感じだ」ヘクターの声は途切れることなく、調子が変わることもない。「ビリー、ここからは君が話したほうがいいんじゃないか？　この男については、僕よりよくご存じだろうから」

ついにマトロックも出し抜かれることになるのか？　いや、そんなことはなさそうだ。彼はほとんど考えることもせずに反撃する。

「君の言っていることはよくわからないな、ヘクター。すまないが説明してくれないか？」

ヘクターは説明しようとする。驚くほど活気を取り戻している。

「ビリー、われわれのそんなに遠くない子供時代の話だ。大人になる前のこと。ある真夏の日、僕の記憶では、僕はプラハ支局長、君はロンドン本部長だった。君は僕に、小額紙幣で揃えた五万米ドルを、真夜中、停まっているスタニスラフの白いメルセデスのトランクに入れるよう命じた。質問は一切許されず。ただ、彼は当時スタニスラフではなく、ムッシュ・ファヴィアン・ラザールだった。あの男はきれいな顔をこちらに向けて、ありがとうと言うこともなかった。彼が何の見返りにその金を手に入れたのか、僕は知らない。でも、君は疑いなく知っているはずだ。あの当時、彼はのし上がろうとしているところだった。おもにイラクから盗んだ工芸品を扱ったり、ジュネーブの裕福な女性たちをたらしこんで、その夫たちの金を貢がせたりしていた。そして、睦言《ピロートーク》から聞き出した外交上の機密事項を、いちばん金を出してくれる相手に売りつけていた。だから、われわれもそれを買おうとした。

違うかな？」

「そのスタニスラフだかファヴィアンだかとは、僕は何の取引もしていない。あるいは、そのデル・オロ氏と自称する者ともな。そいつは僕の下働き《ジョー》じゃない。君があの金を払ったとき、僕は代理を務めていただけだ」

「誰の代理だ？」

「前任者のだ。ヘクター、僕に尋問するのはやめてくれないか？　お門違いも甚だしい。僕の当時の前任者はオーブリー・ロングリッグだよ、ヘクター、君もよく知っているように。そして、僕がこの仕事に就いている限り、彼は僕の前任者であり続ける。オーブリー・ロングリッグのことを忘れたとは言わさないぞ。忘れたのなら、アルツハイマー博士が君のもとに訪れたと考えざるをえない。組織のなかでもいちばん抜け目のない男だった――オーブリーのことだが――早めに退職したが、それまでずっとそうだったな。多少やりすぎはあったかもしれないが、それは君も同じだ」

ルークは思い出した。マトロックは防御のときもひたすら攻撃する男なのだ。

「いいか、ヘクター、これは嘘じゃない」とマトロックはたたみ掛け、それによって防御を固めていった。「僕の前任者のオーブリー・ロングリッグが、もっと高い地位を求めて諜報部を去るとき、五万米ドルを下働き《ジョー》に支払わなければならなかったとする。ある種個人的な関係に最終的に折り合いをつけるために、その仕事を僕にやらせようとしたとしたら、僕はそれに逆らえるか？　〝オーブリー、ちょっと待ってください。特別許可をとって、あなたの話を調査します〟なんて言えるか？　どうだ？　あのオーブリー相手にできるはずがない。オーブリーと当時の長官があのように親密で、裏で結託していたわけだから、そんなことをすれば僕の首が飛ぶさ。そうだろ？」

ヘクターの声にいつもの冷徹さが戻っていた。

「まあ、今のオーブリーを見てみよう。政務次官で、党の最も恵まれない選挙区の代議士で、女性の権利の強力な擁護者で、武器調達に関して防衛庁の重要な相談役を務めている。さらに……」と小さく指を鳴らして、あたかも本当に忘れたふりをして言う。「ほかに何だっけ、ルーク？　ほかにもあったはずだが」

待ってましたとばかり、ルークが声を震わせて答える。

「新たに設置された金融倫理分科委員会の議長に指名されたところです」

「そして、われわれ諜報部と完全に縁が切れているわけではないな？」とヘクターは尋ねた。

「そうだと思います」とルークはうなずいた。しかし、一体なぜヘクターがここで自分の意見を求めてきたのか、その真意はわからなかった。

◆

たぶんわたしたちスパイは、たとえ引退した者であっても、自分の写真を撮られることに自然に警戒してしまうのだ。ルークはそんなことを考えていた。ひょっとするとわたしたちは、わたしたちの外と内を隔てている巨大な壁が、カメラのレンズによって穴をあけられてしまうとひそかに恐れているのかもしれない。

　確かに、オーブリー・ロングリッグ下院議員はそんな印象を与えた。撮影されていることに気づいておらず、しかも海を隔てた五〇メートル先から安っぽい手持ちのビデオカメラで撮影されているにすぎないのに、彼はプリンセス・タチアナ号の豆電球の灯ったデッキの上に少しでも陰があれば、そこにとどまろうとするのだ。

　これは言っておくべきだが、この男は生まれついて写真写りのよい男ではなかった。ルークもそれを認め、この人物と関わらずに済んできた自らの幸運にふたたび感謝した。オーブリー・ロングリッグは頭が禿げていて、みすぼらしく、鉤鼻だった。自分よりも劣る頭脳の者に対して寛容でないことで知られる男には、ぴったりの容貌だ。アドリア海に降り注ぐ陽の光を浴びて、その魅力のない顔は燃えるようなピンク色に染まり、縁なし眼鏡をしていても、五十代の銀行員という印象はあまり変わらなかった。ただし、ルークのように、ロングリッグの逸話を知っていれば、その印象はまったく違うものとなる。この男は飽くなき野望に突き動かされ、その容赦のない知性によって、諜報部の五階を変えてしまった。五階は、革新的な考えがせめぎ合い、実力者たちが戦いを繰り広げる、熱い活動の場となったのだ。また、なかなか信じがたいことではあるが、彼はある種の女性たちを惹きつけたという逸話も残っていた。おそらく知的に見下されることに快感を覚えるタイプの女たちだろう。その最新の例がここでこの男のかたわらに控えていた。「ジャニス(ジェイ)・ロングリッグ夫人。

社交界のホステス、慈善団体のための資金調達者」。このあとにイヴォンヌが用意したリストが続き、ロングリッグ夫人に感謝してしかるべき数多くの慈善団体の名称が記されていた。

ロングリッグ夫人は、肩をあらわにしたエレガントなイヴニング・ドレスを着ている。よく手入れの行き届いたその漆黒の髪は、きらびやかな髪留めで束ねられている。優雅な微笑を浮かべ、威厳を保ちつつ、前屈みに多少ふらつきながら歩く。それは、イギリス女性のなかでもある特定の出自や階級の者たちが示すものだ。そして、ルークの厳しい目には、彼女はどうしようもないまぬけに見える。パーティドレスを着た思春期前の娘が二人、ロングリッグ夫人にまとわりついている。

「オーブリーの新しい女だな?」と労働党支持を公言するマトロックが、突然大きな声で言った。彼のものとは思えないほど活力に満ちた声だった。ヘクターがリモコンでスクリーンを消すと、頭上の部屋の明かりが点いた。「汚い仕事をせずに政治家への道をてっとり早く進もうと決心したとき、オーブリーが結婚した女だ。大した労働党員だよ、オーブリー・ロングリッグは!　昔も今も!」

✦

なぜマトロックはふたたび陽気になったのか――しかもこのときは本心からの笑いだったのか?　ルークがマトロックに最も期待できないものは何かと言えば、大笑いする姿だった。この男がいちばん気分がいいときでさえ、それはめったに見られるものではなかった。しかし、このときツイードのジャケットを着た大きな上体が、静かな笑いとともに上下していた。それは、彼がロングリッグと何年も対立していたためだろうか？　片方の男に気に入られるということは、もう片方から嫌われることを意味していたからだろうか？　ロングリッグは課報部長官の頭脳《ブレイン》として知られるようになり、一方マトロックは――意地の悪い人たちから――長官の筋肉《ブローン》として知られるようになったからか？　ロングリッグが課報部をついに離れる際、組織の才人たちはこの二人の争いを、十年に及ぶ闘牛に喩えたからか？　いわば牛《ブル》が闘牛士を短刀で突き刺した戦いに？

「そう、つねに上をめざしていたよ、オーブリーは」とマトロックは話したが、それは死者を思い出すような口調だった。「資金調達でもかなりの腕を発揮していたと思う。君ほどではないけどな、ヘクター。それは本当だが、君の域に迫っていたよ。オーブリーが実権を握っていたときは、運営資金は一度も問題になったことがない。しかし、そもそもどうしてあの男はあの船に乗ったんだ？」。数分前に、人の船に乗ったからといって責められるべきではないと主張した男が、今はそう尋ねた。「それに、課報部を離れたあと、それまで付き合いのあった情報源に接触することに関しては、就業規則に厳格な定めがある。特に、その情報源があのような怪しい人物である場合はな……今は何て名乗っているんだったか……」

「エミリオ・デル・オロ」とヘクターが助け舟を出した。「覚えておくべき名前だよ、ビリー」

「オーブリーならそんなことはしないはずだ、と考えたくなる。われわれが情報を提供してきたにもかかわらず、それでもエミリオ・デル・オロと付き合うなんて。オーブリーのような悪知恵のまわる者は、友人を選ぶときに細心の注意を払うはずだ。一体どうやってあの男はあの船に乗ったんだ？　おそらく理由があったはずだ。オーブリーに関しては早計に判断は下せない」

「思いがけない幸運があったんだ」とヘクターが説明した。「オーブリーと彼のいちばん新しい女房とその娘たちが、アドリア海に面した丘の上でキャンプを楽しんでいた。そのときオーブリーと親しいロンドンの銀行員が電話してきて――その銀行員の名前はわからないが――タチアナ号が近くに停泊していると教えてくれたんだ。そこでパーティも開かれているから急いで来いよ、楽しもうぜってね」

「テントを張ってキャンプしていた？　あのオーブリーが？　嘘も休み休み言え」

「キャンプ場で自然に近い生活をしていたんだ。新労働党員オーブリーとしては、一般大衆と同じような生活をしようってわけだ」

「ルーク、君も休日にキャンプに行くようなことはあるか？」

「はい。でも、エロイーズはイギリスのキャンプ地を嫌っています。フランス人なので」とルークは答えたが、自分でも何だかまぬけな言い方に聞こえた。

「で、休みにキャンプに行くとしてだ、ルーク。もちろん、イギリス以外のキャンプ地に出かけるとして、必ずディナージャケットを持っていくか？」

「いいえ」

「では、エロイーズはどうだ？　彼女はダイヤを身につけていくか？」

「妻はダイヤは持っていません」

マトロックは考え込んだ。「ヘクター、君はオーブリーに何度も出くわしたようだな。君がシティで派手に儲けていた頃、われわれはちゃんと仕事をやっていた。そんなとき、君はオーブリーとときどき一杯やってたんじゃないか？　シティの連中がよくやるようにな」

ヘクターは、問題にならない、とばかりに肩をすくめた。「ときどきばったり出くわしたが、正直言って、腹を割って話す時間はなかったよ。退屈な男だし」

ルークは、昔ほどとぼけることが得意ではなくなっていて、このときは椅子の肘掛をぎゅっと握りたくなるのをなんとか抑えなければならなかった。

◆

オーブリーと出くわした？　実のところ、二人は膠着状態に陥るまで戦い、それからまた戦い続けた。ハゲタカ資本家、資産剝奪者、乗っ取り屋やあこぎな銀行家といった連中のなかでも、ヘクターによれば、オーブリー・ロングリッグほど裏表があり、邪悪で、堕落していて、不誠実で、そしてあらゆる有力者とつながっている者はいなかった。

裏で手をまわし、ヘクターの家族経営の穀物会社を襲わせたのも、オーブリー・ロングリッグだった。ロングリッグが、いかがわしいが巧妙に組織した闇の仲介人《カットアウト》のネットワークを通じて、英国歳入関税庁をまんまと言いくるめ、ヘクターの会社の倉庫に未明のがさ入れをさせたのだ。役人によって穀物の入った袋が何百も切り裂かれ、ドアは打ち壊され、夜間勤務者が恐怖におびえた。

健康安全局、内国歳入庁、消防署、移民業務監督委員会を一気に動かしたのも、ロングリッグと政府関係者をつなぐ闇のネットワークだった。ヘクターの家族経営会社の社員たちを尋問し、脅した。社員たちの机のなかを隅から隅まで調べ上げ、会社の帳簿を取り上げて、所得申告に難癖をつけた。

しかし、このオーブリー・ロングリッグを、ヘクターの目は、単なる敵として捉えるだけではすませられなかった。彼をそれだけのものとして捉えてしまうのは安易すぎる。ロングリッグはこの種の人間の典型的存在だ。シティだけでなく、政府の重要組織までをも食い物にする潰瘍のような、時代を超えた存在なのだ。

ヘクターは個人的にロングリッグと戦っているわけではなかった。マトロックとの会話のなかでロングリッグのことを退屈な男と言ったのは、おそらく本音だ。ヘクターの持論を支えていたのは、自分が追及する者は男であれ女であれ、そもそも退屈であるということだった。月並みで、平凡で、鈍感で、生気のない者たち。それ以外の凡百の退屈な者たちと、ヘクターが追及する退屈な者たちはどこが違うかと言えば、後者は互いにひそかに支え合い、どこまでも強欲であるということだった。

◆

ヘクターの説明がおざなりになった。そして観客に一枚のカードをじっくりと見られたくない手品師のように、国際犯罪者リストの束を素早くめくっていった。このリストは、イヴォンヌがまとめてくれたものだ。

太めで偉そうな、そしてひどく背の低い男の写真が見えた。男は、バイキング料理を並べたテーブルから自分の皿に料理を取っていた。

「こいつはドイツ人のなかでは、カール・デル・クライネとして知られている」とヘクターはどうでもよさそうに言った。「半分はバイエルンの王家の血筋だそうだが、父方か母方かは失念した。バイエルンの人間で、あの地方の人たちがよく言うように、骨の髄までカトリック教徒だ。ヴァチカンとのつながりも強いようだが、クレムリンとはさらに強くつながっている。ドイツの連邦議会の議員も務めている。さらにはロシアの石油会社グループの非常勤取締役もしていて、エミリオ・デル・オロの大親友だ。昨年、スイスのサンモリッツ（スイス南東部の町。ウインタースポーツの中心地・観光地）でデル・オロと一緒にスキーをして、スペイン人のボーイフレンドも連れていった。このカールはサウジアラビア人から気に入られているんだ。次の美人は……」

いやに性急に、顎鬚をのばした美しい若い男の写真に入れ替わる。キラキラした赤紫のケープをきたこの男は、宝石で飾り立てた二人の婦人と何か話している。

「カール・クライネの最新のペットだ」とヘクターが言う。「加重暴行により、昨年、マドリードの法廷で三年の重労働の判決を受けたが、カールのおかげで釈放された。そして最近、アリーナ・グループの非常勤取締役に任命された。プリンスのヨットを所有している会社だ。ああ、そう、これをぜひ見てほしい」と言って、コンピュータをカチリと操作する。「イヴリン・ポパム博士だ。ロンドンのメイフェアのマウントストリートに住んでいる。友人たちからはバニーと呼ばれている。法律をスイスのフリブール、そしてマンチェスターで学び、スイスで開業する免許を受け、サリー州の新興財閥《オルガルヒ》たちに媚びへつらっている。繁盛しているウェスト・エンド法律事務所の単独経営者でもある。国際人で享楽家、ひどく腕の立つ弁護士、そしてヘアピンなみに根性がねじ曲がったやつだ。こいつのウェブサイトはどこだ。ちょっと待ってくれ、すぐに見つける。大丈夫だ、ルーク、僕に任せてくれ。おお、これだ」

ヘクターが操作に手間取り、ぶつぶつ言っているあいだ、プラズマスクリーンでは(友人たちからはバニーと呼ばれている)ポパム博士が辛抱強く微笑み続けている。ポパムは小太りの陽気な紳士で、頰も丸々とし、頰髭を生やしている。まさしくピーター・ラビットの本から飛び出してきたような人物だ。そして、およそ似合わない白いテニスウェアを着て、片手にテニスラケット、もう片方の手でテニス仲間の美女の手をつかんでいる。

「ドクター・ポパム&ノー・パートナーズ」のウェブサイトのトップページがようやく出てきて、同じ陽気そうな顔が大きく浮かび上がる。英国王室の紋章を真似た、正義の秤をあしらった図像の上で、この男の顔が微笑んでいる。そしてその下に、この男の「社会的使命」なるものが流れる。

われら経験豊かなチームが成し遂げるべき仕事には、以下のものがあります。

- 国際的企業の銀行取引に関して、重大詐欺捜査局の捜査を受けた有力な個人の権利を保護します。
- 海外管区《タックスヘイヴン》での各種事案にあたり、国際的に重要な顧客を代理し、海外および英国の裁判所の審理におけるその黙秘権を保護します。
- 大物実力者に対する、取り締まり機関による執拗な取り調べ、税務調査、および不適切あるいは不法な支払いの摘発に、適切に対処します。

「こいつら、テニスばかりやってやがるんだ」とヘクターが愚痴をこぼすかのように言う。プラズマスクリーン上の悪党たちの映像が、ふたたび順調に流れ出す。

✦

スクリーンは、モンテカルロ、カンヌ、マデイラ、アルガルベなどのスポーツクラブ内をてきぱきと映し出す。かと思うと、ビアリッツとボローニャを映す。イヴォンヌがつけた字幕とともに、社交界の情報誌から拝借した楽しい写真を目で追おうとするが、なかなかむずかしい。ルークのように、何が次に来て、どうしてそうなるかが頭に入っていないと、とてもついていけない。

しかし、ヘクターの気まぐれな操作によって、人の顔や場所がどれだけ速く入れ替わろうと、最新のテニスウェアを着た美男美女がどれだけたくさん通り過ぎようと、五人のテニス・プレーヤーの顔が繰り返し現われる。

●おどけ者のバニー・ポパム。実力ある企業人に対する、取り締まり機関による執拗な取り調べ、および不適切あるいは不法な支払いの摘発に、適切に対処する弁護士。
●野心家だが偏狭なオーブリー・ロングリッグ。元スパイで、現在は下院議員。家族とのキャンプが趣味。現在の妻は貴族出身で、慈善事業に熱心。
●大英帝国の次期国務大臣で、将来、銀行倫理の専門家になる予定の人物。
●独学独力でキャリアを築き上げたエミリオ・デル・オロ。快活で魅力的な社交界の名士にして、数カ国語を自由に使いこなすスイス国籍の男。世界を股にかけるこの資本家は、スキャナーで取り込まれた新聞記事をさっと読み取る限り、「アドレナリンの出るスポーツ」に夢中になっているようだ。すなわち、「ウラル山脈で裸馬にまたがり、カナダでヘリスキーに挑戦し、テニスで真剣勝負をし、そしてモスクワの株式市場でも勝負している」。この人物は、映写機が一時停止してしまったことで、予定より長く紹介されている。
●そして最後に、貴族階級で上品な広報活動の達人、元英国海軍大佐、ジャイルズ・デ・サリス。大物実力者にして、誰に賄賂を贈るべきかを熟知する男。「ウェストミンスターで最も下劣な野郎の一人さ」とヘクターが鼻歌混じりにこの人物を紹介する。

電気がつく。メモリースティックが交換される。ヘクターの内部規約は細かい。一つのテーマにつき、一本のＵＳＢメモリ。そうやって情報《フレイバー》が混じらないようにする。次はモスクワ関連の情報だ。

10

ヘクターは、今回だけは沈黙を守るという誓いを立てていた。すなわち、手順どおり律義に映像を見せていく役割から自らを解放し、椅子にゆったり腰を下ろして、ロシア人のバリトンのニュースキャスターに話をさせている。ルークと同様、ヘクターもロシア語を大いに吸収した者だ——条件付きで、ロシア人の考え方も大いに吸収してきた。そしてルークと同様、目の前に映し出される映像をじっと見つめていると、そのあからさまな大嘘——永遠不滅とも言える、いかにもロシアらしい大嘘——に畏怖の念さえ感じずにいられない。

そしてモスクワのテレビニュースは、ヘクターたちの説明がなくても、十分に理解できる情報を流してくれる。例のバリトンの声は、その恐ろしい事件への嫌悪感をたっぷり伝えているのだ。走行車両からの理不尽な銃撃によって、人生の盛りを迎えていたペルミ出身の勤勉かつ敬虔なロシア人夫婦が惨殺された！　二人はイタリアに住んでおり、今回愛する祖国に遠路はるばる帰ろうとしたわけだが、彼らの心の旅が、このツタのからまる墓地で終わることになるとは、予想だにしなかったであろう。生前、二人が愛していた由緒ある神学校の墓地。タマネギ形のドームのわきに、ヒノキが立ち並んでいる。モスクワ郊外の丘の斜面に建てられており、うしろに豊かな森が広がっている。

五月にしては珍しく陰鬱な昼下がり、全モスクワ市民が、二人の罪のないロシア人の死を悼み、さらには小さな二人の娘を憐れみ、喪に服しています。神の御加護により、幸運にもこの二人の娘は、両親が襲撃を受けた車に同乗していませんでした。この子たちの両親を無残に殺害したのは、われわれの社会に巣食うテロリスト集団です。

粉々になった窓ガラス、弾丸が撃ち込まれたドアが映る。高級車のメルセデスだが、もはや見る影もなく焼け焦げ、白樺の木のあいだに横倒しになっている。罪のないロシア人の血が生々しく大写しにされる。道路のアスファルト上に流れ出たガソリンが血と混じり合う。それに続き、変わり果てた夫婦の顔が映し出される。

この非道な行為は、当然ながら、すべての良識あるモスクワ市民の怒りをあおっている、と例のニュースキャスターが伝える。こういう恐ろしい事件はいつまで続くのか？　一般ロシア人が、銃の恐怖から解放されて街を自由に歩けるようになるのは、一体いつのことか？　恐怖と暴力を広めようとするチェチェンの掠奪者たちによる銃撃を恐れずに街に出られる日がはたしてくるのか？

ミハイル・アルカディエヴィッチは、石油と金属の国際的な貿易商人として活躍していました！　オルガ・リヴォーヴナは、ロシアの貧困家庭のために食料を届ける慈善活動をしていました！　カーチャとイリーナという二人の幼い娘たちの、愛情あふれる父と母でもありました。生まれながらのロシア人で、祖国に帰ることを夢見ていた二人。彼らは二度と祖国を離れることはありません！

ニュースキャスターの憤怒の声が強まるなか、黒いリムジンが何台か列をなして這うように進み、大きなガラス窓の付いた一台の霊柩車を先導する。樹木が生い茂る山腹を上がり、墓地の門へと至る。そこでリムジンの行進が止まり、ドアが勢いよく開いて、高級そうな黒いスーツを着た若い男たちが飛び出してくる。男たちは整列し、棺を運ぶ。その場面が、いかめしい顔をした警視副総監の顔に変わる。副総監は制服の上に勲章をいくつもつけて、象嵌細工の机に向かっている。机のまわりには、メドヴェージェフ大統領とプーチン首相の写真のほか、こうした要人たちからの感謝状がいくつも飾られている。

せめてもの慰めは、チェチェン人の一人がすでに犯行を認めていることです。

副総監がそう言うと、その顔はカメラにしばらく大写しとなる。見ている者たちが彼の激しい怒りを分かち合えるように。

カメラはふたたび墓地に戻り、悲しいグレゴリオ聖歌のメロディが響いている。若い東方正教会の司祭たちが歌う聖歌だ。植木鉢を逆さにしたような帽子をかぶり、絹を思わせる顎鬚を伸ばした司祭たちは、それぞれイコンを掲げながら、墓地の階段を下りて行く。そして、近親者たちがすでに整列している二人の墓のそばに進む。そこで映像が止まり、会葬者一人ひとりの顔が大写しとなって、その下にイヴォンヌが付けた字幕が現われる。

「タマラ。ディマの妻で、オルガの姉。カーチャとイリーナの伯母」タマラは直立不動で、つばの大きな黒い帽子をかぶっている。

「ディマ。タマラの夫」頭が禿げて疲れ切った顔は、無理に笑みを浮かべているものの、非常に青ざめている。愛娘が隣にいるのに、彼の顔はまるで死人のようだ。

「ナターシャ。ディマの娘」長い髪が漆黒の川のように背中を流れている。その細い体に、不恰好な黒い喪服をまとっている。

「イリーナとカーチャ。オルガとミーシャの娘たち」女の子たちは無表情で、ナターシャと手をつないでいる。

ニュースの解説者が、弔問に訪れた著名人の名前を挙げていく。そのなかには、イエメン、リビア、パナマ、ドバイ、キプロスからの代表もいる。イギリスからは誰も出席していない。

映像が草深い小山で止まる。ヒノキがうっそうと生い茂る丘の中腹。そこに六人、いや、七人の、小洒落《こじゃれ》た背広を着た二十代、もしくは三十代前半の若い男たちが集まっている。鬚を剃り上げた彼らの顔——なかにはすでに中年太りになりかけている者もいる——は、眼前のスロープの二〇メートル下にある墓穴に一様に向けられている。その前にディマが一人で立っており、上体をうしろに傾けている。ディマが好む軍人らしい姿勢だ。ディマは墓穴のなかを覗くのではなく、小山にいる七人の上品な身なりの男たちを見つめている。

映像は止まっているのだろうか、動いているのだろうか？　ディマはほとんど身動きしないので、判断がむずかしい。小山の上の男たちも同じように身動き一つしない。やや遅れて、イヴォンヌの字幕が流れる。

セブン・ブラザーズ

カメラは一人ひとり、クローズアップで彼らの顔を映していく。

✦

ルークはずいぶん前から人を顔で判断することはやめている。スクリーンに映される複数の顔を何度となく見ているが、特に変わったものは見つけられない。ハムステッドの不動産事務所で見られないような顔はそこにはない。あるいは、モスクワからボゴタまでの一流ホテルのバーで、黒服を着て黒いブリーフケースを携えているビジネスマンたちに見られないものも、そこにはない。

その息切れしそうに長いロシア名が父称とともに映し出され、犯罪者としての通称や偽名もあわせて表示されても、それぞれの顔に特に興味深いものを見出そうという気になれない。典型的な制服組中間管理職に見られるもの以上に興味深いものはないと思われる。

しかし、じっと見ていると、その七人のうち六人が、故意か偶然かはわからないが、七番目の兄弟を真ん中にして、彼を守るように輪を作っていることがわかる。さらによく見ると、六人が盾になって守っているその一人は、ほかの者とほとんど歳が変わらないように見える。皺のないその顔は、子供のようにつやつやで、晴れ晴れしている。葬式におよそ似つかわしくない表情。健康そのものという顔だ、とルークは思う。きっと精神も健全であろうと思わずにいられない。こんな顔をした人がある日曜の夜に突然ルークの家の前に現われ、つらい人生の話を語り始めたら、追い返せないような気がする。はたして、この人物の字幕は？

プリンス

突然、ほかでもなく、このプリンスが六人の兄弟から離れ、草深い坂を下っていく。歩幅を縮めることも、歩く速度を緩めることもせずに進んでいき、ディマに向かって腕を広げる。ディマはプリンスのほうに体を向けると、背中を反らし、胸を突き出し、顎を上げて、堂々と挑むかのような姿勢を示す。しかし、軽く拳を握りしめた両手は、体のほかの部分に比べるととても繊細で、体の脇から離れられないようだ。おそらく——この場面を見るたびに、ルークの頭によぎるのだが——ディマはまさに今がそのときだと思っているのではないか？

ナターシャの母の夫にしたいと思っていることを、今ここでプリンスにもしてやる、と——「こいつで殺《や》ってやる、教授！」と？　もしそうだとしても、賢明な戦略的配慮が、最後にその気持ちに打ち勝つ。

ゆっくりと、やや遅れ気味に、ディマの手はしぶしぶといった様子で持ち上がり、相手を抱きしめようとする。最初はためらいがちに、続いて男たちの欲望か相互嫌悪にあと押しされて、恋人たちの抱擁の形を取る。

スローモーションでキスへ。右の頬に、左の頬に。老いた「同志《ヴォール》」から若い「同志《ヴォール》」に。ミーシャを守らなければならなかった者が、ミーシャを殺害した者に、キスをする。

スローモーションで二度目のキス。右の頬に、左の頬に。

そして両頬にキスをしたあと、互いに哀悼し、黙想するための短い間《ま》がある。そして、悲しみに暮れる会葬者が、声を押し殺して同情の言葉を交わすべき間《ま》——それは、口にされたとしても、自分たち以外の誰にも聞こえない。

スローモーションで唇と唇が重なる。

✦

ヘクターの生気のない両手のあいだに置かれたテープレコーダーから、ディマによるイギリスの諜報部員に向けた説明が流れる。なぜ自分が世界でいちばん殺したいと思っている男を抱擁したか。

「ああ、おれは悲しい、あいつにそう言ってやった！　でも、良きヴォールとして、ミーシャが殺されなければならなかった理由はわかっている！　〝プリンス、ミーシャはあまりに欲の皮が張りすぎた！〟。おれたちはあいつにこう言わなければならない。〝プリンス、このミーシャは、あんたの金を盗んだ！　あいつは野心が強すぎて、危険だ〟。でも、〝プリンス、あんたはほんとのヴォールじゃない、堕落した豚だ〟なんてことは言わない。〝あんたは国から指示を受けたんだろう！〟とも言わない。〝あんたは国に金を貢いでいる〟なんてことも言ってない。〝あんたは国のために人を殺す契約を結んだ。ロシア人の心を国に売ったんだ〟とも言わない。いや、おれたちはへりくだった。嘆き悲しんで、受け入れた。ちゃんと敬意を示した。こう言ったんだ。〝プリンス、おれたちはあんたを愛している。ディマは、頭のいいあんたが決めたことを受け入れる。愛弟子ミーシャを殺すという決定を受け入れる〟」

ヘクターはプレイヤーの停止ボタンを押し、マトロックに向き合う。

「ビリー、実を言うと、この男がここで話している経過については、われわれもしばらく観察してきた」とヘクターは申し訳なさそうに言う。

「われわれ？」

「クレムリンの観測者たち、犯罪学者たち」

「そして君たちだ」

「そう、われわれのチーム。われわれも観察してきた」

「で、君のチームがひどく熱心に観察してきた経過っていうのは、一体なんなんだ、ヘクター?」

「犯罪組織がうまい仕事のために互いの絆を強めると、クレムリンも彼らとの関係を強化しようとする経過だ。クレムリンは十年前に新興財閥《オリガルヒ》を厳しく罰した。おとなしくしろ、さもないと税金をたっぷり搾り取るか、刑務所にぶち込むか、あるいはその両方をするぞ、と」

「それは、どこかで読んだ覚えがある」とマトロックが言う。親しみをこめた笑みを浮かべながら攻撃を加えるのが好きな男である。

「まあ、クレムリンは今回、同じことをこうした犯罪組織に突きつけている」とヘクターは動揺せずに伝える。「組織を整備しろ、行ないを改めろ、こちらがやれと言うまで殺すな、そしてみんなで金持ちになろう。ところが、手に負えない友だちがここにいる」

ニュース映像がまた流れる。ヘクターはそれを止め、隅の部分を選択して、拡大する。ディマとプリンスが抱擁しているとき、背後にエミリオ・デル・オロと名乗る男がいる。襟にアストラカンの毛皮のついた長い黒の上等そうなコートを着て、坂の中ほどに立ち、両者の縁組を承認するとばかりに、二人をじっと見つめている。そのあいだ、テープレコーダーからは、ディマがタマラの台本をロシア語で途切れ途切れに読み上げる声が聞こえてくる。

「プリンスの裏金の支払いを、その大部分、一手に引き受けているのが、エミリオ・デル・オロだ。腐りきったスイス人で、昔からいろいろな顔をもっていた。その汚い仕事ぶりがプリンスの耳に届いたのだ。デル・オロは、慎重な扱いを要する犯罪に関して、プリンスのアドバイザー的役割を果たす。プリンスには、こういう犯罪を扱う頭がないからだ。デル・オロには多くの腐敗した人脈がある。イギリスの腐ったやつらともつながっている。こうした腐ったイギリスの連中への金の支払いが生じると、腹黒いデル・オロがプリンスに個人的に承認を得てその推薦をもらい、それに基づいて準備を進める。プリンスによるデル・オロの推薦が承認されると、今度はディマと呼ばれる人物が、イギリスの関係者たちのためにスイスの銀行口座を開設する。名誉あるイギリスから確かな安全が保証されれば、彼らがディマと呼ぶ者は、イギリスで高い地位に就く腐敗した者たちの名前を提供する」

ヘクターはここでまたテープレコーダーのスイッチを切った。

「これで終わりか?」とマトロックは皮肉を込めて言った。「この男はまさしく人を巧みに誘惑するな。そうとしか言いようがない。向こうが求めるものをこちらがすべて差し出せば、何一つ包み隠さず話すってわけだ。あいつがでっち上げたこともな」

しかし、マトロックが納得していたかどうかは別問題だった。納得していたとしても、へクターの返答はその耳に死刑宣告として響いたに違いないのだから。

「じゃあ、ビリー、これもやつのでっち上げだろうか？　ちょうど一週間前、キプロスのアリーナ・マルチ・グローバル・トレーディング・コングロマリット本社は、金融サービス機構に正式に申請書を提出した。シティに新しい商業銀行を設立し、ファースト・アリーナ・シティ・トレーディングの名前で営業しようというのだ。銀行名は、頭文字を取るとＦＡＣＴになるから、ＦＡＣＴ銀行リミテッドだか、ＦＡＣＴ有限会社だか、あるいはＦＡＣＴ銀行インコーポレイティッドといった名前で知られることになるだろう。申請者は、自分たちはシティの主要な銀行三行から支援を受け、さらに五億ドルの担保資産と、数十億の無担保資産がある、と主張している。かなりの額のようだが、相手を怖気づかせることのないよう、正確な数字は明らかにしていない。この申請は内外の多くの権威ある金融機関に支持されているだけでなく、わが国の著名人も錚々たる顔ぶれも支援者に名を連ねている。君の前任者オーブリー・ロングリッグや、次期国務大臣と目される人物の名前もある。ほかに名を連ねているのは、よくあるように、上院議会に巣食う寄生虫のような連中だ。金融サービス機構との折衝のために、アリーナ社が抱えている法律関係のアドバイザーのなかには、メイフェアのマウントストリートに事務所をもつ高名なバニー・ポパム法学博士がいる。元英国海軍大佐デ・サリス氏は、寛大にも、アリーナ社の広報活動を率先して行なうと買って出たそうだ」

マトロックはその大きな頭を下に向けている。そしてようやく口を開くが、顔を上げることはない。

「ヘクター、君はそれでいいだろう。外から狙い撃ちすればいいんだから。ここにいるルークだってそうだ。しかし、それで諜報部の立場はどうなる？　君はもう組織の人間ではない。ヘクター個人として動いている。われわれが諜報活動の一部を銀行も含む友好的な会社に外部委託している事実はどうなるんだ？　ヘクター、われわれは十字軍ではないんだ。船を揺らすために雇われているわけではない。船を操縦するためにいるんだ。われわれは諜報部《サービス》なんだ」

ヘクターの陰鬱な目つきに同情的なものがほとんどないと見て取ると、マトロックは話題をより個人的な方向に向ける。

「ヘクター、僕はつねに現状維持を第一に考えてきた。それを今まで恥じたこともない。この偉大な国が何の災難にも見舞われず、次の朝を迎えられれば、それでいい。僕はそう考える。でも、君はそうじゃないようだ。冷戦時代、僕らがよく口にした、ソ連に関する古いジョークみたいなもんだ。戦争はこれからも起きないだろうが、平和を求める闘争においては、石ころ一つ放っておくことはできない。ヘクター、君はそんな絶対主義者だ。僕はそう思う。君を苦しめた息子のせいだろう。エイドリアンが君の頭をおかしくしたんだ」

ルークは息を呑んだ。それは聖域だ。彼自身は一度もそこに立ち入ったことはない。ヘクターと過ごした長く親密な時間——イヴォンヌが盗み出してきた映像を一緒に観たり、ディマの厳しい怒りの言葉を聞き直したりしたあと、キッチンでオリーのスープをモルトウィスキーとともに味わっているようなときも——ルークはその非行に走った息子に話を向けることは決してしなかった。ただ、オリーから、こんなことは聞いていた。水曜と土曜の午後、緊急の用事以外でヘクターとは連絡が取れなくなる。というのも、その両日の午後、ヘクターは息子をイーストアングリアの開放型刑務所に訪ねるのだ。

しかし、ヘクターはマトロックの問題発言を聞いていなかったようだし、聞いていたとしても、まるで気にしていない様子だった。マトロックのほうも、その怒りがあまりにすさまじく、自分が失礼な発言をしたことにまったく気づいていないようだった。

「それにヘクター、もう一つ！」とマトロックは大きな声を出した。「黒い金をきれいな金に変えることだが、結局のところ、そのどこが悪い？　確かに、裏側の経済というものがある。非常にでかい規模だ。誰もがそれを知っている。われわれは昨日今日生まれた赤子じゃない。黒い金のほうがずっと多く流通している国があることも、われわれは知っている。トルコがそうだ。コロンビアがそうだ。コロンビアは、ルークの担当だったな。そしてロシアもだ。じゃあ、その金がどこにあるのがいい？　黒いままで外国にあるのがいいのか？　それとも、きれいな金になって、ロンドンの文明人の手に渡り、合法的な目的で公共の利益のために使われるのがいいのか？」

「では、ビリー、君がマネーローンダリングを始めるといい」とヘクターは静かに言った。「公共の利益のために」

今度はマトロックが聞こえなかったふりをする番だ。そして突然、やり方を変える。まさに彼の自家《じか》薬籠中の策略だ。

「ところで、話に出て来る教授殿とは一体何者だ？」とマトロックはヘクターの顔を直視して尋ねる。「あるいは、話に出てこない教授殿と言うべきか。いずれにしろ、彼がこのすべてに関する君の情報源なのか？　なぜ僕は断片しか見せてもらえないんだ？　しっかりしたデータはないのか？　なぜ彼の正体をわれわれに明かさない？　あるいは、彼女か？　教授に関する情報など、僕は一つももらっていないと思うが」

「彼を突き止めたいのか、ビリー？」

マトロックはヘクターを、しばらくじっと見つめる。

「お好きにどうぞ」とヘクターは促す。「そいつを引き渡せばいい。そいつが男であろうと、女であろうと。全員引き渡せばいい。オーブリー・ロングリッグも含めて、全員を。なんなら、すべてを組織犯罪担当の部署に引き渡せばいい。君がこの件の調査を進めるあいだ、ロンドン警視庁に、国家保安局に、武装警備隊に通報すればいい。諜報部の長官は感謝しないかもしれないが、ほかの者はするだろう」

マトロックは決して負けていない。にもかかわらず、次の喧嘩腰の質問には、まぎれもなく譲歩する調子がうかがえる。

「いいだろう。たまには率直に話し合おう。君の望みはなんだ？　どのくらいの時間と資金が必要なんだ？　君の条件をすべて聞き、それをいくらかでも満たすようにしよう」

「僕が求めているのは、ビリー、こういうことだ。ディマは三週間ほどしたらパリに行くから、そこで彼に直接会いたい。そして、これまで大物の亡命者《ディフェクター》たちから受け取ってきたように、あの男から情報のサンプルを受け取りたい。リストにある人物の名前、口座番号のほか、ディマの地図、いや、関連図《リンクチャート》も見たい。それにあたって、ビリー、君の承認書をいただきたい。それで、ディマに大前提をわかってもらおうと思う。つまり、彼が渡せると言っているものを確かに渡してもらえるなら、こちらはその身柄をただちに相場の最高額で買い取るつもりだ、ということ。こちらがもたついているあいだに、ディマがフランスやドイツやスイス、あるいはアメリカに身売りするようなことはさせない、ということだ。アメリカの連中は、ディマの提供する情報をひと目見ただけで、この諜報部とイギリス政府と、そしてわが国に対して抱いている散々な印象をさらに強めるだろうから」ヘクターはそう言うと、細い骨ばった人さし指を突き出し、しばらくそのままにする。そのあいだ、強烈な光がふたたびその大きな灰色の目に射し込む。「そして僕は丸腰で行く。いいかな？　つまり、パリ支局には、僕がそこにいることは極秘にする。作戦上においても、金銭面でも、物資補給に関しても、一切の援助はいらない。こちらが特に申し出るまで、君からも組織からも、いかなる援助も求めない。わかるか？　スイスのベルンでも同じだ。この件は外部に一切漏らしたくないし、思想を共有する者たちの名簿も封印しておきたい。これ以上誰かのサインが必要になることにはしたくないし、廊下で親友にこっそりささやくようなこともしない。僕が単独で、僕のやり方で処理する。このルークと、僕が選んだ情報筋を使って。以上。さあ、どうぞ、腹を立ててくれ」

ヘクターはマトロックの言ったことをちゃんと聞いていたのだ、とルークは満足げに思った。ビリー・ボーイがエイドリアンの話を持ち出して攻撃したので、ここで仕返ししたのだ。マトロックの怒りには、あからさまな不信が混じっていた。「長官の意見も聞かずにか？五階の承認もまったくなしにか？　ヘクター・メレディスは、また全部一人でやるつもりか？　君が単独で、君の目的のために、はっきりしない筋からの情報を取るのか？　ヘクター、君は現実の世界に生きていない。これまでもずっとそうだった。あの男が提供するものを見てはいけない。向こうが何を求めているかを見ろ！　あの男とその一味がイギリスに落ち着き、新しい身分や名前、パスポート、恩赦、そして保証を得る。あいつが求めていないものなどあるか？　君は、権限付与委員会全体のうしろ盾が必要だ。僕に参加させようとする前に、委員会の書面での承認が必要なんだ。君は信用できない。ずっと信用できなかった。遠慮ってものを知らないんだ。昔からな」

「権限付与委員会全体？」とヘクターは尋ねた。

「財務省の内規のもとに構成される、権限付与委員会の総会だ。小委員会はない」

「すると、政府の弁護士団に加えて、外務省と内閣府と財務省の上級官僚たち、そしていうまでもなく、諜報部の五階といった、オールスター・キャストがずらりと揃うわけか。ビリー、君はこれを抑えられると思っているのか？　この流れにおいて？　議会監視担当のやつらはどうなんだ？　これはとんだお笑い草だぜ。上下両院、超党派、さらにはオーブリー・ロングリッグがしゃしゃり出て、そしてデ・サリスの息のかかった議員たちがその脇をかためて、同じ歌をうたおうってわけか？」

「権限付与委員会は規模も構成も状況に合わせて変化するし、つねに柔軟に対応する。ヘクター、それは君もよくわかっているだろう。全員がいつも揃う必要はない」

「で、これが君の提案か？　僕がディマと話さえしていないのに、その前に委員会を組織する？　スキャンダルが明るみに出る前に、スキャンダルを起こす？　そんなことがしたいのか？　あの男が売りたがっているものを見る前に、その情報源をすべてきれいに吹き飛ばし、そのあとはどうでもいいっていうのか？　本気でそんなことをしたいのか？　何も始まらないうちから騒ぎを起こすつもりか？　すべて自分を守るために？　それでいて、諜報部の利益といった話をするつもりか？」

ルークはマトロックに敬意を表さずにはいられなかった。彼はここまで攻め込まれても、攻撃の手を緩めなかったのだ。

「そうだ、われわれが守ろうとしているのは組織の利益だ！　やれやれ、ようやくそれが聞けてよかった、ちょっと遅すぎたかもしれないがな。で、君はどうしろって言うんだ？」

「僕がパリでディマに会うまで、委員会を開かないでほしい」

「それまでにどうするつもりだ？」

「君の賢い判断とか、君が大切にしているものすべて、たとえば君への評価とかにも目をつぶってもらい、僕に一時的な作戦遂行の許可を出してほしい。一匹狼の手にすべてを負わせるってことだ。作戦が失敗したときには、その男を首にすればいい。この男、つまりヘクター・メレディスはいいところもあるが、まったく何をしでかすかわからないうえに、職務規定を超えたことをする。マスコミも喜んで話題にするだろう」

「で、もしその作戦がうまくいったらどうする?」

「そのときは、権限付与委員会をできる限り小規模に、君が切り抜けられるような形で招集する」

「君はその委員会で報告する」

「そして君は病気休暇を取る」

「それは公平ではないよ、ヘクター」

「公平であることは意図されていないんだよ、ビリー」

◆

マトロックが一体どんな紙切れをジャケットのポケットの奥から引き出したのか、ルークにはわからなかった。そこに何が書かれていて、何が書かれていなかったのか。両者が署名したのか、一方だけだったのか。それを複写したものもあったのか、あったとすれば、どちらがどこにそれを保管したのか。そうしたこともわからなかった。ヘクターがルークに、

「君は約束があったはずだよな」と思い出させたからだ――こうしたことは、このときが初めてではなかった。ルークはそのために部屋をあとにし、マトロックがテーブルの上に紙切れを広げるのを見ることはなかった。

しかし、ルークはそのあと、日没前の陽光のなか、ハムステッドに向かって歩いたことを生涯忘れることはないだろう。その途中、プリムローズヒルのマンションにペリーとゲイルを訪ねようかと彼は思い悩んだ。そして、手遅れにならないうちに、死に物狂いで逃げろ、とこの若いカップルに忠告しようかと思った。

そしてそこから、ルークの思考は――とてもよくあることなのだが――脇に逸れた。意識して思い出そうとしたわけでもないのに、コロンビアの麻薬王が頭に浮かんできた。この酒びたりの六十男は、二年間ずっとルークに情報を提供してきたのに、男自身にもルークにも理解できない理由で、突然それをやめた。そして、すさまじく臭いジャングルの営倉にルークを一カ月閉じ込め、部下たちに好きなようにいたぶらせた。そのあと、ルークに清潔な服とテキーラ一瓶を与えて、エロイーズのもとに帰ってよろしいと言ったのだ。

11

ゲイルは、そのときが来たらいろいろな感情を抱くだろうと予想していたが、安堵感だけは抱くまいと思っていた。ところが、六月のある土曜日の曇った午後、十二時二十九分発のユーロスターに乗ってセントパンクラス（ロンドンの主要駅の一つ。ミッドランズ方面の発着駅）からパリに向かうとき、彼女が抱いたのは——ありとあらゆる警告や疑いにも苛まれてはいたが——その安堵感だった。目の前のペリーの顔が判断材料になるとすれば、彼も同じように感じているようだった。安堵感とは物事が明確に理解できることであり、恋人とのあいだに調和が取り戻されることであり、ナターシャや二人の少女との再会に向かうことであり、ペリーが「土地と自由」を口ずさむときに額の汗を拭いてやることであるとするなら、ゲイルは間違いなくその感情に至ることができた。とはいえ、それはゲイルがその批評能力を窓から放り出したということではなかった。また、ペリーは有能なスパイとしての自分の役割に明らかに魅了されているが、彼女がその半分ほどでも同じものに魅力を感じているということでもなかった。

ペリーがその使命を引き受けたことは、ゲイルにとってさほど意外ではなかった。とはいえ、ペリーの観察をずっと続けてきた人でなければ、彼がどれだけ大きく変化したかを知るのは無理だったろう。すなわち、最初は高い理想をもって拒んでいたにもかかわらず、今やヘクターが「仕事」と呼ぶものに完全に没頭している。確かに、払拭しきれない道徳的あるいは倫理的な懸念、または疑惑とさえ言えるものをペリーが口にすることもあった。これが本当にこの問題を扱う唯一の方法だろうか？　同じ目的地にたどり着くためにもっと簡単な道はないのか？　しかし、ペリーは三〇〇メートルの岩壁《オーバーハング》を途中まで登ったところでも、同じ質問ができる人だった。

この使命への転向の種子を最初に植えたのはヘクターではなくディマだ、とゲイルはここで理解した。アンティグアで出会って以来、ディマはペリーの辞書において、ルソー的な「高貴な野蛮人」という地位を占めるようになったのだ。

「ゲイル、もし僕らがあの人の立場で生まれたら、どうなっていたか想像してほしい。事実からは逃れられないんだ。ディマに選ばれたのは、大変な栄誉なことなんだよ。それに、あの子供たちのことも考えてみてほしい！」

もちろん、ゲイルはあの子たちのことを考えていた。昼も夜も、あの子たちのことを思っていた。そして何と言っても、ナターシャのことを考えていた。そのことこそ、次のことをペリーにはっきりと言えない理由の一つだったのだ。神を恐れつつアンティグアの岬に姿を現わしたディマにとって、選ぶのに困るほどの選択肢があったわけではない、ということ。使者であれ、告白する相手であれ、牢獄の友人であれ、とにかくペリーが指名されたものに該当する人物(ペリーが自分で名乗り出たとも言えそうだが)を選ぶに当たって、ディマにはほかに選択肢がなかったのだ。ペリーのなかにはロマンティックな面が眠っている、とゲイルは常々思っていた。それは、我が身を犠牲にするような機会が訪れて、呼び覚まされるのを待っているのであり、そこに危険な香りが漂えばなおさらよいのだ。

ただ一人欠けていたのは、突撃ラッパを吹く熱狂的人物だった。そこに完璧なタイミングでヘクターが現われた。この男は魅力とウィットを持ち合わせ、落ち着いたふりをしているが、年中訴訟を起こしているような人物——そんなふうにゲイルはヘクターを捉えた。すなわち、正義をどこまでも追い求める依頼人で、自分はウェストミンスター寺院が建てられている土地の所有者だ、ということを証明するのに一生を費やすような人物だ。ゲイルの法律事務所が何年もかけてこの人物の訴訟を弁護すれば、おそらくその主張は正しいと証明され、裁判所も彼に有利な判決を下すだろう。しかし、そのあいだもウェストミンスター寺院はそこにそのまま残っているだろうし、人生は以前と変わらずに続いていくのである。

では、ルークは？　ルークはルークだ、とペリーは思った。頼れる人物で、余計な議論はしない。プロ意識が高く、誠実で、知恵もある。それでも、最初に彼らが想定したように、ルークはチームのリーダーではなく、ヘクターの片腕だと知って、ほっとしたことは認めなければならない。ペリーから見て、ヘクターは間違いを犯す人間には見えなかったから、ルークにとっても部下として働くのは明らかにいいことだった。

ゲイルはそこまで確信をもてなかった。しかし、二週間の「馴らし期間」で、ルークと深く接すれば接するほど――神経質な様子で、大げさなほど礼儀正しく、誰も見ていないと思うところで心配性らしい表情を見せることもあったが――ゲイルは彼を信頼できると思うようになった。一方、ヘクターに対しては、その自信満々の態度や、下品な冗談を口にするところや、相手を力ずくで言いくるめようとすることなどから、何をしでかすかわからない危険な人物と見るようになった。

ルークもまたゲイルを好きであったが、そのことで彼女が驚いたり、当惑することはなかった。男たちはつねにゲイルに恋をするのだ。男たちの感情がどこにあるかわかれば、ゲイルも安心できた。ペリーがそれをまったく気づかないことも、ゲイルは驚かなかった。彼のそんな鈍さによっても安全が保たれるのだ。

ゲイルが最も心配したのは、ヘクターが仕事に向ける情熱だった。自分は使命をもった人間だ、という感覚。この感覚こそ、ペリーを魅了したのだ。

「ああ、僕はまだ試験台に載せられているんだ」とペリーは言ったことがある。彼が好んでときどき使う、さりげなく自分を責めるような言い方で。「ヘクターは鍛え抜かれた男だ」。鍛え抜かれていることはペリーがつねに憧れていた特質だったし、それを他人に認めることは非常に珍しかった。

ヘクターはペリーの鍛え抜かれた姿だろうか？　ヘクターは、ペリーがしゃべっているだけのことを実行する、まさに行動の人なのだろうか？　では、今前線にいるのは誰か？　ペリーだ。しゃべっているのは？　ヘクターだ。

そしてペリーが惹かれたのはヘクターだけではなかった。オリーにも惹かれた。ペリーは、危ない状況で誰を信頼してよいか見極める目には自信を持っていたので、ゲイル同様、最初は自分でもオリーに惹かれてしまったことが信じられなかった。不恰好で、あまり健康そうでないオリー。同性愛者のように片耳にイヤリングをしていて、頭が切れすぎる男。その英語には外国語訛りが隠れていたが、ゲイルにはどこの訛りかわからなかったし、それを尋ねるのも不作法に思えてできなかった。そんなオリーを、ペリーは教育者の鑑のように感じたのだ。几帳面で、ものをはっきり言うことができて、どんなレッスンも楽しく、どんなレッスンも頭に残るものにしようとする教育者。オリーのことをそのように見るようになるとは、ペリー自身にとっても驚きだった。

　貴重な時間が奪われたのは、ゲイルとペリーが二人で過ごせる週末だけではなかった。ゲイルが法律事務所や法廷で忙しい時間を過ごしたあとの夜だったこともあるし、ペリーがオックスフォードのうんざりするような卒業式で一日中過ごし、やっと学生たちに別れを告げて、下宿を引き払ったあとのこともあった。こんなときも、オリーはたちまち二人を虜にした。ゲイルとペリーが地下室にこもっていたときもそうだった。二人がトテナムコートロード（ロンドン中央部の通り。電気店が多い）の混雑したカフェに座っていて、ルークが歩道で見張り、大柄なオリーがベレー帽をかぶってタクシーに乗っていたときもそうだった。そのあいだ二人は、オリーがどこかの闇グッズ博物館から仕入れてきたペンやブレザーのボタン、タイピンなどを試していた。そのいずれにも、盗聴や送信、録音などの機能が備わっていた。女性用には、アクセサリーにその種の機能がついていた。

「で、ゲイル、どれが僕らに合うかな?」オリーは、ゲイルがアクセサリーを身につけるときになって、そう尋ねたことがあった。そしてゲイルが「オリー、はっきり言わせてもらうと、わたしは死体で発見されたとき、どれも身につけていたくないわ」と答えると、彼らはリバティー百貨店に急いで行って、もっとゲイルに似合うものを探さなければならなかった。

とはいえ、こうしたおもちゃが使われる可能性はゼロに等しい、とオリーはゲイルに伝えようとした。

「ヘクターはね、大きな仕事をするとき、君に立ち会わせようとは夢にも思っていない。あくまで〝万が一〟に備えてだ。突然、誰も思ってもいなかったようなすごいことを君が聞いてしまうようなときだね。それでも、生命や財産が危険にさらされることはない。そして、僕らに必要なのは、君にその基本的な使い方を覚えてもらうということだけだ」

ゲイルはあとで考えてみて、これには疑いを抱いた。オリーのおもちゃは実のところ補助教材のようなものではないか。それを使って遊ぶことを教えられた人々に依存心を植えつけてしまうものなのではないか。そう彼女は考えた。

「君たちの〝馴らし〟については、君たちの都合で行ないたまえ。僕らの都合を考える必要はない」とヘクターは二人に伝えた。自分が新しく雇った人員であるペリーとゲイルに、初めて顔を合わせた晩のことだった。やけに尊大な言い方だったが、ヘクターがそんな物言いをするのは、ゲイルにとって最初で最後だった。おそらく、ヘクターも緊張していたのだ。

「ペリー、オックスフォードでの会議から抜けられなくなったりしたら、そのままとどまり、僕らに連絡してほしい。ゲイル、弁護士事務所で何をするにしても、やりすぎないようにしてくれ。こちらが言いたいのは、自然に行動し、忙しく見せよ、ということだ。生活パターンが変われば、疑いを招き、逆効果になる。わかるかな?」

続いてヘクターは、ゲイルのために、自分がペリーと何を約束したかを繰り返した。

「われわれが君たちに伝えても差しさわりのないことはごくわずかなのだが、君たちに話すことはすべて真実だ。君たち二人は何も知らない海外渡航者であり、ディマも君たちにそうであるように求めている。僕も君たちがそうであってほしいし、ここにいるルークとオリーも同じだ。知らないことはしくじりようがない。初めて会う人は、すべて初対面の人たち。最初にやることはすべて未経験のこと。そう振る舞わなければならない。ディマの計画は、まさしく金を浄化してきたように、君たちをきれいにすること。きれいにして世界に溶け込ませ、信用できる通貨にすることなんだ。あの男はどこへ行っても自宅軟禁状態に置かれているようなものだろう。モスクワにいたときから、ずっとそんな状態が続いている。それがディマの問題であって、あの男はなんとかしてそれを解決しようと必死に考えている。いつものように、ゲームの主導権はあの野郎が握っているんだ。一体何ができて、いつ、どのようにそれを実行するか、ディマはそれをわれわれに示さなければならない」そしていかにもヘクターらしく、反省して付け足す。「僕は口が悪い。でも、それで緊張を解くことができ、現実を直視できる。ルークとオリーには上品ぶったところがあるから、これでちょうどいいんだよ」

そして今度は説教を垂れる。

「これは絶対に――いいか、絶対に――訓練期間などではない。われわれには数年の時間が与えられているわけではない。数時間のことを数週間に引き延ばす。だから、〝馴らし〟なんだ。信頼を築くこと、どんな状況でも信頼し合えるようになることが大事だ。君たちはわれわれを、われわれは君たちを信頼する。でも、君たちはスパイじゃない。そんなものになろうとしないでほしい。監視とかってことも考えないでくれ。君たちは監視などを意識する人間じゃない。パリを大いに楽しんでいる若いカップルだ。だから、くれぐれも店のウィンドウの前でうろうろしたり、肩越しに何かを盗み見ようとしたり、横道にさっと飛び込むようなことはしないでほしい。携帯はちょっと話が違うのだが」とヘクターはまったく間を置かずに続けた。「君たちのどちらか、ディマか手下の前で携帯電話を使ったかな？」

ゲイルもペリーも宿泊したキャビンのバルコニーで、それぞれの携帯を使用した。ゲイルは「サムソン対サムソン」訴訟のことで事務所に、ペリーはオックスフォードの大家の女性に電話した。

「ディマの一味の誰かに、君たちの携帯が鳴ったのを聞かれたことはないか？」

それは断じてない。

「ディマかタマラは、君たちどちらかの、あるいは両方の携帯の番号を知っているか?」

「いや」とペリーは答えた。

「いいえ」とゲイルは少し不安そうに答えた。

ゲイルはナターシャに自分の携帯番号を知らせたし、彼女の番号を教えてもらっていた。しかし、今のヘクターの質問に対しては、ゲイルの答えは真実だった。

「では、オリー、二人に暗号化機能付電話を渡そう」とヘクターは言った。「青がゲイル、銀色がペリーだ。そして、君たちそれぞれのSIMカードをオリーに渡してくれ。オリーが必要な調整をする。君たちの新しい携帯は、われわれ五人のあいだで交わされるデータを暗号化する。われわれ三人はトム、ディック、ハリーとしてすでに登録されている。トムは僕。ルークがディックで、オリーがハリーだ。ペリー、君は詩人の名から取ってミルトン。ゲイルはドゥーリトル。バーナード・ショーの『ピグマリオン』の主人公イライザ・ドゥーリトルから取った。すべて設定済みだ。それ以外は普通の携帯と同じように使える。質問かな、ゲイル?」

弁護士ゲイルの登場である。

「これからあなたたちは、わたしたちの会話を聞くということですか? すでにやっていなければの話だけど」

笑いが漏れる。

「前もって設定した専用通話回路内の会話しか聞けない」

「それ以外は聞けないの？　それは確か？」

「それ以外は聞けない。本当だ」

「わたしが五人の秘密の恋人と話しているときも？」

「おやおや。まあ、そんな状況でも聞けないよ」

「メールはどうですか？」

「それも読むことはない。時間の無駄だし、そういうことに干渉したくない」

「わたしたちの専用通話回路が設定されているのであれば、どうしてそのおかしな名前を使わないといけないのですか？」

「バスなどで盗み聞きされる恐れがあるからだ。検察からの質問はまだ続くか？　オリー、モルトウィスキーは？」

「ここにあります、ボス。新しいボトルを用意しておきました」オリーは苛立たしいほど出自を明かさない声で答えた。

✦

「それで、ルーク、あなたのご家族は？」とゲイルはある夜、家に戻る前に、スープと赤ワインを飲みながら尋ねた。

これまでルークにこういう質問をしなかったことが、ゲイルには驚きだった。おそらく

──よこしまな考えだが──彼に期待を持たせたほうがいいと考え、こういう質問は控えたのだ。そしてゲイルのこの質問に、ルークも驚いたようだった。彼の手がさっと額のあたりに上がり、そこにある小さな鉛色の痣をやさしく撫でたからだ。その痣はまるで自分の意志で現われたり消えたりできるようであった。仲間のスパイにピストルの柄で殴られたものか？ それとも、怒り心頭の女房にフライパンで叩かれたのか？

「子供が一人だけです、ゲイル、残念ながら」とルークは、一人しか子供ができなかったことを詫びるような言い方をした。「男の子です。頭のいい子です。ベンと名づけました。わたしが人生について知っていることは、すべてこのベンから学びました。チェスでわたしを負かすくらいです。すごいでしょう」。そう言いながら、ルークはその瞼をややひきつらせた。「問題は、勝負の最後まで行けないってことです。これに時間を取られるんでね」

これ？ お酒のことか、それともスパイ活動のことか？ あるいは恋愛か？

ゲイルはルークとイヴォンヌの関係を疑ったことがあった。おもに、イヴォンヌがルークに母のようにやさしく接しているからだ。それからゲイルは、あの二人が職場の同僚として働く男女にすぎない、という結論を出した。ただし、ある日の夕方、ゲイルはルークがイヴォンヌをじっと見つめているかと思うと、自分を見つめていることもあるのに気づいた。自分たち二人のことを、手の届かない人を見るような目で見ていたのだ。そしてゲイルは、これまでの人生で、こんなに悲しい顔は見たことがない、と思わずにいられなかった。

最後の夜だ。〝馴らし〟の終わり。学習期間の終わりである。このような二週間はもう二度とない。キッチンで、イヴォンヌとオリーがブラックバスに塩をかけて調理している。オリーは『椿姫《ラ・トラヴィアータ》』の曲を歌っている。かなりうまい。ルークはそれに聴き惚れている様子を示し、みんなに笑顔を振りまいたり、大げさにうなずいたりしている。ヘクターは豪勢にムルソーの白ワインを二本、持ってきた。しかし、ヘクターはまずペリーとゲイルを校長である自分の安っぽい客間に呼び、三人で話そうとする。座ったほうがいいですか？　それとも立ったまま？　ヘクターが立っているので、見かけによらず形式主義者のペリーもそれに合わせる。ゲイルは、デイビッド・ロバーツの版画『ダマスカスの門』の下に置かれた、背もたれがまっすぐな椅子に腰を下ろす。

「では」とヘクターが言う。

では、と二人は身構える。

「最終決定だ。誰にも聞かれずに話したい。この仕事は危険だ。前にも言ったが、もう一度そのことを言いたい。とんでもなく危険《ファッキング・デンジャラス》だ。今ならまだやめることはできるし、それで恨みっこなしだ。もしついて来てくれるなら、できる限り丁重に扱うが、大した後方支援は得られないと覚悟してほしい。あるいは、この世界でよく言うように、われわれは丸腰で踏み込むことになる。君たちはさよならを言う必要はない。オリーの魚料理のことは忘れて、玄関ホールでコートを取り、正面玄関から出ていってくれ。いいか、ここでは何も起こらなかった。これが最後だ」

ヘクターは知る由もないが、これは最終決定を繰り返した末の最終決定だ。ペリーとゲイルはここ二週間、同じ質問を論議してきた。ペリーは、ゲイルに二人を代表してその質問に答えてもらおうと考えていたので、ゲイルが答える。

「わたしたちは大丈夫です。心を決めたから。やります」とゲイルは言う。その声は、彼女が意図している以上に力強い。ペリーも大きく、ゆっくりとうなずいて「ああ、絶対に」と言うが、この言い方もペリーらしくない。そうなってしまうのは、ペリーには知っておかなければならないことがあって、即座に質問をヘクターに返すからだ。

「それで、あなたたちはどうなんですか？」とペリーは尋ねる。「あなたたちには不安はないのですか？」

「ああ、われわれはどちらにしてもイカれてるからな」とヘクターはさりげなく言う。「そこが重要な点なんだ。どうせイカれちまうんであれば、大義のためにイカれることにしよう」

もちろん、これは潔癖なペリーに安らぎを与える妙薬である。

✦

パリ北駅に到着したときのペリーの表情から判断すると、あのときの妙薬はまだ効いているようだった。というのも、「我こそイギリス」という抑えた意識が現われていて、これもゲイルには初めてのことだったのだ。二天使《ドゥザンジュ》ホテルは、いかにもペリーが選びそうな場所だった。薄汚くて小さい五階建てのホテルで、しっかりした造りとは言いがたかった。部屋も狭く、アイロン台くらいのサイズのベッドが二つ置かれているだけ。場所は地下鉄のリュ・デュ・バック駅から石を投げれば届く距離にあった。このホテルに到着して初めて、二人は自分たちが交わした契約の重さを思い知ることになった。あのブルームズベリーの家では、家族のような付き合いをすることができた。オリーやルークと心地よい時間を過ごし、そこにイヴォンヌが訪ねて来て、ヘクターも寝酒を飲みにやって来る。こうした雰囲気でのセッションが、保護されているという感覚をペリーとゲイルに刷り込んでいた。しかし、今となってはペリーとゲイルは二人きりであり、その感覚は消え失せていた。

二人はまた、自然に会話することができなくなっていることに気づいた。まるでテレビコマーシャルに出てくる理想的なカップルのように話してしまうのだ。

「ほんとに、明日が楽しみね」とドゥーリトルがミルトンに言う。「フェデラーのプレイを生で見たことがないの。すごくわくわくするわ」

「天気がもってくれるといいね」とミルトンはドゥーリトルに答えて、心配そうな表情で窓のほうを見る。

「ほんとにそうね」とドゥーリトルも同じように心配そうに言う。

「じゃあ、荷物を整理して、何か食べに行こうよ」ミルトンが提案する。

「いいわね」とドゥーリトルが答える。

しかし、二人は心のなかで思っている。「もし試合が雨で中止になったら、一体ディマはどうするのだろう？」

ペリーの携帯電話が鳴る。ヘクターだ。

「やあ、トム」とペリーは間の抜けたような声で応える。

「ミルトン、無事にホテルにチェックインしたかい？」

「ああ、おかげさまで。いい旅だったよ。何の問題もない」とペリーは相手に対してだけでなく、自分に対しても熱く語る。

「今夜は二人きりで過ごすということだね？」

「もちろん」

「ドゥーリトルは元気？」

「すごく元気だよ」

「何かあったら電話してくれ。いつでも対応するから」

◆

ホテルから外出する前、その非常に狭い玄関ホールで、ペリーは明日の天気が大丈夫かどうか、受付の豪快な女性と言葉を交わす。その女性は、ナポレオンの母にちなんで、マダム・メールと呼ばれる。ペリーは彼女を学生時代から知っていて、マダム・メールのほうも

――彼女の言葉を信じるのであれば――彼を息子のように愛している。そしてペリーによると、彼女は寝室用スリッパを履くと、一二〇センチぐらいしか背丈がない。そしてペリーによると、彼女はいつも頭にカーラーを付け、その上にスカーフを巻いている。ゲイルは、ペリーがフランス語で流暢に話すのを楽しく聞くが、彼の流暢さはゲイルにとって不安を掻き立てる。それはおそらく、ペリーがどこでフランス語を習ったのか、はっきり言おうとしないからだ。

ユニヴェルシテ通りの古いカフェで、ミルトンとドゥーリトルはまずいステーキとフライドポテト、そしてしなびたサラダを食べ、これが世界でいちばんおいしい、とうなずき合う。ハウスワインの赤のボトルを最後まで飲み終えることができず、ホテルに持ち帰る。

「普段するようなことをしてくれ」とヘクターに軽やかな口調で言われていた。「パリ在住の知り合いがいて、そいつらとつるみたければ、そうすればいい」

そうしない理由は、普段するようなことはしたくないからだ。サンジェルマンのカフェでパリの仲間たちとつるむようなことはしたくない。僕らの頭のなかには、ディマという巨像がでんと居座っている。そして、僕らが明日の決勝のチケットをどこで手に入れたのかについても、嘘をつきたくない。

◆

二人は部屋に戻り、持ち帰った赤ワインの残りを歯磨き用コップに注いで飲んでから、深く愛し合う。言葉を交わさない、最高のセックス。朝になると、ゲイルは緊張からか、遅くまで寝ている。ようやく目を覚まし、ペリーが薄汚れた窓についた雨粒を見つめているのに気づく。試合が中止になったら一体ディマはどうするんだ、と彼は心配しているのだ。そして試合が月曜日に延期されたら――これはゲイルが考えていることである――また弁護士事務所に電話して、喉が痛いので休ませてほしいと嘘をつかなければならないのだろうか？これは、弁護士事務所においては「ひどい生理痛」を意味する暗号である。

突然、すべてがまっすぐにつながる。二人はマダム・メールがベッドサイドに持って来てくれたコーヒーとクロワッサンを食べる。マダムは、自分にとっては巨大な女性であるゲイルに、感謝の言葉をそっとささやく。さらに二人は、ルークから特に意味もないと思われる電話をもらう。前の晩はよく眠れたかとか、テニスの気分が盛り上がっているかとか、彼は尋ねる。そのあともゲイルとペリーはベッドに横たわり、試合開始の三時まで何をしようか、と話し合う。二人がテニス会場に行って、指定された席に座るまでには、まだかなりの時間がある。

二人の答えは、小さな洗面台を交代で使い、服を着替えることだ。そしてペリーの歩調で、ロダン美術館に向かう。そこで二人は児童の行列に巻き込まれ、どうにか庭園にたどり着くが、運悪く雨に降られてしまう。木陰に逃げ込み、そのあと館内のカフェで休む。入り口のほうをじっと見て、雲はどっちに向かっているか、判断しようとする。

ともにコーヒーを残し、ともにどうしてだかわからないが、シャンゼリゼ通りの庭園を探索することにする。しかし、庭園は安全確保のために封鎖されている。マダム・メールによれば、ミシェル・オバマとその子供たちがパリにいるとのこと。これは国家機密であり、だからマダム・メールとパリの全住民だけしか知らない情報である。

しかし、マリニー劇場の庭園は開いていて、そこには年輩のアラブ人男性二人以外、誰もいない。見ると、彼らは黒いスーツに、白い靴という恰好だ。ドゥーリトルはベンチの一つに座ろうと言い、ミルトンはそれに従う。彼女は栗の木を、彼は地図を見ている。

ペリーはパリに土地勘があるし、もちろん全仏オープンの会場ローラン・ギャロス・スタジアムにどう行ったらいいかも見当がつく。地下鉄とバスを使えば、タマラが指定した時間に十分に間に合うだろう。

にもかかわらず、ペリーは地図を一心不乱に見つめている。若い恋人たちがパリ観光を楽しんでいるなら、そしてまぬけなコンビのように雨のなかで公園のベンチに座ることにしたのなら、ほかに何をすることがあるだろう？

「ドゥーリトル、すべて順調かい？　僕らが解決できるちょっとした問題はないかな？」今回、ルークはゲイルに直接話しかけてくる。まるでパーキンズ家かかりつけの男性医師が、子供の頃のゲイルに話しかけるような言い方だ。ゲイル、喉が痛いのかい？　いま診てあげるから、服を脱いで。まるでそう言っているかのようだ。

「大丈夫よ。特にお願いしたいことはないわ。ありがとう」とゲイルは答える。「ミルトンが、三十分後に出かけるって言っているわ」。それに、喉も痛くない。

ペリーが地図をたたむ。ルークと話したことで、ゲイルは自分が目立ってしまった感じがし、怒りを覚える。口のなかが乾いたので、唇をすぼめて、内側から舐める。一体どこまでおかしなことになるのだろう？　ゲイルとペリーは誰もいない歩道に戻り、坂をのぼって凱旋門に向かう。ペリーはゲイルの前をどんどん歩く。それは一人になりたいのになれないときに彼がする歩き方だ。

「あなた、一体何をするつもり？」とゲイルは彼の耳元にささやく。

ペリーはショッピングモールにふらっと入って行く。風通しが悪く、ロックが大音量で流れているモールだ。ペリーは、まるで自分の未来がそこに示されているかのように、ある黒い窓を覗き込んでいる。スパイ活動をしているつもりなのか？　そして、存在しない監視を探してはいけないというヘクターの命令を無視しているのか？

違う。ペリーは笑っている。少しして、ゲイルも笑い出す。それから互いに肩を組み、信じられないとばかりに、ずらりと陳列されたスパイ道具の数々を見つめる。ブランド名が入ったカメラ付腕時計が、一万ユーロで売られている。ブリーフケースに入った盗聴マイク一式や、電話につける周波数帯変換器、暗闇でも見える眼鏡、ありとあらゆる種類のスタンガン、すべり止め腰ベルトがオプションとしてついているピストルホールダー、自由に選べる胡椒弾やペイント弾やゴム弾などが並んでいる。ここはまさしくオリーの闇グッズ博物館。病的《パラノイア》にあらゆるものを恐れるが、何も持っていないお偉いさんたちの来店を待っている。

✦

二人をそこまで運んでくれるバスはなかった。

地下鉄にも乗らなかった。

ゲイルは自分の祖父ぐらいの年齢の男にお尻をつねられたが、それは任務とは何の関わりもなかった。

二人はここに風に運ばれるようにしてやってきた。そして、礼儀正しいフランス人たちと一緒に、ローラン・ギャロス・スタジアムの西門左側の列に並んだ。タマラが指定した時間のぴったり十二分前だった。

こうして、ゲイルは微笑みながら、軽やかに制服姿の門番の脇をすり抜けた。親切そうな門番たちは大喜びで彼女に微笑みかえした。それから二人は群衆の動きにあわせて、テントの店の立ち並ぶ通りをゆっくり進んだ。姿の見えないブラスバンドの音を耳にし、さらには牛の鳴き声を思わせるスイスのアルペンホルンの音色が聞こえてきた。男性の声がスピーカー越しに何やら注意事項をがなり立てていたが、何を言っているのかわからなかった。

しかし、店頭のスポンサー名に注意を払っていたのは、冷静な弁護士のゲイルだった。ラコステ、スラゼンジャー、ナイキ、ヘッド、リーボック。タマラが手紙のなかで言及していたのはどのブランド？　忘れたふりをしてもダメよ。

「ペリー」そう言って、恋人の手をぐいと引っ張る。「素敵なテニスシューズを買ってくれるって、約束してくれたでしょ。見て」

「ああ、そうだっけ？　きっとそうだね」とペリーあるいはミルトンは認める。漫画の

「覚えているぞ!」という吹き出しが頭のうえに現われたような表情だ。

そして、ゲイルが期待した以上に、ペリーは本当に最新のテニスシューズを探しているとしか思えない様子で、首を伸ばし、品定めをする。アディダス製のシューズだ。

「そろそろ自分用のも買ったほうがいいんじゃない? 今のはちょっと匂うし、甲の靴紐の穴が錆びてしまっているじゃないの」と仕切り屋のドゥーリトルがミルトンに言う。

「教授! なんてことだ! 友よ! おれを忘れてないよな?」

その声が突然二人の耳に飛び込んできた。レコーダーで聞いた声。あのアンティグアで、三方向からの強風に負けずに張り上げていた声だ。

ええ、覚えているわ。でも、わたしは教授じゃない。

教授はペリーよ。

では、ここでわたしはアディダスのテニスシューズの最新モデルをじっくり見続けることにするわ。そして、ペリーを先に行かせて、そのあとわたしは顔を輝かせ、びっくりした様子で振り向く。オリーがそうしろと言うように。

ペリーが最初に向かっている。ゲイルは彼が自分から離れ、背を向けようとしているのを感じる。ゲイルは時間を計る。ペリーが自分の目で見たものを信じるに至るまで、どれだけの時間がかかるか。

「おお、ディマ! アンティグアのディマじゃないですか! 信じられないです!」

やりすぎないでね、ペリー。抑えて。

「一体、ここで何をしているんですか？　ゲイル、ちょっと見てよ！」

　でも、わたしはそっちを見ない。すぐには見ない。わたしはテニスシューズを見ているの、いい？　靴を見ていると、わたしはいつも夢中になってしまい、違う惑星にいるみたいになる。それは、テニスシューズでも同じ。あのときはばかばかしいと思ったが、ゲイルたちはこの瞬間の練習をしたのだ。キャムデンタウン（ロンドンの北西にある町）の、スポーツシューズ専門店で。さらには、ゴールダーズグリーン（ロンドン北部の地区）でも練習した。オリーは陽気なディマの役を大げさに演じ、ルークは何も知らない通行人を演じた。そしてそのあと二人は役割を交換した。今ここでゲイルは、その練習をしておいてほんとによかったと思った。彼女は自分の台詞がわかっていた。

　だから、ここで動きを止める。あの男の声を聞き、それが誰か気づいて、振り返る。そして喜び、ひどく驚く。

「ディマ！　まあ、あなたなの！　びっくり！　本当に――本当に驚いちゃうわ！」そのあと、ゲイルはキーキーと興奮した声をあげる。クリスマス・プレゼントを開けるときに発する声だ。そして、ペリーがディマの分厚い体に埋もれるのを見る。ディマの喜びようと興奮ぶりは、ゲイルに負けず劣らず自然だ。

「教授、ここで何をしているんだ？　テニス下手くそなくせに！」

「でも、ディマ、あなたこそ、どうしてここに？」ペリーとゲイルは同時に、それぞれ違うキーで、声を合わせて言う。ディマのほうも大声でしゃべり続ける。

彼は変わったか？　日焼けは薄くなった。その顔からカリブ海の太陽は消えてしまっている。セクシーな茶色い瞳の下には、黄色い半月の隈が浮かんでいる。口のまわりには皺がくっきりと刻まれている、しかし、姿勢は変わらず、今も体を反り返らせて、「おい、おれと勝負しろ」と言っているようだ。相変わらず、ヘンリー八世のように、小さな足を堂々と開いて立っている。

この男は舞台に立つのがいちばんふさわしい。見事な台詞回しだ。

「フェデラーはセーデリング相手に手加減すると思うか？　あんたがおれに対して手加減したみたいに？　フェデラーはフェアプレイを愛するから、こてんぱんにやっつけるんじゃないか？　ゲイル！　ちょっとこっちに来てくれよ！　教授、おれはこの美人を抱きしめるぞ。あんた、まだこの人と結婚してないのか？　しっかりしろよ！」そう言って、ディマはゲイルをその厚い胸板に引き寄せて、体全体を押しつける。じっとりと涙で濡れるその頰を、その胸を、その股の膨らみを押しつけ、ついには膝が触れ合っている。そしてようやく彼女を引き離し、今度は頰に至聖三者を表わす接吻をする。まずは左頰に、続いて右頰に、そしてふたたび左頰に。そのあいだ、ペリーは「いやあ、これは本当にものすごい、ありえないような偶然ですね」と言っている。その言い方は、ゲイルが適切であると考えるよりも、学者らしい超絶としたところがあって、ゲイルの意見では少し自然さに欠けている。そこで、彼女はたくさんの質問を一気にまくしたて、その埋め合わせをしようとする。

「ねえ、ディマ、カーチャとイリーナはどうしているんですか？　あの子たちのことをいつも考えずにいられないの」それは本当だ。「双子の男の子たちは、クリケットをしてる？ナターシャはどうしてる？　あれから、みんなどこにいたんですか？　アンブローズは、あなたたちがみんなモスクワに戻ったと言っていたけど。そうだったんですか？　お葬式のため？　あなたはとっても元気そうですね。タマラはどう？　あのちょっとおかしな、でも愛すべきお友だちやご親戚はみんなお元気ですか？」

　ゲイルは本当にこれを最後まで言えたのだろうか？　そう、確かに全部言った。そしてこういったことを尋ね、答えも時折もらいながら、彼女は気づいていた。ぼんやりとしか見えないが、小ぎれいな服を着こなした数名の男女が立ち止まって、彼らのやり取りを観察している。明らかにディマの親衛隊のメンバー。しかし、彼らは若くておしゃれで、アンティグアで会った野暮ったい者たちとはまるで違う。あのなかに童顔のニキも隠れているのかしら？　もしそうなら、アルマーニのベージュのサマースーツを颯爽と着こなし、袖口から素敵なシャツを出しているのがニキかしら？　そして例のブレスレットと頑丈なダイバーズウォッチをそのなかに隠しているのかしら？

　ディマはまだ話していて、彼女は聞きたくないことを聞かされている。タマラと子供たちは、モスクワからチューリヒに飛んだ。ああ、ナターシャも一緒だ。あの娘はテニスが嫌いだからな。ベルンに帰って、本を読んだり、馬にも少し乗りたいんだよ。落ち着かなきゃ。ナターシャの具合がよくなかったと、自分でも思っているの？　それとも、これは想像にすぎないの？　三人のあいだで、それぞれ三つの会話が同時に進行する。

「教授、もう子供たちには教えないのか？」怒ったようなふりをして、ディマはそう尋ねる。「フランスの子供たちに英国紳士になるように教えたらいいじゃないか？　ところで、席はどこだ？　鳥小屋みたいな、いちばん上の席じゃないのか？」

そのあとディマは肩越しに、同じユーモラスな質問をロシア語で語りかける。しかし、翻訳ではうまく伝わらなかったようで、着飾った見物人たちのなかで笑みを浮かべた者はほとんどいない。笑みを浮かべたのは、真ん中にいた粋なダンサーのような小男だけで、ひと目見て、ゲイルはこの男がツアーガイドか何かだと思う。男は非常にあざやかなクリーム色の船員のようなブレザーを着ていて、そのポケットには金の糸で錨《いかり》の刺繍が入っている。さらに深紅の傘を持ち、銀髪をうしろに撫でつけている。こんな目立つ恰好であれば、群衆のなかで迷子になっても、ツアーガイドのようにすぐに見つかるだろう。ゲイルの視線はこの男の笑顔を捉え、彼も目をゲイルに向ける。そのあと、ゲイルはディマの顔に視線を戻すが、男がまだ自分を見つめているとゲイルにはわかっている。

ディマはゲイルとペリーに、チケットを見せるように言う。ペリーはこんなときにいつもチケットを失くしてしまうので、ゲイルが彼の分も預かっている。ゲイルは自分たちの座席番号を覚えているし、それはペリーも同じだ。しかし、ゲイルはそれを覚えていないふりをし、かわいらしく首をかしげてディマに渡す。ディマは、あざけるように鼻を鳴らす。

「教授、望遠鏡は持ってきたか？　とんでもなく上の席だぞ。酸素ボンベがいるな！」

ふたたびディマはそのジョークをロシア語でも言うが、今度も彼のうしろに立っている者たちは、聞いているというより、そこに控えているだけという様子だ。ディマがこのように息切れするようになったのは、アンティグア以後のことか？　あるいは今日だけのことか？　これは心臓の問題か？　それともウォッカのせいか？

「おれたちは特等席を取っている。いいか？　会社の席だ。モスクワで一緒に働いている若い連中と来ている。アルマーニの若造たち。きれいな姉ちゃんたちと来ている。あいつらを見なよ！」

二、三人の若い女がゲイルの目に留まる。レザーのジャケットに、タイトスカートを合わせて、くるぶし丈の短いブーツを履いている。きれいな奥さんたちかしら？　それとも美しい売春婦？　そうであれば、トップクラスの人たちね。それからアルマーニの若造たち。何か敵愾心《てきがいしん》のようなものを感じさせる濃紺の背広を着て、ぼんやりとした視線を向けている。

「最高の席が三十人分だ。うまい食事も出る」とディマは大声で言う。「ゲイル、あんたも食べたいだろう？　こっちに来ないか？　レディのように試合を観ないか？　シャンパンを飲もう。チケットは余っているんだ。なあ、教授、来なよ、ぜひ」

ペリーが同意しない理由は、簡単に誘いに乗らないようにしろとヘクターに言われたからだ。ペリーを説得するのがむずかしければむずかしいほど、なおさらディマは強く説得しようとするし、わたしのことも説得しようとする。それによって、モスクワの客人たちから見て、わたしたちの信頼度は高まるのだ。追い込まれたペリーは、それでも自然な演技を心がけている。眉をひそめて、自信のなさそうな、ぎこちない態度をとっている。感情を偽る技術の初級者にしては、かなりうまくやっている。それでも、ここで助け舟を出さないといけない。

「ディマ、このチケットはプレゼントなのよ」とゲイルはかわいらしく打ち明け、相手の腕に触れる。「親しい友だちが譲ってくれたの。とても素敵な老紳士よ。愛を込めてね。その席を空席にするなんて、本当に申し訳ないわ。それを知ったら、その方はきっとがっかりするから」。それは、ルークとオリーとともに夜遅くモルトウィスキーを飲みながら、考え出した台詞だ。

ディマはがっかりした目で二人の顔を順に見据え、考えをまとめようとする。

ディマの背後の者たちは落ち着かない。われわれはこの状況を打開できるか？

ゲームの主導権はやつが握っている……。

解決！

「じゃあ、こうしよう、教授。いいかな？　よく聞いてくれ」そう言って、ペリーの胸を突く。「いいかな？」とディマは繰り返し、脅かすようにうなずく。「試合が終わったあとだ。いいか？　試合が終わったら、すぐにおれたちの特等席に来てくれ」。ディマは、その計画に反対できるものならしてみろと言わんばかりに、ゲイルのほうに体を向ける。「ゲイル、いいかい？　この教授殿をおれたちの席に連れて来てくれ。おれたちとシャンパンを飲むんだ。試合が終わっても、セレモニーはいつまでも続く。クソ表彰式があるし、スピーチもあるけど、どれも退屈だ。フェデラーはすぐに勝っちまうさ。教授、あいつが負けるほうに五〇〇〇ドル賭けないか？　おれはあいつが勝つほうに賭けるが、あいつが負けたらその三倍払う。いや、四倍払ってもいい」

ペリーは笑う。もし自分に神がいるとすれば、それはフェデラーだ。ディマ、申し訳ないが、僕は賭けない。百倍払ってくれると言われても無理だ。しかし、一難去ってまた一難だ。

「教授、明日、おれとテニスをやろう。いいか？　このあいだの再戦《リマッチ》だ」ディマの指はまだペリーの胸板に突き刺さっている。「試合が終わったら、誰かを迎えに行かせるから、おれたちの特等席でご馳走させてくれ。そこで、その再戦について話し合おう。手加減はなしだ。今度こそ、あんたをやっつけてやる。試合のあとは、マッサージを呼んでやるよ。おれと試合をしたあとは、マッサージが必要だろうからな」

ペリーにはこれ以上抗議する時間もない。ゲイルは視野の片隅で、例の銀髪のツアーガイドが動いたのに気づいていた。男は赤いこうもり傘を持って、仲間たちから離れ、ディマの無防備な背後に近づいてくる。

「ディマ、お友だちを僕らに紹介してくれませんか？　こんな美しい女性を独り占めするなんて、ずるいですよ」上品なその声が、咎めるように言う。完璧な英語で、かすかにイタリア訛りが入っている「デル・オロです」とその男は言う。「エミリオ・デル・オロです。ディマの古い友人です、ずっと昔からの。お目にかかれて光栄です」と男は言って、二人の手を取る。まずはゲイルの手を取り、恭《うやうや》しく頭を垂れる。それからペリーの手を取るが、頭は下げない。そこでゲイルは、パーシーという名のダンスのうまいプレイボーイを思い出す。

彼女が十七歳のとき、いちばん親しかったボーイフレンドとダンスをしていたら、パーシーが割り込んできた。そして、ゲイルはダンスフロアであやうくこのパーシーにレイプされそうになった。

「ペリー・メイクピースです。そして、彼女はゲイル・パーキンズ」とペリーは言う。そして、陽気な調子で一言付け加えるが、そのことにゲイルは好感を持つ。「僕は本当は教授ではありません。なので、そんなに固くならないでください。ディマはいつもそう呼んで、僕のテニスの邪魔をするんです」

「ローラン・ギャロス・スタジアムにようこそ、ゲイル・パーキンズさん、ペリー・メイクピースさん」とデル・オロは応える。その晴れやかな笑顔を見て、この男はつねにこうして笑っているのではないか、とゲイルは思い始める。「世紀の一戦のあと、ご一緒できましたらうれしいです。まあ、試合ができればの話ですが」とデル・オロは付け加え、大げさに腕を上げて、曇天を責めたてるように一瞥する。

しかし、会話を締めくくるのはディマだ。

「じゃあ、誰かを迎えにやるから。いいか、教授？　おれから逃げるなよ。明日こそやっつけてやる。おれはこの人が好きだ、わかるか？」とディマは、アルマーニの若造たちに向かって大声で言う。彼らは見下したような態度で、うっすらと笑みを浮かべ、ディマの背後に集まっている。ディマは最後にペリーをぎゅっと抱きしめ、他の者たちとともに、ゆっくりとそこから離れていく。

12

ゲイルは、ローラン・ギャロス・スタジアムの西スタンド十二列の席にペリーと寄り添って座り、ナポレオン創設の共和国衛兵隊《ギャルド・レピュブリケーヌ》の軍楽隊の恰好に目を見張る。楽団員は揃って、真鍮のヘルメットに赤い花形記章をつけ、白いぴったりした乗馬用ズボンと腿まで届くブーツといういでたちだ。楽隊がティンパニを叩き、ラッパをひと吹きしてから、指揮者が木の台に上がる。指揮者は白い手袋をはめた手を頭上に掲げ、指を広げて、ファッションデザイナーのようにひらひらと動かす。ペリーはゲイルに話しかけているが、同じことを繰り返し言わなければならない。ゲイルはペリーに顔を向けると、頭を彼の肩の上に載せて、気を落ちつかせる。ぶるぶると震えてしまうからだ。ペリーもやはり震えていて、ゲイルには彼の体が脈打つ音が聞こえる。ドクッ、ドクッ……。

「これって男子シングルスの決勝かな、それともボロディノの戦い（モスクワの西方約一二〇キロにある村。一八一二年にこの地で、ナポレオン率いるフランス軍はロシア軍を破り、モスクワに侵攻）かな？」とペリーは楽しそうに叫び、ナポレオンの軍楽隊を指さす。ゲイルはペリーに同じことをもう一度言わせ、笑い声をあげる。そして彼の手をぎゅっと握り、現実の世界に引き戻す。

「大丈夫！」とペリーの耳元で大きな声をあげる。「あなたはよくやったわ。最高だった。席も最高！　上出来よ！」

「君もよくやったよ！　ディマも元気そうだった」

「よかったわ。でも、子供たちはもうベルンにいるなんて！」

「なんだって？」

「タマラと女の子たちはベルンにいるの！　ナターシャも一緒よ！　みんな一緒だと思っていたのに！」

「僕もそう思っていた」

しかし、ペリーはゲイルほどがっかりしていない。

ナポレオン楽団の演奏は非常に騒々しい。あまりににぎやかで、一個連隊をどこまでも従えていってしまうように思える。

「ディマはあなたとテニスの試合をもう一度どうしてもしたいみたいね。かわいそうに！」とドゥーリトルが大声をあげる。

「そうみたいだね！」とミルトンは大きくうなずき、笑顔を見せる。

「明日は時間が取れるの？」

「まず無理。デートの予定がびっしりだから」とミルトンは、きっぱりと首を振って答える。

「そうじゃないかって心配していたの。困ったわね」

「かなりね」とミルトンは賛同する。

彼らは子供っぽく振る舞っているだけなのか、それとも神への恐れが心のなかに忍び込んだのか？　ゲイルは彼の手を自分の唇に運び、キスをする。そしてその手をしばらく自分の頬に当てる。ペリーの存在によって、無意識のうちに、ゲイルは涙を流してしまいそうだったからだ。

ペリーが人生において最も自由に楽しむべき日に、それが許されない！　全仏オープン決勝でフェデラーのプレイを観るのは、ペリーにすれば、『牧神の午後』でのニジンスキーの演技と踊りを目撃するようなものだ！　ペリーのありがたくない講釈を、ゲイルは何度聞かされたことだろう？　プリムローズヒルのマンションで、彼と二人寄り添ってテレビを見ていると、彼はフェデラーについて幾度となく説明してくれた。ペリーはまさにフェデラーのような完璧なアスリートになりたいのだ。鍛え抜かれた男としてのフェデラー。踊るように走るフェデラー。飛んでくるボールに反応する際、歩幅を絶妙に調整し、一瞬の余裕を作り出して、狙った速度と角度で打ち返す。その上体は、前後左右どちらに振られようが決してぶれない。球がどこにくるか予知する能力も神がかっているが、実はそうではない。ゲイル、あれは目と体と頭脳が完璧に連動しているからだ。

「今日はあなたに本当に楽しんでほしいの！」とゲイルは恋人の耳元で、まるで最後の伝言のように大声で言う。「ほかのことはすべて忘れてね。愛しているわ。ねえ、〝愛している〟って言ったのよ！」

✦

ゲイルは、自分たちのまわりにいる観客をそれとなく確認する。この人たちはどちらの側かしら？　ディマの側？　ディマの敵の側？　それとも、ヘクターの差し金？　わたしたち、丸腰で踏み込んでいるのね。

左側には、頑丈そうな顎をした金髪の女性が座っている。スイス国旗の十字をあしらった紙の帽子を頭に載せているだけでなく、その国旗が描かれた大きなブラウスも着ている。右側には、レインコートと防水の帽子を身につけた中年男がいる。ほかの者たちは雨に気づかないふりをしており、こんな悲観的な恰好をしているのはこの男くらいだ。

ゲイルとペリーのうしろの列には、フランス人の女性が子供たちと一緒に座って、フランス国歌を楽しそうに口ずさんでいる。おそらく、フェデラーをフランス人だと誤解しているのだろう。

ゲイルはさり気なさを装い続け、自分たちの真正面にあるオープンテラスの群衆を一瞥する。

「おかしなやつはいる？」とペリーはゲイルの耳元で叫ぶ。

「いいえ。バリーがいるかもしれないと思ったんだけど」

「バリーって？」

「法律事務所の同僚よ！」

ゲイルは意味のないことを言っているのだ。確かに彼女の事務所にはバリーという名の弁護士がいるが、彼はテニスもフランスも忌み嫌っている。ゲイルは空腹を感じる。二人はロダン美術館でコーヒーを残してきただけでなく、昼食も食べていなかったのだ。これに気がつくと、ベリル・ベインブリッジ（イギリスの小説家〔一九三四―〕）のある小説が思い出される。やっかいな晩餐会を催した女性が、どこにプディングを置いたのか忘れてしまう、という話だ。ゲイルはこの小説のジョークをペリーと共有せずにいられなくなり、彼に向かって叫ぶ。

「わたしたち、実際いつから昼食を食べていないでしょう？」

しかし、このときばかりは、ペリーは文学からの引用に気づかない。コートの向こう側のスタンド中段に並ぶ見晴らし窓をじっと見ている。白いテーブルクロス、そして動きまわる給仕たちの姿が、曇りガラスの窓越しに確認できる。どの窓がディマたちの特別室なのだろう、とペリーは考える。ゲイルはディマの腕で強く抱きしめられた感覚を思い出す。子供のように無頓着に股を太腿に押しつけられたことも。ウォッカの匂いがしたが、あれは昨夜のだろうか、それとも今朝のだろうか？　ゲイルはそうペリーに尋ねる。

「そうやって元気を出そうとしていたんだよ」とペリーは答える。

「何ですって？」

「元気を出そうとしていたんだ！」

ナポレオンの軍楽隊が戦場から姿を消した。ピリピリとした静けさがスタジアムを覆う。上空のカメラが、どす黒い空を背景に、ケーブルに乗って移動する。ナターシャ。妊娠しているのかしら、していないのかしら？　どうしてあの娘はわたしのメールに返事をくれないの？　タマラは知っているの？　だからタマラはあの娘をベルンに戻したの？　違うわ。ナターシャはそういうことは自分で決める。ナターシャはタマラの子じゃない。そしてタマラときたら、誰が見ても人の母親とは思えない。またナターシャにメールを送ろうか？

✦

あなたのパパにばったり会ったわ。あなた妊娠しているの？
キス・アンド・ハグ（XOX）、ゲイルより

やめておこう。

スタジアムはすごい歓声だ。ロビン・セーデリングに続いて、ロジャー・フェデラーが謙虚に、しかし自信をみなぎらせて入場する。それは神のみが示せる態度だ。ペリーは首を伸ばし、口をしっかり結んでいる。まさしく神と対面しているのだ。

ウォームアップが始まる。フェデラーはバックハンドを何本かミスする。セーデリングがウォームアップにもかかわらず、フォアで少しいじわるなショットを返す。フェデラーはサ

ーブを何本か、一人で勝手に打つ。セーデリングも同じことをする。練習終了。二人とも、鞘から刀が飛び出すように、ぱっと上着を脱ぎ落とす。フェデラーは水色のテニスウェアを着ているが、その襟に鮮やかな赤い線が入っていて、ヘアバンドにもそれに合わせた赤いナイキのマークが走っている。一方、セーデリングは白いテニスウェアを着ているが、そのシャツとパンツに光る黄色い線が入っている。

ペリーの視線は正面に並ぶ曇りガラスの窓に戻り、ゲイルもそれをじっと見つめる。あれはポケットに金色の錨の刺繡が入ったクリーム色のジャケットだろうか？　あの茶色い曇りガラスの向こうで動いているのは？　タクシーの後部座席に一緒に乗りたくない男がいるとすれば、それはシニョール・エミリオ・デル・オロだ。ゲイルはそうペリーに伝えたい。

でも、静かに。試合が始まっている。観衆は大喜びだが、ゲイルにとってはあまりにも唐突に、フェデラーがセーデリングのサービスゲームをブレークし、そのあと自分のサービスゲームをきっちり取る。またセーデリングのサービスゲームだ。金髪をポニーテールにしたかわいいボール・ガールがセーデリングにボールを渡し、ぺこりと頭を下げて、元の場所に走って戻る。線審が蜂に刺されたかのような大声を出す。雨がまた降り出したのだ。セーデリングがダブル・フォルトを犯す。フェデラーの勝利に向かって試合が動き出した。ペリーの顔がフェデラーに対する純粋な畏怖の念で輝き、ゲイルは改めて自分がペリーを愛していることに気づく。ペリーの揺るぎない勇気。正しいと信じることを、たとえそれが間違っているとしても、成し遂げようとする強い意志。忠実でなければならないという気持ち。そして自分を憐れむようなことは決してしない。ゲイルはペリーの姉であり、友であり、守り神だ。

同じような気持ちにペリーも包まれたのだろう。ペリーはゲイルの手をつかんで離さない。セーデリングは全仏オープン優勝を目指している。フェデラーは歴史に名を刻もうとしており、ペリーはこのフェデラーとともにいる。フェデラーが第一セットを六―一で取る。わずか三十分の出来事だ。

✦

フランスの観客のマナーは本当に素晴らしい、とゲイルは思う。フェデラーはペリーのヒーローであると同時に、フランス人にとってもヒーローだ。しかし、彼らはセーデリングが褒めるべきプレイをしたときはきちんと褒める。セーデリングも観客に感謝し、その気持ちを示す。彼は失敗を恐れずにプレイする。結果、致命的なミスを何度か犯してしまうが、一方のフェデラーはたった一度しかミスしていない。そしてフェデラーはそのミスの埋め合わせに、ベースラインの三メートルうしろから絶妙なドロップショットを決める。

ペリーはすごいテニスの試合を観ると、感覚がより高度に、より純粋に研ぎすまされる。二、三本のストロークの応酬を見て、ラリーがこの先どうなり、どちらの選手が支配するか、といったことがわかるようになるのだ。ゲイルにはそういうところはない。彼女はストロークで打ち合うタイプのプレイヤーだ。来た球を強く打ち、相手の出方を待つのが彼女のスタイル。ゲイルぐらいのレベルだと、それがうまく機能する。

しかし突然、ペリーは試合から目を逸らす。曇りガラスの窓も見ていない。腰を上げて、ゲイルの前に立つ。彼女を守ろうとしているように見える。そして大きな声を出す。「何だ、あれは！」それに対する答えが返ってくることは期待していない。

ペリーとともに立ち上がるのは容易ではない。今は会場の人たちがすべて立ち上がり、「何だ、あれは！」と、フランス語、スイスドイツ語、英語など、それぞれにとっていちばん自然な言語で叫んでいるからだ。ゲイルは最初、ロジャー・フェデラーの足下に死んだキジが転がっているのではないかと思ってしまう。左右に一つがいずつ。というのも、群衆が騒々しく立ち上がる音は、鳥が飛び立つ音に似ているのだ。驚いた鳥が古めかしい飛行機のようにバタバタと飛び立ち、それを兄が金持ちの息子たちとともに撃ち落とそうとする……。次にゲイルが考えたのは、同じくらいとんでもないことだ。ディマが撃たれた。おそらくニキによって撃たれ、あの曇りガラスの窓から放り出される……。

しかし、見えてきたのはディマではないし、死人でもない。毛がぼさぼさの赤い鳥のような、ひょろっとした男が、フェデラーのサイドにいる。男はマダム・ギロチンが好んだような赤い帽子をかぶり、真っ赤なシャツと真っ赤な長いソックスを身につけ、同じく真っ赤なローブを羽織っている。そして、あろうことか、フェデラーがサーブをしていたベースラインのすぐうしろに立ち、フェデラーに何やら話しかけているのだ。

フェデラーは何と答えたらよいのかと、少し困った様子だ。明らかに二人は知り合いではないが、ここでもフェデラーはコート上のマナーの良さを守る。とはいえ、さすがに少しいらついている様子で、スイス人らしい気難しさを感じさせ、その強固な鎧にも裂け目があることを思い出させる。何と言っても、フェデラーは歴史に名を刻むためにここに来たのだ。コートに乱入し、自己紹介を試みるこの赤シャツの痩せこけた男のために、時間を無駄にするつもりはない。

フェデラーと何を話したにしろ、その時間はすぐに終了となる。赤シャツの男はロープをなびかせ、腕を振りまわして、ネットに向かって駆け出す。黒服ののろまな係員たちが男を追いかけまわす滑稽な姿を見て、観衆はもはや言葉を失う。彼らはスポーツの観衆であり、これもスポーツなのだ――レベルは高くないが。赤シャツの男がネットを飛び越えるが、きれいに飛び越えたとは言えず、脚がネットの上端をかする。男が肩にかけていたロープはもはやロープではない。もともとそうではなかった。それは旗だ。コートの逆側からも黒服の係員が二人出て来る。赤シャツの男が手にしているのはスペインの国旗だ。といっても、それはペリーとゲイルのうしろでフランス国歌を歌っていた女性の言っていること。彼女よりさらに数段上の席にいる男性は荒々しい声で反論する。彼によれば、それはスペインのサッカーチーム、FCバルセロナの旗だ。

黒服の係員の一人が、旗を持った男をラグビーのタックルでようやく倒す。そこにさらに二人が駆けつけて、三人で男を持ち上げ、暗いトンネルに運び込んでいく。ゲイルはペリーの顔をじっと見る。彼女が今まで見たことがないほど、青ざめた顔をしている。

「もうちょっとのところだったわね」とゲイルはささやく。

もうちょっとで何だったのだろう？　彼女は何を言っているのか？　ペリーは同意する。

ああ、もうちょっとのところだった。

◆

神は汗をかかない。フェデラーの水色のシャツには、ほとんどしみが付いていない。背中の肩甲骨のあいだに、かすかに汗のあとが見えるぐらいだ。彼の動きは前よりも硬いように思われるが、それが雨のせいなのか、コートの赤土に足を取られるせいなのか、旗の男の乱入による精神的影響によるものなのかは、誰にもわからない。太陽は雲に隠れ、傘をさす観客が増えている。第二セットはセーデリングが攻勢に転じて、四—三となる。フェデラーの顔はやや生気がない。しかし、フェデラーの望みはここで歴史に名を刻み、愛するスイスに凱旋すること。やはりタイブレークまで持ち込む。といっても、ほとんどタイブレークとも言えない。フェデラーがファーストサービスを次々に決めるからだ。調子がいいときのペリーも同じだが、球の速さが全然違う。第三セットに入り、フェデラーがセーデリングのサービスゲームをブレークする。リズムを完全に取り戻した。あの旗を持った男は完全に忘れ去られる。

フェデラーは勝つ前から泣いているのか？

どうでもいい。今勝利をつかんだ。まったく危なげない勝利だ。

フェデラーは優勝し、今や歓喜の涙を存分に流すことができる。ペリーも目をしばたたかせ、涙を払おうとする。自分のヒーローが歴史に名を刻むべくここに来て、見事にそれを成し遂げた。観衆はこの歴史的プレイヤーをスタンディング・オベーションで迎える。童顔のボディガードのニキが幸せそうな人々のあいだを縫って、ゲイルとペリーのいるほうにやって来る。観客の拍手が太鼓のようなリズムを刻むようになる。

「わたしはアンティグアでお二人をホテルまでお送りした者です。覚えていますか？」とニキは笑みとも言えぬ笑みを浮かべて言う。

「やあ、ニキ」とペリーは答える。

「試合、楽しみましたか？」

「ええ、とても楽しかった」とペリーは言う。

「うまいですよね、フェデラーは」

「ああ、すごかった」

「ディマ様のところにいらっしゃいませんか？」

ペリーはいぶかしそうにゲイルを見る。さあ、今度は君が答えてくれ。

「ニキ、実はあまり時間がないの。パリで本当にたくさんの人に会わないといけないから」

「ゲイル様、おわかりいただきたいのですが」とニキは悲しそうに理解を求める。「お二人をディマ様のところに連れて行かないと、わたしは金玉を切り落とされるんです」

ゲイルはそれを聞かなかったことにして、ペリーに答えてもらう。

「君次第だ」とペリーは言って、なおゲイルに決めさせようとする。

「わかったわ、じゃあ、一杯だけご馳走になろうかしら？」とゲイルは提案し、やむなく相手の要求を受け入れる。

ニキは二人に先に行くようにと手で示し、自分はあとに続く。これはボディガードが人を逃がさないようにするための方法なのだろう、とゲイルは思う。しかし、ペリーとゲイルは逃げるつもりはない。スタジアムの中央コンコースでは、傘を広げた群衆に向かって、スイスのアルペンホルンが悲痛な葬送歌を奏でている。ニキにうしろから指示されて、ゲイルとペリーは石段をのぼり、派手な色合いの廊下に入る。そこのドアは、まるでゲイルが学生時代に使っていた体育館のロッカーのように、いずれも違う色で塗られている。ただし、それぞれの戸には女子学生の名前ではなく、会社の名前が記されている。青いドアは「マイアー・アンブロシーニ有限会社」、ピンクのドアは「セグラ・ヘレーニカ社」、黄色のドアは「エロス・ヴァカンシア社」。そして深紅のドアが「ファースト・アリーナ・キプロス」だ。ニキはそのドアポストに付いているブラックボックスの蓋を開け、番号を打ち込む。そして、仲間がドアを内側から開けてくれるのを待つ。

◆

「酒池肉林のあとのようね」細長くて天井が低い特別室に入ったとき、ゲイルが抱いた不遜な印象がこれだ。部屋の前面のガラス窓は傾斜していて、その目の前に赤土のコートが光り輝いていた。デル・オロが脇によけてくれれば、ゲイルの手はそのガラスを突き抜けて、コートに届いてしまいそうだ。

彼女の前には十ものテーブルが並び、どの卓でも四人から六人が食事をしていた。スタジアム内禁煙の規則を完全に無視して、男たちは煙草を吸っていた。性交後の一服といった風情で、自分のテクニックについて、あるいはテクニックのなさについて、思いを凝らしているかのようだ。そのうち数人はゲイルに目を向け、セックスの相手としてどうか品定めしているようにも見えた。彼らと一緒にいる美女たちは、酒をしこたま飲まされたこともあって、それほど美しいとは言えなかったが、まあ、うまく取り繕っていた。彼女たちの仕事は、そういうものだ。

ゲイルのいちばん近くのテーブルがいちばん大きかったが、そこに最も若い者たちが集まっていた。ほかのテーブルより一段高い位置に設置されており、そのためここに座るアルマーニの若造たちは、まわりのテーブルの者たちよりも権威があると印象づけていた。これは、デル・オロがゲイルとペリーをエスコートし、その七人に紹介しようとしたことで、彼も認める事実であることが明らかになった。七人はみな退屈そうにしていたが、目は鋭く、筋骨たくましい青年経営者たちだった。酒の瓶を囲み、若い女たちをはべらせ、禁煙席にもかかわらず煙草をふかしていた。

「教授、ゲイル、ご紹介します。こちらは取締役の方々と、その令夫人のみなさまです」

とデル・オロは仰々しく二人に紹介する。そして同じことをロシア語で繰り返す。

そのテーブルの何人かが無愛想にうなずき、挨拶する。女性たちはキャビン・アテンダントのように微笑みかける。

「やあ、わが友よ！」

大声を出したのは誰だ？　一体誰に対して？　首が太くて髪の短い、葉巻をくわえた男が、ペリーに向かって話しかけているのだ。

「あんた、教授？」

「まあ、ディマは僕をそう呼びますね」

「今日の試合、よかった？」

「最高でした。素晴らしい試合でした。こんな試合を観ることができて、光栄です」

「あんたもテニスがうまいんだって？　フェデラーよりうまいんだろ！」とその首の太い男は大きな声で英語をひけらかす。

「いや、そんなことはないです」

「よい一日を。いいかい？　楽しんでな！」

デル・オロは二人に通路を進むように促す。傾斜したガラス窓の向こう側では、青いリボンのついた麦わら帽をかぶったスウェーデンの賓客たちが、貴賓席をあとにして、雨に濡れた階段を下っていく。これから閉会式が始まるのだ。ペリーはゲイルの手を握りしめている。エミリオ・デル・オロに続いてテーブルのあいだを通り抜けていくのは、やや困難が伴う。人々の顔の脇をすり抜け、「失礼、おっと、こんにちは、ええ、素晴らしい試合でした！」

というようなことを、大半は男の客たちに言いながら進んでいく。アラブ人かと思えば、インド人がいたり、また全員が白人であったりする。

続いてイギリス人の男たちのテーブルだ。おしゃべりな上流階級の風情を漂わす連中で、一斉に立ち上がろうとする。「僕はバニーです。うわ、あなたは実におきれいだ」、「ジャイルズです、こんにちは。教授、こんな素敵な人がいて幸せですね！」。そんなことを同時にまくし立てるので、すべてを聞き取るのは無理だが、ゲイルは最善を尽くす。

今度は、スイス国旗をあしらった紙の帽子をかぶった二人の男の前にたどり着く。一人は太って、ご満悦な様子。もう一人は痩せぎすだ。この二人が握手を求めてくる。『ピーターと狼』ね、とゲイルは何だかおかしなことを考えるが、その印象がまとわりつく。

「あの人はまだ見つからない？」とゲイルはペリーに声をかける。と、その瞬間、ゲイルはまさにその人に気づく。ディマだ。部屋のいちばん奥で、背中を丸め、四人がけのテーブルで、一人考え込んでいる。その目の前にはストリチナヤ・ウォッカの瓶が置かれている。ディマの背後には、痩せこけた哲学者のようなボディガードがいる。手首が長く、頬がこけた男だ。キッチンの入り口を見張っているように見える。エミリオ・デル・オロは、あたかもずっと昔から知り合いであるかのように、ゲイルの耳元にささやく。

「ゲイル、われらが友人のディマは、少し落胆しています。あの悲劇はご存じですよね。ええ、モスクワでの二人の葬儀です。あの方の大事なお友だちとその奥さまが、イカれたやつらに殺害されました。犠牲になったんです。まあ、これからどうなるか見てみましょう」

実際、ゲイルは見た。そして、自分の見たことがどれだけ真実なのかと考えてしまった。笑わず、相手を受け入れようとしないディマ。ウォッカに酔って落ち込んでいるディマ。ゲイルとペリーが近づいても、立ち上がって迎えようともせず、部屋の隅から睨みつけている。二人のボディーガードとともに、部屋の隅に追いやられた恰好だ。というのも、金髪のニキも護衛に戻り、痩せこけた哲学者もその脇を固めたのだ。この二人のあいだには何か冷たいものがある。互いに無視し合う一方、自分たちが拘束している者からは決して目を離さない。

✦

「教授、こっちに来て座れよ！　エミリオの言うことなんか信用するな。ゲイル、愛しているぞ。座って。おい、給仕、シャンパン持ってこい！　コーベ・ビーフもだ。ここに、な」

コートでは、ナポレオンの共和国衛兵隊《ギャルド・レピュブリケーヌ》がふたたび登場し、演奏している。フェデラーとセーデリングが表彰台に上がり、そこにカジュアルスーツ姿のアンドレ・アガシが加わる。

「向こうのテーブルのアルマーニの若造たちと話したか？」とディマは不機嫌そうに尋ねた。「あんたたち、銀行屋や弁護士や会計士に会いたいだろう？　世界をおかしくしている連中だよ。フランス人もいるし、ドイツ人もスイス人もいる」。ディマは顔を上げて、大きな声を部屋に響かせる。「おい、みんな、教授殿に挨拶してくれ！　おれをテニスでコケにした男だ。この女性はゲイル。教授はこの人と結婚する。教授がゲイルと結婚しないなら、ゲイルはロジャー・フェデラーと結婚するんだよな。そうだろ、ゲイル？」

「まあ、わたしはペリーで手を打つわ」とゲイルは言った。

誰かこの会話を聞いていたか？　あの大きなテーブルに座っている、鋭い目をした若者たちとその女たちは、明らかに聞いていない。彼らはディマの声が高くなるにつれ、大げさに身を寄せ合うようにした。もっと近くのテーブルに着いていた者たちも、ほとんど無関心だった。

「イギリス人もいるぞ。フェアプレイの連中だ。おい、バニー、オーブリー、こっちに来い！　バニー！」返事はない。「バニーっていう名前が何を意味するかわかるか？　うさぎだよ。面白いだろう」

ディマの冗談の対象を知ろうと、ゲイルは笑いながら振り向き、すぐにそれが誰かわかる。丸ぽちゃで、顎鬚と頬髯を伸ばした男。そのニックネームがバニーでなかったとしても、まさにそうであるべき男だ。しかし、オーブリーという男に関しては、ゲイルは誰かわからなかった。そうかもしれない男がいるとすれば、あの背が高く、頭が禿げた、賢そうな男だろう。縁なし眼鏡をかけた猫背の男で、腕にレインコートを抱え、ドアに向かって通路をせかせか歩いていた。電車に乗らなければならない、と突然思い出した男のようだった。

美しい銀髪の洒落男、エミリオ・デル・オロが、ディマの向かいの席に座った。あの髪は本物かしら、それともカツラかしら、とゲイルは考えた。最近はカツラの技術が相当進歩しているから。

✦

ディマが明日、テニスをしようと提案する。ペリーはいろいろと言い訳をし、まるで昔からの友人のように、ディマにわかってほしいと懇願する。実際は初めて会ってから三週間しか経っていないが、本当に旧友のような間柄になっている。

「ディマ、本当に無理なんです」とペリーは強く言う。「パリで会うと約束した人たちがたくさんいるんです。それに、テニスの道具を持って来ていません。ゲイルとは、今回絶対にモネの『睡蓮』を見に行くと約束したし。本当です」

ディマはウォッカを一口飲み、口のまわりを拭く。「テニスするんだ」と彼は言うと、既成事実を述べるかのように続ける。「クラブ・デ・ロワで、明日十二時から。すでに予約した。そのあとマッサージを受ける」

「ディマ、雨で頭をマッサージするの？」とゲイルは冗談まじりに尋ねる。「最近、悪いことを覚えたなんて言わないでくださいね」

ディマはゲイルを無視する。

「明日の朝九時に銀行で会合があって、あのアルマーニの若造たちと契約書を交わさなければならない。そのあとの十二時から、このあいだの借りを返す。いいか？　教授、おじけづかないよな？」ペリーがそれにも抵抗しようとすると、ディマがそれを遮る。「六番コート。最高のコートだ。一時間テニスをして、それからマッサージを受ける。そのあと昼飯を食おう。おれが奢る」

ここでデル・オロが物腰柔らかく口を挟み、話題を変えようとする。

「それで、お二人はパリのどこにお泊まりか、お訊きしてもよろしいですか？　リッツですか？　あそこはやめたほうがいいように思いますよ。調べ方さえわかっていれば、ここには素晴らしい穴場のホテルがたくさん見つかります。あなた方がパリに来るとわかっていたら、わたしが五、六軒は紹介できましたのに」

向こうに何か尋ねられたら、話を逸らすな。はっきりと答えろ。ヘクターにはそう言われていた。無害な質問には正直に答えろ。ペリーはその助言を胸に刻んでいて、ここで笑い出した。

「あなたには信じられないぐらいひどいホテルですよ」とペリーは叫んだ。しかし、エミリオには信じられたようで、そのホテルの名前を気に入ったと言い、紋章入りのクリーム色のブレザーからワニ革の手帳を取り出した。ブレザーについている紺青色の裏地の内ポケットに、その手帳を入れていたのだ。そして、ホテルの名前を手帳に書き込んでから、持ち前の魅力を存分に発揮して、ディマを説得しようとした。

「ディマ、明日テニスをするという提案については、ゲイルの言うとおりだと思いますね。雨のことを完全にお忘れでしょう。われらが友人の教授殿であっても、土砂降りのなかでは、あなたの期待に応えられませんよ。明日の天気予報は、今日よりさらに悪かったですよ」

「おれのやることに口出しするな！」

ディマが拳でテーブルを強く叩いたので、その上にあったグラスが転がった。ブルゴーニュの赤ワインのボトルも傾き、中身がカーペットの上にこぼれ出そうになったが、ペリーがすばやく受けとめて、元の状態に戻した。この大きなガラス窓の部屋にいる全員は、すぐそばで爆弾が破裂して耳が聞こえなくなった兵士のように、黙り込んでいた。

✦

ペリーは何とか落ち着きを取り戻し、ふたたび穏やかに訴えた。

「ディマ、勘弁してください。僕はラケットすら持って来てないんです」

「デル・オロが二十本持っている」

「三十本です」とデル・オロはそれを冷ややかに正した。

「オーケー！」

何が「オーケー」だ？「オーケー」と言ってディマはふたたびテーブルをドスンと叩くのか？ディマがその汗ばんだ顔をこわばらせ、顎を前に突き出し、よろよろと立ち上がる。そして上体をうしろに反らすと、ペリーの手首をぐいとつかみ、それを引っ張って、自分の隣に立たせる。

「オーケー、みんな！」とディマは大声をあげる。「教授とおれは、明日、テニスの再試合をする。そしておれはこいつを打ち負かす。十二時、クラブ・デ・ロワだ。観に来たいやつは、傘を忘れるな。そのあと昼飯を食べる。勝ったほうの奢りだ。もちろんおれが勝つから、おれが奢る。聞いてるか？」

何人かは聞いている。一人か二人は笑みをもらし、手を叩く者も数名いる。例の一段上のテーブルに座っている若者たちからは、最初は何の反応もなかったが、ロシア語の低いつぶやきがあり、そのあと冷たい笑い声があがる。

ペリーとゲイルは互いの顔を見つめ、笑みを漏らし、肩をすくめる。抵抗できない力を目の前にし、そんな困惑するような状況で、どうして彼らに「ノー」が言えるだろう？　二人が降参することを見透かして、デル・オロが気を利かせる。

「ディマ、ちょっとお友だちに厳しすぎるんじゃないですか？　試合は今年の後半にやるということでどうでしょう？」

しかし、この提案は遅すぎる。ゲイルもペリーもとてもやさしい人たちだ。

「ねえ、エミリオ」とゲイルは言う。「もしディマがどうしても試合をしたくて、ペリーも受けて立つというのなら、男の子たちに好きにさせてあげない？　ダーリン、あなたがそうしたいなら、わたしはいいわよ」

ペリーとゲイルが「ダーリン」と呼び合うようなことはこれまでなかったが、ミルトンとドゥーリトルにはそれがふさわしい。

「わかりました。でも、一つ条件があります」とデル・オロがまたここで優位に立とうとする。「今夜、僕のパーティに来てください。ヌイイ（ヌイイ・シュル・セーヌ。パリの北西郊外の町）に立派な家を構えていましてね、きっと気に入ってもらえると思います。ディマも気に入ってくれて、よく足を運んでくれるんです。モスクワからもセレブな同僚たちがやってきます。かわいそうに、妻は今準備の指示で大忙しですよ。八時でいかがですか？　車でホテルに迎えに行かせます。服装はどうかご自由に。インフォーマルな会ですから」

しかし、デル・オロの招待は即座に却下される。ペリーは笑って、エミリオ、それは完全に不可能だ、と言う。ゲイルも、パリの友人たちが絶対に許してくれない、と言う。無理だわ、友人たちを連れてはいけないし。友人たちのプライベートな会があって、そこにわたしたち二人は大事な客として呼ばれているのだから。

その代わり、明日の午前十一時に、エミリオの車がホテルに迎えに来ることになる。その車で、雨のなか、テニス場に向かうのだ。デル・オロは、今にもディマを殺してしまいそうな表情をしている。しかし、ヘクターによれば、ベルンに行くまでは殺さないとのことだ。

◆

「二人とも大した役者だな」とヘクターは大声をあげた。「ルーク、そう思わないか？　ゲイル、君は本当に機転がきくね。そしてペリー、君は『英国の頭脳』（一般常識を競うBBC RADIO 4のクイズ番組）で優勝できる。ゲイルも頭が冴えていた。ここまで本当によくやってくれたよ。危険な場面で勇敢に振る舞ってくれた。僕はボーイスカウトの隊長みたいな話し方をしているかな？」

「まさしく」とペリーは言うと、長椅子の上でゆったり体を伸ばした。その上に大きな弓形窓があって、セーヌ川を見下ろすことができた。

「そいつはいい」とヘクターは陽気に笑う者たちに向かって、満足げに言った。ゲイルだけは祝福ムードから少し距離を置いている様子だった。ペリーの頭上のスツールに腰を下ろし、物思いにふけるかのように、ペリーの髪を撫でていた。

サンルイ島で夕食をとったあとだった。古い要塞跡のアパルトマンにある豪華な最上階の部屋に彼らはいた。部屋の持ち主は、画家であるルークの叔母だった。叔母は作品を売るところまで身を落としたくないと考えていたから、その絵はすべて壁に立てかけられていた。ルークの叔母は美しく、陽気な人で、歳は七十を超えていた。若い頃、レジスタンス運動でドイツ軍と闘ったこともあるので、ルークのスパイ活動に協力することに抵抗はなかった。

「わたしたち、昔から友だちということね？」二、三時間前、彼女はペリーに言った。そしてペリーの手をそっと握ってから、放した。「わたしの親友がサロンを開いていて、そこでわたしたちは会った。あなたはまだ学生で、絵に対する飽くなき情熱を抱いていたわ。ちなみに彼女の名前は、ミッシェル・ド・ラ・トゥール。もう亡くなっている。わたしは、あなたを取り巻きの一人に加えることにした。わたしの恋人になるには、あなたは若すぎたけど。これで十分かしら？　それとも、もっとストーリーがあったほうがいい？」

「それで結構です。ありがとうございます」とペリーは笑いながら言った。

「わたしには、あまりよくないのよ。若すぎて、わたしの恋人になれないなんて人はいないんだから。ルークがガチョウのコンフィとカマンベールを用意してくれるわ。今夜は楽しんでいってね。そしてあなた、とてもおきれいね」とゲイルに話しかけた。「この三流芸術家には、とても描けないくらいきれいだわ。冗談よ。ルーク、シーバを忘れないでね」

シーバとはルークの叔母のシャムネコで、今はゲイルの膝の上に載っている。

夕食の席で、ペリーはまだひどく興奮し、会話を独占していた。フェデラーのプレイを息もつかずに褒めたたえるかと思えば、ディマとの不自然な出会いを再現し、ディマが特別室で見せた離れ業について熱く語った。ゲイルにすれば、恋人が危険なロッククライミングから帰還したか、クロスカントリー走で接戦を制した話を聞くようなものだった。一方、ルークとヘクターは熱心に耳を傾けた。ヘクターはペリーの話に集中し、珍しく口数が少なく、新たな情報を引き出そうとするときだけ口を挟んだ。そのオーブリーらしき男はどれくらいの身長か？　バニーは親しそうだったか？　ルークはテーブルと広いキッチンのあいだを行ったり来たりしながら、みんなのグラスにドリンクを注いでまわり、特にゲイルのグラスには注意を払っていた。その合間にオリーからの電話に答えていたが、それでも会にはしっかりと参加していた。

夕食とワインが一同の緊張を和らげ、ペリーが語る熱い冒険譚も静寂に溶け込んでいった。ここでようやく、ヘクターはクラブ・デ・ロワでのテニスの話に戻り、ディマがどのようにテニスの再戦を挑んだか、その正確な言葉を確認した。

「では、マッサージにメッセージが込められている、と考えてよいか」と彼は言った。

「誰か付け足すことは？」

「マッサージは、事実上、テニスの再戦の一部という感じでした」とペリーが応えた。

「ルーク？」

「一目瞭然ですね。何回〝マッサージ〟って言いました？」

「三回」とペリーは答えた。

「ゲイルは？」とヘクターが尋ねた。

そう言われて我に返ったものの、ゲイルは男たちのような確信は持てなかった。

「気になるのは、エミリオやアルマーニの若造たちにも一目瞭然だったんじゃないかってことね」とゲイルは言った。ルークとは目を合わせようとはしなかった。

ヘクターも同じことを考えていた。

「確かにそうだ。もしデル・オロが臭いと思えば、あいつはテニスの試合をやめさせるだろう。そうなったらわれわれは終わりだ。試合終了。だが、オリーの最新情報によると、事態は逆方向に向かって進んでいる。そうだな、ルーク？」

「オリーは、デル・オロの豪邸の外に集まっている運転手たちとさりげなく話をしてきました」とルークは説明し、輝くばかりの笑みを浮かべた。

「明日のテニスの試合は、署名後のお祝いとして、エミリオも一枚嚙んでいます。彼のモスクワからの客人たちは、エッフェル塔はすでに見ているし、ルーヴルには興味がないので、エミリオとしては何か余興がほしかったんですね」

「で、マッサージに関するメッセージは？」とヘクターがせかした。

「それは、ディマが試合の直後に、ペリーと自分のマッサージを同時に予約してある、ということです。オリーはクラブ・デ・ロワについても調べ上げました。ここは世界でいちばん標的になりやすい人たちがテニスをしに来ますが、安全な楽園であることを自負しています。ボディガードたちは、主人が一度更衣室やサウナやマッサージルームに入ってしまえば、それに同行することはできません。クラブの待合室か、乗って来た防弾ガラス張りのリムジンで待たなければならないのです」

「で、そのクラブ常勤のマッサージ師がいるの？」とゲイルは尋ねた。「ペリーたちが話をしているあいだ、そのマッサージ師たちは何をするのかしら？」

ルークは特別な笑みを浮かべながら、答えた。「月曜日、マッサージ師たちは休みなんです。彼らは予約があったときだけ来ます。エミリオも、明日はマッサージ師が来ないってことは知らないはずです」

✦

二天使《ドゥザンジュ》ホテルでの午前一時、ペリーはようやく眠りに就いた。ゲイルはそろそろと忍び足でトイレに向かい、入ると鍵を閉めた。そしてひどく暗い電球の下で、携帯電話のメールをもう一度確認した。それは前の晩の七時、サンルイ島での夕食に向かう直前に受信したものだった。

お父さんから、あなたがパリにいると聞きました。スイスのお医者さんに、妊娠九週目と

言われました。マックスは山にいて、連絡が取れません。ゲイル

ゲイル？ ナターシャはわたしの名前で発信したの？ あまりに取り乱して、自分の名前を忘れてしまったの？ それとも、「ゲイル、お願い助けて」と書こうとしたの？ そういう意味で「ゲイル」なのかしら？

頭の一部が半分眠っているような状態で、ゲイルは携帯電話でナターシャの番号を表示した。そして何も考えずに発信ボタンを押してしまい、スイスの留守番電話対応サービスの音声が流れてきた。あわててそれを切り、そのあとすっかり目が覚めた状態で、メールを送った。

わたしと話をするまで、絶対に何もしないで。会って、話す必要があるわ。愛を込めて。

ゲイル

ゲイルはベッドに戻り、馬の毛の掛布団の下に潜り込んだ。ペリーは死んだように眠っている。この人に話すべきか、それとも話さないほうがいいだろうか？ ペリーには心配すべきことがすでにたくさんありすぎるんじゃない？ 明日は大事な日でしょう？ それに、絶対口外しないとナターシャに約束したわよね？

13

エミリオ・デル・オロの運転手つきメルセデスが、この十分間、マダム・メールのホテルの前の道をずっとふさいでおり、マダムはカンカンに怒っていた。侮辱の言葉を運転手に並べ立てても、薄らバカの運転手は窓を開けようとさえしなかったのだ！　そのメルセデスに乗り込みながら、ペリー・メイクピースは――ゲイルにはそれほどの不安を認めようとしなかったが――実は激しい不安にとらわれていた。一方ゲイルは、この機会のために、ゆったりとした薄い布地のパンツをはじめ、ヴィヴィアン・ウエストウッドの服で身を固めていた。これは、彼女が初めて裁判で勝ったときにお祝いとして買ったものだ。「高級娼婦たちが一緒に乗り込むんだったら、わたしもできる限りのことをしないと」と彼女は身支度をしながらペリーに話していた。そのあいだ，洗面台のうえの鏡に全身を映してみようとして、ベッドに危なっかしく立っていた。

✦

昨晩、夕食のパーティから二天使《ドゥザンジュ》ホテルに戻ったとき、ペリーはマダム・メールの視線に気づいた。ブーツのボタンのような目で、フロントのいつもの持ち場から、彼を見つめていた。

「先にバスルームを使ったらどうだい？　僕はあとから上がるから」とペリーは提案し、ゲイルは欠伸《あくび》をしながら「ありがとう」と言った。

「アラブ人が二人」とマダム・メールがささやいた。

「アラブ人？」

「アラブの警官。アラビア語を話していたわ。わたしにはフランス語。アラブっぽいフランス語ね」

「何を知りたがったんですか？」

「すべてよ。あなたの出身地。職業。パスポート。オックスフォードの住所。マダムのロンドンの住所。あなたに関するすべて」

「何て答えたんですか？」

「何も。あなたは古くからの客で、ちゃんと支払ってくれるし、礼儀正しいし、酔っぱらいじゃないし、一度に一人の女性しか連れて来ないし、といったようなことね。今日は芸術家にサンルイ島に招待されて、遅くなるけど、鍵は持っていて、わたしたちは信用しているって」

「それで、僕らのイギリスの住所は？」

マダム・メールのフランス人らしい肩のすくめ方は、彼女が小柄なだけにいっそう大げさだった。「あなたが宿帳《フィッシュ》に書いたことは、みんな記録していったわよ。住所を知られたくなかったら、あそこには嘘のを書けばよかったのよ」

マダム・メールにこのことは絶対にゲイルには言わないようにと約束を取りつけてから――そんなこと、考えもしなかったわ、わたしだって女なんだから！　と言った――ペリーはヘクターにすぐに電話することも考えた。しかし、そこはペリーらしく、先ほどカルヴァドスをかなり飲んだおかげで機嫌がよかったこともあり、現実的に考えようと心に決めた。今できることで、明朝やったほうがいいと思えないものは一つもない、と。そこで彼は床に就いた。淹れたてのコーヒーとクロワッサンの香りで目覚めたとき、彼はゲイルの姿を見てびっくりした。ショールにくるまってベッドの縁に座り、携帯をいじくっていたのだ。

「何か悪いことでも？」と彼は尋ねた。

「弁護士事務所にメールを打っているの。確認しているだけ」

「何を確認しているの？」

「今夜、わたしを家に送るって言ってたわよね、覚えてる？」

「もちろん、覚えてるよ」

「それでね、わたしは帰らないの。いま弁護士事務所にメールしたところ。サムソン対サムソンの裁判はヘルガの担当になるわ。で、しくじるわね」

彼女の不倶戴天の敵、ヘルガ？　網タイツをはいて男を漁る女、弁護士事務所の男の弁護士たちを竪琴のようにもてあそぶヘルガが？

「一体全体、どうしてそんなことをしたんだ？」

「一つはあなたのためよ。崖っぷちに立っているあなたをあとに残していく気にはなれないの。だから、明日、あなたと一緒にベルンに行くわ。次はそこに行くんでしょ？　あなたは何も教えてくれないけど」

「理由はそれだけ？」

「それじゃいけない？　わたしがロンドンにいたって、あなたは心配するでしょ。だったら、顔が見えるところにいたほうがいいじゃない」

「一緒にいたら、もっと心配になるって思わない？」

これは意地の悪い言い方だった。ペリーはそれがわかっていたし、ゲイルもそう思った。取り繕うため、彼はマダム・メールと話したことを彼女に告げようかとも思ったが、いよいよ自分のそばにとどまろうという彼女の決意が固くなるのではないかと恐れた。

「大人たちの問題で頭がいっぱいで、子供たちのことを忘れているようね」と彼女は、ここで口調を和らげ、残念そうに言った。

「ゲイル、それはナンセンスだよ！　僕はできる限りのことをしているし、僕らの友人たちもそうだし、それはすべて子供たちの……」最後まで言わないほうがよさそうだ。ほのめかしてしゃべるようにしたほうがよい。二週間の「馴らし期間」を終えた今、誰にいつ聞かれているか、わかったものではない。「子供たちのことを僕は第一に考えているし、ずっとそうだった」とペリーは言い――心の底から真実とまでは言えないにしろ――頬が赤くなるのを感じた。「子供たちのために僕たちはここまで来たんじゃないか」と彼は言い張った。「僕たち二人とも。君一人じゃなくて。そうだよ、僕らの友人たちのことを心配しているし、すべてがうまくいくように願っている。それに、これはすごく魅力的なんだ。このすべてが」。ここでペリーは気恥ずかしくなり、口ごもった。「これって、現実世界に関わることなんだ。子供たちはその一部だよ。大きな一部分だ。今だけでなく、君がロンドンに戻ってからもずっとそうだよ」

しかし、この仰々しい主張で彼女が納得すると思っていたとしたら、ペリーは彼女に関する判断を誤っていた。

「でも、子供たちはここにはいないわ。ロンドンにもいない」と彼女は負けずに言った。「あの子たちはベルンにいるの。ナターシャによれば、ミーシャとオルガの喪に服しているんだって。双子は毎日サッカー場に行っているし、タマラは神様とお話をしているし。みんな、何か大きなことが起ころうとしているってわかっているけど、それが何だかわからないの」

「ナターシャによれば？　何を話しているんだい？」

「わたしたち、メル友なのよ」

「君とナターシャが？」

「そうよ」

「僕に言わなかったじゃないか！」

「あなたも、ベルンに関することはわたしに言わなかった」――と、彼にキスしながら――「そうでしょ？　わたしを守るためにね。だから、これから先は、お互いに守り合いましょう。どちらかが巻き込まれたら、二人とも巻き込まれるの。いい？」

✦

同意したのは、ペリーが雨のなかデパートのプランタンにテニス用品を買いに出かけるあいだ、ゲイルが支度をするということだけだった。彼らが話し合ったことの他の部分については、少なくともペリーに関する限り、何も同意に達していなかった。

ペリーが気になっていたのは、昨夜マダム・メールのもとを訪れた者たちのことだけではなかった。予想もできない危険が迫っているという感覚が、昨晩の幸福感に取って代わっていた。雨でびしょ濡れになったまま、ペリーはプランタンのロビーからヘクターに電話をしたが、話し中だった。十分後、彼はTシャツ、半ズボン、ソックス、テニスシューズ、それから――こんなものを買うなんて頭がおかしかったに違いない――サンバイザーなどを詰めた、新品のテニスバッグを抱えていた。このバッグを足下に置いて、ペリーがもう一度電話してみたところ、今度はヘクターが出た。

「そいつらの人相は？」ヘクターはペリーの声だとわかると、こう尋ねた。ペリーの耳には、あまりに物憂げな調子に聞こえた。

「アラブ人」

「まあ、アラブ人かもしれん。フランスの警察官でもあるのかもしれない。そいつらは彼女に身分証を見せたか？」

「何も言ってなかったです」

「尋ねもしなかったのか？」

「ええ、訊きませんでした。ちょっと酔っていたんで」

「ハリーをそちらに送って、彼女と話をさせていいか？」

ハリー？　あ、そうだ、オリーのことだ。「ほかに聞き出すことはないと思いますけど。でも、そうなさりたいなら、どうぞ」とペリーはぎこちなく言った。

ペリーはどう話を続けたものかわからなかった。おそらくヘクターもわかっていなかったのだろう。

「それ以外にぐらつき《ウォブル》はないな？」とヘクターは尋ねた。

「ぐらつき？」

「疑い、考え直し、戦闘前の緊張感、神経過敏といったところだ」とヘクターは苛立たしげに言った。

「僕に関しては、ぐらつきはまったくありません。クレジットカードの清算を待っているだけですよ」そんなことはなかった。彼は自分でも、どうしてこんな嘘を言ったのかわからなかった。もしかしたら、得られてしかるべき同情を得ようとしていたのかもしれない。

「ドゥーリトルは元気か？」

「自分ではそう思っているようですが、僕はそうは思いません。彼女はベルンに行きたがっているんです。僕は絶対に行くべきではないと思うんですがね。彼女は果たすべき役割をすでに果たしました——昨晩、あなたが言ったように、見事に果たしました。これで終わりということにしてもらいたいんです。計画どおり、今夜ロンドンに帰って、僕が帰るまでそこでじっとしている」

「でも、そうはしないだろ？」

「どうしてですか？」

「彼女は十分ほど前、僕に電話してきて、こう言うんだ。君がこれから僕に電話をかけて来るけど、荒馬に引っ張られても自分の決心は変わらないから、そう伝えてほしい、と。だから、僕はこれを最終判断としたいし、君にもそう受け止めてほしい。説得できないなら、相手にあわせろ、だ。話について来ているか？」

「そうとも言えません。で、あなたは何て答えたんですか？」

「彼女にとってよいことだと思ったよ。君は欠かすことのできないメンバーだ、と答えた。彼女が自分で選んだことであり、何があっても気を変えないのだったら、君も同じような考えで臨むべきだと思う。前線からの最新ニュースを聞きたいかい？」

「どうぞ」

「われわれは予定どおりに動いている。あの七人組がわれわれの坊や《アワ・ボーイ》とサインをしてから出て来たが、みんなひどく怒っている様子だった。でも、単に二日酔いなのかもしれない。坊やはいまヌイイに帰る途中で、武装した警護がついている。クラブ・デ・ロワに二十人のランチを予約してあり、マッサージ師がスタンバイしている。ということで、計画の変更は、あの件以外にはない。今晩《ス・ソワ》ロンドンに戻ったら、明日、君たち二人でチューリヒに飛ぶんだ。空港でeチケットの発券ができる。ルークが迎えに行く。最初の計画と違って、君一人ではない。二人でだ。わかったか?」

「たぶん」

「不機嫌そうだな。昨晩やりすぎでふらふらしているのか?」

「違いますよ」

「まあ、やりすぎるな。坊やはベストの状態の君を必要としている。われわれもだ」

ペリーはヘクターに、ゲイルとナターシャがメル友であることを話そうかと考えたが、賢明にも——これが賢明と言えるのならだが——それを慎んだ。

✦

メルセデスはむっとするような煙草の匂いがした。飲み残しのミネラルウォーターのペットボトルが助手席の背中に押し込まれている。運転手は弾丸頭の大男で、首がほとんどなく、うしろの髪を刈り上げた部分にカミソリで切られたような赤い傷跡がいくつかあるだけだった。ゲイルはシルクのパンツスーツ姿だったが、このスラックスは今にもずり落ちそうに見えた。ペリーは彼女のこれ以上美しい姿は見たことがないと思った。その脇には、白くて丈の長いレインコート――ニューヨークのバーグドーフ・グッドマンで思い切って買ったもの――が置かれていた。雨は雹《ひょう》のように音を立てて、車の屋根に当たっていた。フロントガラスのワイパーが、雨の激しさに負けじと、唸るような音を立てていた。

弾丸頭の大男はメルセデスを住宅街の進入路に入れ、高級マンションの並ぶ道で停めると、クラクションを鳴らした。マンションの入り口から、丸々と太って陽気そうな男が出て来た。キルティングのレインコートを着て、つばの広い防水帽をかぶっている。彼は助手席にドスンと乗り込むと、くるりと振り向いて肘を座席の背もたれに置き、その上に二重顎を載せた。

「さて、テニスをなさるのはどなたかな?」とこの男は甲高い声でゆっくりと言った。「ムッシュー・教授はなさいますね。それからあなたは、この方のベターハーフさんだ、もちろん。昨日よりもさらにお美《べ》し《タ》い《ー》、こんなことを申し上げてよろしければ。試合のあいだ、あなたを独り占めさせていただきたいものです」

「ゲイル・パーキンズ、僕のフィアンセです」とペリーは堅苦しく言った。

フィアンセ? 本当にそうなのかしら? それについて二人は話し合ったことがなかった。おそらくミルトンとドゥーリトルは話し合っていたのだろう。

「わたしはドクター・ポパムです。世間にはバニーで通っています。不快なほど金を持っている連中のための〝歩く法的抜け穴〟ってとこですね」と彼は続けた。その小さなピンクの目は、品定めするように二人を交互に見た。まるで、今夜の相手をどちらにしようか迷っているかのようだった。「覚えてらっしゃるかもしれませんが、あの熊のようなディマが厚かましくもわたしのことを大勢の前で侮辱しました。しかし、わたしはレースのハンカチでやつを払い落としてやりましたよ」

ペリーはこれに答えたくないようだったので、ゲイルが口を挟んだ。

「では、あなたと彼とはどういう関係なんですか、バニー？」車がふたたび道に出ると、ゲイルは明るく尋ねた。

「いやはや、ほとんど関係はありません、ありがたいことに。わたしはエミリオの古くからの友人でしてね、いろいろと協力してるんですよ。かわいそうに、彼はいずれ一人ですべてやることになるでしょうが。このあいだは、アラブのまぬけな王子様たちが買い物熱に駆られてやってきました。今回は退屈なロシアの銀行家どもです。アルマーニの若造たち、ひどいもんだ！　それから、美しいレディたち」――こっそり打ち明けるかのように声を落として――「そして、わたしが見たこともないくらい美しいレディたち」。彼の貪欲そうな小さな目は、愛情を込めてペリーに注がれた。「しかし、かわいそうなのは何よりこの教授様です」――ペリーを見つめるピンクの目が悲しげになった――「何という情け深い行為！　あなたは天国で報われるでしょう、そうなるようにわたしも心を配ります。あのかわいそうな熊は、恐ろしい殺人事件で心をズタズタに引き裂かれてしまったのです。彼への援助をどうして拒めましょう？」――視線をゲイルに戻して――「パリには長く滞在されるのですか、ミス・ゲイル・パーキンズ？」

「それができたらいいんですけど。仕事に戻らないといけないんです」――フロントガラスを叩く雨にしかめっ面を向けて――「あなたはどうなんですか、バニー？」

「ああ、わたしは飛び回ってますよ。ここに小さな巣を作り、あそこに小さな巣を作り。地上に降りることもありますけど、長くはとどまりません」

乗馬センターという看板があり、続いて鳥類館という看板があった。雨は少し弱まった。追跡車はまだうしろについていた。右側に凝った装飾を施した門が一対現われた。門の反対側には一時駐車所があり、運転手はそこにメルセデスを停めた。不吉な追跡車も並んで止まった。窓はスモークガラスだ。ペリーはドアが開くのを待った。ゆっくりとドアの一つが開いた。初老の婦人が降りて来て、そのあとにアルザス犬が続いた。

「一〇〇メートル《サン・メートル》」と運転手が唸るような声で言い、門を汚い指で差した。

「わかっとるわい、バカめ」とバニーは言った。

ゲイルがバニー・ポパムの傘の下に入り、ペリーは新しいテニスバッグを胸にしっかり抱えて、並んで一〇〇メートル《サン・メートル》歩いた。ペリーの顔から雨が流れ落ちていた。やがて白くて低い建物に着いた。

階段のいちばん上、雨覆いの下に、エミリオ・デル・オロが立っていた。襟の部分が毛皮で、膝まであるレインコートを着ている。少し離れたところに、昨日の不機嫌な若い重役連中が三人、固まって立っている。若い女性が二人、クラブハウスのなかでは許されない煙草を暗い表情で吸っている。デル・オロの横には、背の高い白髪の男が立っていて、肝斑《かんぱん》のある手を差し出している。グレイのフランネルの服とブレザーを着こんだ、鼻につくほどイギリスの特権階級の匂いを漂わせた男だ。

「ジャイルズと申します」と彼は説明した。「昨日、混雑した部屋のこちら側と向こう側という感じでお目にかかりましたが、覚えてらっしゃらないでしょうね。ちょうどパリを通りかかったところで、エミリオに捕まったんですよ。友だちに電話しようかしまいか悩んだときは、しないほうがいいという証拠ですな。それでも、昨晩はどんちゃん騒ぎをしました。お二人がいらっしゃれなかったのは残念ですが」――ペリーに向けて――「ロシア語は話せますか？　幸運にも、わたしは少し話せるんです。言語に関しては、われわれの大切なお客様方は、ロシア語以外に使っていただけるものはあまりないようでして」

　彼らはデル・オロを先頭になかに入った。じめじめした月曜のランチタイム。メンバーたちにとっては大した日ではない。ペリーは視界の左端に、ルークの姿をとらえた。眼鏡をかけ、隅のテーブルにうずくまっていた。耳にはブルートゥースをつけ、光沢のある銀のラップトップをじっと見つめていた。周囲に向けては、ビジネスに精を出す実務家といった様子を醸し出していた。

　かすかにでもわれわれの誰かと似ている者を見かけたとしたら、それは幻影だ。そうヘクターは昨晩、二人に注意を促していた。

　ドキッとした。心臓が飛び出しそうになった。一体全体ゲイルはどこにいるんだ？　込み上げてくる吐き気を抑えながらペリーは彼女を探したが、すぐに部屋の中央にいる彼女を見つけた。ジャイルズ、バニー・ポパム、デル・オロと歓談している。冷静さを保ってくれ、僕の目の届くところにいてくれ。彼は心のなかで彼女に語りかけた。落ち着け、興奮するな、冷静になれ。デル・オロはバニー・ポパムに、シャンパンには早すぎるかどうかと尋ね、バニーは、それはブドウの収穫年次第だと答えた。みながどっと笑ったが、なかでもゲイルの笑い声が大きかった。彼女を助けに行こうとしたとき、「教授！」というお馴染みの声が聞こえてきた。振り返ると、傘が三つ、階段を上がってくる。

真ん中の傘の下に、グッチのテニスバッグを抱えたディマがいた。

その左右を固めるのはニキと、ゲイルが「痩せこけた哲学者」と名づけた例の男。

彼らは階段の最上段まで来た。

ディマは傘を乱暴に閉じ、ニキに押しつけた。そして、一人でスイングドアを開けて入ってきた。

「クソみたいにひどい雨じゃないか」と彼は部屋全体に向けて挑むように言った。「空を見たかい？　十分すれば、また太陽が出るぞ！」。それからペリーに向けて言った。「教授、テニスウェアに着替えたらどうかな。それとも、その背広を着たままでおれに打ち負かされるのか」

まわりにいた者たちから気のない笑い声が上がった。昨日のシュールなパントマイムの第二幕が開こうとしていた。

◆

ペリーとディマはテニスバッグを手に持って、黒い木の階段を下りる。クラブの会員であるディマが先に行く。ロッカールームの匂い。松のエキス、よどんだ蒸気、汗臭い服。

「おれはラケットを持ってるんだ、教授！」とディマは階段のうえに向かって叫ぶ。

「素晴らしい！」とペリーも同じくらい大声で叫び返す。

「六本もな！　クソ・エミリオのラケットだ！　あの野郎、下手クソなくせして、いいラケットをもってやがる」

「じゃあ、三十本のうちの六本ですね！」

「そのとおり、教授！　そのとおり！」

ディマは、自分たちが階段を下りているということを知らせている。ルークがすでに連絡していることを、彼は知らなくてよい。階段の下まで来て、ペリーは肩越しに見上げる。ニキも、痩せこけた哲学者も、エミリオも、誰もいない。ディマとペリーは陰気な板張りの更衣室に入る。スウェーデン風の様式。窓はなく、省エネ照明が使われている。つや消しガラス越しに、二人の老人がシャワーを浴びているのが見える。木製のドアの一つにはトイレと書いてある。マッサージと書かれたドアは二つ。どちらのドアの取っ手も「使用中」を示している。右手のドアをノックしろ、しかし、彼の準備が整ってからだ。さあ、復唱してみろ。

「よく眠れたかい、教授？」とディマが服を脱ぎながら尋ねる。

「ああ、よく眠れました。そちらは？」

「全然」

ペリーはテニスバッグをベンチの上にどさっと置き、チャックを開けて、着替え始める。ディマは真っ裸で背中を向けている。彼の上体は、首から尻まで、すごろくの「ヘビとはしご」の盤のように、一面青い格子状になっている。背中の中央のコマには、一九四〇年代の水着を着た女性が獣に襲われる絵が描かれている。彼女の太腿は、ディマの尻から伸びた生命の木に絡みつき、その枝は彼の肩甲骨のあたりにまで広がっている。

「小便をしなきゃ」とディマが決意表明のように言う。

「どうぞご自由に」とペリーはおどけて言う。

ディマはトイレのドアを開け、鍵をかける。しばらくして出て来ると、手にチューブ状のものを持っている。コンドームにメモリースティックを入れて、口を結んだもの。真っ裸のディマはまさしくミノタウロスのようだ。黒い陰毛は臍のあたりまで広がっている。体の他の部分も予想どおり恰幅がいい。洗面台の水道で彼はコンドームを洗い、グッチのテニスバッグのところへ持っていく。そして、その端を鋏で切り、メモリースティックを取り出す。コンドームの破片はペリーに手渡して始末を任せる。ペリーはそれをジャケットのサイドポケットに入れるが、そのときふとゲイルのことが頭に浮かぶ。一年くらい経って、ポケットのなかにちぎれたコンドームを見つけたら、ゲイルは「赤ん坊はいつ？」と尋ねるのではないか。

刑務所仕込みの電光石火の速さで、ディマはサポーターと青い長めのテニスショーツをはき、メモリースティックを半ズボンの右のポケットに入れる。それから長袖のTシャツを着て、ソックスと運動靴を履く。この作業全体に数秒しかかからない。シャワーのドアが開く。タオルを腰に巻いた、太った初老の男が現われる。

「ボンジュール、みなさん《トゥ・ル・モンド》！」

ボンジュール。

太った初老の男はロッカーのドアを開け、タオルを足下に落とし、ハンガーを取り出す。

第二のシャワーのドアが開き、第二の初老の男が現われる。

「何てひどい雨なんだ《ケル・オルール・ラ・プリュイ》！」と第二の初老の男が不平を言う。

ペリーもうなずく。雨は本当にひどい。彼は右側のマッサージ室のドアをドンドンと叩く。三回、短めに、しかしかなり強く。ディマは彼のうしろに立っている。

「使用中だよ《セ・トキュペ》」第一の初老の男がたしなめる。

「私が予約しています《プール・モア・アロール》」とペリーは言う。

「月曜は休みなんだ《ランディ・セ・トゥ・フェルメ》」と第二の初老の男がアドバイスしてくれる。

オリーがドアを内側から開ける。ペリーとディマはなかに入る。オリーはドアを閉め、安心させるようにペリーの腕を叩く。イヤリングはしておらず、髪をうしろに撫でつけ、医者のような白衣を着ている。まるで一つのオリーを脱ぎ捨て、もう一つのオリーを身にまとったかのようだ。ヘクターも白衣を着ているが、ボタンはだらしなく外したままだ。彼がマッサージ師の主任なのである。

オリーはドアの枠に木のくさびを差し込む。下に二つ、横に二つ。ペリーはここでも、オリーが同じことを何度も経験していると感じる。ヘクターとディマは初めての対面だ。ディマは背を反らし、ヘクターは前に少し屈んで、一方は前に進み、もう一方はあとずさる。ディマは次の罰を待つ老いた囚人で、ヘクターは監獄の看守長。ヘクターが手を差し出し、ディマは握手をする。その手を左手に持ち替えて握ったまま、ディマは右手でポケットを探る。ヘクターはディマからメモリースティックを受け取り、オリーに渡す。オリーはそれをサイドテーブルに持っていく。そしてマッサージ用のバッグのチャックを開け、銀色のラップトップを取り出し、蓋を開けて、メモリースティックを差し込む。これがすべて一つの動作で行なわれる。白衣を着たオリーはこれまで以上に大きく見えるが、敏捷さも倍増している。

ディマとヘクターは、一言も言葉を交わしていない。囚人と看守長という関係は解消された。ディマはふたたび背を反らし、ヘクターは前屈みになる。ヘクターの灰色の視線は広く、ぐらつかず、しかし何か尋ねたい様子だ。そこには所有とか占領とかいった要素、勝利といった要素は含まれていない。ヘクターはどのように手術をしようか、そもそも手術をすべきかどうか、まさに今決めようとしている外科医といったところ。

「ディマ？」

「はい」

「僕はトムだ。君のために働く、イギリスの役人《アパラチキ》だ」

「ナンバーワン？」

「ナンバーワンがよろしくと言っていた。僕は代理として来ている。そこにいるのがハリー」――とオリーを指さす――「われわれは英語で話し合い、そこの教授に立ち会ってもらって、フェアプレイがなされるかどうか、注意していてもらう」

「オーケー」

「では、座ろう」

彼らは向かい合って座る。フェアプレイを見守るペリーは、ディマの隣に座る。

「われわれの仲間が上の階にいる」とヘクターは続ける。「一人でラップトップを広げ、バーに座っている。ちょうどこのハリーが持っているのと同じ、銀色のラップトップだ。名前はディック。眼鏡をかけて、党員の赤いネクタイをしている。君が今日の最後にクラブを出ようとするとき、ディックは立ち上がる。銀色のラップトップを持って、ダークブルーのレインコートを羽織りながら、君の目の前のロビーをゆっくりと歩いてくる。将来のために、彼の顔をよく覚えておいてくれ。ディックの発言は僕が保証するし、ナンバーワンも保証する。わかったかな？」

「わかった、トム」

「彼は必要とあればロシア語をしゃべる。僕もだ」

ヘクターは腕時計をちらりと見て、それからオリーを見る。「君と教授が階上に行くまでに七分間の余裕を見ておいた。それより前に行く必要があれば、ディックが知らせてくれる。

満足していただけたかな？」

「満足？　あんた、頭がおかしいんじゃないのか？」

儀式が始まった。こんな儀式が存在するなんて、ペリーは夢にも思っていなかった。しかし、どちらの男もその必要性を認めているようだった。

ヘクターから始める。「君は今、あるいは過去において、ほかの国の諜報部と接触したことがあるか？」

ディマの番である。「神に誓って、ない」

「ロシアのにもか？」

「ない」

「君の仲間の誰かで、ほかの国の諜報部と接触した人を知っているか？」

「知らない」

「似たような情報をほかで売っている者はいないか？　相手は警察であれ、企業であれ、個人であれ、世界のどこかで誰かにこうした情報を売っている者は？」

「そういうやつのことはまったく知らない。おれは子供たちをイギリスに移住させたいんだ。だから、おれの条件を聞いてほしい」

「僕としても、君の条件を満たしたい。ディックもハリーも、君の条件を満たしたい。その教授も同じだ。みんな、同じ側に立っているんだ。だが、君はまずわれわれを納得させなければならないし、僕はロンドンにいる仲間の役人《アパラチキ》たちを納得させなければならない」

「プリンスはおれを殺すんだぞ」

「やつはそう言ったのか？」

「もちろんだ。あの葬式のときな。〝悲しむなよ、ディマ。おまえもすぐにミーシャと一緒になれるさ〟って。冗談めかして。クソみてえな冗談だ」

「今日の調印《サイン》はどうだった？」

「うまくいったよ。寿命が半分縮まった」

「では、われわれは残りの寿命について打ち合わせよう。いいかな？」

✦

自分が何者で、なぜここにいるのか、ルークも今度ばかりははっきりとわかっている。クラブの関係者たちもわかっている。彼はムッシュー・ミシェル・デスパールという資産家。ここにいるのは、変人の叔母がランチをご馳走してくれるのを待っているからだ。この叔母は誰も聞いたことのない有名な芸術家で、サンルイ島に住んでいる。彼女の秘書が二人のテーブルを予約しておいたが、あの変人の叔母のこと、本当に現われるかどうか定かではない。ミシェル・デスパールも、彼女のそういうところはわかっているし、クラブも了解している。デスパールに同情したヘッド・ウェイターは、彼をバーの静かな隅に連れて行き、雨の月曜日ですから、どうぞここでお待ちください、と言う。そしてそのあいだ、用事を済ませたらいかがでしょうか、と。お客様、これはご親切に、どうもありがとうございます。一〇〇ユーロのチップで、人生は少し楽になる。

ルークの叔母は本当にクラブ・デ・ロワの会員なのか？　もちろんそうだ！　でなければ、彼女の死んだ愛人である伯爵がメンバーだった――同じことではないか？　あるいは、ルークの叔母の秘書を演じたオリーがそのように彼らに信じ込ませた。オリーは、ヘクターが正しく見抜いたように、スパイの世界で最高の裏方仕事師であるし、叔母は必要とあれば念押しの電話をすると言っているのだ。

そしてルークは満足している。落ち着いて、心の乱れはまったくなく、スパイとしてベストの状態にある。クラブルームの目立たない隅に押し込められた、迷惑な客のように見えるかもしれない。べっ甲縁の眼鏡とブルートゥースのイヤホンをつけてラップトップを開き、焦って仕事をしている重役。週末のうちにやっておかなければならなかった仕事を、月曜の朝になって片づけようとしている。

しかし、彼は内面の世界に無事に入り込み、本領を発揮している。これ以上ないほど充実し、解放されている。彼はいわば耳には聞こえない戦闘の轟音のなかで語り続ける堅実な声。本部に報告を続ける前線の監視所。微細なところまで目を配る監督者であり、建設的な心配をする者。困難な状況にある司令官が見落とした、あるいは見ようとしない重要な部分にまで気づく副官なのだ。ヘクターにとっては、二人の「アラブ人警察官」はペリーがゲイルの身を案ずるあまり作り出した幻影だった。そいつらが実在しているとしたら、「日曜の夜に暇を持て余していたフランスのおまわりども」というわけだ。しかし、ルークにとっては、彼らはまだ検証されていない作戦上の情報であり、確証も却下もすべきではないが、さらなる情報が入るまで保持しておくべきものなのだ。

彼は時計にちらりと目をやり、それからコンピュータのスクリーンを見る。ペリーとディマが更衣室に入ってから六分。二人がマッサージ室に入ったとオリーが報告してきてから四分二十秒。

視線を上げて、彼は周囲の光景を目に焼きつける。まず、「アルマーニの若造たち」としてよく知られている「清潔な使節たち」。彼らはつまらなそうにカナッペを口に詰め込み、シャンパンをがぶがぶ飲んでいる。金がかかる女たちを連れているというのに、大してしゃべろうとしない。彼らのこの日の仕事はもう終わった。サインはした。もう心は次の目的地であるベルンに飛んでいる。彼らは退屈し、二日酔いで、落ち着かない。昨夜の女たちは期待外れだった――というふうにルークは想像している。そして、隅っこに二人だけで座り、炭酸水を飲んでいるスイスの銀行家たちのことを、ゲイルは何て呼んだのだっけ？　ピーターと狼だ。

完璧だ、ゲイル。彼女に関するすべてが完璧。今の彼女を見てみろ。部屋中を歩き回って客たちに話しかけている。しなやかな肢体、かわいらしいお尻、長い脚、そして妙に母親的な魅力。バニー・ポパムとゲイル。ジャイルズ・デ・サリスとゲイル。その二人と一緒にいるゲイル。エミリオ・デル・オロも蛾のように引き寄せられ、このグループに貼りつく。一人でぶらぶらしていたロシア人も、彼女から目が離せなくなり、このグループに寄ってくる。

これは丸ぽちゃの男。彼はシャンパンに見切りをつけ、ウォッカを飲み始める。エミリオは眉毛を吊り上げておどけた質問をしているようだが、ルークには聞こえない。ゲイルは冗談めかした答えで返しているようだ。ルークはどうしようもなく彼女を愛している。これがルークの愛し方。いつでもそうだ。

エミリオはゲイルの肩越しに更衣室のドアを見つめている。これが彼らのジョークのネタなのか？　エミリオが「あいつら、あそこで一体何をしてるんだ？　僕が行って、あいつらの仲を引き裂こうか？」と言えば、ゲイルが「そんなことしないで、エミリオ、せっかく親密な時を過ごしているんだから」――これは、いかにも彼女が言いそうなことだ。

ルークはマウスピースにささやく。

「時間だ」

ベンよ、今のお父さんの姿を見てくれ。いつもわたしの悪い部分を見るのではなく、最良の部分を。一週間前、ベンはハリー・ポッター・シリーズの一冊を父に勧めた。ルークは読もうとした、本気で読もうとした。夜の十一時にくたくたに疲れて帰宅してから、あるいは、修復不能な関係となった妻の横で眠れずにいるときに、それを読もうとした。そして、最初の障害でつまずいた。ファンタジー物は彼にとって何の意味も成さなかった。無理もないじゃないか、と彼は言いたかった。ルークの人生そのものがファンタジーのようなものだったのだから。彼の英雄的行為でさえファンタジーだ。とらわれるが、そこから逃げることを許されるのだから、英雄的というよりもやはりファンタジーではないか？

「それで、良かったでしょ？」とベンは言った。父親がなかなか感想を言わないのに焦《じ》れていたのだ。「お父さん、面白かったでしょ？　認めなよ」

「うん、素晴らしかった」とルークはそつなく答えた。

また嘘をついてしまった。そして、どちらもそれがわかっていた。世界で最も愛する者からまた一歩遠ざかってしまったのだ。

◆

「静粛に、みなさん、ちょっとお静かに。ありがとうございます！」と女王が群衆に呼びかけるように、バニー・ポパムが言う。「いよいよ、われわれの勇敢な剣闘士のお出ましです。さあ、すぐに闘技場《アリーナ》に移動しましょう！」。この闘技場《アリーナ》という言葉に訳知り顔で反応する数人の笑い声。「今日は、ライオンはいません。まあ、ディマは別ですが。さらにキリスト教徒もいません――こちらの教授がキリスト教徒でなければですが、それについてわたしは断言できかねます」。さらに笑い声が上がる。「ゲイル、みなさんをご案内していただけますか。わたしもこれまでにゴージャスな衣装をたくさん見てきましたが、ここまで見事に着こなされたものは見たことがありません」

ペリーとディマが先頭に立つ。ゲイル、バニー・ポパム、エミリオ・デル・オロが続く。彼らのあとから、「清潔な使節たち」とその女たち。どれだけ清潔になれるものなのか？それからあの丸ぽちゃの男が、ウォッカのグラス以外何も持たずにあとに続く。ルークは彼らが雑木林のなかに消えていくのを見る。一筋の陽光が花の咲く小道を照らし、すっと消える。

◆

それはローラン・ギャロスの再現だった。雨中におけるテニスの大勝負。試合展開をゲイルは熱心に追おうとしたが、そのときもそのあとも、時間的な経過がたどれなかった。その意味だけでも、ローラン・ギャロスの再現と言えた。ときどき彼女は、選手たちも時間的な経過がたどれていないのではないかと思った。

ディマがトスに勝ったのはわかった。ディマはいつでもトスに勝つ。そして、彼はサーブを選ばず、迫ってくる雲を背にするサイドを選んだ。

彼女はこう考えたのを覚えていた。選手たちは、最初は真剣に勝負に取り組む姿を十分に示した。それから、集中力が切れてきた俳優のように、重要な前提を忘れていった。つまり、自分たちは、ディマの名誉をかけて、生きるか死ぬかの勝負をしているということを。

さらにゲイルはペリーを心配したことを覚えていた。コートのラインのテープが濡れて滑りやすくなっていて、ペリーが滑って転ぶのではないか。それで足首を捻挫するといった、愚かなことをしてしまうのではないか。それを言えば、ディマも同じことをするかもしれない。

そして、昨日のスポーツ好きなフランス人の観客たちと同様、ゲイルはペリーのショットだけでなく、ディマのショットにも拍手をするように気を配ったが、その目がつねに追ったのはペリーの動きだった。一つには彼を守るためだったが、もう一つはそのボディランゲージを読み取りたかったからだ。階下の更衣室でヘクターと対面したとき、どのようなことが起こったのか、そしてそれはうまくいったのか？

ゲイルはまた、ゆっくりとしたボールが濡れた土に吸い込まれるように落ちていくときのグチャッという音を覚えていた。ときどき心が昨日の決勝の最終局面に引き戻され、はっと我に返って、現在の試合に集中しようとした。

試合が長引くにつれ、ボールはどんどん重くなるようだった。ペリーは集中できず、緩いボールが来ても、急いで打とうとばかりした。打ったボールがアウトになることも多かったし——恥ずかしいことに、二度ほどだったが——空振りしてしまうこともあった。

そしてまた、彼女はバニー・ポパムが肩のあたりに顔を寄せて来たのも覚えていた。次の豪雨が来る前に屋内に避難したらどうですか、と訊いてきたのだ。それとも、恋人とここにとどまり、運命を共にしますか？

この誘いを口実に、ゲイルはトイレに行き、携帯をチェックした。もしかしたらナターシャが、最近のメールの続報を送ってくれているかもしれない。しかし、メールは来ていなかった。ということは、状況は今朝の九時から変わっていないのだろう。九時に彼女がくれたメールには、次のような不吉な言葉が並んでいた。読み直しながらも、ゲイルはこれをすべて覚えていた。

この家には耐えられない。タマラは神様のことばかり。カーチャとイリーナは泣いてばかりだし、弟たちはサッカーしかしない。わたしたち、わかってる。前途にあるのはつらい運命だけ。お父さんの顔を二度と見られそうもない。ナターシャ

緑のボタンを押して返事をしようとするが、何も聞こえず、電話を切る。

✦

ゲイルはまた、雨による二度目の中断のあと——それとも三度目だったろうか？——びしょ濡れのクレーコートに水たまりができているのに気づいていた。ということは、土がこれ以上水を吸収できないところまできているということだ。そのため、クラブの職員が現われ、エミリオ・デル・オロに試合中止を求めた。コートの状態を指摘し、手で払いのけるような動作をして「これ以上は無理」と言っていた。

しかし、エミリオ・デル・オロは相手を説得する特別な力を持っていたようだ。彼は職員の腕を親しげにつかみ、ブナの木の下に連れて行った。そして、会話が終わったとき、職員は叱られた子供のようにクラブハウスに走って戻って行った。

こうした雑多な印象や記憶が続くものの、彼女の弁護士としての面は活動し続け、この試

合の真の目的が見抜かれるのではないかとやきもきしていた。この試合がまとっている信憑性の膜とでも言えるものは、とても薄く、いつ破れてもおかしくない。とはいえ、たとえそうなったとしても、ナターシャや少女たちと連絡が取れる限りにおいては、われわれの知る自由世界が終わったことにはならない。彼女はそうも考えていた。

そして、彼女がこういうことをとりとめなく考えていると、見ればディマとペリーがネット越しに握手を交わし、試合中止を宣言している。彼女の目には、戦いを終えた敵同士というより、詐欺の共犯者の握手に見える。その見せかけの偽りがあまりにあからさまで、観客席に残った数人の忠実な客たちでさえ、拍手するより、ブーイングするほうがふさわしいと考えているように思える。

こうしたドタバタのどこかの時点で――というのも、この日の混乱には際限がないのだが――ゲイルに付きまとっていた丸ぽちゃのロシア男が突然現われ、彼女にファックしたいと言う。まさにその言葉で「おれはあんたをファックしたい」と言うと、彼女のイエスかノーかの返事を待っている。堅物の三十代シティボーイといった風貌。肌は荒れ、手には空のウォッカのグラスを持ち、目は血走っている。ゲイルは最初、その言葉を聞き間違えたのだと思った。周囲だけでなく、彼女の頭のなかも騒がしかったからだ。ゲイルは実際に彼にもう一度言ってくださいと言ってしまう。しかし、ここで男は気おくれしたようで、五メートルほどうしろから彼女に付きまとうだけになる。そのため、ゲイルはバニー・ポパムの保護下に入ろうとする――これがいちばんましな選択肢だったのだ。

こうした状況で、ゲイルは自分も弁護士だとポパムに打ち明けることになった。これは、彼女が最も恐れていた瞬間だった。互いに気まずくなり、比較し合うことになったからだ。しかし、バニー・ポパムにとっては、これはショッキングなことを言う口実となった。

「そうだったんですか」――と、空を見上げて――「これは恐れ入った！　じゃあ、わたしに言えるのは、わたしの事件《ブリーフ》をいつでも譲りますってことだけですね」

彼はどこの弁護士事務所かを尋ね、彼女は答えた――それが自然なことだからだ。それ以外、彼女に何ができたろう？

ゲイルは荷造りのことをさかんに考えていた。そのことも、よく覚えている。汚れた服を運ぶのにペリーの新しいテニスバッグを使っていいかどうか、というようなこと。さらに、パリを出てナターシャのもとに向かう際に想定される、同様の重要事項の数々。ペリーはホテルの部屋をまだおさえてあって、今夜ロンドンへの電車に乗る前に、最後の荷造りができるようにしていた。ロンドンへの電車というのは、彼らが足を踏み入れた世界においては、普通の人々がベルンに行くための行程である。つまり、彼らが監視されている可能性があり、ベルンに向かうことを悟られたくない場合、まずはロンドンに向かうのだ。

✦

マッサージ室はバスローブを提供していて、ペリーとディマはそれを着ていた。ふたたび三人でテーブルに向かっていたが、ペリーの時計では、すでに十二分間そこに座っていた。

白衣を着たオリーが部屋の隅に陣取り、背中を丸めてラップトップに向かっていた。マッサージ用のバッグは足下に置かれていた。ときどき彼はメモを取り、それをヘクターに渡すと、ヘクターはそれを目の前のメモの山に加えた。この狭い部屋の窮屈な雰囲気が、ワインの匂いこそないものの、ブルームズベリーの地下室を思い出させた。近くで現実の生活の音が聞こえたこともあって、同じように安心できた。パイプのゴロゴロと唸る音、ロッカールームから聞こえる声、トイレを流す音、欠陥のあるエアコンのポンポンという音。

「ロングリッグの取り分はどれくらいかな？」とヘクターがオリーからのメモをちらりと見て尋ねる。

「一・五パーセント」とディマは抑揚のない声で答える。「アリーナが銀行の認可を受けたら、ロングリッグは最初の金を得る。一年後、二度目の金。数年で終わり」

「どこに支払う？」

「スイス」

「口座番号は知っているか？」

「ベルンに着くまで番号はわからない。名前だけしか知らされないときもあるし、番号だけのときもある」

「ジャイルズ・デ・サリスは？」

「特別の手数料が入る。といっても、これしか聞いていないし、確認は取っていない。エミリオがおれにそう言った。デ・サリスが特別の手数料を取る、と。でも、たぶんエミリオが自分のものにするんだろう。ベルンに着けば、はっきりする」

「特別の手数料って、どれくらいだ?」

「まるまる五〇〇万。でも、嘘かもしれない。エミリオは食えないやつだ。何でもかっさらう」

「米ドルでか?」

「もちろん」

「いつ支払われる?」

「ロングリッグと同じだが、即金で、無条件。三年ではなくて、二年。半分はアリーナ銀行の公式の基金に、もう半分は一年間の業務が終わってからだ。トム?」

「何だ?」

「聞いてくれ、いいか?」と、その声は急にふたたび明るくなる。「ベルンのあと、おれはすべてを得る。納得できなければ、サインしない、わかるか? サインしたくないものにサインはしないんだ。きちんとやらなきゃいかん。おれの家族をイギリスに連れ出してくれ、いいか? おれはベルンに行って、サインする。あんたはおれの家族を連れ出す。おれの心を、おれの命を、あんたに預ける!」。彼は振り返ってペリーと向き合った。「おれの子供たちを見たよな、教授! まったく、やつらはおれのことを何だと思ってるんだ? 目が見えないのか? ナターシャは頭がおかしくなって、何も食べないんだ」。彼はヘクターに向き直る。「おれの子供たちをすぐにイギリスに送ってくれ、トム。そうすれば取引をする。家族がイギリスに着いたらすぐに知らせてくれ。あとはどうでもいい！」

しかし、ペリーがこの訴えに心を動かされたとしても、ヘクターのわし鼻の顔は頑《かたく》なな拒絶の表情を崩さない。

「絶対にダメだ」と彼は反論する。そして、ディマの抗議を無下《むげ》にねじ伏せる。「君の奥さんと家族は、水曜のサインが終わるまで、今いる場所にとどまる。ベルンでのサインの前に家族が家からいなくなれば、君も家族も危険にさらされ、取引も危うくなる。ボディガードはまだ君の家にいるのか？　それとも、プリンスに取り上げられたのか？」

「イゴールだ。そのうちあいつをヴォールにするよ。おれはあいつが大好きだ。タマラも、子供たちも大好きだ」

あいつをヴォールにする？　ペリーは心のなかで繰り返す。ディマがサリー郊外の豪邸に収まり、ナターシャはローディーン校に、男の子たちはイートン校に行くようになったら、イゴールをヴォールにする？

「いま現在、二人の男が君をガードしている。ニキと新しい男だ」

「プリンスのためだ。あいつらはおれを殺す」

「ベルンでのサインは、水曜の何時だ？」

「十時、午前中だ。ブンデス広場」

「ニキとその友だちは、今朝のサインに立ち会ったのか？」

「まさか。外で待機だ。あいつらはバカだから」

「では、ベルンでも、彼らはサインに立ち会わないのか？」

「もちろん。たぶん待合室で待つんだろうな。おいおい、トム――」

「そして、サインしたあと、銀行はこれを祝してレセプションを催すんだろうな。それも、ベルヴュー・パレス・ホテルで」

「十一時三十分。でっかいレセプションだ。みんなが祝う」

「わかったか、ハリー？」とヘクターは隅にいるオリーに呼びかけ、オリーは「わかった」というように腕を上げる。「ニキとその友だちはレセプションに出るのか？」

ディマも痼癪を起こしそうになっていたかもしれないが、ヘクターはそれに輪をかけて興奮している様子だ。

「おれのクソ・ガードどもが？」とディマは信じられないというように抗弁する。「やつらがレセプションに来たがる？　あんた、頭がおかしいのか？　プリンスはクソ・ベルヴュー・ホテルじゃおれを殺さない。一週間は待つ。二週間かもしれない。たぶん最初にタマラを殺し、おれの子供たちを殺す。おれにわかりっこないだろ？」

ヘクターの視線は相変わらず怒りに満ちている。

「では、確認すると」と彼はしつこく言う。「君は二人のガードが――ニキとその友だちが――ベルヴューでのレセプションに出席しないと、確信しているのだね」

たくましい肩をがっくりと落として、ディマは体中で「やりきれない」という思いを表わす。

「確信している？　おれは何一つ確信していないよ。やつらはレセプションに来るかもしれない。おいおい、トム」

「やつらが来るとしよう。ともかく、打ち合わせを進めるためだ。やつらは君がトイレに行くときまでついては来ないよな」

答えはないが、ヘクターは答えを待ってはいない。部屋の隅まで歩いて行き、オリーのうしろに立つと、コンピュータの画面を覗き込む。

「だから、これで行けそうかどうか教えてくれ。ニキと友だちが君と一緒にベルヴュー・パレスに行くにせよ、行かないにせよ、レセプションの途中で——昼の十二時としておいて、それにできるだけ近い時間に——君はトイレに立つ。一階を見せてくれ」——これはオリーに対して——「ベルヴューは客用のトイレが一階に二つある。一つはロビーに入って右側、受付のデスクの反対側だ。そうだよな、ハリー？」

「当たりです、トム」

「どのトイレかわかるよな？」

「もちろん、わかってる」

「このトイレは、君は使わない。もう一つのトイレに行くには、左に曲がり、階段を下りる。これは地階のトイレで、不便だからあまり使われない。階段はバーの隣にある。バーとエレベーターの中間だ。どの階段かわかるか？　この階段を途中まで下りると、ドアがあって、鍵がかかってなければ、押して入れるようになっている」

「このバーでおれはよく飲む。階段もわかるが、夜になると、鍵がかかる。時には、昼もかかることがある」

ヘクターは自分の席に戻る。「水曜の朝、このドアには鍵はかからない。君は階段を下りる。上にいるディックが君のあとを追う。地下には通りに出られる横の出口がある。ディックが車を用意する。どこに君を連れていくかについては、今夜ロンドンで僕が調整する」

ディマはふたたびペリーに訴えるが、今回は目に涙がたまっている。

「おれは家族をイギリスに連れて行きたいんだ、教授。それをこの役人《アパラチキ》に言ってくれ。あんた、子供たちに会っただろ。子供たちを先に送ってくれ。おれはあとから行く。おれはそれでいいんだ。家族がイギリスに着いたら、プリンスはおれのことを殺そうとするだろうけど、おれはどうなっても構わない」

「われわれは構うんだよ」とヘクターは熱を込めて反論する。「われわれは君と君の家族全員を守りたい。イギリスで安全に暮らしてほしい、ナイチンゲールみたいに歌って。みんな幸せになってほしい。いまスイスの学校は学期の真っ最中だ。子供たちのために何か計画は立てたのか?」

「モスクワでの葬式のあと、おれはあいつらにこう言った。学校はどうでもいい、休みにしよう。アンティグアに帰ろう、ソチでもいい。そこで遊びまわり、幸せになろう。モスクワのあの件のあと、おれはあいつらにどんなことでも言ってやったよ、まったく」

ヘクターはまったく姿勢を変えない。「では、子供たちは家にいて、学校には行かず、君の帰りを待っているんだな。君がいつか行動を起こすと思っているけど、どこに行くかはわかっていない」

「ミステリー・ホリデーって言ってるんだ。秘密みたいなもんだって。たぶん、おれのことを信じているよ。まあ、もうわからないけど」

「水曜の朝、君が銀行に行き、ベルヴューでお祝いをしているとき、イゴールは何をするんだ？」

ディマは親指で鼻をこする。

「たぶん、ベルンで買い物だな。タマラをロシア正教の教会に連れて行くかもしれない。ナターシャを馬術学校に連れて行くかもしれないし、あの子が読書をしていなければだが」

「水曜の朝、イゴールはベルンに買い物に出る必要がある。そのことを、不自然にならないように、タマラに電話で伝えられないか？　タマラがイゴールに長い買い物リストを与える。君がミステリー・ホリデーから帰って来たときのための食料品だ」

「大丈夫だ、たぶん」

「たぶん？」

「いや、大丈夫だ、タマラに伝える。まあ、タマラはちょっと頭がおかしいんだが、でも、大丈夫だ、もちろん」

「イゴールが買い物に行っているあいだに、ここにいるハリーと教授が家族を集め、ミステリー・ホリデーに連れ出す」

「ロンドンへ」

「あるいは、どこか安全な場所へ。どちらかに必ず連れて行く。それは、君たちをイギリスに送る手配がどれだけ早くできるか次第だ。君がこれまでに提供してくれた情報の重要性から、残りの情報についても信用してくれるよう、イギリスの役人《アパラチキ》たちを説得することはできる。特に君がこれからベルンで得る情報について、だ。そうしたら、われわれは君と君の家族を水曜の夜、特別機でロンドンに送る。これは約束だ。ここの教授が証言してくれる。もしそれができなければ、われわれは君と家族を安全な場所にかくまい、うちのナンバーワンが〝イギリスに来い〟と言うまで面倒を見る。これが、僕が理解する限りにおいて、現在の本当の状況だ。ペリー、間違いないと言えるな？」

「言えます」

「ベルンでの二度目のサインで、君が受け取ることになる新しい情報をどのように記録する？」

「問題ない。最初に、銀行の支店長と二人きりになる。当然そうなる。そうしたら、このクソ文書のコピーを取ってくれって言う。サインをする前にコピーが必要だって。やつはおれの友だちだ。それをしてくれなくても、構やしない。おれは記憶力がいいんだ」

「ディックがベルヴュー・パレス・ホテルから君を連れ出したら、すぐにレコーダーを渡すから、見たこと聞いたことをすべて記録するんだ」

「国境は越えたくない」

「イギリスに来るまで国境は越えないよ、約束する。ペリー、君も聞いたよな?」

ペリーは聞いていたが、それでも物思いにふけっている。長い指で眉毛をいじりながら、ぼんやりと目の前を見つめている。

「ディマ、トムは真実を言っています」とペリーはようやく認める。「この人は僕にも約束してくれました。僕はこの人を信じます」

14

翌日の火曜日午後四時、ゲイルとペリーはチューリヒ・クローテン空港でルークの出迎えを受けた。二人はその前夜、プリムローズヒルのマンションで落ち着かない夜を過ごした。どちらもよく眠れずに、それぞれ違うことを心配していた。ゲイルはだいたいにおいてナターシャのことを——どうして急に返事をくれなくなったの？——だが、二人の女の子たちのことも心配していた。ペリーはディマのことを心配するとともに、ヘクターが今後ロンドンから作戦を指示すること、そして現場ではルークがオリーの支援を得るものの、あとはほかに誰もいないので彼が自分の判断で全権を握ることに、不安を感じていた。

空港でルークは二人を車に乗せ、ベルンの中心部から西に数キロの谷にある、古い村のホテルに連れて行った。素敵なホテルだった。谷はかつては牧歌的だったが、今では特徴のない集合住宅が乱立し、さらにはネオンサインと高圧線用の鉄塔とポルノショップが目につく、気の滅入るような場所になっていた。ルークはペリーとゲイルがチェックインするのを待ち、それからホテルの食堂《ガストシュトゥーベ》の静かな場所を探して、一緒にビールを飲んだ。すぐにオリーも加わったが、今回はベレー帽はかぶっておらず、つば広の黒いソフト帽を片目にかぶせるように粋《いき》にかぶっていた。とはいえ、それ以外はいつもの熱心なオリーだった。

✦

ルークは最新のニュースを静かに語った。ゲイルに対する彼の態度は整然としていて、一定の距離を保ち、浮わついたところなどまったくなかった。ルークが二人に告げたところでは、ヘクターの計画は実現不可能と判断せざるをえなくなったとのことだった。ロンドンで事態を探った結果——ルークはペリーとゲイルの前でマトロックのことには触れなかったが——ヘクターは明日の署名後、ディマと家族とをイギリスにすぐに飛び立たせる許可は得られないと判断したのだ。そこで、彼の代替策を始動させたのだが、それは青信号が灯るまで、彼らをスイス国境内の安全な家にかくまうというものであった。ヘクターとルークは、それをどこにすべきか長いことじっくり考えた結果、ディマ家の複雑さを考慮すると、遠隔地ならば秘密が守れるとは限らないという結論に達した。

「それでオリー、君も同じ意見だよね?」

「完璧にそのとおりですよ、ルーク」とオリーは彼独特の「本物とはちょっと違う、外国訛りが混じった」ロンドン訛りで答えた。

スイスは初夏のいい季節だ、とルークは続けた。ならば、毛沢東の理念に則《のっと》れば、人里離れた村では人目についてしまうから、たくさんの人々のなかに埋もれるほうがいい。村だと、知らない顔はすぐに詮索の対象になる――ましてその顔が、禿げで尊大そうなロシア人のものだったりしたらなおさらだ。そのうえ、小さな女の子が二人と乱暴そうな十代の男の子が二人、うっとりするほど美しい十代の娘と、心ここにあらずといった感じの妻が一緒にいるのだから。

また、丸腰の計画者たちの見解によれば、距離は防御にはならない。まったく逆だ。ベルン・ベルプの小さな空港は、自家用機でこっそりと飛び立つには理想的なのだから。

◆

ルークのあとはオリーの番だった。ルーク同様、オリーも本領を発揮し、いろいろ省きながら、慎重に報告を進めた。数多くの可能性を探った結果――と彼は言った――ヴェンゲンという村の外側の斜面にある、賃貸用に作られたモダンな山荘《シャレー》に決めた。ヴェンゲンとは、ラウターブルンネンの谷の人気観光スポット。いま彼らがいるところから車で六十分、さらに電車で十五分のところだ。

「まあ、はっきり言って、その山荘《シャレー》を見て振り向くやつがいたら驚きですね」とオリーは挑むように締めくくり、黒い帽子の縁を引っ張った。

能率的なルークは、山荘《シャレー》の名と住所を記したカードをそれぞれに手渡した。固定電話の番号も記してあるが、これは携帯電話に問題が生じたとき、疑惑を招かない形で重要な連絡をするためだった。とはいえ、その村での携帯電話の受信はまったく問題ないとオリーは報告した。

「では、ディマたちはそこにどれくらいの期間、留め置かれるのですか？」とペリーは囚人の友人の立場で尋ねた。

ペリー自身は具体的な答えを期待していなかったのだが、ルークは驚くほど率直だった——似たような状況で予想されるヘクターの答え方よりも、はるかに率直だったと言えるだろう。通過しなければいけない英国政府の関門がいろいろとある、とルークは説明した。入国審査、法務省、内務省など、ちょっと挙げただけでもこれだけある。ヘクターが現在努力しているのは、ディマと家族とが無事にイギリスで生活を始められるまで、どれだけこの関門を迂回できるかどうかなのだ。

「わたしの概算だと、三日か四日かかります。運がよければ、それよりも短いですが、悪ければもっと長くかかってしまいます。そのあと、支援業務があちこちに生え出すんです」

「生え出すですって？」とゲイルは信じられないと言うように叫んだ。「カビみたいに？」

ルークは頬を赤らめ、それからみなと一緒に笑いながら、説明しようとした。このような作戦は——といっても、どの作戦も同じものはないのだが——絶えず変更されていかなければならない、と彼は説明した。ディマが姿を隠した途端——ということは、順調にいけば明日の昼間に——ディマを探せという叫び声が上がるだろう、といっても、どのような叫びになるかはわからないのだが。

「わたしが言いたかったのは、ゲイル、明日の昼間から、時間は刻々と過ぎていくということです。われわれは必要に応じて、事態にすぐに対応しなければなりません。われわれには、それができます。プロですから。それで給料をもらっているんです」

三人に早く休むように促し、ルークはベルンに戻った。少しでも必要を感じたら、どんな時間でも電話するように、と言い残して。

「それと、ホテルの交換手に話す場合、わたしがジョン・ブラバゾンであることを忘れないでください」と彼はひきつった微笑みを浮かべて念を押した。

◆

華やかなベルヴュー・パレス・ホテルの二階の寝室、窓の下をアーレ川が流れ、オレンジ色の空にベルンアルプスの山々が黒く浮かんでいる部屋に一人になって、ルークはヘクターに電話したが、聞こえてきたのは暗号化された彼の留守番メッセージだった。「屋根が落ちてくるような不測の事態が起きていないのであれば、メッセージを残しやがれ」――ルークが状況をヘクターより十分に把握しているはずはない――「だから、やることをさっさとやって、ぶつぶつ言うな」。これを聞いてルークは声を出して笑い、自分が予想していたことが裏づけられたと認識した。ヘクターは生きるか死ぬかの官僚バトルで身動きが取れなくなっていて、通常の労働時間の概念はまったくなくなっていたのだ。

ルークは緊急時の第二の番号も知っていたが、自分の知る限り緊急ではないと考え、明るいメッセージを残した。今のところ屋根は落ちていない、ミルトンとドゥーリトルは無事に持ち場についている、ハリーは立派に仕事をこなしている、イヴォンヌによろしく伝えてほしい。ルークはそれからゆっくりとシャワーを浴び、最高の背広に着替え、階下に下りてホテルの偵察を始めた。彼はクラブ・デ・ロワにいるときより、むしろ解放感を強く感じていた。自分は丸腰のルークで、雲に乗っている。諜報部の五階から土壇場の緊急命令が伝えられることもないし、監視者や盗聴者や偵察ヘリコプターなど、現代諜報活動の怪しい仕掛けに付きまとわれているわけでもない。コカインでハイになった将軍によって、ジャングルの営倉に閉じ込められているわけでもない。ただの丸腰のルークと、その忠実なる兵士たちの小部隊――そのうちの一人に、彼は例によって恋をしている――そして、ロンドンにいるヘクターが勇敢に戦ってくれており、最後まで力強く後方支援してくれるはずである。

「疑いを抱いているなら捨て去れ。これは命令だ。指でいじってないで、とにかくやれ」そうヘクターは彼に言っていた。昨晩、シャルル・ドゴール空港で、別れのウィスキーを急いで飲みながらのこと。「僕は責任を負うんじゃない。僕が責任そのものだ。このバカ騒ぎに二等賞はない。乾杯、そして神の加護がありますように」

そのとき、ルークのなかで何かがうごめいた。同僚という関係を超えた、ヘクターとの絆、一体感。

「それで、エイドリアンはどうしていますか?」とルークは尋ねてみた。マトロックがあの場で余計なことを口走ったのを思い出し、それを和らげようとしたのだ。

「ああ、よくなっているよ、ありがとう。かなりいい状態だ」とヘクターは言った。「精神分析医は、今回とてもいい薬が処方できたと考えている。六カ月で出られるんじゃないかな。悪いことをしなければだが。ベンはどうだい？」

「元気ですよ。とても元気です。エロイーズもです」とルークは答えたが、やっぱり訊くんじゃなかったと思った。

ホテルのフロントデスクでルークは、ありえないほどシックな受付係から、支配人はいつものようにバーの客たちに挨拶してまわっていると聞いた。ルークは支配人にまっすぐに向かって行った。必要となれば、彼はこういうことが得意なのだ。オリーのような裏方仕事師ではないかもしれないが、表に出て仕事をする厚かましい小柄なイギリス人。

「支配人さんですか？　ブラバゾンといいます。ジョン・ブラバゾン。ここは初めてです。一言、申し上げてよろしいですか？」

支配人はもちろんと答えたが、何か悪い話ではないかと身構えた。

「ここは本当に素晴らしいホテルです。わたしが旅で出会ったなかでも最高のものの一つ。正真正銘のアールヌーボーですね。エドワード朝的という言葉はお使いにならないかもしれませんが」

「あなた様もホテルを経営なさっているのですか？」

「残念ながら、違います。ただの卑しいジャーナリストですよ。『タイムズ』紙です、ロンドンの。旅行欄を担当しています。残念ながら、ここへはプライベートで来ていますが

……」

ホテル内のツアーが始まった。

「ここが舞踏室でして、わたくしどもはサロン・ロワイヤルと呼んでいます」と支配人はお馴染みの案内口調で言った。「ここは小さな宴会場で、わたくしどもはサロン・デュ・パレと呼んでいます。ここはサロン・ドネール、わたくしどもがカクテル・レセプションを開かせていただく場所です。わたくしどものシェフはカナッペなどに大変な自信をもっておりまして。それからここがわたくしどものレストラン、ラ・テラス。ベルンの上流階級の方々が会合に必ず使う場所ですが、世界中からのお客様にとっても同じです。映画スターなど、著名な方がたくさんここで食事をされました。お客様のリストも、メニューもお見せできます」

「それからキッチンは?」とルークは尋ねた。何一つ見落としたくなかったのだ。「シェフの方たちがお嫌でなければ、ちょっと覗くことはできませんか?」

こうして支配人氏は見せるべきものをすべて漏らさず見せてしまい、ルークもしかるべく感心したふりをして、仰々しくメモを取ったりした。また、支配人氏の許可を得たうえで何枚か携帯で写真を撮り、これはもちろん個人的な記念のためであって、よろしければ追ってプロのカメラマンを送りますと言い、支配人からその許可も得た。そのあとルークはバーに戻り、絶品のクラブ・サンドイッチとドール・ワインを味わってから、ジャーナリストとしてのツアーに不可欠な最後の仕上げを加えた。トイレや火災避難装置、非常口、駐車場の設備など、当たり前の項目をチェックしていったのだ。さらに、現在屋上に建設中のトレーニング・ジムを見てから、部屋に戻り、ペリーに電話して、すべて順調か確認した。ゲイルはすでに眠っており、ペリーは自分もそろそろ眠りたいと言った。ルークは電話を切り、自分がこれまでになく、ベッドのなかにいるゲイルのすぐ近くにいたように感じた。続いて彼はオリーに電話をした。

「すべてうまくいっています、ありがとうございます、ディック。移動手段も確保してあります。あなたが心配しているかもしれないから一応言っておきます。ところで、あのアラブ人の警官については、どう考えますか?」

「わからないな、ハリー」

「僕もわかりません。でも、絶対に警官は信じちゃダメです。それ以外は順調ですか?」

「明日までは」

そして最後にルークはエロイーズに電話をした。

「あなた、楽しんでるの?」

「ああ、ありがとう。本当に楽しいよ。ベルンは実に美しい街だ。いつか家族で来よう。もちろん、ベンも連れて」

わたしたちはいつもこう話すのだ、ベンのために。そうすることで、幸福な父と母の立場を最大限利用するのだ。

「ベンと話したい?」とエロイーズは尋ねた。

「起きているのか? まだスペイン語の宿題をしているんじゃないだろうな?」

「あなた、そちらのほうが一時間進んでいるのよ」

「あ、そうか。もちろんそうだ。わかった、じゃあ、構わなければ出してくれ。やあ、ベン」

「もしもし」

「お父さんはベルンにいるんだよ、何の因果か。スイスのベルンだ。首都だよ。ここには素敵な博物館があるんだ。アインシュタイン博物館って、お父さんが見たなかで最高の博物館だな」

「博物館なんかに行ったの？」

「ああ、まあ、三十分ほどね。昨晩、着いたんだよ。そうしたら、夜遅くまで開いていてさ。ホテルから橋を渡ったところなんだ。だから行ってみた」

「なんで？」

「行ってみたくなったんだよ。コンシェルジュが、ホテルの人が、勧めてくれたんだ」

「だからすぐに行ったの？」

「ああ、すぐに」

「ほかには何を勧められたの？」

「えっ、どういう意味？」

「チーズフォンデュ食べた？」

「一人じゃそんなに楽しめないんだ。おまえとお母さんがいるといいな。二人とも来てほしい」

「ああ、そうだね」

「うまくいけば、週末には戻れるよ。そうしたら映画か何かに行こう」

「僕、スペイン語の作文をやんなきゃいけないんだ。いいかな」

「もちろんいいさ。頑張ってな。何について書くんだ？」

「まだわかんないんだよ。スペインのものについてかな。じゃあね」

「じゃあな」

ほかにはコンシェルジュに何を勧められたの？　ベンはこう言ったのだったか。コンシェルジュは娼婦を手配してくれるの、という意味か。エロイーズは一体ベンに何を話しているんだ？　そして一体なぜ自分はアインシュタイン博物館に行ったなどと言ったんだ？　コンシェルジュのデスクにパンフレットが置いてあっただけなのに。

✦

ルークはベッドに入り、ＢＢＣのワールドニュースをつけたが、また消した。半分の真実、四分の一の真実。世界は本当にそれ自体について何を知っているのか、あえて語ろうとはしない。ボゴタ以来、彼はもはや自己の孤独に対処する勇気を持てないことに気づいていた。おそらく、あまりに長いこと、自分がバラバラにならないように抑えてきて、それがいよいよ崩れ始めたのだろう。ルークはミニバーに行き、スコッチと炭酸をグラスに注いで、ベッドの脇に置いた。一杯だけ飲んで、それで終わりにする。彼はゲイルを恋しく思った。それからイヴォンヌも。イヴォンヌはディマの情報のサンプルについて夜遅くまで研究しているのだろうか？　それとも、完璧な夫の腕のなかで眠りに就いているのだろうか？　まあ、夫がいればの話だが、それは疑わしいと思っていた。おそらく彼女はルークを寄せつけないために、夫がいると嘘をついたのだろう。ルークはまたゲイルのことを考えた。ペリーも完璧なのだろうか？　たぶんそうなのだろう。エロイーズ以外はみな、誰もが完璧な夫を持っている。ルークはヘクターのことを、エイドリアンの父である彼のことを考えた。ヘクターは毎週水曜と土曜、刑務所にこの息子を訪ねている。うまくいけば、あと六カ月だ。ヘクターのことを「隠れサボナローラ（十五世紀のドミニコ会修道士で、教会の改革運動を行ない、火刑に処せられた）」と呼んだ小賢しいやつがいたが、確かに彼は愛する諜報部の改革を狂信的に進めようとしている。そして、たとえ戦いに勝ったとしても、自分は最終的に敗北するだろうと覚悟しているのだ。

ルークは権限付与委員会が、最近、専用の戦略会議室を手に入れたと聞いた。それは適切なことだと思われる。どこか極秘の場所に、たとえばワイヤーから吊るされていたり、地中三〇メートルに埋められていたりするのだろう。まあ、ルークもそういう部屋に行ったことはあった。マイアミやワシントンで、ＣＩＡや麻薬取締局やアルコール・タバコ・火器局などの親愛なる同僚たちと情報交換をしてきた。そのほかにもいろいろな機関があったが、どれがどれなのか、よくわからなかった。彼の控え目な意見では、こうしたところは集合的狂気を保証する場所だった。ある思想を吹き込まれた者たちが自分自身を捨て、常識を捨てて、その仮想世界に身を委ねるとき、いかにボディランゲージが変化するか。彼はそれも見てきた。

ルークはマトロックのことを考えた。休暇をマデイラで過ごしながら、黒いホテルが何かも知らない男。マトロックはヘクターに追い詰められて、ポケットからエイドリアンの名前を取り出し、それを至近距離から相手に撃ち込んだ。父なるテムズ川を見下ろすピクチャーウィンドウの前に座り、状況に応じて、微妙に言葉を変えるマトロック。最初は鞭を、次にニンジンを、それから両方を一緒に繰り出す。

まあ、ルークは食いつきもしなかったし、頭を下げもしなかった。自分でもすぐに認めるように、策略に長けているからではない。「人を操る能力に欠ける」と、自身の年度末業務評価レポートに書かれたこともあったが、内心そう書かれてうれしかった。自分が「人を操れる」と考えたこともなかったのだ。それよりは、頑固一徹が身上だった。持ちこたえること。良いときも、悪いときも、一つの姿勢を貫く。いや、ジャングルの営倉に鎖でつながれようとも、マトロックのオフィスに座っていようとも、と言うべきか。そのとき、ルークは「テムズ川のほとりのKGB本部《ラ・ルビヤンカ・シュル・タミーズ》」にあるマトロックの豪華なオフィスで、彼のウィスキーを飲み、彼の質問をかわしていた。質問を聞きながらも、物思いにふけることはできるのだ。

「訓練学校での三年から五年の契約を取っておいたよ、ルーク。奥さんのために素敵な家も用意した。僕が出しゃばることじゃないが、これで家庭のごたごたが片づくことを望むよ。引っ越し手当も出す。海辺の空気は快適だし、近所にはいい学校もある……売りたくなければ、ロンドンの家を売る必要はない、価格が低いうちはな……僕なら賃貸に出して、ちょっとした収入を得るね。一階の経理部と話してみるといい。僕が君に経理部に行くように言ったと言っていい……財産に関しては、われわれはヘクターと同類ではないけど、そんな資産家はほとんどいないからな」しかるべき不安を感じさせる間《ま》。「ルーク、ヘクターは君をどん底から引き上げ、仲間に引きずり込んだわけではない。君は忠誠を尽くしたい相手がたくさんいすぎるんじゃないか？……ところで、オリー・デヴェルーはヘクターの配下に入ったという噂がある。これは、オリーの思慮の浅さによると思うがな。フルタイムでオリーは雇われたのか？　それとも、臨時雇いという感じだろうか……？」

一時間後、この会話のすべてをヘクターのために繰り返す。

「今のビリー・ボーイはわれわれの味方なのですか？　それとも敵ですか？」とルークは、シャルル・ドゴール空港で別れのウィスキーを飲んでいたとき、ヘクターに尋ねた。プライベートな話題から離れて、少しほっとしたときだった。

「ビリー・ボーイはやつの騎士道精神が向かうところどこへでも行くさ。猟場番人と密猟者のどちらかを選べと言われても、やつはマトロックを選ぶ。しかし、やつほどオーブリー・ロングリッグを憎んでいる男はいないし、そんなやつが悪人であるはずがない」ヘクターはあとから考え直したかのように付け足した。

別の状況下なら、ルークはこの能天気な主張に疑問を呈したかもしれないが、今はやめておく。ヘクターが暗黒の力に決死の戦いを挑もうとする前夜には。

◆

ともかく水曜の朝が到来した。ともかくゲイルとペリーは少し眠り、すっきりと目覚めて、オリーと朝食に出ようとした。オリーはすでに、王室御用達車と彼が呼ぶ車を探しに出かけていた。ゲイルとペリーはリストを作り、地元のスーパーマーケットで子供たちへのプレゼントを選んだ。自然と二人は、アンティグアのセントジョンズでも同じように買い物に出かけたことを思い出した。あの日の午後、二人はアンブローズの車で、スリーチムニーズに通じる生い茂った森の道を走ったのだ。とはいえ、彼らの今回の買い物は、あのときよりもずっと味気がなかった。水(発泡性のものとそうでないものと)、ソフトドリンク(そうか、コカコーラでいいよ、とペリー)、ピクニックの食べ物(子供って、自分ではわかっていなくても、甘い物よりピリッとする物を好むのよ、とゲイル)、みんなに小さなリュックサック(フエアトレードの商品でないことは気にしない)、ゴムボール二つと野球のバット(クリケットにいちばん近いのがこれだったのだが、必要ならラウンダーズ(野球の原型と言われるイギリス発祥の球技)を教えてやってもいい。いや、それより、男の子たちは野球をやるのだから、彼らがわれわれに教えてくれるだろう)。

オリーの王室御用達車は長さ六メートルで緑色の馬《ば》匹《ひつ》運搬用の車だった。側面は木製で、キャンバス地の屋根が付き、うしろには二頭の馬が入る仕切り付きのスペースがあった。人が横になって寝られるように、床にはクッションと毛布が置いてあった。ゲイルは恐る恐るクッションの上に座ってみた。ペリーは荒っぽいドライブができそうだと興奮し、ゲイルのあとから飛び乗った。オリーは乗降用のスロープを積み込んで、それを空いている場所にしっかりくくりつけた。彼がつば広の黒いソフト帽をかぶっている理由も明らかになった。オリーは馬術ショーに向かう陽気なジプシーだ。

車はペリーの時計で十五分間走ったが、柔らかな地面を走っていると、ガタンと揺れて止まった。いんちきも覗き見もなし、とオリーはすでに警告していた。暖かい風が吹き、頭上のキャンバス地の屋根が大三角帆《スピンネーカー》のように波立っていた。オリーの計算では、目的地まであと十分だった。

◆

私立小学校の教師たちは彼のことをルーク・アローンと呼んだ。ずっと昔に忘れられた冒険小説の大胆不敵なヒーローから取ったあだ名だった。これはルークには少し意地悪なあだ名と思えた。四十三歳の彼に取り憑いているのと同じ孤独感を、八歳の彼が発していたなんて。

しかし、彼はルーク・アローンのままだったし、今でもルーク・アローンだった。ベルヴュー・パレス・ホテルの広いロビー、華やかに照明されたガラスの天蓋の下に腰を下ろし、べっ甲縁の眼鏡をかけ、ロシアの真っ赤なネクタイを締めて、銀色のラップトップを叩いている。ガラスの正面ドアとサロン・ドネールとの中間に、革張りの椅子が置かれているが、その肘掛けに、青いレインコートを目立つように掛けている。アリーナ・マルチ・グローバル・トレーディング・コングロマリット社が主催する昼間の食前酒の会。ブロンズの立派な案内標識が、客たちの進むべき方向を示していた。彼はルーク・アローン。到着する客たちをいくつものエレガントなドアの鏡で監視し、注目のロシア人亡命者を独力で脱出させようと待機していた。

この十分間、ルークはうしろ向きな畏怖の念を込めてじっと見つめていた。まず最初にエミリオ・デル・オロとスイスの銀行家二人——ゲイルが「ピーターと狼」と名づけた男たち——が、慎重に、目立たないようにして、入って来た。次にグレーの背広の一団、続いて外見からするとサウジアラビア人と思われる若者が二人、そして中国人女性と、肩幅が広く色の浅黒い男。ルークはこの色の浅黒い男をギリシャ人と独断した。

そしてそのあと、退屈した様子で、アルマーニの若造たち、すなわち七人の「清潔な使節たち」が入ってきた。ボタン穴にカーネーションを挿したバニー・ポパムが付き添う以外は、特に警護はいない様子だった。さらに、物憂げで魅力的なジャイルズ・デ・サリスが、挑発的なほど完璧な背広を着て、銀製の取っ手の杖を突きながら、歩いて来た。

オーブリー・ロングリッグ、やつらが君を必要としているときに一体どこにいるんだ？ ルークは彼に尋ねたかった。頭を伏せているのか？ 賢いやつだ。国会の議席を確保し、全仏オープンの招待券を得るのはいい。オフショアで数百万のリベートを得て、おまえの愚鈍な妻にいくつかダイヤモンドを買ってやるのもそうだ。シティの新しい銀行の非常勤取締役として、きれいにした《ローンダリング》ばかりの数十億の金を操作することは言うに及ばず。しかし、スイスの銀行で正装し、最前線に立って、スポットライトを浴びながらサインをするとなると、おまえの血には刺激が強すぎるのだろう。そんなことをルークが考えていたところ、痩せた体に禿げ頭、機嫌の悪そうな顔をしたオーブリー・ロングリッグ国会議員が現われた。写真ではなく、本物の彼が、ゆっくり階段をのぼって来る。世界でナンバーワンのマネーロンダラー、ディマをかたわらに従えて。

ルークは革製の椅子にさらに深く沈み込み、銀色のラップトップの蓋を少し高く上げた。そのとき、ふと思った。人生で「われ発見せり《ユリイカ》」と言える瞬間があったとすれば、それは今、この場においてだ。そして、二度とこのようなときはない。ルークは、長年諜報部で過ごしながらもオーブリー・ロングリッグを見たことがなかったこと、自分の知る限り、ロングリッグも彼を見たことがなかったことに関して、信じてもいない神々に感謝した。

それでも、二人の男がサロン・ドネールへと向かって歩いていき、彼の脇を完全に通り過ぎるまで――ディマはほとんど彼をかすりそうになった――ルークは顔を上げなかった。それから素早く状況を読み取り、次のように確信した。

その一。ディマとロングリッグは語り合っていたわけではない。おそらくここに着いたときも話していなかった。ただ、階段をのぼって来たとき近くにいただけだ。ほかに二人の男がうしろから来たが――まじめそうな中年のスイス人会計士タイプ――ルークの考えでは、ロングリッグはディマにというより、そのどちらか、または両方に話しかけていたのだ。まあ、論拠は薄弱だが――彼らはここに着く前に語り合っていた可能性もあるので――ルークは心ひそかにほっとした。作戦が大詰めに差しかかったときに、自分の仲間と思っていた男が、自分の知らない主役級の役者と個人的に関係があることを知るのは、決して心安らぐことではない。それ以外、ロングリッグに関しては、ルークは歓喜と、そして火を見るより明らかな考え以外のことは、まったく抱かなかった。やつが来た！　やつを見た！　わたしが証人だ！

その二。ディマは華々しく退場することを決意していたのだ。この大舞台に彼がこれ見よがしに身につけたのは、特別に誂《あつら》えた青いピンストライプのダブルの背広。小さな足には、房付きでスリップオン式の黒いイタリア製カーフスキン靴――ルークの頭のなかではさまざまな思いがめぐっていたが、この靴に関しては、命がけで逃走するのに理想的な靴とは言えないと思った。しかし、ディマは逃走するつもりはないのだろう。整然と退くのだ。ディマの態度は、ルークから見ると、たった今自分の死亡証明書に署名した男にしては、ありえないほどさばさばしているように思えた。おそらくディマは復讐の味を先んじて味わっていたのだろう。かつてのヴォールの誇りがすぐに回復されるのを、そして殺された弟子の無念が晴らされるのを。おそらく、ありとあらゆる不安の真っただ中で、彼は嘘をついたり、身をかわしたり、他人を装う生活についに終止符が打てることに、喜びを感じていた。そして、自分と家族を待つ、快適な緑のイギリスをすでに思い描いていた。ルークはディマの気持ちがよく理解できた。

食前酒の会が進行中である。低いバリトンの声がサロン・ドネールから聞こえてきて、大きくなったかと思うと、また小さくなる。サロンの貴賓が最初はロシア語でぶつぶつと、続いて英語でぶつぶつと、演説をぶっているのだ。ピーターか？　狼か？　デ・サリスか？　いや、高名なるエミリオ・デル・オロだ。ルークは昨日のテニスクラブでのことを思い出し、その声を認識する。拍手。教会を思わせる静寂のなか、厳かな乾杯が捧げられる。ディマに対して？　いや、高名なるバニー・ポパムに。この男がスピーチをしてそれに応える。ルークはポパムの声も認識し、笑い声から間違いないと確信する。ルークは腕時計を見て、携帯を取り出し、オリーのボタンを押す。

「やつが時間どおりなら、二十分だ」とルークは言い、もう一度銀色のラップトップに集中する。

ああ、ヘクター。ああ、ビリー・ボーイ。待っていてほしい。わたしが今日、誰に出くわしたか教えてやるから。

◆

ちょっとした即席の御託を並べていいかな？　ヘクターがそう尋ねている。シャルル・ドゴール空港で、モルトウィスキーを飲み干しながら。

ルークは、構わないと答える。エイドリアン、エロイーズ、ベンなどの話題は尽きた。ビリー・ボーイ・マトロックに対しては、ヘクターが判決を下した。ルークの乗る便はアナウンスされている。

作戦の計画において、融通性が認められる機会は二つしかない――何を言っているかわかるか、ルーク？

ヘクター、わかっています。

一つは、自分で計画を立てるときだ。われわれはこれをすでに試した。もう一つは、計画が座礁するときだ。そのときまでは、やると決めたことにべったりへばりついているしかない。でなければ、失敗する。では、握手しよう。

✦

ルークは銀色のラップトップのスクリーン上に映る、回りくどい文章に目を凝らしていた。決行時刻まであとわずかとなり、ディマがサロン・ドネールから出て来るのを待っていた。そのとき、ルークの心は一つの問いを発した。ヘクターが別れるときに並べた御託の記憶が甦ったのは、童顔のニキと痩せこけた哲学者に気づく前だったのか？　それとも、あの二人に気づいたショックで、その記憶が呼び起こされたのか？　ガラス扉の両脇に置かれた背もたれのある高い椅子に、まさにあの二人が腰を下ろしていたのだ。

では、誰があいつを「痩せこけた哲学者」と呼んだのか？　ペリーか、ヘクターか？　いや、ゲイルだ。ゲイルに任せよう。ゲイルはいつでも最高の表現をしてくれるから。

それでは、これはなぜなのか？　ルークが彼らに気づいた途端、サロン・ドネールから聞こえるぶつぶつ声のボリュームが上がり、大扉が開いて——といっても、今わかったのだが、開いたのは扉の片側だけだった——ディマが一人で現われたのは？

ルークは時間だけでなく、場所に関しても混乱していた。ディマがうしろから近づいて来るとき、童顔のニキと痩せこけた哲学者が、ルークの前で立ち上がった。そのためルークは両者の中間点で背中を丸め、どちらを向いたらよいものかわからなくなった。

右肩のほうからロシア語の罵り言葉をまくし立てる怒声が聞こえてきて、ディマがすぐ脇で立ち止まったことがわかった。

「てめえら、おれのことをどうしようってんだ、このクソ野郎ども？　おれが何をしようとしているか知りたいか、ニキ？　小便をするんだ。おれが小便するのを見たいのか？　そこをどけ。てめえらの雌犬プリンスに小便をひっかけやがれ」

デスクに控えているコンシェルジュがうやうやしく顔を上げた。ありえないほどシックなドイツ人の受付係は、そのようなうやうやしさはまったく示さず、何事かとデスクを迂回してやって来た。こうしたすべてに耳を閉ざそうと決意し、ルークは銀色のラップトップを意味もなく叩いた。ニキと痩せこけた哲学者は立ちすくんだまま、身じろぎ一つしない。ディマがガラス扉に向かって駆け出し、外に出るのではないかと警戒しているのだろう。しかし、ディマは抑えた声で「くそったれ《ファック・ユア・マザー》」と言い捨てると、ふたたびロビーを歩き出し、バーにつながる短い廊下に入った。エレベーター前を通り過ぎ、下りの石段の手前で立ち止まった。そこを降りれば、地下のトイレに行ける。そのときには、ディマは一人ではなかった。ニキと哲学者が彼の背後に立ち、この二人の一メートルほどうしろに、小柄なルークが人目につかないように忍び寄っていた。ラップトップを小脇に抱え、その上に青いレインコートをかけ、トイレに行きたそうにしていた。

ルークの心臓の鼓動は平常に戻っている。足と膝はかなり軽やか、聴覚も思考も明晰だ。自分はホテルの間取りが完全に頭に入っているが、ボディガードたちはそうじゃない、と自分に言い聞かせる。ディマもホテルのどこに何があるかよくわかっている。だから、ボディガードたちにすれば、なおさら——必要とあれば——ディマの前に立つよりもうしろにいようとするはずだ。

彼らの予想外の登場に、ディマが明らかに驚いているのと同様、ルークも驚いている。そしてディマと同じように、ルークも理解に苦しむ。もはや彼らにとって利用価値のない男に、なぜそこまでしつこく付きまとうのか。その男は、自らの予想でも、彼らの予想でも、まもなく命を奪われるのだ。今ここで死ぬのではなくても。また、白昼、ホテル内の人々の注目を浴びながら、例の七人の「清潔な使節たち」やイギリスの著名な国会議員、そのほかの高官などが、二〇メートル離れた場所でシャンパンやカナッペを味わっているところで死ぬのではなくても。加えて、よく証言されるように、プリンスは殺しに関しては入念だ。事故を装ったり、チェチェンのゲリラによる襲撃に巻き込まれたと見せかけるなどの配慮を怠らない。

しかし、今は議論すべき時ではない。もし計画が、ヘクターの言葉で言えば「座礁した」

のなら、ルークが融通性を発揮すべき時だ。指でいじってないで、とにかくやれ――これもヘクターの言葉の引用。今こそ長年にわたる非武装戦闘講習で叩きこまれたことを思い出せ。とはいえ、その実行を迫られたのは、ボゴタでの一度だけだ。そのときの彼の行動はせいぜい及第点がもらえる程度だった。何発か激しく打ちかかり、それから闇となった。

しかし、あのとき奇襲をかけられる有利な立場にいたのは麻薬王の手下たちだった。今はルークだ。かつて指導者たちにその使い方を熱く教え込まれた、凶器として使える家庭用品――鋏やポケットいっぱいの小銭、結んだ靴紐など――こそ手元になかったが、最先端の銀色のラップトップがあった。そして、少なからずオーブリー・ロングリッグのおかげだが、激しい怒りも感じていた。怒りは困ったときの友人のようにルークのもとを訪れ、その瞬間、勇気以上に心強い彼の味方となった。

✦

ディマは石段の中間地点のドアを押そうと手を伸ばしている。

ニキと痩せこけた哲学者はそのうしろにぴったりついている。ルークはそのうしろに立っているが、二人とディマほどぴったりくっついてはいない。

ルークはシャイな性格だ。トイレに行くのはプライベートなことであり、ルークはプライバシーを尊重する男なのだ。それでも、彼の心は一世一代と言えるほどはっきりとしている。このときだけは、主導権を握るのは彼であり、ほかの誰でもない。このときだけは、自分から攻撃を仕掛けられるのだ。

目の前のドアは、ディマがパリで指摘したとおり、セキュリティ上の理由でときどき鍵が掛けられる。だが、今日は掛かっていない。絶対に開いている。なぜなら、ルークがポケットに鍵を持っているからだ。

そのためドアは開き、その下の薄暗い階段が現われる。ディマはまだ先頭に立っているが、そのときルークがラップトップで痩せこけた哲学者を殴り、状況は突然変わる。激しい一撃によって、哲学者は不平の声も出せぬままディマを追い越し、階段を転げ落ちていく。そのためにニキもバランスを崩し、ディマはこのチャンスを逃さず、憎き金髪の裏切り者の喉をつかむ。ペリーによれば、ディマはナターシャの亡母の夫をこのようにして殺してやりたいと空想していたという。

ディマは片手でニキの喉をつかんだまま、近くの壁にその頭を左、右と叩きつける。ニキは完全にぐったりとなり、ぐうの音も出ずにディマの足下に転がる。ディマはその体を何度も激しく蹴る――最初は股間を、次に頭の側面を、こういうことには適さないイタリア靴を履いた右足のつま先で。

ルークから見ると、こうしたことすべては、どこか順番が狂っているように思われるが、実にゆっくりと、自然に進んでいる。だが、感情浄化《カタルシス》の感覚、不思議なほど勝利を確信できる感覚もある。ラップトップを両手で持ち、腕を目いっぱい伸ばして頭上に上げ、痩せこけた哲学者の首に振り下ろす。都合よく二段ほど下にいる標的に向かって、死刑執行人が斧を振り下ろすように。これは、ここ四十年間で彼に向けられてきた、あらゆる軽蔑に仕返しするものだ。独裁的な軍人の父の陰で育った幼年時代から、嫌でたまらなかったイギリスの私立小学校やパブリックスクール、あとで後悔した何十人もの女性たちとの関係などを経て、コロンビアの森で監禁されたこと、そして、ボゴタの外交官ゲットーと言われる地域で、人生の罪のなかでも最も愚かしく、やむにやまれぬ罪を犯してしまったことに至るまで。

しかし、結局のところ、何よりも勢いをつけたのは――論理的ではないかもしれないが――間違いなく、オーブリー・ロングリッグが諜報部の信頼を裏切ったことに対する報復の気持ちだった。ヘクター同様、ルークも諜報部を愛していた。諜報部は母であり、父であり、彼なりの信仰の対象でもあった――その方法が時として測りがたいものであっても。

考えてみれば、これはおそらくディマが大切なヴォーリーに対して感じているものと同じなのではないか。

◆

誰かが叫んでもおかしくないのだが、誰も叫んでいない。階段の下では、二人の男が斜めに抱き合うような形で倒れている。同性愛を嫌悪するヴォーリーの掟に挑戦するかのようだ。ディマはまだ、下側にいるニキを蹴っており、痩せこけた哲学者は打ち上げられた魚のように口を開けたり閉めたりしている。ルークは踵を返し、用心深く階段をのぼると、スイングドアの鍵をふたたび閉める。そして鍵をポケットに戻し、階段下の穏やかな情景に加わる。

ルークはディマの腕をつかみ——ディマは最後に一蹴りしないと気が済まないようだったが——彼を導いてトイレを通り過ぎ、階段を数段上がる。使用されていない受付のエリアを横切り、非常口と書いてある鉄製の搬入用ドアにたどり着く。このドアには鍵はいらないが、その代わり壁に緑色のブリキの箱が取り付けてある。箱の前面はガラス板で、なかに非常ボタンがあり、火事や洪水、テロ行為などの緊急時に押せるようになっている。

ここまで十八時間以上かけて、ルークはこの非常ボタンを収めた緑色の箱をじっくり観察した。そして、オリーとその機能について議論することまでした。オリーのアドバイスに従い、ガラス板を金属の枠に固定している真鍮のネジを緩め、不吉な外見の赤い電線を切断しておいた。電線はホテルの中枢部とつながっていて、非常ボタンによる警報がそれによってホテルの中央警報システムに伝えられるのだ。オリーの考えでは、赤い電線を切っておけば、ホテルのスタッフや客たちが緊急避難する事態を引き起こすことなく、非常口を開けることができるはずだった。

ルークは緩んでいるガラス板を左手で外し、右手で赤いボタンを押そうとするが、右手が一時的に使えなくなっていることに気づく。そこで彼はもう一度左手を使うと、まさにオリーが考えていたとおり、スイス的な精確さでドアはパッと開く。目の前には道路、そして晴れ渡った空が彼らを手招きしている。

ルークはディマを先に行かせ——ホテルへの礼儀からか、背広を着た立派なベルン市民二人がたまたま道路に出たと見えるように望んだからか——立ち止まってドアを閉める。と同時に、オリーへの感謝の気持ちとともに、ホテル全館に避難勧告のサイレンが鳴り響いていないことを確認する。

道の向こう、五〇メートル先に、パーキング・カジノという妙な名の地下駐車場がある。その地下一階、出口に面したところに、ルークがこの日のために借りておいたBMWが置いてある。ルークは麻痺した右手に、電子キーを握っている。そのキーで、まだ車にたどり着かないうちに車のドアの鍵を開ける。

「助かったよ、あんたのおかげだ。聞こえたかい？」とディマは息を切らせながらささやく。

感覚のない右手を使って、ルークはジャケットの熱くなった裏地を探り、携帯を取り出す。そして、左手の人差し指でオリーのボタンを押す。

「作戦開始だ」と彼は、威厳のある静かな声で命令する。

✦

馬運搬車が急な傾斜をうしろ向きに下がっているときに、オリーはペリーとゲイルにいよいよ始まると伝えた。彼らは待避所でしばらく待機したのち、曲がりくねった山道をのぼってきていたのだ。カウベルの音が聞こえ、干し草の匂いがした。馬運搬車はそこで止まり、向きを変えて、うしろ向きに下がっていった。そして、今また彼らは待っていた。今回はオリーが車の後部扉を上げるのを待ったのだが、オリーは音を立てないようにゆっくりと作業した。オリーの姿が少しずつ見えてきて、ついにつば広の黒いソフト帽が見えた。

オリーのうしろには馬小屋が立っていた。そのうしろに調教用の馬場があり、見事な栗毛の若い馬が二頭いた。馬は彼らを見ようと速足で走って来て、また跳ねるように行ってしまった。その馬小屋の隣に、大きくてモダンな家がぼんやりと浮かんでいた。暗赤色の木で作られ、庇が長く突き出していた。フロントポーチとサイドポーチがあったが、どちらも入り口が閉まっていた。フロントポーチは道路に面し、サイドポーチは面していなかったので、ペリーはサイドポーチを選び、「僕が先に行く」と言った。オリーはディマの家族と面識がないので、呼ばれるまで車で待機することになっていた。

前に進みながら、ペリーとゲイルは二台の有線テレビのカメラが自分たちを見下ろしていることに気づいた。一台は馬小屋から、もう一台は家から。監視するのがイゴールの責任なのだろうが、イゴールはこのとき買い物に行かされていた。

ペリーはベルを押したが、最初、中からは何も聞こえてこなかった。この静けさは異常に思えたので、ゲイルは自分でベルを押してみた。ベルが壊れているのではないか。彼女は一度長く鳴らし、次に何度か短く鳴らして、家の人たちを急き立てようとした。ベルには問題がなかったようだ。というのも、若者らしいイライラした足音が近づいてきたからである。掛け金が外され、錠が回り、亜麻色の髪の若者が現われた。ディマの息子の一人、ヴィクトールである。

ところが、彼らの期待に反し、そばかすの顔中に笑顔が広がる代わりに、ヴィクトールは苛立たしげな困惑の表情で彼らを凝視した。

「彼女を見つけたの?」と彼はインターナショナル・スクールのアメリカ英語で尋ねた。

この質問はゲイルにではなくペリーに向けられていた。というのも、このときにはカーチャとイリーナが玄関から出て来て、カーチャはゲイルの片脚にしがみついて頭をこすりつけていたし、イリーナは腕を高く上げてゲイルに抱っこをせがんでいたからだ。

「ナターシャだよ!」とヴィクトールはペリーに向かってもどかしそうに叫んだ。そして、まるで彼女が隠れているのではないかと疑っているかのように、馬運搬車を見つめた。「ナターシャを見たのか?」

「お母さんはどこ?」とゲイルが子供たちの手を振りほどいて尋ねた。

二人はヴィクトールのあとについて、樟脳《しょうのう》の匂いのする板張りの廊下を通り、梁《はり》の低いリビングルームに入った。二層になっていて、ガラス扉があり、その向こうに庭と調教用馬場が見えた。部屋の最も暗い部分、革のスーツケースが二個置いてあるあいだに、タマラが押し込まれるように座っていた。ベールを掛けた黒い帽子をかぶっている。そのタマラに向かって進みながら、ゲイルはベールをかぶった彼女がヘナ染料で髪を染め、頰紅をつけているのに気づいた。ロシア人は伝統的に旅行の前は座る、とゲイルはどこかで読んだことがある。だからタマラは今こうして座っているのだろう。そして、ゲイルが彼女のすぐ前に立ったのに座り続けているのも、そのためなのだろう。ゲイルはタマラの頰紅をつけたこわばった顔を見下ろしていた。

「ナターシャに何があったの？」とゲイルは尋ねた。

「わからないわ」とタマラは目の前の虚空に向かって答えた。

「どうしてわからないの？」

ここで双子が話に割って入り、タマラはしばらく忘れられた。

「ナターシャは乗馬学校に出かけて、帰って来なかったんだ」とヴィクトールが言い張ると、彼のうしろからアレクセイがドタバタと部屋に入ってきた。

「いや、ナターシャは行ってないよ。乗馬学校に行くって言っただけさ。言っただけだよ、バカ！　ナターシャは嘘つきなんだ、おまえだってわかってるじゃないか！」とアレクセイ。

「ナターシャが乗馬学校に出かけたのはいつ？」とゲイルが尋ねた。

「今朝だよ。朝早く！　八時くらい！」とヴィクトールが叫んだ。アレクセイに何かを言われる前にしゃべってしまおうとした。「乗馬学校で約束があったんだ。高等馬術《ドレサージュ》の練習か何か！　パパはその十分前に電話してきて、ここをお昼に出る準備をしろって言った。だけどナターシャは乗馬学校の約束があるって言ったんだ。どうしても行かなきゃいけない、約束は破れないって」

「それで出かけたのね？」

「もちろん。イゴールがボルボで連れて行った」

「くだらない！」またアレクセイだ。「イゴールはナターシャをベルンに連れて行ったんだ！　乗馬学校なんか行ってないよ、このバカ！　ナターシャはママに嘘をついたんだ！」

弁護士ゲイルの本領が呼び覚まされた。「イゴールはナターシャをベルンで降ろしたの？ ナターシャをどこに連れて行ったのかしら？」

「鉄道の駅だよ！」とアレクセイが叫んだ。

「どの駅かな、アレクセイ？」とペリーが厳しい口調で言った。「ちょっと落ち着いて。ベルンのどの駅でイゴールはナターシャを降ろしたのだろう？」

「ベルンの中央駅だよ！　国際鉄道の駅さ！　そこからどこへでも行けるんだ。パリ！ ブダペスト！　モスクワにも行ける！」

「教授、パパがそこに行けってナターシャに言ったんだよ」とヴィクトールが言い張った。

ヒステリカルなアレクセイの声とは対照的に、わざと声を低くしていた。

「ディマがそう言ったの、ヴィクトール？」とゲイル。

「パパがナターシャに駅に行けって言ったんだ。そうイゴールは言っている。イゴールに僕から電話するから、直接話して、確かめてみる？」

「話せないだろ、バカ！　教授はロシア語を話さないんだから！」――アレクセイはほとんど泣き出しそうだった。

ペリーは前と変わらず断固とした口調で言った。「ヴィクトール――ちょっと待って、アレクセイ――ヴィクトール、もう一度言ってくれないか、ゆっくりと。アレクセイ、ちょっと待って、ヴィクトールの話を聞いたらすぐに君の話も聞くから。さあ、ヴィクトール」

「イゴールが言うには、ナターシャがそう言ったんだって。だからナターシャを中央駅で降ろしたんだ。〝中央駅に行けってパパに言われたの〟って」

「イゴールもクソ野郎さ！　どうしてかって訊かないんだから！」とアレクセイは叫んだ。

「あいつは本当にバカなんだ。パパのことが怖いから、ただナターシャを駅で降ろして、それでさようなら！　どうしてそこに行くのか訊かなかった。それで買い物に行ったんだ。ナターシャが帰ってこなくても、イゴールが悪いわけじゃないけど。パパがそうしろって言って、だからやったんだから、イゴールは悪くない！」

「どうしてナターシャが乗馬学校の練習に行かなかったってわかるの？」とゲイルがこれまでの証言をじっくり検討したうえで尋ねた。

「ヴィクトール、続けて」とペリーは、アレクセイが口を挟まないように急いで言った。

「まず、乗馬学校がこっちに電話してきたんだ。ナターシャはどこだって」とヴィクトールが言った。「一時間に一二五スイス・フランのレッスンで、ナターシャはキャンセルしていなかった。高等馬術ってやつをやることになっていて、学校側は馬に鞍をつけて待ってたんだよ。だから僕たちはイゴールの携帯に電話して、ナターシャはどこだって訊いた。駅ですって、あいつは言うんだ。パパの命令だって」

「ナターシャの服装は？」――取り乱しているアレクセイに気を遣って、ゲイルが尋ねた。

「ぶかぶかのジーンズ。ロシアのスモックみたいな。金持ち農夫《クラーク》みたいな恰好だよ。体型がだいぶ崩れてきたからね。男の子たちに尻を見られるのが嫌だって言うんだ」

「お金は持っていたの？」――これもアレクセイへの質問。

「パパはナターシャには何でもあげちゃうんだ。すごく甘やかしてる！　僕たちは月に一〇〇スイス・フランってとこなのに、ナターシャには五〇〇とかあげてる。好きな本や服や靴を買うんだよ。先月なんか、パパはナターシャにバイオリンを買ってやった。バイオリンなんて何百万もするんだよ」

「それで、ナターシャに電話しようとしたの？」──これはゲイルからヴィクトールへの質問。

「何度もね」とヴィクトールが言う。すっかり落ち着いた、成熟した男の役を演じるようになっている。「みんなしたよ。アレクセイの携帯からも、僕の携帯からも、カーチャの携帯からも、イリーナの携帯からも。でも、出ないんだ」

タマラの存在を思い出し、ゲイルが尋ねる。「あなたは電話しようとしました？」

タマラは今度も返事をしない。

ゲイルから四人の子供へ──「タマラと話したいので、あなたたちは別の部屋に行っていただけないかしら。ナターシャが電話してきたら、わたしが最初に話す必要があるの。みんな、わかってくれる？」

◆

タマラが座っている部屋の暗い隅にはほかに椅子がないので、ペリーは脚に熊が彫られている木のベンチを引き寄せ、ゲイルとともにそこに座った。タマラの小さな黒い目は、二人のあいだを行きつ戻りつしたが、どちらにも集中することはなかった。

「タマラ」とゲイルは言った。「どうしてナターシャは父親に会うのを恐れるの？」

「子供がいるから」

「ナターシャがあなたにそう言ったの？」

「いいえ」

「でも、あなたは気づいたのね」

「ええ」

「いつごろ気づいたの？」

「それはどうでもいいわ」

「でも、アンティグアでは気づいていたのね？」

「ええ」

「そのことでナターシャと話し合った？」

「いいえ」

「彼女の父親とは？」

「いいえ」

「どうしてナターシャと話し合わなかったの？」

「あの子が嫌いだから」

「ナターシャもあなたのこと嫌っているの？」

「ええ。あの子の母親は売女よ。だからあの子も売女。不思議じゃないわ」

「彼女の父親がそのことに気づいたらどうなるの？」

「もっとナターシャのことを愛するかも。でなければ、殺すかも。神のおぼし召し次第よ」

「ナターシャの相手が誰だか知ってるの？」

「相手はたくさんいるのかも。乗馬学校とか、スキー学校とか。郵便配達かもしれないし、イゴールかもしれないし」

「それで、彼女が今どこにいるか知らないのね？」

「ナターシャはわたしに何もしゃべらないから」

◆

馬小屋の庭に出ると、雨が降り出していた。調教用馬場では、二頭の美しい栗毛馬が互いにじゃれるように頭を突きあっている。ゲイルとペリーとオリーは、馬運搬車の陰に立った。オリーはすでにルークと携帯で話していたが、ルークは同じ車にディマも乗っているため、しゃべるのがむずかしいようだった。しかし、オリーが今伝えたメッセージについて議論をしている余裕などない。オリーの声は穏やかなままだったが、怪しいロンドン訛りは緊張感のためにもつれるようになった。

「僕らはここをすぐに出なくてはならない。重大な進展があった今、一隻の船のために船団をこれ以上待たせておくわけにはいかない。ナターシャは彼らの携帯番号を知っているのだし、彼らもナターシャの番号を知っている。ルークは、僕らがイゴールと出くわすのはまずいと言うので、それはしないようにしよう。とにかく全員を今すぐ車に乗せろと言っている。お願いだ、ペリー、急いで逃げなきゃいけないよ。いいかい?」

ペリーは家に戻る途中で、ゲイルに脇に引っ張られた。

「わたし、ナターシャがどこにいるか知っているわ」と彼女は言った。

「僕の知らないことをたくさん知っているみたいだね」

「そんなにたくさんじゃないけど、まあ、かなりね。わたしがナターシャを連れ戻す。だから援護してほしいの。かっこつけはしないし、うぶな女の子のふりもしない。とにかく、あなたとオリーでこの人たちを連れて行って。わたしはナターシャを見つけて、あとを追うわ。そういうふうにオリーに話すから、あなたが賛成してくれるって確かめておきたいの」

ペリーは何かを度忘れしたかのように両手で頭を抱え、それから、降参とばかりに手を両脇に下ろした。「ナターシャはどこ?」

「カンダーシュテークってどこ?」

「シュピーツへ行って、そこからシンプロンの鉄道で山を登るんだ。お金はあるかい?」

「たくさんね。ルークのだけど」

ペリーは途方に暮れたように家を見て、それからオリーを見た。オリーはソフト帽をかぶって、馬運搬車の横で焦れったそうに待っている。ペリーはゲイルに目を戻した。

「まいったな」と彼は困惑の溜め息をついた。

「わかってるわ」と彼女は言った。

15

緊急時のペリー・メイクピースは、明断に考える男であるとともに、決断と行動の男として、仲間の登山者たちに知られていた。そして彼自身は、その両者にほとんど齟齬がない点に誇りを抱いていた。このとき彼はゲイルのことを心配し、この作戦の危うさを認識し、ナターシャの妊娠に驚いた。また、ゲイルがこの事実を自分に隠さなければならないと考えたことについても驚きを感じたが、同時に、彼女の行動の理由を尊重し、そういう行動を彼女に取らせたことについて自分を責めた。タマラが――ディケンズの小説に出て来る鬼婆のように――ナターシャに対する嫉妬で正気を失っているということについては、胸クソが悪くなるとともに、ディマを心配する気持ちが募った。最後にマッサージ室で見たディマの姿は、理解しがたいほどペリーの心を揺り動かした。更生していない、終生の犯罪者の姿。殺人者であることを自ら認める世界一のマネーローンダラーを、ペリーは自分の友人として、そして責任として担うのだ。ルークを尊敬してはいるものの、ペリーはヘクターが現場にいてくれればと思った。作戦が成功か失敗か、いよいよ大詰めに近づいているこのときに、ヘクターが現場を副官に預け、ロンドンに戻ってしまうなんて。

しかし、この激しい嵐へのペリーの対応術は、険しい岩壁でロープが切れた場合の対応術と同じであった。平静を保ち、危険度を判断し、最も弱い仲間の面倒を見て、解決策を見出す。それこそ、馬運搬車のなかでうずくまりながら、彼がしていたことなのだ。同じコンパートメントにはディマの実子や養子たちがいて、自分のまわりに広がっている。手に負えないタマラの影は、仕切りの隙間から細長く切れ切れに見える。君は今、ロシア人の小さな女の子二人と、ティーンエイジャーの男の子二人、それに精神的に不安定なロシア女性一人を抱えている。そして君の仕事は、誰にも気づかれずに、彼らを山頂まで送り届けることだ。どうすればいい？　答えは「急ぐこと」。

少し前、ヴィクトールは突然勇猛果敢になり、ゲイルに付き添うと言い出したのだった。ゲイルの行くところ、どこへでもついていく、と。アレクセイはヴィクトールをからかい、ナターシャは父親の注意を、ヴィクトールはゲイルの注意を惹きたいだけだと主張した。少女たちは、ゲイルと一緒でなければどこにも行かないと言い張った。ゲイルがナターシャと戻ってくるまで家に残り、家を守る。そのあいだはイゴールが面倒を見てくれる、と。子供たちに駄々をこねられて、生まれついてのグループリーダー、ペリーは、同じ答えを辛抱強く、力強く繰り返した。

「ディマの望みは、みんなが僕たちと一緒にすぐに来ることなんだ。いや、これはミステリー・ツアーなんだよ。ディマがそう言ったろ。どこに向かっているかは、目的地にたどり着くまでわからない。でも、君たちが行ったことのない、素晴らしい場所なんだ。そう、デイマとは今夜、一緒になる。ヴィクトール、この二つのスーツケースを持ってくれ。アレクセイはそっちの二つだ。鍵をかける必要はないよ、カーチャ、ありがとう。イゴールがすぐに戻るだろうからね。猫は置いていくよ。猫って、人よりも場所を愛するんだ。ヴィクトール、お母さんのイコンはどこ？　スーツケースに入れたんだね。オーケー。そのテディ・ベアは誰の？　うん、熊は僕たちと一緒に行きたいんじゃないかな？　イゴールは熊はいらないけど、君はいるだろ。それから、みんなトイレに行っておいてくれ、いま行きたくても行きたくなくてもね」

馬運搬車のなかで、少女たちは最初は押し黙り、それから突如として騒がしく、陽気になった。それはおもにオリーとつば広の黒いソフト帽のおかげだった。この帽子をオリーは、王室御用達車に子供たちを招じ入れるときに厳かに脱いで、丁寧にお辞儀したのだ。騒音がひどいので、誰もがそれに負けないように大声を張り上げなければならなかった。馬運搬車はガタガタと音を立てるのに、防音効果はまったく考えられていなかった。

「どこに行くの？」──少女たちが叫んだ。

「クソ・イートン校さ」──ヴィクター。

「秘密だよ」──ペリー。

「誰の秘密？」──少女たち。

「パパのだよ、バカ」──ヴィクトール。

「ゲイルはどれくらいで戻るの？」

「わからない。ナターシャ次第だな」――ペリー。

「わたしたちよりも先に着いてるかしら？」

「それはないだろうね」――ペリー。

「どうしてうしろから外を見ちゃいけないの？」

「それはね、スイスの法律に反するからなんだ！」とペリーは叫んだが、それでも少女たちは彼の声を聞き取るために身を乗り出さなければならなかった。「スイスは何にでも法律があるんだ！　走っている運搬車のうしろから外を見るのは、特に重い罪なんだ！　それをした人はとても長いあいだ牢屋に行かなきゃいけない！　それより、ゲイルが君たちのリュックサックに何を入れたか見てごらん！」

少年たちはそれほど聞き分けがよくなかった。

「こんな子供のおもちゃで遊ばなきゃいけないの？」とヴィクトールはバッグから覗いているフリスビーを指さし、信じられないというように、突風に負けずに声を張り上げた。

「そういう計画なんだ！」

「クリケットをするのかと思ったよ！」――これもヴィクトール。

「イートン校に行って、困らないようにね！」――アレクセイ。

「クリケットができるようであればしよう！」――ペリー。

「じゃあ、山に行くんじゃないんだ！」

「どうして？」

「山じゃ、クリケットはできないだろ！　平らじゃないんだから！　農家の人たちは山が大嫌いだ。だから、どこか平らなところに行くんだよな？」

「ディマは平らなところって言ったのかい？」

「パパはペリーおじさんと同じだよ！　ミステリアスなんだ！　もしかしたらパパはクソみたいな羽目に陥っているのかも！　警察に追われているかも！」とヴィクトールは叫んだが、その考えにとても興奮している様子だった。

しかし、アレクセイは怒って突っかかった。

「そんなこと訊いちゃいけないんだ！　クールじゃないぞ。父親についてそんなこと訊くなんて、すげえ恥ずかしいぞ、バカ。イートンに行ったら、殺されるぞ！」

ヴィクトールはフリスビーを引っ張り出し、考え直そうと決意した様子で、それを隙間風に浮かせてみようとした。

「オーケー、じゃあ、質問はしないよ！」と彼は叫んだ。「完全に撤回だ！　パパはクソみたいな羽目に陥っていないし、警官には愛されてる。質問はここに撤回された、いいか？そもそも質問なんてなかったんだ。前・質問っていうかな！」。ふざける調子ではあったが、この言葉を聞いたペリーは考えずにいられなくなった。少年たちは以前にも隠れて脱出したことがあるのではないか。おそらくペルミでのつらい時期、ディマがまだ這い上がろうともがいていた時期。

「お二人の紳士に一つお願いしていいかな？」とペリーは二人を呼び寄せながら言い、二人は彼の目の前にうずくまった。「僕らはしばらく一緒に時間を過ごすことになるよね、そうだろ？」

「そうだね！」

「だから、〝クソ〟だとか、汚い言葉はお母さんや子供たちの前で使ってほしくないんだ。ゲイルの前でもね」

少年たちは話し合い、肩をすくめた。オーケー。そうするよ。どうでもいいさ。しかし、ヴィクトールは一向に行儀よくならなかった。両手で口を覆い、少女たちに聞かれないように、ペリーの耳に向かって叫んだ。

「でっかい葬式だったんだ。オーケー？　モスクワでこのあいだやったやつだけど。悲劇だよ。何千人もが参列したんだ」

「それで？」

「交通事故ってことだったんだ。ミーシャとオルガが交通事故で死んだって。くだらねえよ。交通事故なんてなかった。銃撃だった。じゃあ、誰が撃った？　気のふれたチェチェン人たちだ。何も盗まず、カラシニコフの銃弾に財産をつぎ込むような連中。どうして？　ロシア人が嫌いだから。くだらねえ。クソったれチェチェン人なんていなかったんだ！」

アレクセイはヴィクトールを繰り返し叩き、手のひらでその口を覆おうとしたが、彼はそれを押しのけた。

「モスクワでちょっとは物がわかっている人に訊いてみるといいよ。僕の友だちのピョートルに訊いてみるといい。ミーシャは殺されたんだ。ギャングと対立したからね。だからやつらはミーシャを消した。オルガもだ。今度はパパのことも、警察に捕まる前に、始末しようとしている。そうだよね、ママ？」彼は隙間を通してタマラに向かって怒鳴っていた。

「誰がボスかをみんなに示すための、ちょっとした警告だよ。ママはこういうことをよく知っている。何だって知ってるんだ。ママも、恐喝とゆすりでペルミの刑務所に二年いたんだから。七十二時間ノンストップの尋問を受けたんだ。それを五回も。クソみたいに殴られた。ピョートルがママの記録を見たんだ。ひどい拷問を受けたんだよ。役人からね。そうだよね、ママ？　ママが神様にしか話をしなくなったのは、そのせいなんだ。さんざん殴られて、話そうという気持ちを失ったんだよ。ヘイ、ママ、愛してるよ！」

タマラはさらに影の奥に退いて行く。ペリーの携帯電話が鳴る。ルークのきびきびとした、しかし警戒した声。

「うまくいっていますか？」とルークが尋ねる。

「今のところは。僕らの友人はどうですか？」——ペリーが尋ねたのはディマのことだ。

「ご満悦という感じで、わたしのすぐ脇に座っています。よろしくと言っています」

「こちらこそよろしくと伝えてください」とペリーは慎重に答える。

「これから、行動に出るときはいつでも、もっと少人数で行動するようにしましょう。そのほうが動きやすいし、見つかりにくいから。男の子たちの服装をちょっと変えられますか？」

「どのように？」

「二人がちょっと違って見えるようにしたいです。そっくりの双子というわけではなく」

「わかりました」

「それから、混雑した電車に乗って、散らばるようにしてください。一車両に男の子一人。あなたと女の子たちは、別の車両。インターラーケンでハリーにあなたたちのチケットを買ってもらい、同じ窓口にみんなが並ばないようにしてください。いいですか？」

「わかりました」

「ドゥーリトルからは連絡がありましたか？」

「早すぎます。さっき発ったばかりです」

彼らがゲイルの離脱について話したのはこれが初めてだった。

「でも、彼女は正しいことをしています。彼女がそう信じ続けられるようにしましょう。そう伝えてください」

「伝えます」

「彼女は天からの賜物です。われわれの成功には、あの人の力が必要です」ルークは謎めいた言い方をしている。やむをえない。ディマが「わたしのすぐ脇に座っている」のだから。

ペリーは這うようにして少女たちの脇を通過し、オリーの肩を叩く。そして、必要な指示を彼の耳元で叫ぶ。

◆

カーチャとイリーナはチーズロールとポテトチップを見つけ、向き合って鼻歌をうたいながら、もぐもぐと食べている。ときどき振り返って、オリーの帽子を見ては、ケラケラ笑う。カーチャは一度、帽子に触ろうと手を伸ばすが、気おくれしてしまう。双子はポケットチェスをしながらバナナを食べて、気を紛らわすことにしたようだ。

「次の停留所はインターラーケンだ、子供たち！」とオリーが振り返って叫ぶ。「僕は駅で車を停め、最初の電車にマダムと荷物を乗せて、一緒に上にのぼるよ。君たちは散歩とソーセージを楽しんでくれ。そのあと、ゆっくり上がってくればいい。ご了解いただけるかな、教授？」

「喜んでそうするよ」とペリーは少女たちと相談したうえで答える。

「僕たちはちっとも了解しないね！」とアレクセイが甲高い声で抗議し、腕を広げてクッションにドスンと腰を下ろす。「僕たち、超みじめ！」

「特に理由はあるのかな？」ペリーは尋ねる。

「いっぱいあるよ！　僕たち、カンダーシュテークに行くんだろ、わかってる！　でも、僕は行かない、絶対に！　岩登りなんかしたくないよ、蠅じゃないんだからさ。眩暈がするし、マックスと一緒になりたくないし」

「あらゆる点で間違っているな」とペリーは言う。

「カンダーシュテークに行かないってこと？」

「そういうこと」

しかし、ゲイルはそこに向かっているのだ、と彼は腕時計を見ながらふたたび考える。

◆

ゲイルはシュピーッで電車の接続がうまくいったため、三時前に家を見つけていた。むずかしくはなかった。郵便局で尋ねたのだ。スキーのインストラクターで、マックスって知りませんか？　スイス・スキー学校の正式な講師ではなく、プライベートです。両親はホテルを経営しています。窓口《ギーシェ》の大柄な女性はわからないと言い、仕分け用のデスクにいる痩せた男に尋ねた。男は知っていると思うと答えたが、念のため、小包を黄色い大型ワゴンに積み込んでいる少年に確かめると、完璧な答えが返ってきた。大通りの右側にあるホテル・ロッスリ。マックスの妹がそこで働いている。

大通りは季節外れの強い日差しにギラギラと輝き、両側の山々は霞に包まれていた。蜂蜜色の犬たちの家族が歩道で日向ぼっこしたり、店の庇の下に隠れたりしていた。日よけ帽をかぶり、杖を持った行楽客たちは、土産物屋のショーウィンドウを覗き込んでいる。ホテル・ロッスリのテラスでは、少数の行楽客たちが座ってケーキを食べ、細長いグラスからストローでアイスコーヒーを飲んでいた。給仕しているのは、スイスの衣装を身につけた過労気味の赤毛の少女だけだった。ゲイルが話しかけようとすると、少女は座って順番を待つようにと言った。いつもなら立ち去るところだが、ゲイルはおとなしく座り、少女がやって来ると、ほしくもないコーヒーを注文した。それから、もしかして優秀な山岳ガイドのマックスの妹ではないか、と尋ねた。少女は急に輝くような微笑みを浮かべ、時間はいくらでもあるという態度になった。

「まあ、まだガイドではないですけど、正式には、それに優秀かどうかはわかりません！まず試験に通らなければいけませんし、かなりむずかしいんです」と彼女は言った。英語が話せるのが誇らしげで、練習できてうれしいようだった。「残念ながら、マックスはちょっと遅く始めたんです。以前は建築家になりたくて、でも、谷を離れたくなかったんですよ。本当のところ、かなり夢想家なんですけど、ありがたいことにようやく落ち着きました。だから来年には資格を得ると思います。みんなそう望んでいるんです！　今日はたぶん山に行っていると思います。バーバラに電話してみましょうか？」

「バーバラ？」

「彼女は本当にやさしいんです。マックスのことを完璧に改心させたって、わたしたちは言っています。改心すべき時だったんですよ！」

ブリュエムリ。そうマックスの妹はゲイルが破いたノートのページに書き記した。

「スイスドイツ語では、これは〝小さな花〟の意味なんですけど、〝大きな花〟の意味にもなります。スイスの人たちは好きなものを何でも〝小さい〟って呼びたがるんですよ。学校を通り過ぎて、最後の新しい山荘《シャレー》です。バーバラのお父さんがマックスたちのために建ててくれたんですよ。ほんとのところ、マックスはすごくラッキーだったと思います」

ブリュエムリはまさに若いカップルの憧れの家だった。伐ったばかりの松の木が使われ、窓台に置く植木箱には赤い花が咲いていた。窓には赤いギンガムのカーテンが掛かり、煙突頭部の通風管もそれに合わせて赤く塗られていた。屋根の下には、神の恵みに感謝するゴシック文字が手彫りで刻まれていた。小さな芝生の前庭は芝刈りされたばかりのようで、そこに置いてあるブランコ、膨らませて作る子供用のビニールプール、バーベキュー炉なども、みな新品のようだった。七人の小人のドアの横には、薪が見事に積まれていた。

これが本物の家ではなくて仮想の家であったなら、ゲイルは驚かなかったであろうが、どのみち今の彼女を驚かせるものは何もなかった。事の次第はひっくり返ったのではなく、単に最悪のケースとなった。しかし、彼女がここまで電車で来る途中で考えたさまざまな状況よりも悪いわけではない。ゲイルがドアのベルを押すと、なかから女性の元気な声が聞こえてきた。「アン・モマント・ビッテ、バルバラ・クント・グラート」。ゲイルはドイツ語もスイスドイツ語も知らなかったが、バーバラがすぐに行きますという意味なのだろうと思った。そして、その言葉のとおり、バーバラが現われた。背が高く、身だしなみがよく、健康そうで、顔立ちの整った、実に快活そうな女性。年齢はゲイルより少しだけ上のようだった。

「グリューセク」と彼女は言ったが、ゲイルの申し訳なさそうな笑顔に気づき、少し息を切らしながら英語に切り替えた。「こんにちは！　何かご用ですか？」

開いている戸口から、赤ん坊のぐずるような泣き声が聞こえてきた。ゲイルは息を吸い込み、微笑んだ。

「はい、わたしはゲイルと言います。あなたがバーバラ?」

「はい、そうです」

「髪が黒くて、背の高い女の子を探しています。ナターシャというロシア人の女の子です」

「あの子はロシア人なの? 知りませんでした。それでわかってきました。あなたはお医者さんですか?」

「いいえ、違います。どうしてですか?」

「え、まあ、あの子はここにいます。どうしてかはわかりません。上がっていただけませんか? わたしはアンニの面倒を見ないといけないので。最初の歯が生えたところなんです」

ゲイルはバーバラの後について、すっと家に入った。すると、ベビーパウダーをつけた赤ん坊の甘い、清潔な匂いが漂ってきた。ウサギの耳のついたフェルトのスリッパが、真鍮のフックに吊り下げられ、何足も並んでいたので、ゲイルは汚れたハイキングシューズを脱ぐことにした。ゲイルがスリッパを履いているあいだ、バーバラは待ってくれていた。

「彼女はどのくらい前にここに来たのですか?」とゲイルは尋ねた。

「一時間ですかね。もうちょっと前かも」

ゲイルは彼女のあとについて風通しのよいリビングルームに入った。フレンチドアが第二の小さな庭に向かって開かれている。部屋の真ん中にはベビーサークルがあり、その中に金色の巻き毛の小さな赤ん坊が座っていた。おしゃぶりをくわえ、新品のおもちゃに囲まれていた。そして壁際の低いスツールにナターシャが座っていた。組んだ両手に顔を押しつけ、うつむいているので、顔は髪に隠されている。

「ナターシャ?」

ゲイルはナターシャのそばにひざまずき、片手を大きく広げて、彼女の頭にそっと載せた。ナターシャはびくっとしたが、そのまま動かなかった。ゲイルはもう一度彼女の名前を呼んだが、やはり返事はない。

「来てくれて助かったわ」とバーバラがスイス人特有の単調な声で言った。アンニを抱き上げ、肩の上に載せて、げっぷさせようとしていた。「シュテットラー先生に電話をしようかと思っていたんです。でなければ警察に。どうしたらいいかわからなかったの。困っていたんです。本当に」

ゲイルはナターシャの髪を撫でていた。

「この子がベルを押したんです。わたしはアンニにお乳をあげていて、それもボトルからではなく、もっと望ましいやり方でしていました。今の時代、何が起こるかわかりませんから、ドアにはレンズをつけてあります。だから、それを覗いてみました。アンニはおっぱいを吸っていて、で、まあ、大丈夫かなって思いました。玄関に来たのは普通の女の子だ、と。実のところ、すごくかわいい子が、家に入りたがっている。どうしてかはわからないけど、たぶんマックスと約束があるんだろう。マックスはたくさんの顧客を抱えていますから。とくに若い人たちです。生まれつき面白い人ですからね。だから、この子は入って来て、見まわして、アンニに気づいて、英語でわたしに訊くんです——この子がロシア人だとは知りませんでした。ロシア人だなんて、普通は考えないじゃないですか。本当言えば、この頃は考えたほうがいいんでしょうけど。ともかく、わたしは彼女がユダヤ人かイタリア人だろうと思いました。〝あなたはマックスの妹ですか？〟と尋ねられたので、わたしは違う、と言いました。妹ではなくて、妻のバーバラです。あなたはどなたですか？　わたしにできることはありますか？　わたしが母親として忙しいのはわかるでしょう？　マックスに用があるのですか？　あなたは登山客ですか？　お名前は？　そうしたら、ナターシャという名だと言いましたけど、そのときには怪しいと思っていたんです」

「怪しいって、何が？」

ゲイルはもう一つのスツールを動かし、ナターシャの隣に座った。腕をナターシャの肩に回し、彼女の頭をやさしく引き寄せて、互いのこめかみがぴったりとくっつくようにした。

「まあ、麻薬のことですね。今の若い人たちときたら。だって、わからないじゃないですか」とバーバラは、二倍の年齢の人のような怒った口調で言った。「それも、はっきり言って、外国の人たちとなると。特にイギリス人ですね。麻薬はそこらじゅうに出回っています。シュテテットラー先生に訊いてみるといいですわ」。赤ん坊が泣き、バーバラがあやした。「マックスにしてもそうです。客の若い人たちときたら、山小屋でも麻薬をやってるんですよ！　お酒ならわかります。当然、煙草はダメですけど。ともかくこの子にコーヒーか紅茶かミネラルウォーターを飲むかと訊いたんですけど、聞こえないみたいで。わかりません。だからヒッピーが言うみたいに、バッドトリップをしている状態なんじゃないかって。でも、赤ん坊がいるから、それは言いたくないし、それでもちょっと怖いですし」

「でも、マックスに電話はしなかったんですね？」

「山にいるのに？　お客の面倒を見てるんですよ。だから大変なことになるかもしれません。彼女が病気だと思って、飛んでくるかもしれませんから」

「アンニが病気だと思って、ということですか？」

「ええ、当然でしょ！」彼女は少し間を置いて、その質問について考えた。ゲイルが見たところ、バーバラはじっくり考えるタイプではなさそうだった。「マックスがナターシャのために飛んでくるというのですか？　それはバカげています！」

ゲイルはナターシャの腕をつかんで、ゆっくりと立ち上がらせた。そして、まっすぐ立ったところで、抱きしめた。それから、正面玄関まで連れて行き、手助けして、靴を屋外用に履き替えさせた。自分も靴を替え、完璧な芝生を一緒に横切った。門を出てすぐに、ゲイルはペリーに電話した。

ゲイルは電車から一度、村に着いたときにも一度、ペリーに電話していたし、ほとんど分刻みで電話するという約束をしていた。というのも、ルークはディマのすぐ近くに座っているため、彼女と話せないので、ペリーを中継地点として使うように言われていたのだ。事態がかなりもつれていることは彼女にもわかっていたし、それはペリーの声からも読み取れた。

ペリーが落ち着いた声を出せば出すほど、事態がもつれていることがわかり、予期せぬことが起こったと思わずにいられなかった。そこで彼女自身も落ち着いた声で話そうとしたが、それは彼に対して同じ不安を伝えることになったようだ。

「ナターシャは大丈夫。元気よ、聞こえた？　わたしと一緒にここにいます。生きているし、元気だし、そちらに向かっている。今、駅に向かって歩いているわ。ちょっと時間がかかるけど、それだけよ」

「どれくらいの時間？」

ここではゲイルのほうが言葉に気をつけなければならなかった。というのも、ナターシャが彼女の腕にしがみついているからだ。

「気持ちを落ち着けて、化粧を直すだけの時間ね。それからもう一つ」

「何だい？」

「誰に対しても、どこにいたのかと尋ねないこと。いい？　ちょっとした危機はあったけど、もう終わりました。人生は続いていく。わたしたちがそっちに着いたときだけでなく、これからもずっと、当事者に関する質問はしないこと。女の子たちは大丈夫。男の子たちは、わたしにはよくわからないけど」

「男の子たちも大丈夫だよ。僕が気をつけているから。ディックは大喜びするよ。すぐに話す。じゃあ、急いでくれ」

「頑張るわ」

谷へ戻る混雑した電車のなかではあまりしゃべることができなかったが、それはそれでよかった。ナターシャはどちらにしてもしゃべろうとしなかったからだ。彼女はショックを受けた状態で、ゲイルの存在にさえ気づいていないように思えることもあった。しかし、シュピーツ発の電車で、ゲイルがやさしくなだめたところ、ゆっくりと感覚を取り戻した。スリーチムニーズのテントのなかと同じように、ファーストクラスの客車で二人は並んで座り、前をまっすぐに見つめていた。夕闇がどんどん迫り、客車にいるのは彼女たち二人だけだった。

✦

「わたし――とても――」ナターシャがゲイルの手をつかみ、突然話し始めた。だが、言葉を続けることができなかった。

「今は話さなくていいわよ」とゲイルは、ナターシャのうつむいた顔に向かって、力強く言った。「時間はたっぷりある。いまは感情的にならず、人生を楽しんで、待ちましょう。それがわたしたちのすべきこと、わたしたち二人とも。聞こえている?」

うなずく。

「じゃあ、背筋を伸ばして。わたしの手は握ったままでいいから、ただ聞いてね。数日のうちに、あなたたちはイギリスに入ります。あなたの弟たちがそれを知っているかどうかはわからないけど、二人ともミステリー・ツアーがもうすぐ始まるというのはわかっている。

最初にヴェンゲンにちょっととどまって、イギリスに着いたら、とてもいい女医さんを見つけてあげるわ——わたしのお医者さんね——それで、あなたがどう感じるかを見極めて、どうするか決めましょう。いい？」

うなずく。

「それまでは、そのことを考えないようにしましょう。心のなかから消し去るの。こんなゆったりした上着を着るのもやめなさい」——と言って、愛情を込めて袖をぐいと引っ張る——「細身のゴージャスな服を着ましょう。誰にもわからないわ。約束する。そうしてくれる？」

うなずく。

「決めるのはすべてイギリスに着いてからにしましょう。したくない決断はしない、よく考えて決める。落ち着いて考えるのよ。イギリスに着いてからね、それまでは考えない。あなたのためだけでなく、お父さんのためにも。わかった？」

「わかった」

「もう一度言って」

「わかった」

これは、ルークが彼女に望んでいる話し方だった。そのことをペリーから聞いていなくても、ゲイルは同じように話しただろうか？　また、ディマがこの衝撃的な知らせを受け取るのに最悪の時であるとわかっていなかったら、どうだろう？

幸いにも、答えはイエスだった。ゲイルは一言一句同じことを、しかも本気でしゃべったであろう。彼女にも同じ経験があった。よくわかったうえで話しているのだ。そして、電車がインターラーケン東駅に止まろうとするときにも、自分にそう言い聞かせていた。この駅で、谷沿いにラウターブルンネンとヴェンゲンに向かう電車に乗り換える。そのとき、彼女は一人のスイス人警官に気づいた。洒落た夏の制服を着て、人気《ひとけ》のないホームをこちらに向かって歩いてくる。彼と並んで、グレーの背広とピカピカの茶色い靴を身につけた、どんよりした表情の男が歩いている。警官は憐れむような笑顔を浮かべていたが、それは文明国においては、微笑むに値することを相手があまり備えていないと暗示するものだった。

「英語を話しますか？」

「どうしてわかるの？」——と微笑み返す。

「たぶん、あなたの肌の色からですかね」と彼は言った——この言葉は、普通のスイス人警官にしては小生意気なように彼女は思った。「でも、そちらの若い女性はイギリス人ではありませんね？」——とナターシャの黒い髪と、かすかにアジア的な顔立ちを見ながら言う。

「まあ、この子もイギリス人かもしれません。だって、今では何にでもなれるんですから」とゲイルは同じきびきびした口調で答えた。

「イギリスのパスポートをお持ちですか？」

「持っています」

どんよりした表情の男も微笑んでいたが、彼女はそれを見てぞっとした。この男の英語も上手すぎると思えた。

「スイス入国管理局です」と彼は言った。「抜き打ち検査をしています。申し訳ありませんが、国境が開かれている昨今、ビザがなければいけないのに持っていない者がときどきいるんです。たくさんではありませんが」

制服が口を挟んだ。

「チケットとパスポートを見せてください。よろしいですか？　よろしくないとすると、警察署に来ていただき、検査を受けなければなりません」

「もちろん、構いませんわ。そうよね、ナターシャ？　ただ、警察の方がみんなこんなに礼儀正しければいいのにって、思うだけですわ」とゲイルは快活に言った。

ゲイルはハンドバッグを漁り、パスポートとチケットを取り出して、それを制服の警官に手渡した。彼はそれをことさら時間をかけて調べた。世界中の警官が、正直な市民たちのストレスを高めるために、このような態度を示すよう教えられているのだ。グレーの背広は制服の肩越しに眺めていたが、それから自分でパスポートを手に取り、まったく同じことを繰り返した。そして、ゲイルにそれを返し、微笑みをナターシャに向けた。ナターシャはパスポートを手にして待っていた。

続いてグレーの背広がしたことは、ゲイルが後にオリーとペリーとルークに説明したところによれば、無能さの表われのようでもあるし、実に巧妙とも言えるものだった。彼はロシア人未成年のパスポートが、イギリス人の大人のパスポートよりも、関心に値しないかのように振る舞ったのだ。ビザのページをめくり、ナターシャの写真を実物と比べ、感嘆するかのように微笑んだ。それからローマ文字とキリル文字で書かれた彼女の名前のところで一瞬手を止め、呑気な口調で「ありがとう」と言い、それを彼女に返した。

「ヴェンゲンには長く滞在するのですか？」と制服の警官は尋ね、チケットをゲイルに返した。

「一週間くらいだけです」

「天候次第ということですかね？」

「いえ、わたしたちイギリス人は雨には慣れているので、降っても気づかないくらいですよ」

次の電車は二番ホームから三分ほどで出ます、と警官は丁寧に言った。乗り換えられるのは、今夜はこれが最後ですから、逃さないほうがいいですよ。逃したら、ラウターブルンネンで泊まらなければいけなくなります。

ナターシャがふたたび話し始めたのは、最終列車で山を半分ほど登ったころだった。それまで、彼女は怒っているかのように黙り込み、暗くなった窓を見つめていた。そして、子供のように窓に息を吹きかけて曇らせては、腹立たしげに曇りを拭き取っていた。しかし、彼女の怒りの対象がマックスなのか、警官とグレーの背広の男なのか、それとも自分自身へのものなのか、ゲイルには推測することしかできなかった。ところが、突然ナターシャは、顔を上げ、ゲイルをまっすぐに見据えた。

「お父さんは犯罪者なの？」

「わたしは、彼はとても成功したビジネスマンだと思うわ。違う？」と腕利きの弁護士は答えた。

「わたしたちがイギリスに行く理由はそれなんでしょ？——ミステリー・ツアーって、要するにそういうことなんでしょ？　お父さんが突然言い出したのよ、みんなイギリスの名門校に行くんだって」返事が得られず、ナターシャは続けた。「モスクワの頃からそうだったの。家族じゅうが犯罪の匂いに満ちていた。弟たちに訊いてみるといいわ。あの子たち、それに取り憑かれちゃったのよ。犯罪のことばかり話している。あの子たちの友だちのピョートルなんか、KGBで働いてるんだって。そんなの、もうないんでしょ？」

「わからないわ」

「いまはFSBなのよ。でも、ピョートルは今でもKGBって言うの。たぶん嘘をついているんだわ。ピョートルはわたしたちのことすべて知っているの。わたしたちの記録をすべて見たみたい。わたしの母は犯罪者、その夫も犯罪者、タマラも犯罪者、その父親は射殺された。弟たちから見ると、ペルミから来る人はみんな犯罪者なの。警官がわたしのパスポートを見たがったのはそのためかもしれないわ。〝ペルミの出身ですか、ナターシャ？〟。〝はい、おまわりさん、ペルミの出身です。しかも、妊娠しています〟。〝じゃあ、あなたは犯罪者だ。イギリスの寄宿学校には行けません。すぐに刑務所に入らなければなりません！〟」

その頃には、ナターシャはゲイルの肩に頭を持たせかけ、そのあとはすべてロシア語でしゃべっていた。

◆

トウモロコシ畑は夕闇に包まれつつあり、レンタルしたＢＭＷのなかも暗くなっていた。というのも、彼らは車のなかも外もライトを点けないということで、同意したからだ。ルークはこの旅のためにウォッカを一瓶用意しており、ディマがその半分を飲んでしまったが、ルークは香りを嗅いでみることさえしなかった。ディマにポケットレコーダーを渡して、まだ記憶が鮮明なうちに、ベルンで署名したときのことを録音させようとしたが、ディマはそれを払いのけた。

「全部覚えているよ。問題ない。写しもある。記憶もある。ロンドンに行ったら、すべて話すよ。そうトムに伝えてくれ」

ベルンを発って以来、ルークは裏道しか使わなかった。長距離のドライブになるので、ときどき車を停められる場所を見つけ、追っ手がいるとしても先に行かせた。ルークの右手はどうも調子が悪く、いまだに感覚がなかった。それでも、腕の力を使い、手のことを考えなければ、運転には問題がなかった。痩せこけた哲学者を殴ったとき、右手をおかしくしてしまったようだ。

二人はロシア語で脱獄犯のように声を落としてしゃべっていた。なぜ声を落としているのだろう？　ルークは妙な気がしたが、ともかくそうしていた。松林の縁でふたたび車を停め、ディマに労働者の青いチュニックと、禿げ頭を隠すようにウールの黒いスキーキャップを渡した。自分用にはジーンズ、アノラック、ポンポン付きの帽子を買っておいた。ルークはディマの背広をたたんでやり、スーツケースに収めて、ＢＭＷのトランクにしまった。夜の八時くらいで、寒くなってきた。ラウターブルンネンの谷の出口にあるヴィルダースヴィルの村に近づいたところで、もう一度車を停め、スイスのニュース放送を聞いた。残念ながら、ルークはドイツ語がわからなかったので、薄闇のなかでディマの表情を読み取ろうとした。

「あのバカどもが発見されたよ」とディマはロシア語で言った。低く唸るような声だった。「ロシアの酔っぱらいが二人、ベルヴュー・パレス・ホテルで喧嘩をした。理由は誰にもわからない。階段から落ちて、怪我をした。一人は入院し、もう一人は無事だ。入院したやつはかなり悪い。これがニキだな。あのバカ、息を詰まらせたんだ。スイスの警察が信じるはずもない、アホな嘘を並べ立てているよ。それぞれが違った嘘を言ってるんだ。ロシア大使館はやつらを帰国させたがっている。スイス警察は〝ちょっと待て。あのバカどもについて、もうちょっと知りたいことがある〟と言っている。ロシア大使は怒っている」

「あの男たちに？」

「スイスにだよ」ディマはにやりと笑った。ウォッカの瓶から一口飲み、ルークに差し出すが、彼は首を振った。「どういう風に進むか知りたいか？　ロシアの大使がクレムリンに電話をする。〝あのバカどもは誰ですか？〟。クレムリンは雌犬のプリンスに電話をする。〝おまえの手下どもは、ベルンの高級ホテルで殴り合いしやがって、一体何をしてるんだ？〟」

「で、プリンスは何て言うんです？」とルークは尋ねるが、ディマのような浮かれた口調にはならなかった。

「雌犬プリンスがエミリオに電話をする。〝わが友、エミリオ、わたしの賢きアドバイザー。あの二人の男たちは何をしていたのだ？　ベルンの高級ホテルで殴り合うとは？〟」

「で、エミリオの返事は？」とルークは先を促した。

ディマの表情は暗くなった。「エミリオはこう言う。〝あのクソったれディマ、世界でナンバーワンのマネーローンダラーが姿をくらましたんだ〟」

ルークは、策謀家というわけではなかったが、彼なりの推論を試みた。最初はパリにいたアラブ人らしい警察官たち。誰が彼らを送り込んだのか？　なぜか？　それから、ベルヴュー・パレス・ホテルの二人のボディガード。なぜ彼らは署名のあとホテルに来たのか？　誰が彼らを送り込んだのか？　なぜ？　誰が、どれだけのことを、いつ知ったのか？

ルークはオリーに電話した。

「戦線異状なしか、ハリー？」――これは、誰が隠れ家に着き、誰が着いていないか？という意味だった。また、行方不明のナターシャについても、自分が対応しなければならないのか、という意味でもあった。

「ディック、落伍者二人は数分前に出勤しました。ひと安心ですね」とオリーは元気づけるように言った。「二人はそれほどの苦労もせず、誰の力も借りずに、ここまでやって来ました。すべて順調です。丘の反対側で、十時くらいでどうでしょう？　すっかり暗くなっているでしょうから」

「十時で大丈夫だ」

「グルント駅の駐車場。イカしたスズキの赤い小型車です。あなたたちが駐車場に入って、最初に目につくところにいます。そして、できるだけ電車から遠いところに」

「了解」――そして、オリーが電話を切らないので――「どうしたんだ、ハリー？」

「うん、インターラーケン東駅にたくさん警官がいたっていう話なんですが」

「詳しく聞かせてくれ」

ルークは聞き、何も言わずに、携帯をポケットに戻した。

✦

オリーの言う「丘の反対側」とは、アイガー連峰の反対側の麓にある、グリンデルヴァルト村（スイス中部ベルン州のベルンアルプスの谷にある村）のことだった。ラウターブルンネン側からヴェンゲンに入るには、登山鉄道以外では無理だとオリーは報告していた。夏の道はカモシカや無謀なオートバイ乗りにはいいかもしれないが、三人が乗った四輪車にはよくない、と。

しかし、ルークは――オリーと同じように――決意していた。ディマは、どのような服を着ているにせよ、鉄道の職員たちの目にさらされるべきではない。隠れ家に向かう途中で、検札係やほかの乗客たちに見られるのはまずい。まして、こんな夜遅く、鉄道の利用客が少なくなり、人目につきやすい時間には。

ツバイリュッシーネンの村に着き、ルークは分岐点で左に向かう道を選んだ。これは川沿いをくねくねと走り、グリンデルヴァルトの端に至る道だった。グルント駅の駐車場は、ドイツ人観光客が置いていく車で満杯だったが、入るや否や、ルークは駐車車両にオリーの姿を見つけてほっとした。オリーはキルティングのアノラックと、耳覆いのついた尖った帽子を身につけ、車幅灯をつけた赤いスズキのジープの運転席に座っていた。

「寒くなったときのための毛布です」とオリーはロシア語で言い、ディマを隣に座らせて、毛布にくるんだ。ルークはオリーに荷物を渡し、ＢＭＷをブナの木の下に停めてから、後部座席に座った。「森の道は立ち入り禁止なんですが、そこで仕事をする地元の人たちは別です。水道工事とか、鉄道とかで働いている人たちです。だから、あなたがそれでよければ、検問されたときは僕がしゃべります。地元民ってわけじゃないけど、ジープは地元のものです。ジープの持ち主が何て答えたらよいか教えてくれました」

持ち主とは誰で、何と答えるかは、オリーのみぞ知る、だった。優秀な裏方仕事師は、情報源について口が堅いのだ。

✦

のぼり坂の狭い舗装道路が山の闇のなかへと続いていた。ヘッドライトが彼らの方向に向かって降りて来て止まり、バックで森のなかへ入っていった。積荷のない建設業者のトラックだった。

「上から来た者がバックしなければならない」とオリーは息をひそめ、満足げに言った。「地元のルールです」

制服の警官が道の真ん中に一人立っていた。オリーはスピードを落とし、スズキのフロントガラスに貼ってある三角形の黄色いステッカーが警官に見えるようにした。警官はうしろに下がり、オリーは「ご苦労さん」という感じに手を上げた。屋根の低い山荘《シャレー》と明るい照明が並ぶ集落を通り過ぎた。薪を燃やした煙が松の香りと混じっている。蛍光性の看板にはブランデックと書いてあった。道路は舗装されていない森の道になった。小川が彼らに向かって流れていた。オリーはヘッドライトを点け、ギアを変えた。エンジンは憂いを帯びた、高い音になった。道には重いトラックの轍が刻まれており、スズキは震動の吸収が少なかった。荷物とともに後部座席に収まったルークは、車が弾んだり揺れたりするたびに、ドアの側面を必死につかんだ。彼の前には、ウールの帽子をかぶり、毛布にくるまったディマが座っていた。毛布は御者の肩マントのように、肩のあたりでパタパタと風にはためいている。その横では、同じくらい大柄なオリーが緊張した面持ちで前傾姿勢を取り、スズキを運転していた。開かれた牧草地を通過するとき、二頭のカモシカが森のなかに急いで逃げて行った。

空気は薄く、冷たくなっていった。ルークの息遣いが荒くなった。その頰と額には冷たい露の膜がうっすら張っていた。ルークは自分の目がらんらんと輝き、松の香りと登山の興奮で心臓が高鳴るのを感じた。森がまた彼らを取り巻いた。生い茂る森のなかから動物の赤い目がきらりと輝いたが、大きい動物か小動物か、ルークには見定める時間がなかった。

車は樹木限界線を通過し、ふたたび開かれた空間を走っていた。星の輝く空を薄い雲が覆っていた。その中心に星のない真っ黒な虚空がそびえ立ち、彼らを山腹へと押しつけ、さらには世界の果てへと押しやるかのようであった。彼らはアイガー北壁の張り出し《オーバーハング》の下を通り過ぎた。

「ウラル山脈に行ったことあるかい、ディック？」ディマが振り向き、ルークに英語で叫んだ。

ルークは元気にうなずき、微笑んだ。

「ペルミと同じだ！　ペルミにもこんな山があるんだ！　カフカスには行ったことあるかい？」

「ジョージア側だけだけどね！」とルークが叫び返した。

「この風景、大好きだ。聞こえるか、ディック！　大好きだ！　あんたもか？」

一瞬――まだ警察官のことは心配だったが――ルークもこの風景が大好きだと思った。そして、クライネ・シャイデック（スイスのベルン州の峠）の山の背へと登る途中も、頂上に立つ大きなホテルからこぼれるオレンジ色の光のアーチの下を走って行くときも、自分はこの風景が大好きだと感じていた。

下り坂になった。左側には、月光を浴びて、氷河の青く黒い影が力強くそびえ立っていた。谷のずっと向こうには、ミューレン（スイスの村。アルプス登山起点の一つ）の明かりがちらりと見え、ふたたび森のなかに入ると、その茂みから、今度はヴェンゲンの明かりが気まぐれにちかちか光っていた。

16

ルークにとって、アルプスの小さなリゾート地ヴェンゲンでの生活は、不可解に思えるほど、前もって定められていたように思えた。あるときは耐えがたいほど静かだが、またあるときは家族や友人たちが休暇に集まったような、抒情的な静けさに浸ることができた。

オリーが選んだ不恰好な賃貸用山荘《シャレー》は、静かな村の外れにある二本の遊歩道に挟まれた三角地に立っていた。冬にはドイツ低地地方のスキークラブに貸し出されるが、夏は――南アフリカの神智学者であれ、ノルウェイのラスタファリ主義者（ジャマイカの宗教団体の信者）であれ、ルール地方の貧乏な子供であれ――宿代さえ払えば、誰でも借りられた。したがって、年齢や出自が不揃いな異種混交的な家族は、村にとって予想外でも何でもなかった。山荘《シャレー》を通り過ぎる夏の観光客たちは、誰一人として、彼らに目を向けたりはしなかった。少なくとも、オリーはそう言っていた。彼は暇さえあれば階上の窓のカーテンの隙間から外を見て、観光客たちの様子を探っていたのだ。

家のなかから見ると、世界は想像を超えて美しかった。最上階から見下ろすと、伝説のラウターブルンネンの谷が見えた。見上げれば、ユングフラウ連峰が目の前に輝かしくそびえ立ち、背後には、素朴な姿を残した牧草地と、木が生い茂る丘陵地帯が広がっていた。とはいえ、外から見ると、山荘《シャレー》は建築学的に空虚な代物であった。不気味で、個性も特徴もなく、周囲の何物にも心を通わせていない。白い化粧漆喰《しっくい》の壁と田舎臭い装飾は、都会から離れた暮らしへの憧れを空しく強調しているだけだった。

ルークも見張った。オリーが食料品の調達や、地元の人たちの噂話を求めて外出しているとき、怪しい通行人がいないかと目を凝らし、警戒するのは、ルークの役目となった。しかし、ルークがいくら見張っても、庭に出ている二人の少女たちに詮索するような目を向ける者はいなかった。少女たちは庭でゲイルの指導のもと、新しく買ってもらった縄跳びの練習をしたり、裏の草地の土手でキバナノクリンザクラを摘んだりした。そのキバナノクリンザクラは、オリーがスーパーマーケットで買ってきたサゴヤシ澱粉の瓶に入れて保存されることになった。

この山荘のバルコニーには、口紅と白粉をべったりとつけ、黒いサングラスに喪服姿の小さな婦人が座っていることがあった。膝に手を載せ、人形のように動かないのだが、この婦人でさえ、町の噂になる気配はなかった。スイスのリゾート地は、観光業の始まり以来、こういう人々を受け入れてきたのだ。そして、夜に通りかかった人がカーテンの隙間を覗き、ウールのスキー帽をかぶった大柄な男がチェス盤で二人の少年と対決しているところを見たとしても――ペリーをチェスのレフェリーとし、ゲイルと少女たちはフォト・フリッツで買ったＤＶＤを部屋の別の片隅で見ているのだが――まあ、これまでチェスマニアがこの家を借りたことはなかったとしても、それ以外のあらゆる種類の人々がこの家に泊まってきたのだから、ここに世界一のマネーローンダラーがいることなど、誰一人知る由もないだろう。まして、早熟な少年たち二人の知性を合わせても、このマネーローンダラーをチェスで負かすことはできないことなど、一体誰が気にするだろうか？

その翌日の少年たちにしても、どこに特に目を惹くものがあっただろう？　彼らは服装を用心深く異なるものにして、その家の裏庭からメンリヒェンの尾根に至る急な岩場の道を、先頭を歩くペリーに急き立てられながら、登って行った。アレクセイはいつ滑って首の骨を折ってもおかしくないと不平を言い、ヴィクトールは完全に大人になった雄鹿をさっき見たと言い張ったが、実際に見たのはカモシカだったかもしれない。ペリーは二人を一緒にロープでつなぐことさえした。手ごろな岩の張り出し《オーバーハング》を見つけ、ブーツを借り、ロープを買って――彼は二人に、ロープは登山者にとって個人的なものであるとともに神聖なものだと重々言い聞かせていた――そのうえで、彼らに岩の割れ目からぶら下がるやり方を教えた。もっとも、割れ目の深さは三、四メートルほどだったが。

同じことは二人の若い女性についても言えた。一人は十六歳くらいで、もう一人は十歳ほど年上、どちらも美しい。不動産開発業者のブルドーザーをどうにか逃れたカエデの木が枝を広げる下、この女性たちはデッキチェアに横たわり、本を広げている。まあ、スイス人の男性なら、気づいてから、見て見ぬふりをするだろう。イタリア人なら、じっくりと見て、歓声をあげるかもしれない。しかし、電話に走って行って、怪しい女性たちがカエデの木陰で本を読んでいると警察に通報する者などいるはずがない。

ともかく、ルークは自分にそう言い聞かせていたし、オリーもそうだった。ペリーとゲイルも、この付近の監視に協力させられている身として、それに同意した——そうする以外ないではないか？　しかし、だからと言って、自分たちが人目を避け、時間と競争するように生きているという感覚を持たずに済んだ者は、少女たちのなかにもいなかった。カーチャは朝食のとき、オリーの作ったベーコンとメイプルシロップつきのパンケーキを食べながら、

「今日、イギリスに行くの？」と尋ねたし、イリーナはもっと悲しげに「まだイギリスに行けないの？」と訊いた。こういうとき、少女たちはテーブルにいる者たち全員の気持ちを代弁していたのだ。そのなかには、ベルンのホテルで階段から落ちたとして、右手にギプスをしているために、彼らのヒーローとなったルークも含まれていた。

「あのホテルを訴えるの、ディック？」とヴィクトールは突っかかるように言った。

「弁護士と相談するよ」とルークはゲイルに微笑みを向けて答えた。

いつロンドンに行くかについては、「まあ、今日ではないけどね、カーチャ、でも、明日か、その次の日には行ける」とルークは言って、カーチャを励まそうとした。「いつ君たちのビザが下りるかって話なんだ。みんな、役人《アパラチキ》がどんなものかって知ってるだろ？　イギリスも同じさ」

しかし、いつ、ああ、いつなのか？

ルーク自身、昼も夜も、目が覚めているときもまどろんでいるときも、自分に問いかけ続けた。そのあいだ、ヘクターからの報告《ブルティン》は、息もつかせぬ勢いで増えていった。会議の合間に発したと思われる謎めいた一言、二言もあれば、長い一日を終えた深夜、延々恨み言が並べ立てられることもあった。食い違う報告の連射にさらされ、ルークは職務上、許されざる罪を犯すようになった。報告が来るたびに、記録を残すようにしたのである。ギプスから不気味に覗く右手の指先を使い、彼独特の速記法で、A４の用紙の片面にだけ記入していった。用紙は、オリーが村の文房具屋で買ってきたものだった。

訓練学校で奨励される方法に則《のっと》って、彼は額縁からガラス板を失敬し、それを下敷きとして使った。そして、一枚書き終えるごとに、ガラス板を几帳面に拭いてから、書き終えた紙を水タンクの背後に隠した。ヴィクトール、アレクセイ、タマラ、あるいはディマ自身が、もしかして部屋を探索するかもしれないという、ありそうもない可能性に備えてのことだった。

しかし、前線のヘクターから送られてくるメッセージの速度と複雑さが増し、ルークの手に余るようになった。そこで、ルークはオリーを説き伏せ、ちょうどディマが使っているのと同じようなポケットレコーダーを買いに行かせ、それを暗号化機能付携帯電話につないだ。

これもまた、訓練部門から見れば許しがたい罪である。しかし、ベッドでまんじりともせずにヘクターからの奇妙な報告を待つ彼にとっては、これはまさしく神の道具となった。

――剣が峰だ、ルーキー、でも勝利は近い。

――ビリー・ボーイを迂回して、長官に直接話すよ。数日ではなく数時間と言ったはずだ。

――長官は副長官に話せと言っている。

――副長官は、もしビリー・ボーイが認めないなら、自分も認めないと言っている。自分の独断では認められない、五階全体の後押しがなければダメだって。僕は、クソくらえって言ってやったよ。

――信じられないかもしれないが、ビリー・ボーイが考えを変えつつある。暴れてはいるが、やつだって真実を目の前に突きつけられりゃ、無視するわけにはいかないのさ。

今話したことはすべて、ルークが痩せこけた哲学者を階段から転げ落としてから二十四時間以内に起こったことだ。このルークの行動について、ヘクターは天才的な偉業だと最初はたたえたが、よく考えて、副長官にはこのことをしばらく伏せておこうと思うと言った。

「われわれの坊や《アワ・ボーイ》は本当にニキを殺したのか、ルーク？」とヘクターはさりげなさを装って尋ねた。

「そうだったことを願っています」

「そうだな。よろしい、僕はこの件についてまったく聞いていない。いいな？」

「一言も」

「やったのは別のアホどもだったんだ。似ているところがあったとしても、偶然の一致にすぎない。わかったな？」

「わかりました」

◆

二日目の午後遅くになると、ヘクターはかなりいらついてきたが、まだ落胆はしていなかった。内閣府は、権限付与委員会の定足数が満たされなければいけないと規定しているんだ、と彼は言った。ビリー・ボーイ・マトロックには、すべて知らせなければならない。ヘクターがこれまで胸にしまってきた作戦行動の詳細すべてを——この「すべて」が強調された。解決策として、四人の特別調査委員会が設置されることになった。外務省、内務省、財務省、入国管理局からそれぞれ代表を出す。除外された部門も、委員会の提案の事後承認には参加を求められるが、これは形式的なものになるだろう、と内閣府は予測した。ヘクターは強く抵抗したものの、この条件を呑まざるをえなかった。ところが突然——同じ日の夜だが——風向きが変わり、ヘクターの声も高くなった。ルークがこっそり回していたレコーダーは、このときの会話を再現してくれた。

ヘクター　あいつら、どういうわけか、われわれの先を行っているようだ。ビリー・ボーイがシティ関係の情報源から内部情報をつかんだ。

ルーク　われわれの先って、どうやって？　そんなことがどうしてできるんですか？　われわれはまだ動いてないじゃないですか。

ヘクター　ビリー・ボーイのシティ関係の情報源によれば、金融サービス機構は大手銀行を開くというアリーナの申請を阻む腹積もりで、われわれはそこに止《とど》めを刺すやつらなんだ。

ルーク　われわれ？

ヘクター　諜報部だよ。その全体だ。シティのでかい組織はギャーギャー文句を言っている。無所属の国会議員で新興財閥《オリガルヒ》の息のかかった三十人の連中が財務省の副大臣に無礼な手紙を書いて、金融サービス機構は反ロシア的な偏見を持っていると非難し、申請に対する理不尽な障害を即刻すべて取り除くように求めている。上院の例の悪人どもは戦闘態勢に入った。

ルーク　でも、それはバカげてますよ！

ヘクター　それを金融サービス機構に言ってみるといい。やつらにわかっているのは、各国の中央銀行が互いの貸し付けを渋っているっていうことだけだ。中央銀行ってのはまさにそれをするために、何十億もの公金を預かっているのにな。ところが、ご覧あれ。白馬に乗ったアリーナが助けに来て、やつらの熱い手に何兆もの金を握らせようとしている。金の出所がどこかなんて、誰が気にする？　［これは質問なのか？　だとすれば、ルークには答えがわからなかった。］

ヘクター［突然激昂して］理不尽な障害なんてねえんだよ！　誰一人として理不尽な障害なんて作ってねえ！　昨夜の段階で、アリーナの申請書は金融サービス機構の未決書類入れのなかで腐っていた。やつらは会合は開かないし、話し合ってもいない。必要な調査もしていない。しかし、だからといって、サリー州の新興財閥《オリガルヒ》が戦闘太鼓を叩くのを止められはしなかった。新聞の経済欄も書き立てた。ロンドンの金融街は、アリーナの申請が却下されれば、ウォール街、フランクフルト、香港に遅れを取るだろう、と。それは誰の責任だ？　諜報部の責任にされるんだよ。ヘクター・メレディスというクソ野郎にだまされた諜報部が悪いってな。

そしてまた間《ま》があいた。かなり長い沈黙が続いたので、ルークはヘクターにまだそこにいるのかと訊いたくらいだった。それに対し、嚙みつくような返事が返ってきた。「僕がどこにいると思ってんだ？」

「まあ、少なくとも、ビリー・ボーイはサポートしてくれているんですよね」とルークは言ってみた。相手をなだめたいという思いだったが、自分にとっては慰めにならなかった。

「完全な転向だよ、ありがたいことに」とヘクターは大まじめに答えた。「あいつなしではどうなっていたかもわからん」

ルークにもそれはわからなかった。

ビリー・ボーイ・マトロックが突然ヘクターの盟友に？　ヘクターの主義主張に改宗した？　彼の新しい戦友？　完全な転向？　ビリーが？

それとも、ビリー・ボーイは多少の犠牲を払って、危険の分散を図っているのか？　ビリー・ボーイが悪だというわけではない。邪悪という意味での悪、オーブリー・ロングリッグのような悪というわけではない。ルークは彼のことをそのように考えたことはなかった。ひねくれた黒幕、対立する諸権力間を渡り歩く二重スパイ、あるいは三重スパイというふうには。それはビリーとはまったく違う。そういうことをするには、彼は裏表がなさすぎるのだ。

では、この改宗は、正確に言えばいつ起こったのか、そして、なぜ起こったのか？　ルークは驚かずにいられなかった。それとも、ビリー・ボーイは別のところでしっかりと防護策をとっており、ヘクターには懐の広いところを見せているのだろうか？　それによって、ヘクターの宝物入れのなかでも最も厳重に守られている秘密に通じようとしているのだろうか？

たとえば、あの土曜の午後、ビリーが屈辱的な捨て台詞とともにブルームズベリーの隠れ家から立ち去ったとき、胸に抱いていたのは何だったのか？　ヘクターへの愛か？　将来の組織における自分の地位への真剣な懸念か？

✦

あの会合のあと、数日思い悩んでいるあいだに、ビリー・ボーイは何をしたのだろう？

ケチだということで有名な彼が、どんなシティの大物をランチに誘い、秘密は絶対に守ると誓ったのだろう？　大物の辞書では、秘密とは一回に一人にしか打ち明けないものであると、彼にはわかっていた。そしてまた、展開が微妙に変化した場合、味方を一人得ることになるともわかっていたはずだ。

また、この小石がシティという濁った水に投げ込まれ、さざ波がたくさん立ったとして、その結果がどうなるか、はたして誰にわかっただろう？　どの波が、あのシティの大物インサイダーにして新進の国会議員である、オーブリー・ロングリッグの鋭い耳に届くか、一体誰にわかっただろう？

あるいは、バニー・ポパムの耳に。

あるいは、メディアというサーカスの演技主任、ジャイルズ・デ・サリスの耳に。

そしてまた、アリーナという車輪が回転し始めるや否や、そこに飛び乗ろうと待ち構えている連中、同じように鋭い耳をしたほかのロングリッグたち、ポパムたち、デ・サリスたちの耳に。

ただし、ヘクターによれば、車輪はまだ回転し始めていない。だから、まだ飛び乗る者もいないはずだ。

ルークは意見を交換できる相手がほしいと思ったが、いつものように、誰もいなかった。ペリーとゲイルは蚊帳の外にいた。イヴォンヌとは連絡不能だった。オリーは――まあ、オリーは裏方仕事師として最高だったが、いちかばちかの策略に関する相談相手としては、アインシュタインのように有能とは言いがたかった。

ゲイルとペリーは子供たちにとっての代理の父母であり、一家のリーダーであり、モノポリーの遊び相手であり、ツアーガイドでもあった。彼らがこうした仕事を立派にこなしているあいだ、オリーとルークは危険信号を数え上げていった。あるものについては心配不要と退ける一方、あるものはルークの「心配事リスト」に加えていき、結果、リスト項目は増える一方だった。

◆

ある日の午前中、オリーはカップルが家の北側を二度通り過ぎるのを見た。さらに、同じカップルが南西側も二度通り過ぎた。女のほうは最初黄色いスカーフと緑のコートを身につけており、次のときはぶかぶかのサンハットとスラックスというでたちだった。しかし、ブーツとソックスは同じで、同じ登山用のステッキをついていた。男のほうは最初半ズボンをはいていて、二度目は豹柄のバギーパンツだったが、尖った青い帽子は同じだった。また、両手を両脇にくっつけ、ほとんど動かさずに歩くという歩き方も変わらなかった。

オリーは訓練学校で観察について教えているくらいなので、彼の観察眼に疑問を差し挟むのはむずかしかった。

オリーは、ゲイルとナターシャがインターラーケン東駅でスイスの官憲と出くわして以来、ヴェンゲンの鉄道駅にも目を光らせていた。オリーがアイガー・バーで静かにビールを酌み交わした鉄道の従業員によれば、ヴェンゲンに警官が現われるのは、通常はつまらない喧嘩の仲裁に入ったり、麻薬の売人を申し訳程度に捜査したりするときに限られていたのだが、ここ数日は見かけることが増えたという。ホテルの客の名簿はチェックされ、禿げていて顎鬚を生やした、顔の大きな男の写真が鉄道やケーブルカーの駅の出札係にこっそりと回覧されていた。

「ディマはこれまでに顎鬚を生やしたこと、ないですよね？　ブライトンビーチで最初に金の洗濯屋《マネーローンダリー》を出したときも？」と彼は、ルークと庭の散歩をしているときに尋ねた。

顎鬚も口髭も生やしていた、とルークはいかめしい声で言った。ディマがアメリカに入るために作り出した、新しいアイデンティティの一部だった。鬚は五年前までのばしていたんだ。

そして、駅のニューススタンドで『インターナショナル・ヘラルド・トリビューン』紙やローカル紙をめくっているとき、オリーは例の怪しげなカップルを見つけた――偶然かもしれないが、彼はそう考えなかった。オリーが家の周囲を見張っているときに見かけたのと同じカップルが、駅の待合室に座り、壁をじっと見つめていた。二時間経って、何本かの列車がどちらの方角に向けても発車したのに、彼らはまだその場にいた。オリーは、何かトラブルが発生したという以外、そのカップルの行動を説明できなかった。救援の監視チームが汽車に乗り遅れ、彼らの上司が決断を下すまでのあいだ、あの二人はそこで待機しなければならなかったのだろう。あるいは――一番線のホームを見下ろす位置を選んだという点を考慮に入れれば――ラウターブルンネン発の汽車から誰が降りるか見張っていたのだろう。

「それに、チーズ店の素敵な女性が、僕にこんなことを尋ねました。何人の家族を食べさせているんですかって。気に入らない言い方でしたが、僕のデカい腹を当てこすっていただけかもしれません」とオリーは締めくくった。ルークの重荷を軽くしてやろうという口調だったが、両者にユーモアは通じにくくなっていた。

ルークもまた、学校に行く年齢の子供が四人も家にいるという事実を不安に思っていた。スイスの学校は始まっているのに、どうしてわれわれの子供たちは学校に行かないのか？村の外科医に手の検査をしてもらいに出かけたとき、看護師も彼に同じ質問をした。ルークは、インターナショナル・スクールには学期半ばの休暇がある、とどぎまぎして答えたが、自分でも嘘っぽい答えだと思った。

✦

これまでルークは、ディマに外に出ないように強く言い聞かせ、ディマも彼に借りがあるだけに、しかたなく従ってきた。ベルヴュー・パレス・ホテルの階段での乱闘という栄光に浴したルークは、ディマの目には間違いを起こしようのない人物に映ったのだ。ところが、日々がゆっくりと過ぎて行き、ルークがロンドンの役人《アパラチキ》に関する言い訳を次々に考えなければならなくなると、ディマも反抗的になり、ついには反乱を起こした。ルークにうんざりしたディマは、彼らしい無骨さで、ペリーに自分の言い分を訴えたのだ。

「タマラを散歩に連れ出したいと思えば、おれはやるぜ」と彼は唸るような声を出した。
「きれいな山が見える。それをタマラに見せたいんだ。ここはコルイマとは違う。そうディックに伝えてくれ。わかったかい、教授？」

コンクリートの道の緩い勾配をのぼり、谷を見下ろすベンチまで行くのに、タマラは車椅子が必要だと考えた。オリーは車椅子を探しに行かされた。髪をヘナ染料で染め、派手な口紅にサングラスという彼女は、魔法使いの人形のようだった。作業服を着て、ウールのスキー帽をかぶったディマも、同じくらい薄気味悪かった。しかし、異常な人間に慣れているこの村では、ディマがタマラの車椅子を押す姿は、むしろ初老のカップルの理想像に思われた。シュタウブバッハの滝や、ラウターブルンネンの谷の輝かしい景色を妻に見せようと、家の裏の斜面を妻が乗る車椅子をゆっくり押していく夫。

ときどきナターシャも加わったのだが、その場合も、憎まれている私生児――ディマの胤《たね》によって生み出され、タマラが半狂乱で監獄から釈放されたあと、彼女に押しつけられた私生児――としてではなく、二人の愛する従順な娘が付き添っているという風情だった。ナターシャが実の子供か養子なのかは、もはやどうでもよくなった。だいたいにおいて、ナターシャは本を読んでおり、父親が一人きりのときは探し出して、優しい言葉をかけた。父親の禿げ頭を撫でて、その父こそが自分の子供であるかのように頭にキスをした。

ペリーとゲイルもまた、この新しく構成された家族における不可欠のメンバーになった。ゲイルは女の子たちのために新しい遊びを次々に考えていた。彼女たちと牧場に牛を見に行ったり、チーズ店に行って、ホーベルケーゼという硬いチーズが削られていく様子を観察したり、森のなかで鹿やリスを探したりした。一方、ペリーは、少年たちの慕うチームリーダーであり、彼らのあり余ったエネルギーをしっかり受け止めた。一度、少年たちも加えて早朝テニスをしようとゲイルが提案したことがあったが、このときだけはペリーは珍しく断わった。パリの地獄の試合のあとだけに、回復に時間がかかるのだ、と彼は打ち明けた。

✦

ディマとその一家を隠すことは、ルークの募っていく心配のほんの一つにすぎなかった。毎晩階上の部屋で、不定期に入ってくるヘクターの報告を待っていると、時間がありすぎて、あれこれ考えてしまうのだ。自分たちの存在が、村からの歓迎されざる注意を引いているという証拠は、いくらでもあるように思われた。眠れない夜を過ごしていると、さまざまな陰謀の理論を思いめぐらさずにいられず、朝になると、それがすべて現実のものに思えて不安にならずにいられなかった。

ベルヴュー・パレス・ホテルで使ったブラバゾンというアイデンティティについても心配せずにいられなかった。あの勤勉な支配人は、ブラバゾンがホテルの設備を調べていたことと、二人のロシア人が階段を転げ落ちたこととのあいだに、何らかの関連性を見出しただろうか。そして、そこから警察の捜査が加わり、グリンデルヴァルト・グルント駅のブナの木の下に停めてあったBMWに行き着いたであろうか。

ディマは車中で呑気に一つのシナリオを描いてみせたが、ルークはそれに刺激されて、次のような極端なシナリオを思い描いた。

ボディガードの一人――おそらく痩せこけた哲学者――がどうにか階段をよじのぼり、鍵のかかったドアを叩く。

あるいは、非常口の電子機器に関するオリーの推測的な読みは、結局のところ推測の域を出なかった。

どちらにしても警報機が鳴って、サロン・ドネールで食前酒を飲んでいるアリーナ関係者の客人たちの耳にも、騒動の知らせが届く。ディマのボディガードがやられ、ディマが消えた、と。

こうしてすべてがすぐに動き出す。エミリオ・デル・オロが携帯電話で七人の「清潔な使節たち」に警報を発し、彼らも携帯を使ってヴォーリーの同志たちに警報を発する。その同志たちが、続いて宮廷のプリンスに知らせる。

エミリオはスイスの銀行の友人たちにも警報を発する。彼らはスイス政府高官の友人たちに警報を発するが、そこには警察や国家保安機関のお偉方も含まれる。彼らの人生における第一の義務は、スイスの神聖なる銀行家たちの評判を守り、それを汚そうとする者は、誰であれ逮捕することである。エミリオ・デル・オロはさらにオーブリー・ロングリッグ、バニー・ポパム、ジャイルズ・デ・サリスにも警報を発する。彼らもさまざまな方面に警報を発する。

ベルンのロシア大使は、モスクワから緊急指令を受ける。プリンスに煽られた形で出された指令だ。ボディガードたちが何かしゃべってしまう前に、その釈放を要求すること、さらには、ディマの行方を追跡し、この男を出身国に即刻連れ戻すこと。

スイスの官憲は、これまでディマという裕福な資本家に喜んで避難所を提供しているつもりだったが、ここでその方針を転換し、国をあげて逃亡犯ディマを追跡することになる。

しかし、この陰鬱な話にもねじれがあり、ルークがこれをどんなに解《ほど》こうとしても、決して解くことはできない。一体どのような状況、疑惑、あるいは面倒な情報の成り行きで、二度目のサインのあと、二人のボディガードがベルヴュー・パレス・ホテルに現われたのか？ 誰が彼らを送り込んだのか？ 何をしろという指示を二人に与えたのか？ そして、それはなぜか？

あるいは、別の言い方をすれば、プリンスとその兄弟たちは、二度目のサインの段階ですでにわかっていたのか？ ディマがあの破れないはずのヴォーリーの誓いを破り、古今未曽有の裏切り者になるつもりであると、彼らが信じる十分な理由があったのか？

しかし、ルークがこうした心配事を――かなり薄めた形でだったが――ディマに思い切って伝えてみるとあっさりと無視される。ヘクターも聞く耳を持たない。

「このまま行くしかない。僕らは初日からイカれていたんだから」と彼はほとんど叫んでいる。

引っ越す？　チューリヒに、バーゼルに、あるいはジュネーブに夜逃げする？　この期に及んで何のために？　揉め事をあとに残していく？　投機家たち、地主たち、貸家業者たち、村のゴシップ好きの人々を煙に巻いて？

「その気があるなら、銃もいくつか手に入れます」とオリーは提案した。これもルークを元気づけようという、むなしい努力の一つだった。「僕が聞いたところだと、新しい規制がどうであれ、村の家で銃を持っていないところはないそうです。ロシア人が攻めてきたときのためだそうで。この村の人たちは、ここに誰がいるのかわかっちゃいません。そうでしょう？」

「まあ、わかっていないことを望むよ」とルークは答えると、不安を吹き飛ばすように気丈に微笑んだ。

◆

ペリーとゲイルにとって、ここでの日々の暮らしにはどこか牧歌的なものが、何か——ディマがしみじみと語ったように——清らかなものがあった。すなわち、彼らは人里離れた土地に流れ着いて、子供たちの面倒を見るという任務を遂行しているかのようだった。

ペリーは、少年たちとしばしば山歩きをした。ルークの指示に従い、できるだけ人目につかない道を歩いた。アレクセイは岩登りをすると眩暈がすると言っていたが、実際はそんなことはなかった。結局のところ、アレクセイはマックスが嫌いなだけだったのだ。子供たちと山歩きをしないときは、ペリーはディマと夕暮れに散歩したり、森の縁のベンチに二人で並んで座った。ディマは厳しい顔をして谷を見つめていたが、その厳しい顔は、スリーチムニーズのあの小塔のカラスの巣に二人でこもって、独白を始めたときと同じだった。闇を睨みつけ、手の甲で口をぬぐい、ウォッカをぐいと飲み込んで、また睨み続けたときの顔。ディマはポケットレコーダーを持って、森のなかで一人になりたいと言うこともあり、そういうときはオリーとルークが少し離れてこっそり見守った。しかし、こういうときもディマは保険のために、録音カセットを手放さなかった。

こうした日々が――日数はどれだけであれ――ディマを老けさせた、とペリーは感じた。おそらく自分の裏切りの途方もなさをひしひしと感じ始めていたのだろう。おそらく、永遠の闇をじっと見つめたり、テープレコーダーにこっそりとささやきかけたりしているとき、ディマはある種の内的和解を求めていたのだろう。彼があからさまにタマラに優しくしているのは、それを示しているように思われた。おそらく、宗教に対するヴォーリーの本能が呼び覚まされ、彼女にやさしく接するようになったのだろう。

「おれのタマラが死んだら、神は耳が聞こえないってことだ。あんなに一生懸命、神に祈っているのだから」とディマは誇らしげに語った。それを聞いて、ペリーはこんな印象を抱いた。ディマは自分自身の救済に関しては、それほど楽観していない、と。

ペリーはまたディマが自分に示してくれる寛容さにも驚きを感じた。ルークの口約束に対する軽蔑が募れば募るほど、ペリーのことは我慢してくれるようだった。ルークは約束したそばから、たちまちそれを申し訳なさそうにひっくり返すようなことがあった。

「心配ないよ、教授。いつか、みんなハッピーになるから。いいかい？　神様はすべてをうまく片づけてくれる」とディマはペリーの肩に保護者のように手を置き、歩道を歩きながら言った。「ヴィクトールとアレクセイは君のことをヒーローのように考えているよ。そのうち君をヴォールにするだろう」

こう告げてからディマは大声で笑ったが、ペリーはその笑いにごまかされなかった。このところペリーは、自分がディマにとって男の友情の後継者と目されているように感じていた。ディマを一人前の男にした、今は亡きニキータ。ディマの弟子であった、殺されたミーシャ——情けないことに、ディマはミーシャを守ることができなかった。そして、ディマがコルイマの刑務所にいたときや、それ以後の生活において、多大な影響を与えてきた戦士たち、鉄の男たち。その友情の系譜につらなる者として、自分は目されているのではないか。

◆

それとは対照的に、ペリーが意外にもヘクターの深夜の告白相手に選ばれたのは、実に唐突な展開だった。ペリーもゲイルも、ヘクターが期待するとおりにロンドンで事が進んでいないのはわかっていた。ルークが毎日くどくどと言い訳していたので、そこから察することができた。また、ルークの精神的ストレスが増していることも——彼自身は隠そうとしていたが——その体が発するメッセージから感じ取れた。

そんなとき、ペリーはヘクターの電話を受けた。午前一時に携帯電話が暗号化されたメロディを耳元で鳴らし始め、ペリーはすぐに飛び起きた。ゲイルは電話の相手が誰かを聞く前に廊下を駆けて行き、眠っている少女たちの様子を見た。ペリーがヘクターの声を聞いて最初に考えたことは、ルークを元気づけてやってくれと頼まれるのではないか、ということだった。あるいは、ディマの家の者たちをイギリスに連れて行くのにもっと積極的な役割を担ってくれ、と懇願されるのではないか。

「二、三分ほど、話してもいいかな、ミルトン？」

これは本当にヘクターの声だろうか？　あるいは、これはテープレコーダーで、電池が切れかけているのだろうか？

「どうぞ」

「ポーランドの哲学者がいてね、そいつの本をときどき読むんだ」

「何ていう名前ですか？」

「コワコフスキ。聞いたことはあるんじゃないかと思うが」

ペリーも聞いたことはあったが、それを言う必要もないように感じた。「その人がどうだというのですか？」。この男は酔っぱらっているのだろうか？　スカイ島のモルトウィスキーを飲み過ぎたのだろうか？

「このコワコフスキってのは、善と悪について、すごく厳しい見方をするんだ。で、僕も同じような見方をするようになったんだな。悪は悪、それしかないって言うんだよ。社会状況に根差してなんかいない。貧乏だとか、麻薬中毒だっていう問題じゃない。悪というのは、絶対的に、全面的に、固有の人間の力なんだ」長い間《ま》があいた。「それについて何か考えたことはあったかい？」

「トム、大丈夫ですか？」

「そいつの本を拾い読みしてるんだよ。心が荒《すさ》んだときなんかな。コワコフスキ。君が彼の本を読んでいなかったとは驚きだ。あの哲学者は法則をもっていて、それがこういう状況で役に立つんだよ」

「この状況の何が荒んでいるのですか？」

「無限豊穣の法則っていうんだよ。ポーランド人にとっては定冠詞などない。不定冠詞もないわけだが、それは何か示唆していると思わないか。ともかく、この法則の要点はこういうことだ。どんなことに関しても、説明はいくらでもできる。限りがない。あるいは、双方にわかる言葉で言えば、どのまぬけにやられるか、それはなぜなのかなんてわかりゃしない。気が楽になる言葉だろう、こういう状況ではな？」

ゲイルは部屋に戻っていて、ドアのところでじっと聞いていた。

「状況がわかっていたら、もっといい判断ができるでしょうけど」とペリーは言った――ゲイルにも語りかけていた。「何か僕が助けになることはありませんか、トム？　かなりお疲れのようですけど」

「もう君には助けられたよ、ミルトン。忠告に感謝する。では、朝になったらまた会おう」

会う？

「ヘクターは誰かと一緒にいたの？」とゲイルはベッドに戻りながら言った。

「いや、そうは言わなかったな」

オリーによれば、ヘクターの妻エミリーは、エイドリアンが例の自動車事故を起こしたあと、ロンドンでのヘクターとの暮らしに終止符を打った。息子がいる刑務所に近い、北海に臨むノーフォークのコテージで暮らすことを選んだのだ。

◆

ルークは暗号化機能付携帯電話を耳に当て、ベッドの脇にぎこちなく立っている。洗面器の横にテープレコーダーが置かれていて、オリーの装置によって、その携帯電話とつながっている。時間は午後四時三十分。ヘクターは一日中電話してこなかったし、ルークのメッセージに返事もよこさない。オリーは買い物に出ている。新鮮な鱒と、魚嫌いのカーチャのために仔牛のカツレツ《ウィンナシュニッツェル》、そしてみんなのためにフライドポテトの材料を買いに行った。このところ、食べ物が大きな話題になっている。それぞれの食事が、みんなで一緒に食事をする最後になるかもしれないので、いきおい儀式ばってくるのだ。タマラが何度も十字を切り、ロシア語で長い祈りを捧げてから、ようやく食事が始まることもある。その一方で、タマラの祈りをみなが期待しているのに、彼女が固辞することもある。この集団は神に見放されているということを彼女は示したいのだ。この午後は、夕食前の空白の時間を埋めるために、ゲイルが少女たちをトリュンメルバッハに連れて行った。山の内部を激しい勢いで流れ落ちていく荘厳な滝を見せるためだ。ペリーはこの計画にあまり感心しない。ゲイルは携帯電話をもっていくことにはしたが、山の奥深くで一体どんな電波を受信できるというのか？

ゲイルは気にしない。行くと決めたら行くのだ。カウベルが牧場で鳴っている。ナターシャはカエデの木の下で本を読んでいる。

「さて、そういうことだ」とヘクターは揺るぎのない声で語っている。「クソみたいに陰気な話だよ。聞いてるか？」

17

ルークは聞いている。三十分が四十分になる。確かにクソみたいに陰気な話だ。

そうなると、急いですることもないので、彼はもう一度聞く。さらに四十分、ベッドに横たわって。短い話だ。それ自体は複雑な芝居、喜劇になるか悲劇になるかはまだわからない。

この日の午前八時、ヘクター・メレディスとビリー・マトロックは同僚たちによるカンガルー裁判（法律を無視または曲解して行なわれる私的裁判）に召喚された。場所は、五階の副長官のスイート。それから彼らの罪状が読み上げられた。それをヘクターは、彼独自の罵り語を付け加えて説明した。

「副長官が言うには、官房長官がやつを呼び出して、ある提案をしたというんだ。ビリー・マトロックなる人物とヘクター・メレディスなる人物とが共謀し、オーブリー・ロングリッグなる国会議員の素晴らしい評判を貶めようとしている。ロングリッグはシティの大立者にして、サリー州の新興財閥《オリガルヒ》のケツを舐めている野郎だ。被疑者たちの狙いは、前述のロングリッグが彼らに及ぼした害に対する報復と思われる。つまりビリーは、五階でオーブリーと睨み合っていたときに、このオーブリーに食わされたクソの恨みをまさにここではらそうとしている。僕に関しては、オーブリーがわが家のクソ会社を破綻に追い込もうとして、それをまんまと買い上げようとしたことに対する仕返しである。官房長官の頭のなかでは、われわれが個人的に関与しているため、組織人としての判断が鈍っているというわけだ。聞いてるか？」

ルークは聞いている。そしてさらによく聞くために、起き上がってベッドの縁に座り、両手で頭を抱えて、さらにテープレコーダーを布団の上に置く。

「そういうわけで、僕はオーブリーをペテンにかける陰謀の首謀者として、自分の立場を説明するように求められている」

「トム？」

「ディック？」

「オーブリーをペテンにかけることが――たとえあなた方のやろうとしているのがそれだとしても――どうしてわれわれの坊《アワ・ボーイ》やとその家族をロンドンに送ることと関わるんですか？」

「いい質問だ。僕も同じようにきちんと答えよう」

ルークはヘクターがこんなに怒っている声を聞いたことがなかった。

「副長官によれば、こういう噂が広まったんだ。諜報部が密告者を公衆の面前にさらそうとしている。そいつは、銀行業への進出を狙うアリーナ・コングロマリット社の評判を巧妙に貶めようとする者だ。副長官が〝関連性〟などと呼びたがるものについて、僕がぐだぐだ言う必要はないよな？　輝かしい白馬の騎士（好ましくない会社に乗っ取られようとしている標的会社に対し、良好な条件での買収を申し出る会社）であるこのロシアの銀行は、何十億ドルもの札束をテーブルのうえに出していて、故国にはさらにたくさん金をもっている。そいつが、金に困っている金融市場にさらに何十億もばらまく約束をしているだけでなく、イギリス産業界の巨大企業にも投資すると約束している。そして、前述の白馬の騎士の善意がまさに実を結ぼうとしているときに、諜報部のマスかき野郎どもが現われ、犯罪の利益について道徳的な能書きをまくしたて、テーブルをひっくり返そうとしているんだ」

「あなたは自分の立場を説明するように求められた、ということでしたね」とルークは自分の声がヘクターに語りかけるのを耳にする。

「ああ、そうしたよ。かなりうまくやれたと思う。知っていることはすべて話したし、言えなかったことはビリーが話した。少しずつだが――びっくりするだろうけど――副長官は耳をそばだて出したよ。ボスが事なかれを決め込んでいるときにこういう役を演じるのは、やさしいことではないだろうが、その日の終わりには、やつはレディのような態度に変わっていた。部屋から僕ら以外全員を退席させ、われわれ二人の話を最初からもう一度聞いたんだ」

「あなたとビリーの？」

「ビリーは今ではわれわれの陣営に入り、外に向けて小便をひっかけている。パウロの改宗といったところだが、遅くても改宗しないよりはましだ」

ルークはこの点については疑いを抱いているが、相手に気を遣い、その疑いを口にするのは控える。

「それで、われわれの今の立場はどうなるんですか？」とルークは尋ねる。

「最初に逆戻りだよ。作戦は公式だが、非公式でもある。ビリーが乗り込んできたが、チャーター機の経費は僕がもつんだ。鉛筆を持っているか？」

「もちろん持っていません！」

「じゃあ、よく聞け。われわれはこうやってここから抜け出す、振り向かずに」

✦

ルークはよく聞き、そして、自分はエロイーズに電話をする勇気が出るのを待っているのだ、と気づく。そこで電話をする。もうすぐ家に帰れそうだ、明日の夜遅くかもしれない、と彼は言う。エロイーズは、自分が正しいと思うことは何でもしてちょうだい、と言う。ルークは、ベンはどうだいと尋ねる。ベンは元気よ、とエロイーズは答える。ルークは自分が鼻血を流していることに気づき、ベッドに戻る。夕食の時間までベッドにいて、ペリーに静かに声をかける。ペリーはサンルームで、アレクセイとヴィクトールと一緒に、結び目を付けたロープを登る練習をしている。

「ちょっといいですか？」

ルークはペリーをキッチンに連れて行く。そこではオリーが揚げ物用の深鍋と格闘している。フライドポテトを揚げたいのだが、その深鍋は実に頑固な代物で、油の温度が望むところまで上がらないのだ。

「ちょっと二人きりで話したいのだけれど、いいかな、ハリー？」

「もちろんですよ、ディック」

「ようやく素晴らしいニュースが入ってきましたよ」とルークは、オリーが部屋を出てから語り始めた。「ヘクターがベルン・ベルプ空港に小型機を用意してくれました。グリニッジ標準時で、明日の午後十一時、ベルプからノーソルト空軍基地行きです。離陸と着陸の許可は取れたし、出国と入国もすんなり行ける。ヘクターがどうやったのかはわからないけど、ともかくやってのけました。われわれは暗くなってからディマをジープに乗せ、山を越えてグルント駅まで運ぶ。それからまっすぐベルプに行きます。ディマがノーソルトに着陸したら、向こうで待機している者たちがすぐに彼を隠れ家に連れて行く。そして、もしディマが渡すと約束しているものを渡せば、彼らは公式に彼を受け入れる。そして、家族もあとに続く」

「〝もし渡せば〟？」とペリーはルークの言葉を繰り返した。問いかけるように長い顔を片側に傾けたが、ルークには特にそれが気にさわった。

「まあ、渡すよね。そうでしょう？　それはわかってます。テーブル上に出ている札はそれだけなんだから」とルークは言い、ペリーが何も言わないので、続けた。「ホワイトホールのご主人様たちは、ディマに価値があるとわかるまで、その家族を背負い込みたくはない」。それでもペリーが何も反応しないので、さらに続けた。「ヘクターが法の適正手続を省いてやれるのは、そこまでなんです。残念ながら、そういうこと」

「法の適正手続」とペリーはルークの言葉を繰り返した。

「それが、われわれが扱っているものです、残念ながら」

「人間を扱っているんだと思っていましたよ」

「そうですよ」とルークはカッとなって反論した。「だからヘクターは、あなたからディマに話してほしいと思っているんです。わたしから話すより、あなたから話してもらったほうがいいだろうって。わたしも賛成です。今はまだ話さないほうがいいでしょうが。明日の夜の早い時間で十分です。彼に一晩中考え込まれても困りますから。六時くらいかな、準備の時間を与えるために」

この男には順応性ってものがないんだろうか、とルークは訝った。わたしはいつまでこの歪んだ目つきを眺めていなければならないのか?

「それで、もし彼が渡さなかったら?」とペリーは尋ねた。

「そこまでは誰も考えていません。一歩一歩進んでいく。そういうふうに処理されていきます、残念ながら。一直線に進むものなどないのです」続いて口を滑らせ、すぐにそれを悔やんだ。「わたしたちは学者じゃない。行動するんです」

「ヘクターと話したい」

「あなたがそう言うだろうって、ヘクターも言ってました。あなたの電話を待っています」

ペリーは、かつてディマと一緒に歩いた森までの道を、一人で登った。ベンチにたどり着き、手の甲でその上の夜露をぬぐい、ベンチに座った。頭のなかで考えが整理されるのを待った。眼下の家には明かりがついていて、ゲイルと四人の子供、そしてナターシャが見えた。サンルームの床に輪になって、モノポリーのボードを囲んで座っている。カーチャが怒ってギャーギャー喚くのが聞こえ、続いてアレクセイからの抗議の叫び声が聞こえてくる。ペリーはポケットから携帯電話を取り出し、薄暮のなかでそれをじっと見つめてから、ヘクターの番号を押す。すると、すぐにヘクターの声が聞こえてくる。

「取り繕った話と、厳しい真実と、どちらがいい？」

これがヘクターだ。彼のお気に入りのヘクター、ブルームズベリーの隠れ家で彼を叱りつけたヘクター。

「厳しい真実をお願いします」

「じゃあ、こうだ。われわれがわれわれ《アワ》の坊や《ボーイ》を連れて行けば、やつらは坊やの話を聞いたうえで判断する。それが、やつらから引き出せる最良のシナリオだ。昨日までは、やつらがそこまでしてくるとはまったく思えなかった」

「やつら？」

「当局だよ。まさに〝やつら〟だ。誰だと思ったんだ？　ディマが期待どおりではなかったら、やつらは彼をまた水に投げ込むだろう」

「水って、どこの水ですか？」

「たぶんロシアの水だろうが、どこの水だって同じだろう？　大切なのは、彼が期待に応えることだ。彼が期待に応えられるってことは、僕にはわかっているし、君もわかっている。やつらがディマを保持しておこうと決意したなら、決意するまでに一日か二日だろうが、やつらは災難のすべてを受け入れる。すなわち、ディマの妻、子供たち、友人の子供たち、そして犬までも――犬を飼っているのなら、だけど」

「犬は飼ってませんよ」

「要点は、やつらが主義に従い、全部まとめて受け入れたということだ」

「どんな主義ですか？」

「どうでもいいだろ？　僕は、ホワイトホールから来た高学歴すぎる連中が、実にささいなことにこだわる様子を、午前中さんざん聞かされたんだ。これ以上は聞きたくない。われわれは取引をした。われわれの坊や《アワ・ボーイ》がブツを手渡す限り、やつらは迅速かつ適正に対応する。それがやつらの約束だ。僕は信じるしかない」

ペリーは目を閉じ、山の空気をたっぷり吸いこんだ。

「僕に何をしろと言うのですか？」

「君が初日からしてくれた以上のことは求めない。よりよき未来のために、君の高貴な主義を少し犠牲にしてほしい。あいつにおべっかを使ってくれ。君が〝たぶん〟なんて言ったら、彼は来ない。われわれは彼の条件を全面的に受け入れるが、彼が愛する家族と一緒になるのに関しては少し遅れが出る――君がそう言ってくれれば、彼は来てくれる。話についてきているか？」

「部分的に」

「彼に真実を伝えていいが、うまく言葉を選んで話してくれ。われわれが彼に対していかさまをしていると、ちょっとでも感じられてしまえば、彼はそこに飛びつくだろう。われわれはフェアプレイを尊ぶイギリス紳士かもしれないが、不誠実なアルビオン《イギリスの古名》のチンピラでもある。聞いてるか？　それとも、僕は壁に話しているのか？」

「聞いてます」

「じゃあ、僕が間違っていると言ってくれ。僕があの男を誤解している、と。もっといい計画があると言ってくれ。そう言えるのは君だけだ。これは君の最大の見せ場なんだよ。彼は君を信じないなら、誰のことも信じないんだ」

◆

彼らはベッドに横たわっていた。午前零時過ぎ。ゲイルは半分眠っていて、ほとんどしゃべらない。

「どういうわけか、この件は彼から奪われてしまったんだ」とペリーは言った。

「ヘクターのこと？」

「そんなふうに思える」

「おそらく最初から彼のものではなかったのよ」とゲイルは示唆し、しばらく間《ま》を置いてから言った。「決心したの？」

「いや」

「じゃあ、あなたは決心したのよ。決心していないなんていう決心はないと思うから。あなたは決心したから眠れないんだわ」

◆

次の日の夜、六時十五分前だった。オリーのチーズフォンデュをみんなで味わい、片づけたあと、ディマとペリーはダイニングルームで二人きりになった。多色の合金シャンデリアの下で、立ったまま向かい合った。ルークは気を利かせて村を散歩しており、女の子たちはゲイルに勧められて『メリー・ポピンズ』をまた観ていた。タマラは居間に引っ込んだ。

「役人《アパラチキ》にできるのはここまでです」とペリーは言った。「あなただけが今晩ロンドンに行く。家族は二、三日のうちにあとを追う。役人《アパラチキ》がそうしろと言い張っています。連中は規則に従わなければなりません。何にでも規則があります。こんなことにも」

ペリーは短い文章でしゃべりながら、ディマの顔に少しでも変化が現われないかどうか見つめていた。表情が和らぐなり、かすかな理解を示すなりしてくれないか。抵抗を示すのでもいい。しかし、目の前の顔の表情は、読み取り不可能だった。

「おれ一人で行くのか？」

「一人じゃありません。ディックも一緒にロンドンに飛ぶ。正規の手続きが完了し、役人《アパラチキ》の規則に沿っていれば、僕らもすぐにイギリスに向かいます。それに、ゲイルがナターシャの面倒を見ます」ペリーはそう付け加えた。ディマの第一の心配事はこれではないかと想像していたので、それを少しでも和らげたいと思ったのだ。

「病気なのか、ナターシャは？」

「とんでもない。病気なんかじゃないです！　ナターシャは若いし、美しい。神経質なところはあるけど、純粋だし。だから、知らない国では特に注意をしないといけません。それだけです」

「当然だ」とディマは同意し、それを裏づけるかのように禿げ頭を上下に振った。「当然だ。ナターシャは母親と同じように美しい」

それからディマは唐突に頭を横に傾け、そこから下に向けた。ペリーには入り込めない不安か記憶の深い淵をじっと覗き込んでいるようだった。ディマは知っているのだろうか？　タマラが悪意か親密さか粗忽さのいずれかをあらわにして、この男にしゃべってしまったのか？　ディマはナターシャの予想とは裏腹に、娘の秘密と苦痛とを一身に受け止めることにしたのか？　マックスを探しに飛び出していくのではなく？　ペリーにとって、一つ確かなことがあった。ペリーはディマが憤怒や拒絶の気持ちを爆発させることを予期していたが、彼の感情は今や官僚機構の権威を目の当たりにした受刑者の諦念に変わりつつあるということだった。これに気づいたことは、どんな暴力的な感情の爆発を突きつけられるより、ペリーの心を深く動揺させた。

「二、三日？」とディマは繰り返したが、まるで終身刑と言うかのような口調だった。

「二、三日っていうのが彼らの言っていることです」

「トムがそう言っているのか？　二、三日と？」

「はい」

「あいつはいいやつだな、トムは。そうだろ？」

「そうだと思います」

「ディックもだ。あいつはあのクソ野郎を半殺しにした」

二人はその思いをともに嚙みしめた。

「ゲイルは、おれのタマラの面倒も見てくれるだろうか？」

「ゲイルはあなたのタマラのことも注意深く面倒を見ます。男の子たちは彼女の手助けをしてくれるでしょう。僕もここにいますし。家族がイギリスに着くまで、僕らみんなで面倒を見ますよ。それからイギリスでも、みなさんの面倒を見ます」

ディマはイギリスでの生活について考えていたが、その思いがどんどん膨らんでいくようだった。

「ナターシャはローディーン校に行けるか？」

「ローディーンではないかもしれません。彼らも、そこまで約束はできません。たぶん、もっといいところがあるでしょう。僕らみんなで、子供たちみんなにいい学校を見つけますよ。大丈夫です」

二人は一緒に偽りの地平線を描いていた。ペリーにはそれがわかっていたし、ディマもそれを承知の上で受け止めているように思えた。彼は背中を反らして胸を膨らませ、その顔にイルカのような微笑みを浮かべた。それは、アンティグアのテニスコートで初めて会ったときに、ディマが浮かべていた微笑みだった。

「教授、彼女とはすぐに結婚したほうがいいよ。聞こえたか？」

「結婚式の招待状を送りますよ」

「ラクダ何頭分もの価値があるよ」と彼はつぶやき、自分の冗談に微笑んだ。ペリーの目には、それは敗北者の笑みではなく、過ぎ去った時間を惜しむ者の笑みのように思われた。まるで二人が生まれてからずっと知り合いであったかのように――ペリーは本当にそうであったように思い始めていた。

「ウィンブルドンで勝負してくれるか？」

「もちろん。クイーンズでもいいし。まだあそこのメンバーですから」

「手加減はなしだぞ、いいね？」

「手加減はなしです」

「賭けるか？　そのほうが面白くなる」

「お金がないですよ。負けるかもしれないし」

「なんだ、臆病者だな?」

「そのようですね」

それから、恐れていた抱擁となった。震えている湿った巨体に長い時間羽交い絞めにされた。しかし体を離してから見ると、ペリーはディマの顔から生気が失せているのに気づいた。あの茶色い瞳からは輝きも失われていた。それから、命令されたかのように、ディマは回れ右をし、リビングルームに向かって行った。そこにはタマラと家族が集まっていた。

✦

その夜であれ、ほかの日であれ、ペリーがディマと一緒にイギリスに飛ぶ可能性はなかった。ルークはそうだとわかっていたし、その質問をヘクターに持ち出すまでもなかった。持ち出したところで、ヘクターは素っ気なく「ノー」と答えただけだろう。そして、その答えが思いがけず「イエス」だったとしても、今度はルークが異論を唱えたであろう。訓練を受けていない、熱意だけのアマチュアが、重要な亡命者の飛行に付き添う? それは、彼のプロとしての原則にまったくそぐわなかった。

ということで、ペリーがベルン・ベルプ空港まで付き添うことをルークが認めたのは、ペリーに対する同情からというより、堅実なプロとしての勘からだった。重要な情報源を家族の団欒から引き離し、しっかりとした保証もなく、諜報部の手に委ねるとすれば——とルークはしぶしぶ理屈づけしたが——その重要な男には、自身が選んだ心の師を付き添わせてやるのがよいだろう、と考えたのだ。

しかし、心が引き裂かれるような別れの場面をルークが予期していたとしても、彼はそれに立ち会わずに済んだ。夜になり、家は静まり返った。ディマはナターシャと二人の息子を温室に呼び、彼らと話をした。そのあいだ、ペリーとルークは、ディマたちの声が聞こえない玄関ホールで待ち、ゲイルは意図的に『メリー・ポピンズ』を少女たちと見続けていた。ロンドンでの紳士スパイたちによる出迎えに備えて、ディマは青いピンストライプの背広を着ていた。ナターシャは父の最上のシャツにアイロンをかけ、ヴィクトールはそのイタリア製の靴を磨いてあげた。ディマはこの靴が心配になった。オリーがジープを停めた場所まで歩くと、汚れてしまうのではないか？　しかし、彼はオリーの用意周到さを知らなかった。オリーが用意したのは、山越えのドライブのための毛布、手袋、厚地のウールの帽子だけではない。ちょうどディマの足のサイズのオーバーシューズが、玄関で彼を待ち受けていた。ディマは家族に、自分について来ないように、と言ったに違いない。というのも、威勢よく、そして悔いはないという表情で、温室から一人きりで出て来たからだ。ちょうどベルヴュー・パレス・ホテルで、オーブリー・ロングリッグと並んでスイングドアを出て来たときと同じ表情をしていた。

ディマの姿を見て、ルークの心はボゴタ以来最高に高鳴った。ここにわれわれの検察側の証人がいる。そして、ルーク自身も検察側の証人となる。ルークは衝立《ついたて》のうしろの証人Aか、衝立の前の単なるルーク・ウィーヴァーだ。ヘクターと同様、自分も組織からつまはじきされる。そして、オーブリー・ロングリッグとその陽気な仲間たちを吊るし上げることに力を貸す。訓練学校の五年契約なんてクソくらえだ。その近くの邸宅、海辺の空気とベンのための良い学校、引退後の割り増し年金、ロンドンの家は売らずに誰かに貸す……といったこともクソくらえ。見境なく女性に手を出すことを自由と取り違えるのもこれで終わりだ。ふたたびエロイーズの信頼を勝ち得るまで、彼女との生活にまじめに取り組む。ベンとのやりかけのチェスの勝負に、すべて決着をつける。そして、まともな時間に家に帰れる仕事を見つける。週末は家族と過ごし、彼らと親密な絆を作り上げる。何と言っても、自分はまだ四十三歳だし、エロイーズは四十歳にもなっていないのだ。

このようにルークは、終末に向かう感覚と、新しいことが始まる感覚とを同時に感じながら、ディマの隣に立った。そして、二人はペリーとともにオリーのうしろに並び、農場に置いてあるジープに向かって歩いていった。

✦

車での行程に関しては、ベテラン登山家のペリーでさえ、最初のうち注意が散漫になった。月の光の下、人目を忍んで、クライネ・シャイデックまで森を駆け上がる。オリーがハンドルを握り、ルークは助手席に座った。ディマの汗に湿った巨体は、オリーがサイドライトしか点けずにヘアピンカーブを曲がろうとするたび、ペリーの肩にぶつかってくる。ディマは揺られるままに任せていて、本当に必要になるまで、何もつかもうとしない。そして、もちろん、アイガー北壁が亡霊のように黒い影となって間近に迫ってくる。これはペリーにとって象徴的な光景だった。アルピグレンの小さな中間駅を通過したところで、彼は「白い蜘蛛」(アイガー北壁上部で登山者を待ち構える雪崩の難所で、その様相が蜘蛛のように見えることから名づけられている)を畏敬の念をもって見上げた。そこを通って行くルートを計算し、ゲイルと結婚する前に独身生活最後の冒険として、この登山をやってみようと心に決めた。

シャイデックの山頂に達するところで、オリーはジープのライトを完全に消灯し、巨大な二棟のホテルを泥棒のようにそっと通り過ぎた。グリンデルヴァルトの村の明かりが眼下に現われた。下りになり、森に入って、木々の向こうにブランデックの明かりがちらちらと光っていた。

「ここから先は舗装されています」とルークは肩越しに呼びかけた。すでにでこぼこ道がディマの体にこたえているのではないかと気を遣ったのだ。

しかし、ディマは聞こえなかったのか、気にしていないのか、どちらかだった。頭をのけぞらせ、片手をシャツの胸のあたりに突っ込んでいた。もう片方の腕は後部座席の上に伸ばし、ペリーの肩のうしろの部分に押しつけていた。

✦

道の真ん中に二人の男が立ち、彼らに向かって懐中電灯を振っている。

懐中電灯を持っていないほうの男が、手袋をした手を挙げて指示を出している。制服は着ておらず、裾の長いオーバーコートとスカーフを身につけ、半ば禿げているが、帽子はかぶっていない。懐中電灯を持つ男は警察の制服を着て、肩にケープをかけている。オリーは車を停止させながら、元気よく彼らに声をかける。

「お勤めご苦労さんです。何かあったんですか？」と彼は尋ねる。スイスフランス語の隠語を使い、抑揚のない口調で。ペリーは、オリーがこういう言葉を使うのを聞いたことがなかった。「誰かアイガーから落ちたんですか？　われわれはウサギも見なかったですけど」

ディマは金持ちのトルコ人にしよう、とルークは最終打ち合わせで言っていた。パークホテルに滞在していたが、イスタンブールにいる妻が重い病気にかかった。彼はグリデルヴァルトに車を置いてきたので、われわれイギリス人が良きサマリア人として、彼を助けている。取調べには通用しないかもしれないが、どうにかその場はしのげるだろう。

「金持ちのトルコ人なら、ヴェンゲンからラウターブルンネンまで電車で行って、グリンデルヴァルトまではタクシーで行くんじゃないですか？」とペリーは打ち合わせのときに尋ねた。

「そのトルコ人は、それは嫌だと言うんです」というのがルークの答えだった。「ジープで山を越えれば一時間短縮できると考えています。チューリヒ・クローテン空港からアンカラ行きの深夜の便があるんです」

「本当にあるんですか？」

警官はジープのフロントガラスに貼ってある紫色の三角形のステッカーを懐中電灯で照ら

している。そこにはGという文字がプリントされている。私服の男はそのうしろに控えていて、懐中電灯の光ですっかり姿が見えなくなっている。しかしペリーは、この男が陽気な運転手と三人の乗客をじっくり観察しているという、嫌な感覚を抱かずにいられない。

「これは誰のジープかね？」と警官は尋ね、紫色の三角形のステッカーをまた調べ始める。

「アルニ・シュトイリのです。水道屋で、わたしの友だちです。グリンデルヴァルトのアルニ・シュトイリをご存じないとは言わないでしょう？　本通りに店を持ってます、電器屋の隣に」

「今夜、シャイデックから山道を下りてきたのかな？」と警官は尋ねる。

「ヴェンゲンからです」

「ヴェンゲンから山道を登ってシャイデックに行ったたってこと？」

「ほかにどうしたらいいんですか？　飛ぶんですか？」

「ヴェンゲンからシャイデックまで車で行ったとすれば、もう一つシールがあるはずだね、ラウターブルンネン発行の。このフロントガラスのシールは、シャイデックからグリンデルヴァルトまでだけのものだ」

「で、お宅はどちら側なんで？」とオリーは、それでもユーモアを失わずに言う。

「実を言うと、わたしはミューーレン出身なんだよ」と警官は平然と言う。

しばらく沈黙が続く。オリーは歌を口ずさみ始めるが、これもペリーが初めて耳にするものだ。オリーは鼻歌をうたいながら、警官の懐中電灯の光に助けられ、運転席側のドアのポケットに詰め込まれた書類を漁っている。ペリーはディマの脇でじっと座っているだけだが、その背中に汗が流れ落ちる。危険な山頂に挑むときも、傾斜が急な岩登りのときも、ペリーはこんなに汗をかいたことはない。オリーはまだ鼻歌をうたいながら探しているが、その声からは生意気な調子が失われている。僕はパークホテルの客です、とペリーは自分に語りかける。ルークも客です。わたしたちは良きサマリア人として、この取り乱したトルコ人を助けているのです。彼は英語がしゃべれず、彼の奥さんは危篤です。それでどうにかこの場はしのげるだろう。

私服の男は一歩前に出て、ジープのドアの窓を覗き込む。オリーの鼻歌はさらに自信なさそうになる。ついに彼は、皺くちゃの紙を手にしたまま、あきらめたかのように背もたれに寄りかかる。

「さて、こいつのことでしょうかね」と彼は言い、第二のシールを警官に手渡す。それは紫色ではなく、黄色の三角形で、Gの文字はプリントされていない。

「次回は、ちゃんと両方のシールをフロントガラスに貼りつけるようにしなさい」と警官は言う。

懐中電灯の明かりが消え、彼らは車をスタートさせる。

素人のペリーの目から見ると、駐車しているBMWは、ルークが停めた場所に置かれたまま無事のようだった。駐車違反の車輪クランプははめられていないし、無礼なチラシもワイパーに挟まっていない。ただのセダンが駐車されているだけだ。ルークとオリーはそれでも慎重に車のまわりを歩き、ペリーとディマは指示されたとおりにジープの後部座席に残っていた。何を探していたのであれ、ルークたちは不審なものを発見しなかったようで、オリーはすでに運転席側のドアを開けていたし、ルークは彼らに向かってすぐに来るよう手招きしていた。そして、BMWのなかでは、また同じ並び方になった。オリーは運転席、ルークは助手席、ペリーとディマが後部座席。車を止められて尋問されているあいだ、ペリーはディマがまったく動かず、感情の変化も示さなかったのに気づいた。ディマは受刑者の心境になっているのだ、とペリーは思った。われわれはこの男を一つの監獄から別の監獄に移送しているのであり、そのあいだに何が起ころうが、彼には何の責任もない。

ペリーは追跡者がいないかどうか確かめようと、後部座席からサイドミラーをちらちら見たが、怪しい車はまったく見当たらなかった。車があとをつけているように見えることもあったが、オリーが路肩に車を停めると、その車は追い越していった。ペリーがディマのほうを見ると、彼はうたた寝をしていた。禿げ頭を隠すための黒いウールの帽子を、そのときもかぶっていた。ピンストライプの背広を着ていようが、構わずそれをかぶるように、とルークが指示したのだ。ときどきディマはペリーのほうにもたれかかり、べとついた帽子の毛がペリーの鼻をくすぐった。

彼らはアウトバーンに入った。ナトリウム灯の下で、ディマの顔は点滅するデスマスクになった。ペリーは理由もなく腕時計を見た。ただ、時間の与える安心感を求めていたのだろう。青い看板がベルン・ベルプ空港を示していた。三車線が二車線になり、右に曲がると、退出路に入る。

✦

空港は、こんなことがあってはならないと思うくらい、真っ暗だった。それがまずペリーを驚かせた。確かに午前零時を過ぎているが、それでも空港というものはもっと明るくなければいけないはずだ。たとえベルン・ベルプ空港のような、使われる時間が限られている小さな空港、国際空港としての地位が確立されていない空港であっても。

そして、正規の搭乗手続きもなかった。空港の職員らしき人物は、青いオーバーオールを着て、疲れた青白い顔の男が一人。正規の手続きと言えるものは、その男とルークが交わした言葉だけだった。ルークはその男にある種の書類を見せた——パスポートにしては小さすぎるので、そうなるとカードか運転免許証か、あるいは何かが詰め込まれた封筒か？

それが何であったにせよ、青いオーバーオールを着て、青白い顔をした男は、それをもっと明るいところで見なければいけないようだった。男は背中を向けると、背後のダウンライトの光のなかで背中を丸めた。それからルークのほうに向き直ったが、何であれ手のなかにあったものは、もはやそこになかった。懐に入れたのか、こっそりとルークに返したかのどちらかだったが、ペリーには男の動作が見えなかった。

青白い顔色をした男は、どんな言語であれ言葉をまったく発せずに姿を消し、続いて灰色の衝立の障害物《シケイン》が現われたが、そのあいだを縫って進む彼らを見守る者は一人もいなかった。障害物を過ぎると、静止した手荷物引渡し用コンベアーが現われ、続いて重そうな電動のスイングドアがあって、彼らがそこに達する前に開いていた。われわれはすでに出国ゲートの向こう側《エアサイド》にいるのだろうか？　まさか！　すると、人気《ひとけ》のない出発ロビーに突き当たり、その四つのガラスドアの向こうに滑走路が見えた。それでも、彼らの荷物や彼ら自身を調べようとする職員はいなかった。彼らの靴やジャケットを脱がせたり、強化ガラス越しに彼らを睨みつけたり、パスポートを見せろと指を鳴らす者もいなかった。この国にどれだけ長く、そしてなぜ滞在していたのか、わざと怖気づかせるように訊く者もいなかった。

では、このように彼らが完全フリーパスという特別待遇を受けられたのは、すべてヘクターが一人でやってのけたことなのだろうか？　ルークはペリーにそうほのめかしていたし、ヘクター自身もうまくそう思い込ませていた。だとすれば、ペリーが言うべきことはこれだけだ。ヘクターに敬礼。

滑走路に向かう四つのガラスドアは、ペリーの目には閉まっていて、鍵がかかっているように見えた。しかし、どんな状況でも頼りになるルークは、対処の仕方を心得ていた。彼は右側のドアに一直線に進み、軽く引くと――なんと！――ドアはすっと開いた。冷たい風が勢いよく入り込んできて、ペリーの顔もその風のひんやりとした手に撫でつけられたようだった。ペリーは気味が悪いくらいに熱く、汗ばんでいただけに、ありがたく感じた。

ドアが広く開き、夜が手招きしているようだった。ルークは手をディマの腕に――命令するようにではなく、やさしく――載せ、ペリーの脇から引き離した。ディマはルークに導かれるままドア口をすり抜け、滑走路に進んだ。ルークは前もって警告されていたかのように、すぐにディマを連れて左に曲がり、ペリーはぎこちなくそのうしろに続いた。自分が招待されているのかどうかはっきりとわからない男のような気分だった。ディマの何かが変わっていた。ペリーはそれが何か気づいた。ドア口をすり抜けるとき、ディマはウールの帽子を脱ぎ、近くのゴミ箱に捨てていたのだ。

ペリーも彼らのあとについて左に曲がると、ルークとディマの目にすでに入っていたに違いないものが見えてきた。双発機が五〇メートルほど先に停まっていたのだ。ライトは点いていなかったが、プロペラはゆっくりと回っていた。操縦席には二人のパイロットが座っていたが、ぼんやりと幽霊のように見えるだけだった。

別れの言葉はなかった。

それは喜ぶべきことなのか、悲しむべきことなのか、ペリーにはわからなかった――そのときも、そしてあとになっても。これまで何度も抱き合い、心からのものであれ、無理したものであれ、挨拶の言葉をいくつも交わした。さようならとこんにちは、そして愛の言葉。

こうした言葉の積み重ねで、彼らの出会いと別れは完璧なものになった。したがって、おそらくこれ以上、言葉が入る余地はなかったのだ。

あるいはおそらく——いつでも推測することしかできないのだが——ディマは今のことで頭がいっぱいで、話すことも、振り返ることも、ペリーを見ることもできなかったのだ。おそらく小型機に向かって歩いていくとき、涙が頰を流れ落ちていただろう。幅の狭い板の上を歩かされるかのように、驚くほど小さな足を一歩一歩前に出して、ディマは品よく歩いていった。

そしてルークからもペリーに何の言葉もなかった。ルークはいまディマから一、二歩遅れ、少し離れて歩いていた。架空のスポットライトやカメラのフラッシュがすべてディマに当たるように配慮しているかのようだった。ルークが目を凝らしている相手は、前を歩く鍛え抜かれた男であり、背後に一人きりで突っ立っているペリーではなかった。それは厳かに歩いていくディマ。禿げ頭を丸出しにし、胸を突き出し、足を引きずるのを目立たないようにしながら、堂々と歩いていくディマ。

もちろん、ルークがディマとの関係でどの位置を取るかも、十分に計算されていた。そうした駆け引きのないルークなど、ルークではない。彼は、目標を見つけたらただちに駆け出す賢い牧羊犬といったところだ。ペリーが若い頃に登ったカンブリア山地にも、こういう牧羊犬がいた。精神的にも肉体的にも集中力をすべて結集し、捕まえた雌羊に階段を上がらせ、小屋の黒い穴へと急き立てている。そして、羊が身をかわしたり、駆け出したり、あるいは急に止まったり、拒絶したりする場合に、つねに備えている。

しかし、ディマは身をかわしたり、駆け出したり、急に止まったりはしなかった。階段をまっすぐ上がり、闇のなかに入った。そして、ディマが闇に呑み込まれるや否や、小柄なルークも階段を弾むように上がり、同じ闇のなかに入った。そのなかに誰かがいてドアを閉めたにせよ、ルークが自分で閉めたにせよ、蝶番が突然キーッと音を立て、ガチンと金属の鳴る音が二度して、ドアは内側からしっかりと閉まった。そして、機体の黒い穴は消えた。

離陸に関しても、ペリーはよく覚えていなかった。ただ、ゲイルに電話をして「鷲《イーグル》は飛び立った」のようなメッセージを伝えなければならないと思っていた。それから、バスかタクシーを見つけるか、歩いて町まで出なければならないだろう。自分がベルプの中心街――そういうものがあるのならだが――との位置関係で、一体どのあたりにいるのか、彼にはよくわかっていなかった。それからふと、自分の隣にいるオリーの存在に気づき、ヴェンゲンにいるゲイルや父親不在のディマ一家のもとに車で送ってもらえるのだと思い出した。

飛行機は離陸したが、ペリーは手を振らなかった。飛行機が空にのぼって行き、すぐに鋭く向きを変えたのを見ただけだった。ベルプ空港は丘や山に囲まれているため、パイロットたちはこうした地形条件に機敏に対処しなければならない。ディマの乗る飛行機のパイロットたちは機敏に対応した。商業用のチャーター便だった――見たところ。

そして爆発音はなかった。少なくとも、ペリーの耳には届かなかった。あとになって、彼は爆発音があればよかったのにと思った。聞こえたのは、グラブをした手でパンチボールを叩くような音だけ。それから、白く細長い閃光がきらめき、黒い丘がこちらに迫って来るように見えた。そのあとはまったく何も見えず、何も聞こえなかった。しばらくして、ウーウーというサイレン音が聞こえてきた。消えた光に応えるかのように、パトカーや救急車や消防車の点滅するライトが迫って来た。

✦

計器の不調というのが半公式の調査結果だ。エンジンの不調という説もある。整備係(名前は公表されていない)の怠慢が広く槍玉に挙げられている。かわいそうなベルプ空港は、これまでも専門家の批判の標的になりがちだったし、こういうときに批判する者たちは容赦しない。地上管制にも責任はありそうだったが、二つの専門家による調査委員会の意見は、この点について一致しなかった。保険会社は、原因が究明されるまでは支払いを拒否しそうだ。黒焦げになった死体がまた謎を呼んでいる。一見したところ、二人のパイロットについては問題がなかった。チャーター便のパイロットで、飛行経験も豊富。まじめで、どちらも結婚していて、酒や違法な薬物を摂取した形跡もない。彼らの記録には何も不利な点はなく、妻たちも自宅のあるハローで近所付き合いをする仲である。ということで、彼らの死は悲劇だが、メディアにすれば、一日分の報道の価値しかなかった。それよりも、なぜボゴタのイギリス大使館に勤めていた元役人が、「スイスを本拠にする怪しいロシア人小金満家《ミニガルヒ》」と一緒に飛行機に乗っていたのか？　その点については、タブロイド紙も説明できずにいた。セックスか？　麻薬か？　武器か？　どれに関しても、十分な証拠がなかった。このところ、どんな場合もよく使われる言葉は「テロ」だったし、その可能性も考慮されたが、すぐに議論の対象外となった。

　この事件の責任を認める団体は出ていない。

謝辞

以下の方々に、心からの謝意を表する。オックスフォード大学で犯罪学を研究し、ロシアのマフィア関連の有益な著作を有するフェデリコ・ヴァレーゼ教授は、何度も取材に応じてくれて、刺激的な話を聞かせてくれた。ベランジェール・リューは、ローラン・ギャロス・スタジアムの関係者席を見せてくれた。フランスの元テニス選手で名コーチのエリック・デブリケーは、ブーローニュの森の会員制テニスクラブを案内してくれた。同クラブに着想を得て、本書の「クラブ・デ・ロワ」を構想することができた。バズ・バーガーはわたしのテニスのフォームを矯正してくれた。わたしの賢くて誠実なフランスのエディターであるアン・フライヤーにも感謝する。クリス・ブライアンズは、ムンバイの株式市場に関する情報を与えてくれた。誠実な銀行家のチャールズ・ルーカスとジョン・ロリーは、二人ほど誠実ではない同業者がおかす行為について、忌憚のない見解を示してくれた。ルース・ハルターシュミットがスイス旅行に同行してくれたおかげで、道に迷わずに済んだ。ウルス・フォン・アルマンは、スイスのベルンアルプスの車がほとんど通らない抜け道を案内してくれた。ベルンのベルヴュー・パレス・ホテルの寛大なウルス・ビューラー支配人は、同ホテルでは決して起こりえない出来事を本書の話の一つに盛り込むことを許してくれた。信頼できる秘書のヴィッキー・フィリップスは、いくつもの業務を有能にこなしながら、本書の校正の労をとってくれた。

わたしの著作を誰より深く熱心に読んでくれる友人のアル・アルヴァレスにも感謝する。

二〇一〇年　ジョン・ル・カレ

訳者あとがき

二〇一一年、ジョン・ル・カレの『ティンカー、テイラー、ソルジャー、スパイ』(原作の刊行は一九七四年。以下同じ)が映画化され、日本でも『裏切りのサーカス』というタイトルで公開されて、ル・カレの世界の魅力はいっそう広く知れ渡ったのではないかと思う。イギリス諜報部の幹部クラスに、ソ連諜報部のボスであるカーラが送り込んだスパイがいるらしい。誰がスパイなのか？　その謎を老いたスパイ、ジョージ・スマイリーが追っていく。

もとよりル・カレの小説にはスーパーマン的な活躍をするヒーローは登場しない。派手な立ち回りもない。このスマイリーにしても、一度は作戦に失敗し、私生活では妻の浮気に苦しむ、哀愁漂う男だ。その彼が、同じように弱みや悩みを抱えた同僚たちの心を探りつつ、つらい結論を引き出すことになる。スマイリーを演じたゲイリー・オールドマンをはじめ、ジョン・ハート、コリン・ファースなどの名演技に支えられ、映画もル・カレの濃密とも言うべき世界を忠実に再現していた。

スマイリーはこの作品以降、年齢を重ねながら、『スクールボーイ閣下』(一九七七)と『スマイリーと仲間たち』(一九七九)でカーラとの対決を続ける。『ティンカー』を加えたこの三作は「スマイリー三部作」とも呼ばれ、ル・カレ円熟期の代表作と目されてきた。ほかにも『寒い国から帰ってきたスパイ』(一九六三)、『ロシア・ハウス』(一九八九)など、ル・カレの小説世界の基盤には、「冷戦」と呼ばれた自由主義国と共産主義国との対立、双方のスパイ合戦があった。

そのことを確認したうえで、驚かずにいられないのは、冷戦終結後のル・カレの充実ぶりである。冷戦が終結したら、どの国もスパイ活動をしなくなり、ル・カレの書く素材はなくなるのではないか。そう笑った人たちがいたということを、ル・カレはBBCニュースのインタビューで明かしている(http://news.bbc.co.uk/today/hi/today/newsid_8977000/8977025.stm)。しかし、世界の裏の面に鋭い目を向け、リアルな人物像を描き出す力量を備えた作家が、素材に事欠くことなどなかったのだ。

たとえば、これも映画化され、レイチェル・ワイズがアカデミー賞を受賞した『ナイロビの蜂』(二〇〇一)は、ケニアの貧困地区における製薬会社の陰謀を素材としながら、イギリス人外交官と活動家の妻の夫婦愛を感動的に描いていた。やはりアフリカを扱った『ミッション・ソング』(二〇〇六)は、東コンゴ紛争解決のための調停会議をおもな舞台に、そこにうずまく利己的な思惑の絡みを暴き出すが、同時に、アイルランド人とコンゴ人の混血として生まれ、語学の才能に恵まれた通訳の人物像が心に残る作品だった。『われらが背きし者』の直前には(これも映画化された)『誰よりも狙われた男』(二〇〇八)、直後には『繊細な真実』(二〇一三)を発表しており、相変わらず元気なところを見せている。

一方、ル・カレは、『ナイト・マネジャー』(一九九三)、『われらのゲーム』(一九九五)などの作品で、冷戦終結後の旧ソ連圏が抱える諸問題や、新時代のイギリス諜報部のあり方も追究してきた。『シングル&シングル』(一九九九)では、商社の重役の殺人事件を発端に、社長親子の愛憎を描き出しながら、ロシアのマネーローンダラーの暗躍にも目を向けた。先のル・カレのインタビューによれば、ロシアの「黒い金」はロンドンの銀行にも大量に流れ込んでいるのだが、金融業界は見て見ぬふりをしているという。本書『われらが背きし者』(二〇一〇)は、このロシアの「黒い金」やマネーローンダラーの問題をふたたび取り上げた作品である。

この作品でもまず読者が惹かれるのが、ペリー・メイクピースとゲイル・パーキンズという、主人公たちの人物像だろう。ペリーはスポーツ万能の若者で、オックスフォード大学で英文学の教職を得ながら、世の中との関わりを求めて中学校教師への転職を考えている。ゲイルはその恋人で、将来を嘱望される弁護士である。三十歳を前に人生の転機を迎えている彼らは、カリブ海のアンティグア島で「生涯一度」の贅沢な休日を過ごすことにする。

ところが、彼らはこの島でロシアのマネーローンダラー、ディマとその家族に出会う。ディマは犯罪組織から足を洗おうとして、ペリーたちに仲介を依頼し、イギリスに情報提供を申し出る代わりに、自分と家族のイギリスへの移住と保護を求める。旧ソ連時代、ディマは貧しい家庭に生まれ育ち、母親を助けるために殺人を犯して、過酷な収容所生活を経験した。そこで囚人たちの友愛団体であるヴォーリーに加わり、釈放後もその絆をもとに犯罪者としての地位を築き上げ、新ロシアへの変遷の時代を生き抜いてきたのである。

ペリーは、ディマの鍛え抜かれた男の姿に魅了される。一方、ゲイルもディマ一族のかわいらしい子供たちに惹かれ、彼らを助けたいと思うようになる。しかし、彼らを助けることは、ロシアのギャングたちに命を狙われかねない危険な仕事だ。ゲイルの身を案じて単独で行動しようとするペリーと、そんなペリーに憤りを感じるゲイルと、恋人たちの感情のもつれも読みどころの一つである。

こうしてペリーたちはイギリスの諜報機関と関わることになるのだが、登場するスパイたちの人物像描写は、まさにル・カレの真骨頂である。コロンビアでの危険な任務から帰還したルークは、しばらく閑職に甘んじていたが(ここにも、冷戦終結後の諜報部の事情が反映されている)、昔馴染みのヘクターに抜擢されてペリーたちと接触する役を担う。彼はゲイルにもすぐに恋をしてしまうくらい女好きで、そのため家庭の問題も抱えている。ルークを引き入れたヘクターは正義感の強い異端者で、諜報部の上層部をあからさまに批判して疎んじられるタイプである。彼はディマの情報が諜報部出身の国会議員のスキャンダルにつながることを知り、あえてそれを暴こうとするが、そのためにここでも上司や同僚と対立する。そのほか、スコットランド訛りの美女イヴォンヌ、外国語訛りの混じったロンドン訛りという「裏方仕事師」オリーなど、魅力的な脇役にも事欠かない。

はたしてディマとその家族は救出されるのか。物語はアンティグアからパリ、ベルンなどに舞台を移しつつ、息詰まる展開をする。スパイ活動とはまったく無縁だったのに、巻き込まれていくペリーとゲイル。それぞれの思惑や事情を抱えて行動するルークとヘクター。彼らの冒険を、そして心の動きを、ぜひ満喫していただきたい。

訳者にとっても、本書の翻訳は楽しさと興奮に満ちた作業となった。ル・カレには初めての挑戦とあって、村上博基氏をはじめとする先行の翻訳者の方々の優れた訳を大いに参考にさせていただいた。

実際の翻訳作業は、上杉隼人と上岡が分担し、さらに互いの訳を読み合って、仕上げていった。特殊な用語や凝った言い回しの多い作家だけに苦労したが、調査や注釈の作成には、インターネットを十分に利用したほか、ＰＤＦや電子書籍データの検索機能、本書の朗読ＣＤなどを使い、固有名詞の発音や訳語の統一については細心の注意を払ったつもりである。また、英語の微妙なニュアンスについては、英語を第一言語とする岩波書店の森川裕美さんの協力を仰ぎ、大変貴重な助言をいただいた。翻訳家の杉山まどかさんには全体をチェックしていただいたが、特に法律や司法制度に関わる部分を訳す際に大いに助けられた。お二人には、この場を借りてお礼を申し上げる。しかし、最終的な訳文の責任は上岡にあることも、ここに申し添えておく。

本書刊行にあたっては、岩波書店の坂本政謙さん、清水野亜さんをはじめ、編集部の方々に大変お世話になった。心からの感謝の言葉を捧げたい。そして、訳者の突然の質問にもかかわらず、本名デイヴィッド・コーンウェル(David Cornwell)の名前で自ら丁寧に答えてくれた著者ジョン・ル・カレにも深甚なる謝意を捧げる。

なお、『われらが背きし者』は監督スザンナ・ホワイト、主演ユアン・マクレガー、ステラン・スカルスガルド、ダミアン・ルイス、ナオミ・ハリスという顔ぶれで今年映画化され、日本でも秋に公開予定である。訳者は試写を観る機会に恵まれたが、こちらも極上のエンターテインメントに仕上がっていた。このジョン・ル・カレの野心作を、多くの読者のみなさまに楽しんでいただけますように。

二〇一六年八月二十九日

訳者代表　上岡伸雄

解　説

池上冬樹

ジョン・ル・カレの新作がまさか岩波書店から出るとは思わなかった――。

それが単行本『われらが背きし者』を店頭で見たときの感想であったが、一読して、まことに岩波らしいとも思った。往年のミステリ的趣向が少しずつ薄れ、もはや〝ディケンズ以来の正統イギリス小説〟(帯に寄せた池澤夏樹の推薦文)として高く評価されていて、ある種の純文学の新刊の印象すらあったからだ。それでもミステリファンとしては、初期の名作『ティンカー、テイラー、ソルジャー、スパイ』(ハヤカワ文庫)が映画化(&ＤＶＤ化)された『裏切りのサーカス』(監督トーマス・アルフレッドソン、主演ゲイリー・オールドマン)が話題をよんでいた時期でもあり、個人的には『ティンカー、テイラー、ソルジャー、スパイ』の文庫解説でも触れたミステリ的趣向(翻訳家村上博基がワインの熟成にたとえた遠大な細部の連繫)の復活をのぞんでいたところがあり、単行本で読んだときはそこに引きずられて、長所を見逃したきらいがあった。

しかし今回およそ四年ぶりに再読して、新鮮な印象をもった。細部の一つ一つがとても良くて、やはりジョン・ル・カレは素晴らしい作家であることを実感したし、ミステリ趣向とは別のところで読み応えがあることに、あらためて気づかされた。

物語は、オックスフォード大学で英文学を教えているペリーの進路をめぐる葛藤から始まる。ペリーはスポーツ万能なこともあり、もっと世の中との関わりを求めて中学校教師になることを考えていたのである。恋人で弁護士のゲイルもまた人生の岐路を迎えたことを感じて、二人は一生に一度の贅沢な旅に出る。

二人が訪れたのはカリブ海のリゾート地だった。そこでロシア人の富豪ディマと知り合う。ディマはペリーにテニスの試合を申し出て、二人は対戦するものの、ディマの目的は別のところにあった。ディマは信心深い妻と五人の子供たちを連れていたが、みな武装した護衛に守られている。ディマはロシアの犯罪組織の幹部であり、マネーロンダリングの専門家だった。

ペリーはやがてディマから仲介を依頼される。イギリスに情報提供を申し出る代わりに、自分と家族のイギリスへの移住と保護を求めたい、イギリス課報部と接触してくれないかというのだ。ペリーはあるツテを頼りにイギリス課報部と接触を開始する——。

物語の冒頭を紹介すると右のようになるけれど、これはあくまでも整理された紹介であって、実際に本にあたると読者は混乱するかもしれない。リゾート地でのバカンスの模様に、二人がイギリス課報員らしいルークとイヴォンヌから事情聴取を受ける場面が挿入されて進んでいくからである。視点を変え、人物を変え、時間も変えて、過去と現代を自由に往復して、事件の全体像を少しずつ見せていくという、ジョン・ル・カレらしい語りの方法なのである。はじめは何が何だかわからないものの、読んでいけば自ずと関係が見えてきて、視野も広く深くなり、物語の中核がようやく浮かび上がってくる。どうやらディマの親族が事故に見せかけられて殺されたこと、また長女のナターシャが重大な秘密を抱えていることをゲイルは知ることになる。ペリーは安全のために単独で行動しようとするが、ゲイルはナターシャのために積極的に関わろうとする。ペリーとゲイルはいかなる行動に出るのか。亡命は成功するのかどうか。

いわゆるスマイリー三部作(『ティンカー、テイラー、ソルジャー、スパイ』、『スクールボーイ閣下』、『スマイリーと仲間たち』)、さらには『リトル・ドラマー・ガール』『パーフェクト・スパイ』『ロシア・ハウス』など冷戦時代を背景としたスパイ小説を読み慣れたファンには、ソ連の崩壊と東西対立の解消の後のスパイ小説に不満を覚えるむきがいまだにある。もちろんジョン・ル・カレも一時期、題材を広く求め、ポスト冷戦時代の謀略を多岐に描いた。アフリカを舞台に大手製薬会社の暗部を抉る『ナイロビの蜂』、イラク戦争後の世界を描く『サラマンダーは炎のなかに』、コンゴ共和国を舞台にした謀略小説『ミッション・ソング』などである(近年はまたスパイ小説に戻りつつある)。

その辺のポスト冷戦時代の諜報活動および諜報員の姿についても、本書では興味深い。とくにディマ亡命事件を画策しようとする諜報部員ルークと上級職員ヘクターの性格と行動にあらわれている。二人はメインではなく、あくまでも脇役にすぎないけれど、たんたんと語られる私生活上の問題が微妙に諜報部員としての活動に影を落とす。第八章で語られるポスト冷戦時代の諜報部員たちの冷遇ぶりは(この章は実に生々しく現代のスパイたちの悲哀を語っている)、なおさら物語の上でヘクターたちが孤軍奮闘しなくてはいけない状況にリアリティを与えているし、終盤、諜報部内での政治的駆け引きが高まっていくあたりでいちだんと面白さを増すことになる。

スパイ小説というといまや派手なアクション抜きには語れなくなったけれど、ジョン・ル・カレなので当然派手な立ち回りはない。人と人との関係を読み、細かな感情を追い、先を見越してことにあたる知性に重きがおかれる。〝ジョン・ル・カレの書くものは、形は国際諜略小説だが中味は細緻な人間関係の物語だ〟(池澤夏樹)ということである。

そういうスパイ諜略小説、または人間関係の物語としての面白さと重なる部分があるが、本書は男女を主人公にした巻き込まれ型サスペンスとしても楽しめるだろう。『ニューヨークタイムズ・ブックレヴュー』がかつて本書を、〝今回のル・カレの弾丸特急は上等のジョン・ル・カレであり、同時に上等のアルフレッド・ヒッチコックでもある〟と書評したことがある。つまり〝ケーリー・グラントやジミー・スチュアートが主演をはる、罪のない一般人が突然、エキゾチックで人生を脅かされる世界的な陰謀に巻き込まれる〟映画を喚起させるというのだけれど、たしかに読み返すとわからないでもない。ケーリー・グラント主演の

『北北西に進路を取れ』や、ジェイムズ・スチュアート主演の『知りすぎていた男』などの映画を想起させるものがある。しかもヒッチコック映画にはいつも男女のとぼけた会話があるけれど、ペリーとゲイルのやりとりにも(数はすくないものの)それがある。ヒッチコック映画を思わせる(実はジョン・ル・カレに前々からある)、優雅な叙情と上品で知的でひねくれたユーモア、そしてゆったりとして徐々に高まっていく緊張感がそなわっているのである。

とりわけ読み返すと、しっとりと落ち着いた語りが気持ちよい。充分に制御された高級車に乗って周遊しているような気分になるし、終盤は緊張感が高まってもある種の優雅さが消えない。危険をしかと認識しながらも緊迫感を楽しむゆとりがある。ひりひりとした怖さとは異なる余裕の恐怖である。余裕の恐怖などというと怖く感じないかもしれないが、余裕があり、それがひきのばされた宙づりの恐怖はまさにサスペンスそのものだろう。

そういう怖さも、すべては細部の書き込みによるところが大きい。直接・間接とわず細部を生き生きと表現して、人物たちがおかれている内的・外的情況をつぶさに捉えるのである。重要なスポーツとしてテニスを(物語の重要な場面として二〇〇九年の全仏オープン決勝戦を持ってくるあたりはファンにはたまらないだろう。ロジャー・フェデラーとロビン・セーデリングの試合の行方が再現されるのだ)、また、数カ所だけど、愛してやまない食肉としてさりげなく神戸牛を出してくるあたりも日本人には嬉しい。ともかく策謀に富む政治と人間関係の混沌を相変わらず螺旋的に(これが今回やや影が薄いがル・カレ的手法の一つ)、比喩的に、そして象徴的に生き生きと描き出して、実に読み応えがある。

なお、本書『われらが背きし者』は、ユアン・マクレガー主演で映画化された(日本では二〇一六年十月に全国公開される)。小説ではペリーとゲイルは恋人同士であるが、映画では危機的状況の夫婦という設定で、休暇中のモロッコで偶然知り合った男からUSBメモリをMI6に渡してほしいと頼まれ、国家を揺るがす大事件に巻き込まれてゆく内容だ(ゲイル役は『007 スペクター』のナオミ・ハリス、ディマ役は『ニンフォマニアック』のステラン・スカルスガルド、ヘクター役は『ロンドン・ヒート』のダミアン・ルイス)。時間的に試写を見ることがかなわなかったが、予告篇と詳しいプロットを見ると(インターネットで検索をかけると結末まで書いてある記事が見つかる)、小説にはない殺し屋との対決などかなりアクションを豊かにしているようだ。

監督は『ナニー・マクフィーと空飛ぶ子ブタ』のスザンナ・ホワイトで、脚本は『ドライヴ』『シャンハイ』『サハラに舞う羽根』などを担当したホセイン・アミニ。彼はパトリシア・ハイスミスの『殺意の迷宮』を映画化した『ギリシャに消えた嘘』で初監督・脚本も担当している。ある映画のデータベースを読むと、いちばん好きな映画作家はフィルム・ノワールの巨匠ジャン・ピエール・メルヴィルというのが嬉しい。僕などはリアルタイムで見たメルヴィル晩年の『仁義』などが印象深く、アクションを切れよくスタイリッシュに見せ、なおかつ抑制のきいたタッチであふれるような情感を艶やかに捉える映画作家だと認識しているのだが、アミニもそうなのだろうか。ぜひ確認したいものだ。

なお、本書の献辞にあるサイモン・チャニング・ウィリアムズとは、ジョン・ル・カレの『ナイロビの蜂』を映画化したプロデューサーであり、『われらが背きし者』の映画のラストクレジットにもウィリアムズを追悼する言葉が置かれているという。映画のプロデューサーの一人でもあるル・カレの意志でもあるだろう。

（文芸評論家）

本書は二〇一二年十一月、岩波書店より刊行された。

われらが背きし者　ジョン・ル・カレ

2016年10月5日　第1刷発行

訳　者　上岡伸雄《かみおかのぶお》・上杉隼人《うえすぎはやと》

発行者　岡本　厚

発行所　株式会社　岩波書店
〒101-8002 東京都千代田区一ツ橋 2-5-5

案内 03-5210-4000　営業部 03-5210-4111
現代文庫編集部 03-5210-4136
http://www.iwanami.co.jp/

印刷・精興社　製本・中永製本

ISBN 978-4-00-602281-5　Printed in Japan

岩波現代文庫の発足に際して

新しい世紀が目前に迫っている。しかし二〇世紀は、戦争、貧困、差別と抑圧、民族間の憎悪等に対して本質的な解決策を見いだすことができなかったばかりか、文明の名による自然破壊は人類の存続を脅かすまでに拡大した。一方、第二次大戦後より半世紀余の間、ひたすら追い求めてきた物質的豊かさが必ずしも真の幸福に直結せず、むしろ社会のありかたを歪め、人間精神の荒廃をもたらすという逆説を、われわれは人類史上はじめて痛切に体験した。

それゆえ先人たちが第二次世界大戦後の諸問題といかに取り組み、思考し、解決を模索したかの軌跡を読みとくことは、今日の緊急の課題であるにとどまらず、将来にわたって必須の知的営為となるはずである。幸いわれわれの前には、この時代の様ざまな葛藤から生まれた、人文、社会、自然諸科学をはじめ、文学作品、ヒューマン・ドキュメントにいたる広範な分野のすぐれた成果の蓄積が存在する。

岩波現代文庫は、これらの学問的、文芸的な達成を、日本人の思索に切実な影響を与えた諸外国の著作とともに、厳選して収録し、次代に手渡していこうという目的をもって発刊される。いまや、次々に生起する大小の悲喜劇に対してわれわれは傍観者であることは許されない。一人ひとりが生活と思想を再構築すべき時である。

岩波現代文庫は、戦後日本人の知的自叙伝ともいうべき書物群であり、現状に甘んずることなく困難な事態に正対して、持続的に思考し、未来を拓こうとする同時代人の糧となるであろう。

（二〇〇〇年一月）